In der Tetralogie »Frauenmärchen« von Heli E. Hartleb außerdem:

»Katja« (Juli 2012)
»Wem die Liebe begegnet« (November 2012)
»Meine Annette« (Januar 2013)

Heli E. Hartleb, geboren 1958 in der Steiermark, ist als Arzt in Wien tätig. Er lebt mit seiner Familie in einer kleinen Ortschaft unweit von Wien. »Elf Jahreszeiten« ist sein vierter Roman, der, wie auch seine ersten drei Werke »Katja«, »Wem die Liebe begegnet« und »Meine Annette«, Teil einer Tetralogie mit »Frauenmärchen« ist.

Über Anmerkungen jedweder Art an heli.e.hartleb@live.at würde sich der Autor sehr freuen. Weitere Informationen zur Person und zu den Titeln sind über die Homepage des Autors (www.heli-e-hartleb.at) zu erhalten.

Heli E. Hartleb

Elf Jahreszeiten

Roman

Frauenmärchen Band 4

Weitere Informationen über den Verlag und sein Programm unter
www.buchmedia.de

April 2013
© 2013 Buch&media GmbH, München
Umschlaggestaltung: Ulla Arnold, Freiburg
Printed in Germany · ISBN 978-3-86520-465-3

Für Trici

Spätwinter

Langsam ließ sich Angelika ins heiße Wasser gleiten. Das Badezimmer war in den vergangenen Monaten zu einem wahren Refugium für sie geworden. Im Vergleich zum übrigen Haus war es groß, es war hell, geschmackvoll gefliest und hatte vor allem eine wunderbare große Wanne. Aus den Lautsprechern der Stereoanlage, die sie sich neulich für das Bad geleistet hatte, waren wohlvertraute Klänge zu hören. Leonard Cohen sang gerade »Hallelujah«.

»Warum habe ich nicht schon früher für Musik im Bad gesorgt?« Angelika hatte den Gedanken laut ausgesprochen. Üblicherweise führte sie keine Selbstgespräche, doch hier im Bad waren sie irgendwie zur Gewohnheit geworden. »Hallelujah!« Sie sang laut mit. Der Widerhall ihrer nicht eben bühnenreifen Stimme gepaart mit dem rauen Timbre von Leonard Cohen ergab eine seltsame Mixtur, die sie spontan zum Lachen brachte. »Das ist ein guter Tag. Das wird ein guter Tag.« Sie strich sich mit den Fingerspitzen sanft übers Gesicht und den Hals, um die Hände dann bequem in den Nacken zu legen.

Heute wie auch bereits an den vergangenen Tagen stand Entspannen auf der Agenda. Nach einer anstrengenden Zeit hatte sie sich ein paar Tage freigenommen. »Ich will den Frühling spüren«, hatte sie im Institut allen erklärt, aber es war ohnehin keine Begründung für die Urlaubstage erforderlich. Alle hatten verstanden, dass sie dringend eine Auszeit benötigte. Lediglich die Sache mit dem Frühling konnte niemand nachvollziehen. Es war Spätwinter. Man freute sich bereits auf den Frühling, er war allerdings noch nicht da.

Angelika hatte viel und hart gearbeitet, seit sie aus dem Westen Österreichs nach Wien umgezogen war. Das Institut für Pathologie, aus dem sie gekommen war, hatte sie zeitmäßig zwar noch mehr in Anspruch genommen, und sie war an intensives Arbeiten gewöhnt, dort hatte jedoch die Quantität der Arbeit im Vordergrund gestanden. Im für sie neuen Institut in Wien war mengenmäßig auch sehr viel zu tun, es war aber vor allem die Qualität der Aufgaben, die sich deutlich verändert hatte: Die Fälle waren nun oftmals äußerst schwierig und bedurften akribischer Aufarbeitung.

Die Kollegen hatten sie mit offenen Armen aufgenommen, und vor allem ihr Oberarzt, Dr. Hartmut Hellmar, mit dem sie gemeinsam das Brustkrebsteam im Institut bildete, hatte ihr den Umstieg erleichtert und sich auch über das Institut hinaus um sie gekümmert. Mit ihm und seiner Frau ging sie häufig auf den Golfplatz, inzwischen auch in die Sauna, und mit Hartmut – das war nicht Karins Sache – auch regelmäßig in die Oper. Er fragte Angelika immer nur, ob sie mitgehen wolle oder nicht, und organisierte dann die Karten.

Und heute, es war der letzte Tag ihres Kurzurlaubs, war wieder so ein Opernabend angesagt. Wiener Staatsoper, halb acht. Vincenzo Bellinis »I Puritani« wurde gespielt. Angelika kannte die Oper zwar noch nicht, nach Hartmuts Schilderung würde es aber etwas Besonderes werden. Er hatte vor drei Tagen schon eine Aufführung aus der laufenden Serie gesehen und war hellauf begeistert.

Im ersten Monat nach ihrem Umzug hatte Angelika noch eine kleine Dienstwohnung im Krankenhaus genutzt. Später dann hatte ihr Hartmut zu einem günstigen kleinen Haus in seinem Heimatort am Rande des Tullnerfeldes verholfen, das sie für fünf Jahre gemietet hatte. Es war nicht neu, indes gut in Schuss, hatte neben dem wunderbaren Bad auch ein großes, freundliches Wohnzimmer mit integrierter Küche, ein annehmbar geräumiges Schlafzimmer und zwei winzige Zimmer, die sie nur als Abstellraum und in Ausnahmefällen als Gästezimmer nutzte. Der »Garten«, von dem ursprünglich auch die Rede gewesen war, bestand aus einem relativ steilen Abhang, auf dem einige alte Obstbäume wuchsen, die leider nur ungenießbare Früchte lieferten. Einen Liegestuhl zum Sonnen konnte man nirgendwo hinstellen. Lediglich eine kleine Terrasse, die vom Wohnzimmer aus begehbar war, ermöglichte es einem, in der warmen Jahreszeit die Wäsche im Freien trocknen zu lassen und eventuell ein Frühstück oder einen Kaffee an der frischen Luft zu genießen.

In die Arbeit fuhr sie normalerweise mit dem eigenen Auto, in letzter Zeit allerdings immer öfter mit Hartmut, dessen Haus nur fünf Gehminuten von ihrem entfernt war.

Heute wollten sie sich um sieben Uhr direkt in der Staatsoper treffen, um vor der Vorstellung noch einen Prosecco an der Bar zu trinken. Hartmut hatte ihr auch angeboten, sie wieder mit nach Hause zu nehmen. Vorerst hatte sie abgelehnt, hätte das doch bedeutet, mit dem Bus nach Wien fahren zu müssen, und das wollte sie nicht. Hartmut hatte daraufhin seinen Sohn Lorenz angerufen, um nachzufragen, wann dieser in Richtung Wien unterwegs wäre. Er würde um halb elf abfahren, was ihr dann schließlich recht war.

Nun malte sie sich in der Badewanne aus, wie sie den Tag verbringen würde. Die Wettervorhersage war gut, vor allem sollte der lästige Wind der letzten Tage endlich abebben und sogar kurz die Sonne zwischen den Wolken hervorschauen. Obligatorisch war ein Spaziergang über die Kärntner Straße und den Graben. Ein Besuch in einer Konditorei. Und vor allem ein wenig in Buchhandlungen herumhängen und schmökern. Große Einkäufe hatte sie nicht geplant, sie wollte schließlich nicht mit Sack und Pack in der Oper ankommen.

Nicht hetzen müssen, das ist das Wichtigste, ging es ihr durch den Kopf. Als sie von der Badewanne aus durch das hohe, schmale Fenster nach draußen blickte, musste sie unwillkürlich lächeln. »Ah, tut das gut!« Spontan brachen die Worte aus ihr hervor. Die Sonne leuchtete bereits hell die Landschaft aus, und entsprechend der Jahreszeit bildeten sich lange, scharfe Schatten. Angelika streckte ein Bein aus dem Wasser und ließ die Hand über die glatte Haut gleiten.

»Haare auf dem Kopf reichen«, hatte sie neulich im Spaß zu Hartmut gesagt, als dieser ein etwas seltsam geschnittenes Diensthemd trug, das seine Brusthaare hervorschauen ließ. Das fiel ihr nun ein, als sie ihr glattes Bein betrachtete.

»Das ist nur der Ersatz für die, die mir am Kopf fehlen«, hatte Hartmut lachend zur Antwort gegeben.

Seit Jahren legte Angelika besonderen Wert auf elegante Kleidung und Wäsche. Ihr großes Faible jedoch waren Seidenstrümpfe, und da war eine glatte Haut nach ihrer Vorstellung ein Muss. Ihr Strumpffimmel war auch im Institut schon Gesprächsstoff, und oft wurde sie gefragt, wo sie denn die schönen Modelle kaufen würde. Sie erntete dann meist Erstaunen, wenn sie klarstellte, dass sie ihre speziellen Bezugsquellen im Internet habe. Interessanterweise waren die allerjüngsten Mitarbeiterinnen da oft neugieriger als die älteren, und daher hatte sie schon so manch ungewöhnliches Paar für die eine oder andere im Institut mitbestellt.

Für die Oper wollte sie sich heute nicht besonders elegant herrichten. Es war nicht ihre Art, den ganzen Tag overdressed in der Stadt zu verbringen.

Nachdem sie die Wanne verlassen hatte, föhnte sie schnell ihre leicht gewellten dunkelbraunen Haare, die sich immer ein wenig gegen eine Bändigung sträubten. Angelika war aber bald zufrieden. Dezent geschminkt schritt sie zur Wäschekommode. Das würde jetzt schon schwieriger werden. Bei der Vielzahl an Wäscheensembles war die Auswahl schwer. In letzter Zeit hatte sie eine Vorliebe für Wäsche mit Retrochic entwickelt, und ihr Lieblingsensemble in diesem Stil stach ihr sofort ins Auge. »Was denn sonst!« Sie lachte laut auf, schüttelte den Kopf über sich selbst. War sie einmal in etwas verliebt, so wurde es nicht wieder fallengelassen. Das war nicht ihre Art. Kaum fünf Minuten später stand sie bekleidet vor dem Spiegel. »Fertig!« Zufrieden musterte sie sich. Lediglich die Bluse war ein Kompromiss, da hatte sie schönere, die waren allerdings alle im Wäschekorb gelandet. Angelikas Blick wanderte zur Wanduhr. *Da bleibt mir noch eine halbe Stunde für den Haushalt*, stellte sie erfreut fest. Gemütlich konnte Angelika noch das Schlafzimmer aufräumen und auch nach den Blumen im Wohnzimmer sehen, ehe es an der Tür klopfte. Die Klingel war schon seit Wochen defekt. Fünfmal hatte es sich Angelika bereits vorgenommen, diesbezüglich etwas zu unternehmen, der Fehler war jedoch noch immer nicht behoben.

Lorenz stand vor der Tür. »Hi, liebe Frau Dr. Nadherna! Bist du so weit?«

»Hallo Lorenz. In einer Minute. Sag nicht immer Dr. Nadherna zu mir. Und danke fürs Mitnehmen.«

»Gern geschehen. Ich werde weiter Dr. Nadherna zu dir sagen, liebe Angelika, mir gefällt der Name so gut, und immerhin heißt du ja so. Ich habe es übrigens nicht wirklich eilig, lass dir also ruhig Zeit.«

Angelika warf sich die Jacke über die Schultern und griff nach dem Haustürschlüssel. »Fertig! Los geht's, Herr Hellmar.«

Lorenz öffnete mit einem breiten Grinsen die Beifahrertür und ließ Angelika einsteigen. »Los geht's, Angelika.«

Es ging schnell und ohne ungeplanten Aufenthalt in Richtung Wien. Die Straßen waren trocken und beinahe leer.

»Du gehst mit meinem Vater heute am Abend wieder einmal in die Oper? Was wird denn gespielt?«

»Bellini, I Puritani.«

»Ah, schön! Ich habe die Oper in dieser Inszenierung auch schon genossen. Mein Vater hat mich dazu ›vergewaltigt‹, wie du dir vielleicht vorstellen kannst.«

Angelika musste schmunzeln. Sie kannte Hartmut und wusste, dass er von Zeit zu Zeit seine Familienmitglieder in die Oper schleppte. Zwar versuchte er dabei stets sehr gefühlvoll vorzugehen, lag aber trotzdem oft falsch mit seinem Vorhaben und war dann selbst am meisten enttäuscht. Sie hatte das bereits ein paarmal miterlebt.

»Und? Hat er dir schon einen neuen Operntermin aufgebrummt?«, fragte Angelika, immer noch lächelnd.

»Ich weiß zumindest noch nichts davon.«

»Wie läuft es im Studium?«, wechselte Angelika nun das Thema.

Eine lockere Plauderei entspann sich, und schon war das Parkhaus an der U-Bahn-Station erreicht. Angelika reichte Lorenz ein paar Euro für Treibstoff und Parkgebühr, die der Student gerne annahm. Sie wanderten zum Bahnsteig und trennten sich erst nach einigen Stationen, als Lorenz umsteigen musste.

Am Karlsplatz verließ Angelika die U-Bahn und schlenderte gemütlich durch die Straßen und Gassen der Innenstadt. Es war heute wirklich viel angenehmer als in den vergangenen Tagen. Die Wolkendecke hatte größere Löcher als im Wetterbericht vorausgesagt, und so tauchte die Sonne die ganze Stadt in ein wunderbares Licht. Eine von Angelikas Lieblingsbuchhandlungen hatte überraschenderweise geschlossen, sie fand sich aber bald in einer anderen – und wurde erst einmal mit einem Punkt ihrer Vergangenheit konfrontiert. Klaus, ihr verflossener Freund, hatte sein Buch doch tatsächlich fertig geschrieben. Angelika strich ungläubig über das Cover. Sie hatte niemals an die Fertigstellung dieses Projekts geglaubt. Und einen Verlag hatte er auch gefunden, der noch dazu ordentlich die Werbetrommel rührte, wie es an der großzügigen Präsentation hier im Laden zu sehen war. Nun war sie nur erstaunt, Wehmut oder Schmerz fühlte sie allerdings nicht mehr. Dieses Kapitel war geschlossen.

Klaus war ihr erster und bis jetzt einziger Mann im Leben gewesen, mit dem sie eine etwas länger dauernde Beziehung eingegangen war. In Wahrheit fühlte sie sich ja schon seit Jugendzeiten mehr von Frauen angezogen. Das erste Mal war ihr dies ganz intensiv und konkret während einer Interrailreise durch Schottland aufgefallen. Es war in Perth gewesen, einer beschaulichen Stadt ohne den kleinsten Anschein von Tourismus. Am River Tay, der sich so wunderbar an der Stadt vorbeizog, hatte sie sich in der Tay Street fast unter Smeaton's Bridge an die Brüstung am Ufer gelehnt, und da hatte sie es gespürt. Mit einer Deutlichkeit, die ihr eine Gänsehaut und Schmetterlinge im Bauch bescherten. Die Zielperson ihrer Zuneigung, eine wunderschöne und, wie es Angelika vorkam, wunderbar feminine Schulkollegin aus der Nachbarklasse, hatte allerdings keinerlei Neigungen, ihr etwas Gleichwertiges entgegenzubringen. Ganz im Gegenteil, Angelika war sich schon damals nicht einmal sicher, ob Gerti, so hieß sie, überhaupt mitbekam, was ablief. Heute sah Angelika dies völlig klar: Gerti war nun bereits das zweite Mal verheiratet und hatte drei Kinder. Gut, was hieß das schon?

Im Studium in Wien hatte sich Angelika dann Hals über Kopf in eine Kunststudentin verliebt, und diese Beziehung hielt drei Jahre, bis Angelika das Studium abschloss und eine Ausbildungsstelle in Westösterreich annahm – in Wien war zu dieser Zeit diesbezüglich nichts zu ergattern. Für beide war es die erste lesbische Beziehung gewesen. Die Kämpfe, die sie mit Familie, Freunden und Bekannten auszufechten hatten, waren die gleichen gewesen. Und auch die Ängste, die durchzustehen waren. Beide hatten es da nicht leicht. So manches wurde noch immer irgendwie unerledigt mitgeschleppt, doch ein Problem sah Angelika heute darin nicht mehr. Als die berufsbedingte Trennung anstand, hatten sie zwar versucht, eine Fernbeziehung aufrechtzuerhalten, das war aber dann mehr Krampf als Liebe gewesen, und so drifteten sie langsam immer mehr auseinander. Angelika konnte gar nicht so genau sagen, wann die Beziehung endgültig in die Brüche gegangen war, das war nicht wirklich fassbar.

Sie lebte dann einige Zeit ein Singledasein, und eine richtige Beziehung ging ihr gar nicht ab, da sie die Ausbildung zum Facharzt unglaublich stark in Anspruch nahm und sie sozial durch eine Vielzahl an Freunden und Freundinnen an ihrem Wohnort gut eingebunden war.

Eines Tages tauchte dann Klaus auf, der sie mit seiner unkonventionellen direkten Art sehr ansprach und zu dem sich bald eine tiefe Beziehung entwickelte, die sie sich zu einem Mann zuvor gar nicht hatte vorstellen können. Da war durchaus auch Erotik im Spiel. Bereits nach wenigen Monaten indes waren die ersten Risse nicht mehr zu übersehen, weil Klaus' Unzuverlässigkeit und sein Wankelmut für sie auf Dauer nicht zu ertragen waren. Die Trennung im Zorn erfolgte bereits einige Monate vor ihrem Wechsel nach Wien, letztlich war sie aber froh, ihm mit dem Umzug endgültig zu entkommen. Nicht, dass er das Ende der Beziehung nicht akzeptiert hätte, es war bloß unmöglich, sich in so einer kleinen Stadt wirklich aus dem Weg zu gehen.

Klaus' Buch war jedoch nicht das Einzige, das diese Buchhandlung zu bieten hatte. Die vielen verwinkelten Räume hatten etwas Einladendes an sich, und so stöberte sie mit Freude in den Regalen herum. Bald fand sie dann doch einige interessante Bücher, die sie gemütlich durchblätterte. Bequeme Ledersessel, geschickt im Laden verteilt, luden dazu ein. Von ein paar Werken notierte sie die Titel. Sie würde sie ein anderes Mal kaufen oder im Internet bestellen.

Es war früher Nachmittag geworden, und der Hunger meldete sich. Angelika überlegte, ob sie in ein Restaurant gehen oder ob sie sich nur eine Kleinigkeit bei einer Imbissbude besorgen sollte. Sie entschied sich für Letzteres und erstand eine Pizzaschnitte, die verführerisch duftete und auch ausgezeichnet schmeckte. Sie wanderte damit durch die Gassen, immer mit einem mal kürzeren, mal längeren Blick in die Auslagen der Geschäfte. Eben musterte sie das Schaufenster einer Kunsthandlung, als eine Gruppe betrunkener Engländer, durchwegs mit Bierflaschen »bewaffnet«, in die Gasse bog. Einer der jungen Männer rempelte sie dabei an, entschuldigte sich mit großer Geste und war auch schon dahin. Und da erst merkte sie, dass der Rest der Pizza auf ihrer Bluse klebte.

»Besoffene Meute!« Zornig rief sie den Briten nach. »Also doch eine Bluse kaufen. Die hat ohnehin ausgedient.« Sie hatte noch immer einen lauten Ton angeschlagen. Das brachte ihr den verwunderten Blick einer alten Frau ein, der Angelika nicht entging. Nun musste sie lachen, und gar nicht mehr verärgert wandte sie sich um, hatte sie doch vor wenigen Minuten einen Wäscheladen entdeckt, der offenbar auch schöne Blusen führte, wie sie im Vorbeigehen bemerkt hatte. Es war nicht weit zum Geschäft, und als sie es betrat, war sie erst einmal erstaunt, dass es viel, viel größer war, als es von außen den Anschein hatte. Und auch das Sortiment war etwas ungewöhnlich. Hauptsächlich war Wäsche zu finden, aber auch Blusen und extravagante Sportbekleidung für Frauen. Und ein großer Teil des Ladens war mit Korsetts, echten Schnürkorsetts, in allen Varianten angefüllt. Eine junge Frau um die dreißig hatte zwei, drei Modelle davon in der Hand und diskutierte angeregt mit einer Verkäuferin.

Angelika stand nur kurz etwas verloren im Raum, schon war eine freundliche junge Verkäuferin zur Stelle.

»Guten Tag, wie kann ich Ihnen behilflich sein?«

Angelika zeigte auf den Fleck auf ihrer Bluse. »Ich bin gerade angerempelt worden, und da ist der letzte Rest meines Mittagssnacks hier gelandet. Ich werde am Abend in die Oper gehen. Leider habe ich keine Möglichkeit mehr, mich umzuziehen, daher brauche ich einen Ersatz. Außerdem ist diese Bluse uralt und gehört ohnehin ausgemustert.«

Die Verkäuferin führte Angelika zum Blusensortiment. Die Auswahl war riesig, und Angelika wurde beim Stöbern äußerst kompetent beraten. Ein paar passende Stücke kamen gleich in die engere Auswahl, bis ihre Betreuerin eine Bluse hervorzauberte, bei der sie nicht widerstehen konnte.

»Das ist die Bluse, die ich haben will! Genau die. Wenn die passt, gehört sie mir.« Angelika lächelte ihre Betreuerin freundlich an. »Bei Ihnen werde ich öfters hereinschneien. Sie haben ein fantastisches Sortiment. Und Sie sind eine sehr liebenswürdige und kompetente Verkäuferin. Wo kann ich die Bluse probieren? Wenn sie passt, behalte ich sie gleich an.«

So verschwand Angelika in der Umkleidekabine, die ihr die Verkäuferin gezeigt hatte, und zog sich um.

»Passt die Bluse?« Die aufmerksame Verkäuferin fragte durch den Vorhang, ob sie Hilfe bräuchte oder noch weitere Wünsche hätte.

»Alles bestens. Sieht fantastisch aus.« Angelika zog den Vorhang halb auf und übergab die alte Bluse der Angestellten mit der Bitte um Entsorgung.

Ein abschließender Blick in den Spiegel ließ Angelika nicht übersehen, dass der Strumpf am rechten Bein verrutscht war. Sie setzte sich auf die kleine gepolsterte Ablage, brachte alles in Ordnung, und in dem Augenblick, als sie wieder in den Schuh geschlüpft war, traf sie völlig unerwartet mit Wucht etwas Hartes an der Schläfe unmittelbar neben ihrem Auge.

»Au! Was soll das!?« Zornig richtete sie sich auf.

Schon beugte sich ein Kopf hinter dem Vorhang vor. Es war die Frau, die bei den Korsetts gestanden war, als Angelika ins Geschäft kam. »Entschuldigung, ich wusste nicht … ich hatte eben vorhin noch selbst in dieser Kabine …« Der Gesichtsausdruck war während der paar dahin gestammelten Worte von erstaunt auf peinlich berührt umgeschlagen.

»Die Kabine war frei, und ich habe hier meine neue Bluse probiert. Da darf man doch erwarten, dass man das in Ruhe tun kann. Und überhaupt …« Angelikas Zorn wuchs immer mehr an, »warum werfen Sie mit Gegenständen herum? Können Sie nicht aufpassen? Fast hätte mich das … das …«, sie blickte zu Boden, »ja, was hat mich denn da eigentlich getroffen? Ein Korsett!!! Ich wäre fast durch ein Korsett am Auge verletzt worden!« Sie schüttelte entgeistert den Kopf. »Ihr Korsett hätte beinahe mein Auge getroffen.«

Ihr Gegenüber war jetzt zerknirscht. »Nochmals, es tut mir leid. Ich dachte, der Kabinenvorhang ist halb offen, gesehen habe ich niemanden, so habe ich das Mieder, das ich gerne probieren wollte, einfach auf die Ablage geworfen. Aber da saßen offenbar Sie.« Sie machte eine kurze Pause und lächelte Angelika dann an. »Geht es wieder? Ihre neue Bluse ist übrigens wunderschön. Das ist doch Ihre neue Bluse?«

Es war dieses Lächeln, das Angelika erst den Blick auf die Frau öffnete. Was für ein hübsches Gesicht, welch schöne Locken … Der Zorn war im Nu verraucht, Angelika lachte laut auf. »Ja, ja, es geht!« Ein kurzer Blick in den Spiegel an der Kabinenwand bestätigte ihr, dass alles in Ordnung war. »Fast wäre ich Opfer eines Angriffs mit einem Korsett geworden, ich sollte mir das Datum merken, so etwas passiert einem ja nicht jeden Tag.« Sie blickte der Frau nun tief in die Augen. Ein Schmunzeln umspielte ihre Lippen. »Oder zielen Sie hier öfters mit Miedern auf andere Kunden?«

Kurz lachte die Angesprochene auf, dann nahm sie Angelikas Blick auf. »Nein, ich habe zwar ein großes Faible für Korsetts und trage sie gerne, verwende sie jedoch im Regelfall nicht als Wurfgeschosse.« Ihr Lachen war jetzt einem feinen Lächeln gewichen, und sie sah Angelika tief in die Augen. »Bitte verzeihen Sie mir.«

»Schon alles vergessen ... ja, alles vergessen.« Angelika war etwas verwirrt. Sie würde den Vorfall niemals vergessen. Der intensive Blick und das feine Lächeln setzten sich in ihr mit einer Gewalt fest, für die sie keine Erklärung hatte. Sie war aus dem Häuschen. So verließ sie die Kabine in Richtung Kasse.

Die Verkäuferin, die alles mitbekommen hatte, begleitete sie. »Es ist mir furchtbar peinlich, dass das passiert ist.«

»Das muss Ihnen nicht peinlich sein. Sie können ja nichts dafür. Ich kann mir auch nicht vorstellen, dass so etwas bei Ihnen öfters vorkommt.« Angelika hatte sich wieder im Griff, ein vages Gefühl des Wohlbehagens hatte die Verwirrung abgelöst, und sie war bester Laune.

Dementsprechend verließ sie das Geschäft mit neuer Bluse und in einer wunderbaren Stimmung. Und vor ihrem geistigen Auge hatte sie den Lockenkopf der jungen Frau mit diesem bezaubernden, warmen Lächeln.

»Sie tragen Ihre schöne neue Bluse.« Das waren die einzigen Worte. Kein »Guten Abend«, kein »Was für ein Zufall!«.

»Und Sie, sind Sie in Ihr neues Korsett geschnürt? Das Wurfgeschoss?«

»Ja, so ist es. Ich bin ins Wurfgeschoss geschnürt«, hauchte die junge Frau mit den schönen Locken, als sie sich neben Angelika setzte.

»Wie kann man sich als so junge Frau mit so einer sportlichen Figur in ein Korsett schnüren lassen?« Die Frage war mehr an sich selbst gerichtet gewesen, Angelika hatte sie jedoch tatsächlich ausgesprochen.

Das brachte ihr ein Lächeln ein. »Tja, das gibt ein wunderbares Gefühl. Sie sollten es erst einmal versuchen, ehe Sie es verdammen.«

»Ich weiß nicht. Na ja, vielleicht haben Sie recht. Vielleicht eines Tages.« Angelikas Stimme erstarb.

Der intensive Blick, den die beiden Frauen nun wortlos austauschten, rief in Angelika ein kleines Beben hervor, die Härchen in ihrem Genick stellten sich auf, und in ihrer Mitte begann es zu ziehen. *Reiß dich zusammen, Angelika! Was ist bloß los mit dir? Was hat diese Frau nur an sich? Und was soll das überhaupt für ein Zufall sein? Da werde ich von einer Frau vor einigen Stunden mit einem Korsett beworfen, schon für sich allein unglaublich, dann sitzt sie jetzt neben mir in der Oper. Schicksal? Ach was! Das hat doch mit Schicksal nichts zu tun!*

Das Licht ging aus, die Zuschauer wurden noch daran erinnert, das Handy auszuschalten, und schon stand der Dirigent wie aus dem Nichts an seinem Pult. Das Staatsopernorchester spielte auf, und Angelika versank rasch in der Musik. Ihre Nachbarin saß starr neben ihr, bewegte sich die ganze Zeit nicht um einen Zentimeter. Sie applaudierte auch nicht, als der Vorhang fiel, und verließ in der Pause fluchtartig die Loge. Erst knapp vor dem Wiederbeginn nahm sie ihren Platz wieder ein.

Angelika schaute in den Orchestergraben, wo sich die Musiker schon bereitgemacht hatten. Eine unerklärliche innere Unruhe stieg langsam in ihr hoch. Sie ließ den Blick zur Seite gleiten und traf den ihrer Nachbarin, die ihr unverwandt und wortlos ins Gesicht sah. Vom Bauch stieg Hitze bis in ihren Nacken, und Angelika rang nach Atem. Der Blick hatte sie noch immer nicht losgelassen. Erst der aufbrandende Applaus für den am Pult angekommenen Dirigenten löste die Spannung. Die Frau hatte ihren Blick ebenfalls der Bühne zugewandt, rutschte aber plötzlich ganz nahe an Angelika heran. Angelika fühlte sich wie gefangen. Ein Arm berührte den ihren. Sie spürte diese Berührung wie ein Brennen, ein wunderbares Brennen, und obwohl Bellinis Musik zu vernehmen war, breitete sich eine seltsame Stille in ihr aus. *Bitte zieh deinen Arm nicht weg, zieh ihn nicht weg ...,* war der einzige Gedanke, den sie fassen konnte. Langsam drang die Musik wieder zu ihr durch, schon wieder versank Angelika in ihr. Die Berührung war immer noch da. Die wunderschönen Melodien ließen Tränen in ihr hochkommen, die sie krampfhaft zu unterdrücken suchte.

Und dann spürte sie es. Spürte, wie die Hand ihrer Nachbarin die ihre umfasste, sie fest drückte. Von Zeit zu Zeit lockerte sich der Griff für zwei, drei Sekunden, dann zeichnete ein Daumen sanft einen Kreis auf dem Handrücken. Für Angelika hätte das den Rest ihres Lebens so weitergehen können.

Die Frau ließ erst los, als der Schlussapplaus aufbrandete und es langsam heller wurde. Angelika war starr. Sie konnte zwar Hartmut, der hinter ihr aufgestanden war, jubeln und klatschen hören, selbst war sie indes wie gelähmt, als sie neben sich nur ein leises »Bitte entschuldigen Sie, es tut mir so leid« hörte.

»Es muss Ihnen nicht leidtun«, flüsterte Angelika und wagte endlich einen Blick zur Seite, direkt in zwei nun verletzlich und schüchtern wirkende, allerdings doch warm strahlende Augen.

Wie in der Pause hatte sich die Dame ohne Applaus erhoben und schien aus der Loge eilen zu wollen. Doch plötzlich hielt sie inne und wandte sich Angelika zu. »Wir sollten uns vielleicht wiedersehen«, sie verharrte noch einen kurzen Augenblick, »ja, wir sollten uns wiedersehen.« Ruckartig drehte sie sich um und verließ grußlos die Loge.

Angelika saß noch immer regungslos da, als Hartmut mit freudestrahlendem Gesicht und laut klatschend zu ihr nach vorne in die erste Reihe kam. »Hat es dir nicht gefallen?« Er hatte seine Stirn in Falten gelegt. »Oder hat es dich so ergriffen, dass du nicht einmal applaudieren kannst?« Mit einem leichten Schmunzeln sah er sie jetzt an. »War doch eine gute Idee, heute hierherzukommen.«

»Ja, ja!« Mit einem Ruck löste sich Angelika aus ihrer Starre. »Es war wunderschön, alles war so wunderschön. Danke, Hartmut, danke, dass du mich mitgenommen hast.« Sie erhob sich, umfasste Hartmut, drückte ihn an sich, bedachte ihn mit zwei dicken Küssen auf die Wangen. »So ein herrlicher Tag!«

Hartmut war völlig perplex. Erstaunt hob er die Braue. »War schon schön. Oder? Aber dass dich das so hernimmt, das hätte ich mir nicht gedacht.«

»So ein herrlicher Tag.«

»Und das war nicht der letzte! Der nächste kommt ganz bestimmt. Ich freue mich jetzt schon darauf.« Hartmut strahlte über das ganze Gesicht, klatschte laut, als die Sänger wieder vor den Vorhang traten. Angelika tat es ihm nach. Bis die Handflächen brannten.

Langsam leerte sich das Opernhaus, und sogar Hartmut konnte sich losreißen. Er half Angelika in ihre Jacke, zog eine Flasche Mineralwasser aus seiner Manteltasche und hielt sie ihr hin. »Durst?«

Sie hatte Durst. Ihre Kehle war wie vertrocknet. »Danke, das kann ich jetzt gebrauchen.«

Sie hakte sich bei ihm unter, und langsam verließen sie das altehrwürdige Gebäude. Gemächlich wanderten sie zur U-Bahn-Station, als Hartmut unvermutet meinte: »Du warst heute eine Augenweide. Ich glaube, meine Karin wäre eifersüchtig gewesen, wenn sie uns an diesem Abend gemeinsam in der Oper gesehen hätte.«

»Blödsinn«, entfuhr es Angelika, und sie stieß ihm etwas zu fest den Ellbogen in seine Seite.

»Das war heute überhaupt eine Loge der schönen Frauen«, setzte er unbeirrt fort. »Ich hatte immer einen wunderbaren Ausblick auf sehenswerte Gestalten.«

»Was kannst du da schon gesehen haben?« Angelika stieß nochmals in seine Seite.

»Na ja, ich hatte genug Gelegenheit, dich zu bewundern, und von deiner Sitznachbarin hatte ich immerhin die wunderbaren Locken vor mir.« Er machte eine kurze Pause. »Und wenn sie auch in der Pause und nach der Vorstellung gleich verschwunden ist, so sind mir ihr hübsches Gesicht, ihre schlanke Taille und ihr ansehnlicher Busen doch nicht entgangen. Ich betrachte eben die Leute um mich herum.«

»Betrachten! Ansehnlicher Busen! Wie sich das anhört! Hartmut!« Sie hakte sich fester unter und sah ihn schief von der Seite an. »Du bist wirklich brustfixiert, wenn man das so sagen kann. Ansehnlicher Busen.« Sie lachte kurz auf. »›Brüste! Brüste! Brüste!‹, hab ich dich neulich im Labor rufen hören, als du deine Präparate bearbeitet hast. Patrizia und die übrigen Assistentinnen haben gegackert wie ein Hühnerstall. Du meine Güte.«

»Ich bin nicht brustfixiert. Ich sehe bloß, was ich sehe.«

»Ja, ja. Du siehst, was du siehst. Die schlanke Taille der Dame mit den Locken stammte übrigens von einem Korsett.«

Jetzt war Hartmut erstaunt. »Woher, meine liebe Frau Dr. Nadherna, willst du denn das so genau wissen? Hast du jetzt neben deinem scharfen Blick für pathologische Veränderungen, mit dem du mich immer wieder im Dienst verblüffst, nun auch den Durchblick durch Kleider? So eine Art Röntgenblick?«

In dem Augenblick erreichten sie den Bahnsteig. Sie hörten, wie sich die Türen der in der Station stehenden U-Bahn-Garnitur schlossen, und die Ansage »Zug fährt ab« ertönte.

»Da! Gerade hätten wir sie noch fragen können.« Angelika zeigte in den abfahrenden Zug. »Schau, da steht die Unbekannte im Waggon und plaudert mit einer älteren Dame.«

»Wer?« Langsam rollte die U-Bahn mit den beiden Frauen aus der Station.

»Die Unbekannte!« Plötzlich kam es Angelika schmerzlich in den

Sinn, dass sie gar nichts über die schöne Frau wusste, was eine Kontaktaufnahme möglich machen könnte. »Da wird nun wohl nichts aus dem Wiedersehen. Ach Gott, wie kann man nur so blöd sein!« Ein kleiner Schatten legte sich über den sonst so wunderbaren Tag.

»Was ist?« Hartmut hatte überhaupt nicht verstanden. »Ist doch kein Malheur, wenn uns der Zug mit der unbekannten Schönen davonfährt, die nächste U-Bahn kommt bereits in drei Minuten. Hast du es eilig?« Hartmut klang ein wenig verunsichert. Der Stimmungswandel in Angelika war ihm nicht entgangen, und er konnte nichts damit anfangen.

Sie sah ihn ernst an, dann huschte ein unsicheres Lächeln über ihr Gesicht. »Sie hat gemeint, wir sollten uns vielleicht wiedersehen.«

»Meine Frau Doktor!«, das sagte Hartmut nur, wenn er sie sehr liebevoll ansprach oder wenn er aus irgendeinem Grund ein schlechtes Gewissen hatte, »habe ich irgendetwas nicht mitbekommen?«

Angelika seufzte und zuckte mit den Achseln. »Komm, trinken wir noch ein Glas Rotwein bei mir zu Haus …«

»Nein, bei mir«, schnitt er ihr das Wort ab, »Karin ist sicher noch wach und freut sich, wenn wir uns mit ihr zusammensetzen. Zu einem Glas Wein wird sie nicht Nein sagen, so wie ich sie kenne.«

Angelika war sich nicht ganz sicher, ob das eine gute Idee sei, musste sie dann doch nochmals hinaus in die Kälte, um in ihr Haus, in ihr Bett zu gelangen. »Ich weiß nicht …«, wollte sie gerade anheben, da wurde sie schon von Hartmut unterbrochen.

»Wenn du willst, holen wir noch ein paar Sachen, die du morgen brauchst. In der Früh fahren wir doch gemeinsam in die Arbeit. Du schläfst im Gästezimmer, und ein kleines nettes gemeinsames Frühstück wird uns dann gut in den neuen Arbeitstag starten lassen. So könnten wir den Abend nun noch richtig schön ausklingen lassen.«

Hartmuts Stimme erlaubte keine Widerrede. Angelika stimmte zu. Sie wollte ihm und eigentlich auch seiner Frau Karin ohnehin gerne die Erlebnisse des Tages schildern. Das war ihr jetzt ein großes Bedürfnis.

Karin war in den vergangenen Monaten nicht nur eine wunderbare Golfpartnerin geworden, sondern auch eine gute Freundin. Angelika musste loswerden, was sie gerade jetzt wieder aufwühlte, mehr als sie es sich selbst erklären konnte. »Gut! Aber wir trinken den Burgunder, den du aus Frankreich mitgebracht hast.«

»Das sollte kein Problem sein«, ein Schmunzeln umspielte seine Lippen, »ist ja noch etwas davon da, du bist ja die Einzige, die ihn wirklich liebt.«

Das Parkhaus war erreicht, schon ging es raus aus der Stadt. Bei Hartmut gab es auch im Auto Oper. Heute Simone Boccanegra.

»Du bist nicht nur brustfixiert, Hartmut, dein Opernfaible übersteigt bei Weitem das Maß des Normalen. Du solltest einmal deinen Freund Harald, den Psychotherapeuten, beruflich konsultieren und nicht nur immer in der Sauna mit ihm herumhängen«, sie lachte leise.

»Was übersteigt das Maß des Normalen? Was ist das übrigens für ein Ausdruck?«

»Hast du im letzten halben Jahr in deinem Auto irgendetwas anderes gehört als Simone Boccanegra?«

Hartmut lachte laut auf. »Aber natürlich! Ich wechsle die CDs gar nicht so selten«, er warf einen kurzen Blick auf Angelika, die ihn von der Seite her mit einem liebevollen Blick fixiert hatte, »aber ich gebe zu, dass ich immer relativ schnell wieder auf den Boccanegra zurückkomme.« Er seufzte. »Mirella Freni … Mirella Freni kann ich immer hören«, fügte er leise und beinahe ein wenig trotzig hinzu, um gleich nachzufragen: »Soll ich eine andere CD einlegen oder auf Radio umschalten?«

»Nein, lass nur.« Angelika gefiel die Musik. Gerade eben war ein Liebesduett zu hören, nahm sie ganz in seinen Bann. *Was tust du gerade, schöne Unbekannte?* Angelikas Gedanken glitten ab, und sie ließ ihrer Fantasie freien Lauf. Sie stellte sich vor, die Hände der Unbekannten sanft in die ihren zu nehmen, ihre Fingerspitzen durch die Locken gleiten zu lassen und sie fest an sich zu drücken. Sie wollte sie nur spüren, nur spüren und halten. *Was ist nur los mit mir?* Der Frage folgte die Antwort. *Du bist verknallt, das ist es. Hoffnungslos verknallt in eine Frau, die du gar nicht kennst. Wie ein Teenager, wie ein junges Mädchen.* Sie schüttelte den Kopf.

Angelika hatte nun ja schon einige Beziehungen oder »Abschnitte«, wie sie es selbst bezeichnete, hinter sich. Einmal länger, einmal kürzer waren sie gewesen, doch niemals dauerhaft. Da half kein Bemühen. Die große Liebe hatte sie bis jetzt nicht gefunden, da war sie sich ganz sicher.

Über ihr Privatleben, ihre Neigungen und Spleens zu erzählen, war eigentlich nicht ihre Sache, und es war eher ein Zufall, dass sie mit Karin und Hartmut darüber ins Gespräch kam. Der Anlass dazu war eines Tages Karins Schmetterlingstattoo über ihrer rechten Pobacke gewesen, das sie bei ihrem ersten gemeinsamen Saunabesuch in Hartmuts Keller entdeckt hatte. Sie plauderten darüber, und Hartmut hatte sie doch etwas erstaunen lassen, als er erklärte, er hätte sich auch schon ein Tattoo stechen lassen, bloß konnte er sich nicht vorstellen, welches Motiv wirklich zu ihm passen würde. Recht bald wurden keinerlei Themen mehr ausgeklammert, wenn man gemütlich in der Sauna beisammensaß. Und irgendwann war Angelika dann mit ihrer Vorliebe für Frauen herausgerückt. Mit ein wenig Bauchweh. So sicher war sie sich nicht, wie die beiden darauf reagieren würden. Doch schließlich waren sämtliche vagen Befürchtungen völlig unbegründet geblieben. Karin und Hartmut hatten angemessen reagiert.

»Man kann sich in Wahrheit doch nicht aussuchen, wo die Liebe hinfällt«, war Hartmuts knapper Standpunkt.

»Das sehe ich auch so«, legte Karin gleich nach. »Die große Kunst im Leben besteht doch darin, den richtigen Partner oder die richtige Partnerin wirklich zu erkennen und sich dann auf die Liebe einzulassen.«

»Ohne Risiko ist das für niemanden, und Enttäuschungen in der Liebe kennt ja jeder.« Hartmut wirkte in sich gekehrt, als er weitersprach: »Ich sehe bei so vielen Verwandten, Bekannten und Freunden, dass diese immer an falschen Orten die falschen Partner suchen. Viele werden sich nicht darüber im Klaren, wer denn wirklich zu ihnen passen würde. Und manchmal suchen die Leute auch beim falschen Geschlecht. Das kann schon hin und wieder traurig machen.«

Angelika fühlte sich wohl in der Gesellschaft von Karin und Hartmut. Deren Söhne Lorenz und Max hatte sie auch ins Herz geschlossen, und so hatte sie einen Familienanschluss bekommen, den sie seit ihrer Kindheit nicht mehr hatte und der damals, als sie kaum vierzehn Jahre alt war, abrupt mit dem Unfalltod ihrer Eltern geendet hatte. Ihre Großeltern hatten sich um sie gekümmert, und die Schulzeit verbrachte sie im Internat.

Da war zwar noch eine ältere Schwester, Lizzi, mit der stand Angelika aber nicht mehr in Verbindung. Mit dem Umzug der Schwester nach Deutschland waren die Kontakte langsam, aber sicher abgebrochen. Geburtsanzeigen der Neffen, da war Angelika noch nicht einmal sechzehn gewesen, waren die letzten schönen persönlichen Berührungspunkte gewesen. Lizzi hatte dann, als sie davon erfahren hatte, nie ein Hehl daraus gemacht, dass es sie störte, eine Lesbe zur Schwester zu haben. Selbst zum Begräbnis von Großmutter und Großvater war sie deswegen nicht erschienen. Es gab da zwar jedes Mal eine Ausrede, schließlich aber war die Wahrheit immer ans Licht gekommen: Es war Lizzi zuwider, mit ihrer lesbischen Schwester zusammenzutreffen.

Umso mehr genoss Angelika die neue Situation. Bald wurde Karins und Hartmuts Haus eine Anlaufstelle, um Sorgen und Probleme zu bereden, und ein Ort zum Teilen von Freuden. Ihr eigenes Haus lag glücklicherweise gleich um die Ecke, es war also möglich, kurzfristig etwas miteinander zu unternehmen. Auf der anderen Seite jedoch konnte man Abstand voneinander wahren, wenn einem danach war.

Hartmut hatte mit der Fernbedienung das Garagentor geöffnet und rollte ganz langsam vor, bis er kaum spürbar das Heck des Wagens seiner Frau berührte. Angelika hatte sich kurz zuvor frische Kleidung, ein paar sonstige Utensilien und ein Buch, das sie am kommenden Tag einem Arbeitskollegen borgen wollte, aus dem eigenen Haus geholt und war wieder ins Auto gestiegen. Seit sie aus dem Parkhaus in Wien gefahren waren, hatten sie nur sehr wenig gesprochen. Hartmut hatte Karin angerufen, um sie zu bitten, gleich einmal eine Flasche Burgunder zu öffnen. Ein wenig lüften würde dem Wein nicht schaden. Karin war erfreut über die Aussicht, noch einen gemütlichen späten Abend vor sich zu haben. Sie hatte am nächsten Tag frei, von ihr aus konnte es heute auch etwas länger dauern.

Angelika saß mit ihrem Glas Rotwein in der Hand auf der Couch. Ein wenig verzagt lächelte sie ihre Gastgeber an. Sie hatte Hartmut und Karin ausführlich, wenngleich nicht bis ins letzte Detail erzählt, was sich so im Laufe des Tages getan hatte.

»Unglaublich, Angelika, so etwas kannst auch nur du erleben!« Karin schüttelte den Kopf. »Ich glaub, mir würde das in hundert Jahren nicht passieren.« Sie fuhr sich durch ihre grauen Naturlocken. »Aber dass du nicht weißt, wie die schöne Frau heißt, wo sie wohnt, was sie macht und sie umgekehrt nichts von dir weiß, ist ja noch unglaublicher und … gelinde gesagt saublöd.«

»Mir fällt da jetzt auch nichts dazu ein«, waren Hartmuts kurze Worte. Er nippte an seinem Burgunder, der heute offenbar allen mundete, immerhin war bereits die zweite Flasche geöffnet worden.

Angelika schien jetzt in sich zusammenzufallen. Ihr Lächeln war verschwunden, und langsam lief eine Träne über ihre Wange. »Ich habe es wirklich versaut. Aber ... aber so etwas hab ich halt auch noch nicht erlebt.« Die Tränen flossen jetzt ungehindert.

»Na, Frau Dr. Nadherna«, Hartmut nahm sie in seinen Arm, »nimm das jetzt nicht so tragisch. Vielleicht lässt sich das Problem ja noch lösen.«

»Und wie soll Angelika das anstellen?«, wollte Karin von ihm wissen. »Ihr wisst ja gerade mal, dass sie gemeinsam mit einer älteren Dame in die U-Bahn in Richtung Hütteldorf eingestiegen ist. Das ist nicht viel.«

Hartmuts Gesicht erhellte sich. »Vielleicht ist sie Stammkundin in der Boutique, in der sie dich mit ihrem Korsett beschossen hat.«

Die Tränen waren wieder versiegt, und man konnte deutlich erkennen, dass es in Angelikas Kopf arbeitete. »Gleich nach dem Dienst mache ich mich auf den Weg dorthin. Ja. Könnte ja sein, dass es wirklich so ist«, murmelte sie leise vor sich hin. »Was ist los mit mir? Meine Gefühle sind ja völlig überzogen. Was ist nur los mit mir?«

Auf die Frage erhielt sie von Karin und Hartmut keine Antwort, Hartmut schenkte jedoch immerhin vom Burgunder nach. Karin versuchte geschickt, das Thema zu wechseln, was ihr auch gelang, da Angelika sich jetzt nur allzu gerne darauf einließ. Hartmut war nach der wunderbaren Opernvorstellung nun ohnehin völlig entspannt.

Vorfrühling

Karin steckte die Kapsel in den Espressoautomaten, drückte den Knopf, und bald duftete es verführerisch nach Kaffee. »Mach mir doch bitte auch einen Espresso«, Hartmut schaute kurz vom Brief auf, den er gerade geöffnet hatte, »es riecht so herrlich. Ich hatte zwar mit Angelika heute bereits den einen oder anderen, einer geht aber noch.«

»Apropos Angelika«, Karin nippte an ihrem Kaffee, »war sie bereits erfolgreich bei ihrer Suche nach der schönen Unbekannten?«

»Nein, davon hätte ich dir schon berichtet. Nein, ganz im Gegenteil, gerade gestern hat sie mir erzählt, dass sie es endgültig aufgegeben hat.« Er nahm seinen Kaffee und setzte sich auf das Sofa vor dem Kamin. »Komm her zu mir, Karin, setz dich, ein bisschen Ruhe schadet uns nicht.«

Nachdem sich Karin auf dem zweiten Sofa niedergelassen hatte, fuhr er fort: »Du weißt ja, dass sie in der Boutique war, aber dort konnte man ihr nur sagen, dass die Unbekannte mit dem Korsett keine Stammkundin war und noch dazu bar bezahlt hatte. Angelika hat jedenfalls ihre Telefonnummer hinterlassen für den Fall, dass die Frau wieder im Geschäft auftauchen sollte. Bisher ist sie jedenfalls nicht angerufen worden.«

»Schade«, meinte Karin, »wenn sie in der Boutique niemand kennt, dann vielleicht jemand in der Oper.«

»Und wie soll man das herausfinden?«, Hartmut schaute Karin tief in die Augen, »sie war ja auch nur Publikum wie wir. In der Pause und nach der Vorstellung hat sie sich wahrscheinlich mit der älteren Dame getroffen, mit der wir sie dann in der U-Bahn gesehen haben. Und das, liebe Karin, ist auch nur Spekulation.«

»Junge Schönheit mit älterer Dame in der Oper …«, Karin brach ab und schwieg. Unvermittelt setzte sie fort: »Sitzen nicht beieinander, treffen sich aber in der Pause.« Wieder schwieg sie kurz. »War es schwierig, für diesen Tag Karten zu bekommen?«

»Nein, eigentlich nicht. Das hat mich sogar ein wenig gewundert. Eine gute Besetzung und eine Abo-Veranstaltung, das sind sonst nicht die Voraussetzungen, leicht an Karten zu kommen.«

»Die ältere Dame hat ein Abo und hat die junge Schöne, vielleicht ihre Tochter oder ihre Nichte, mitgenommen. Und dafür musste diese natürlich anderswo sitzen als bei ihrer Mutter, oder was weiß ich eben.« Karin zeigte mit dem Finger auf Hartmut und setzte ein schiefes Lächeln auf.

Hartmut sprang auf, lief zum Laptop auf dem Couchtisch nebenan, rief die Homepage der Staatsoper und dort den Spielplan auf. Eine Viertelstunde später setzte er sich wieder zu Karin, die sich noch einen weiteren Kaffee geholt hatte.

»Du sollst nicht so viel Kaffee trinken«, meinte er mit einem missbilligenden Blick. Der erhellte sich aber bald, als er fortsetzte: »Es ist das Abo-zwölf gewesen an besagtem Abend, und die nächste Abo-zwölf-Vorstellung ist in vier Tagen. Arabella von Richard Strauss. Da habe ich problemlos eine Karte auf der Galerie bekommen. Vielleicht werde ich fündig auf der Suche nach den Unbekannten, und wenn nicht, dann genieße ich Arabella und erzähle Angelika gar nichts von meinem Versuch.«

»Weißt du noch, wie die ältere Dame ausgesehen hat?« Karin wirkte etwas skeptisch.

»Nein, keine Ahnung. Graue Haare, etwas größer als ihre Begleiterin, schlank, das ist alles, woran ich mich erinnern kann, aber da kommt dann wohl ein großer Prozentsatz des Publikums infrage.« Nach einer kurzen Pause fuhr er fort: »An die Schöne kann ich mich hingegen gut erinnern, vor allem an ihre Lockenpracht. Wenn sie nicht seit Neuestem einen Kurzhaarschnitt trägt, werde ich sie erkennen, und vielleicht hilft es mir, wenn sie wirklich wieder mit ihrer Mutter, Großmutter, Tante, wie auch immer, unterwegs ist.«

Hartmut stieg gemütlich die Treppe zur Galerie der Staatsoper hinauf. Er wusste, dass er viel zu früh hier war, ganz gegen seine Gewohnheit, wenn er alleine die Oper besuchte. Üblicherweise erschien er da erst im allerletzten Augenblick an seinem Platz. Es war ruhig, als er den Zuschauerraum betrat und langsam ganz nach vorne schritt. Ein paar Touristen fotografierten und ließen sich fotografieren. Er hatte nicht erwartet, die beiden Frauen gleich zu finden. Die Suche würde er knapp vor Beginn der Vorstellung beginnen und dann in der Pause fortsetzen. Vertieft ins Programmheft, übersah er, wie rasch sich das Haus füllte. Erst als das Licht ausging und die Zuschauer darauf aufmerksam gemacht wurden, ihre Mobiltelefone auszuschalten, sah er sich suchend um, konnte aber niemanden erkennen.

Richard Strauss, wie herrlich! Gott sei Dank spielt man heute Arabella und nicht Capriccio, da hätte es ja keine Pause gegeben, fuhr es ihm durch den Kopf. Bald versank er in den herrlichen Melodiebögen der Oper, die er so genoss, und Adrianne Pieczonka sang traumhaft schön die Arabella. Der eigentliche Zweck seiner Anwesenheit war bald vergessen.

Die Suche in der Pause blieb erfolglos. Er hetzte zwar von einem Buffet zum anderen, konnte aber niemanden ausmachen. *Das war ein sinnloser Akt, das wird wohl nichts,* waren seine Gedanken, als er wieder Platz nahm.

Die Aufführung war schließlich bis zum Ende wunderbar gewesen, und so verließ Hartmut die Oper beim Gedanken an die beiden Unbekannten, die ihn heute eigentlich hergeführt hatten, nur mehr mit geringem Bedauern. Er schritt gemächlich die Haupttreppe hinab und wandte sich in Richtung Ausgang.

Da! Das darf ja nicht wahr sein! Da sind sie. Sie sind wirklich hier! Die Gedanken wirbelten durch seinen Kopf, als er sie unmittelbar vor sich im Foyer stehen sah: eine ältere, etwas hager erscheinende Frau mit grauem Haar und eine jüngere Dame, ein wenig kleiner, mit brauner Lockenpracht ... und hübschem Gesicht, wie er jetzt feststellte. Die ältere Dame zog sich eben Handschuhe über, schon setzten sich beide in Bewegung.

Hartmut stürmte zu ihnen hin und baute sich in voller Breite vor den beiden auf. *Es gibt kein Entkommen!* Das war sein einziger Gedanke.

»Entschuldigen Sie, meine Damen«, er schaute der jungen Schönheit direkt in die Augen, »waren Sie nicht vor sechs Wochen in I Puritani von Bellini auch hier in der Staatsoper? Und sind Sie, gnädige Frau, nicht in der Zehner-Loge im Parterre vor mir und neben meiner Arbeitskollegin gesessen?«

»Ja, das kann sein«, eine tiefe Röte durchzog das Gesicht der jungen Frau.

»Wollen Sie uns nicht vorbeilassen, junger Mann! Wir möchten nach Hause«, mischte sich die ältere Dame nicht unfreundlich, aber bestimmt ein.

»Mein Name ist Dr. Hartmut Hellmar«, stellte sich Hartmut kurz vor, »verzeihen Sie mir, dass ich Sie hier so einfach anspreche. Ich habe auch nicht vor, Sie über Gebühr aufzuhalten.« Er wandte sich nun an die ältere Frau: »Ich möchte kurz mit Ihrer Begleiterin sprechen. Allein.«

»Was will der Herr von dir, Carola?«, die ältere Dame schien etwas ungeduldig zu werden. »Was wollen Sie von meiner Nichte, mein junger Mann?«

»Tante Hedwig! Das weiß ich auch noch nicht, was Herr Dr. Hellmar will. Sicher ist aber, dass er nicht *dein* junger Mann ist.« Sie wandte ihren Blick an Hartmut. »Und sicher ist, dass ich wissen möchte, was er vorzubringen hat. Daher wäre es wohl besser, du fährst jetzt alleine mit der U-Bahn nach Hause.« Sie hatte ihre Tante fest umarmt und ihr ein Küsschen auf die Wange gedrückt. »Danke nochmals für den netten Opernabend, und ich freue mich schon auf das nächste Mal. Wir sehen uns morgen pünktlich um neun Uhr im Laden.«

»Ist recht, Kleines, ich wünsche dir noch einen schönen Abend, wir sehen uns morgen.« Sie drückte ihrer Nichte einen Kuss auf die Wange und musterte dann Hartmut mit ein wenig Skepsis. »Auf Wiedersehen, Herr Doktor!« Schon hatte sie sich umgedreht und war schnellen Schrittes in Richtung Ausgang verschwunden.

»Ich heiße Carola Persiani. Guten Abend.« Sie streckte ihm die Hand entgegen. »Warum wollen Sie mich nun wirklich sprechen?«

»Können Sie sich das nicht denken?«

»Hat sie Sie beauftragt, mich zu suchen?«

»Sie weiß nichts davon, dass ich hier bin. Sie weiß nicht einmal, dass ich Sie suche.«

»*Sie* haben mich gesucht?« Ein Staunen erschien auf ihrem Gesicht. »Warum tun Sie das?«

»Weil ich meine Kollegin, sie heißt übrigens Angelika, Dr. Angelika Nadherna, also weil ich sie gut kenne und weiß, dass sie es sehr bedauert, nicht mit Ihnen in Kontakt treten zu können.«

»Ach ja?«

»Sie haben neulich einen großen Eindruck auf sie gemacht, und sie hat versucht, Sie zu finden. Vergebens.«

»Sie hat mich auch gesucht?« Das Staunen war nicht aus Carolas Gesicht gewichen. Dann senkte sie den Blick, wurde ernst und fuhr leise fort: »Ich weiß nicht, ob das so eine gute Idee ist, dass wir in Kontakt treten. Ich hatte mich an dem besagten Tag in der Oper nicht ganz unter Kontrolle. Ihre Kollegin hat mich, wie soll ich es sagen, sie hat mich aus der Bahn geworfen. Mein Verhalten war mir im Nachhinein doch sehr peinlich.« Sie seufzte. »Man hätte es auch als ungebührliche Belästigung auffassen können.« Sie hob den Kopf und lächelte Hartmut an. »Ich weiß ja nicht, wie weit Sie die Geschichte kennen.«

»Zur Gänze.« Hartmuts Antwort fiel knapp aus.

»Und trotzdem haben Sie mich gesucht? Das verstehe ich jetzt nicht.«

»Also von Belästigung war jedenfalls nie die Rede. Angelika war aufgewühlt, ja. Sie wollte Sie unbedingt wiedersehen. Fast hätten wir Sie in der U-Bahn-Station noch erwischt, nur sind Sie uns vor der Nase davongefahren.«

»So …« Sie blickte jetzt an Hartmut vorbei in eine unbestimmte Ferne. »Ich weiß dennoch nicht, ob wir uns wirklich nochmals treffen sollten.« Sie seufzte ein weiteres Mal und sah Hartmut in die Augen. »Verzeihen Sie meine Offenheit, aber ich denke nicht, dass ich die Freundin zum Pferdestehlen für Ihre Kollegin sein könnte.«

»Und ich sage Ihnen, geben Sie ihr und sich doch eine Chance. Ich denke nicht, dass das so hoffnungslos ist.«

Sie starrte ihn jetzt mit offenem Mund an und schwieg. Tonlos sprach sie dann zu sich selbst: »Sie hat mich gesucht.«

»Bitte verstehen Sie mich nicht falsch, ich will da nichts erzwingen, das liegt mir völlig fern, aber sie hat wirklich versucht, Sie zu finden. Erst vor wenigen Tagen hat sie aufgegeben. Die Traurigkeit, mit der sie mir das erzählt hat, war zum Greifen.« Hartmut hielt seine Eintrittskarte in die Höhe. »Meine Frau hatte dann die Idee mit der Oper und mit der Abo-Veranstaltung. Offenbar hatte sie recht. Abo-zwölf, nicht wahr?«

»Abo-zwölf. Ja, meine Tante hat ein Staatsopernabo seit Menschengedenken. Gar nicht so selten begleite ich sie, wenn es gelingt, für mich eine Karte aufzutreiben.« Carola sprach es tonlos aus und starrte Hartmut ungläubig an. Das Foyer hatte sich geleert, Stille kehrte ein. Plötzlich erhellte sich ihr Gesicht zu einem strahlenden Lächeln. »Kommen Sie, wir haben etwas zu besprechen. Wir fahren zu mir.

Um die Ecke gibt es ein Lokal, das bis fünf Uhr am Morgen offen hat, es strahlt zwar nicht die große Gemütlichkeit aus, aber die Leute sind nett, und etwas Gutes zum Essen finden wir dort auch.« Schon hatte sie sich bei Hartmut eingehakt und zog ihn mit sich hinaus aus der Oper und hinunter in die U-Bahn.

Es war drei Uhr geworden, als sie sich vor Carolas Wohnhaus voneinander verabschiedeten. Es war ein ganz außergewöhnlicher Abend, eine außergewöhnliche Nacht geworden. Hartmut musste von Angelika erzählen. Carola wollte alles wissen. Anfangs legte er voller Elan los und merkte bald selbst, wie sehr ihm seine Kollegin ans Herz gewachsen war. Doch schließlich wusste er sich zurückzuhalten. Das Kennenlernen musste man den beiden doch selbst überlassen. Hungrig hatten sie sich um Mitternacht etwas zu essen bestellt. Die Küche war tatsächlich ausgezeichnet. Carola begann irgendwann erst etwas zögerlich, aber dann doch immer offener von sich zu erzählen.

Schließlich kam man auf den Punkt: Wie und wann sollte man ein erstes Treffen arrangieren?

»Carola, möchtest du uns nicht nächste Woche auf eine kleine Tagung nach Salzburg begleiten?« Hartmut hatte ihr das Du-Wort angeboten, als sie ihn bei den blumigen Schilderungen ihrer kleinen Kunsthandlung, die sie mit ihrer Tante Hedwig gemeinsam führte, ein paarmal mit Du angesprochen, und sich dafür dann entschuldigt hatte. Für Hartmut und seine Generation aus den Fünfzigern und Sechzigern des vorigen Jahrhunderts war das Du-Wort so selbstverständlich gewesen, da hätte man sich in einer solchen Situation und in so einem Ambiente sowieso geduzt.

»Wie stellst du dir das vor?« Sie klang interessiert.

Hartmut hatte sich noch gar nichts vorgestellt, die Idee war ihm spontan gekommen. Langsam entwickelte er seinen Plan, und als sie hörte, um welches Seminarhotel es sich handelte, in dem sie Quartier beziehen sollten, war sie Feuer und Flamme. Es war eines ihrer Lieblingshotels im Salzburger Land.

»So könnte ich mir das vorstellen«, schloss er.

Carola und er tauschten Telefonnummern und E-Mail-Adressen aus. Alles sollte vorerst geheim bleiben. Details würden sie in den nächsten Tagen besprechen.

Jetzt vor ihrer Haustür schüttelten sie sich fest die Hände. »Danke,

Hartmut.« Carola beugte sich vor, drückte ihm ein Küsschen auf die Wange, stieß mit dem Fuß die Haustür auf und war auch schon verschwunden.

Hartmut bemerkte seine Müdigkeit erst auf der Fahrt nach Hause. Er hatte zwar nur Alkoholfreies getrunken, aber der Tag war ungewöhnlich lang, und Karin würde in der Früh größte Probleme haben, ihn aus dem Bett zu bringen.

»Persiani.« Die Nummer am Display war ihr unbekannt, Carola hatte den Anruf dennoch angenommen.

»Hallo Carola, Hartmut am Apparat!«

»Ah, du bist das! Deine Nummer ist mir noch nicht geläufig. Ich freue mich, von dir zu hören. Hast du alles regeln können wegen der Tagung und des Hotelzimmers?«

»Deswegen ruf ich dich an. Es gibt ein Problem. Im Hotel ist kein einziges Zimmer frei. Nur die Besenkammer.«

»Schade!«, entfuhr es Carola.

»Nichts ist schade«, fuhr er fort, »ich habe das Problem bereits gelöst. Du wirst mich vertreten.«

»Wie bitte?« Carola fuhr sich mit den Fingern durch die Locken. »Ich soll dich vertreten? Das kann ich nicht.«

»Nicht als Arzt! So meine ich das nicht«, versuchte Hartmut, sie zu beruhigen. »Du musst keinen Vortrag halten oder sonst etwas auf der Tagung tun. Nein, du nimmst nur mein Zimmer, es ist übrigens neben dem von Angelika ...«

»Ach ja? Das weißt du bereits?«

»Ja, das weiß ich tatsächlich. Wir suchen uns das schon immer im Vorfeld der Veranstaltung aus. Mein Ticket für den Zug und die Platzkarte übernimmst du übrigens auch.« Er machte eine kurze Pause. »Die Sache hat nur einen kleinen Haken.«

»Und der wäre?«

»Ich habe die Karten und die Platzkarten ja ursprünglich für Angelika und mich organisiert, und da habe ich für mich die Karte ab Sankt Pölten besorgt, weil ich dort vor der Fahrt einen Termin gehabt hätte. Den Umweg über Wien wollte ich mir auf alle Fälle sparen. Angelika hingegen fährt vom Wiener Westbahnhof weg. Sie kommt direkt vom Institut.« Er schwieg.

»Hartmut? Bist du noch dran?«
»Die wird Augen machen, wenn du ins Abteil trittst. Das würde ich nur allzu gerne sehen.« Er hatte die letzten Sätze mehr zu sich als zu Carola gesagt. Eifrig fügte er hinzu: »Kannst du dir das vorstellen? Glaubst du, wir können das so über die Bühne gehen lassen?«
»Genau so werden wir das tun.« Carola sah sich schon im Zug. Ein Gefühl der Euphorie kam in ihr hoch, gleichzeitig aber auch eine unglaubliche Unsicherheit, die ihr sonst fremd war. *Es ist fast zu schön, um wahr zu sein*, war ihr Gedanke, als sie sich verabschiedet und aufgelegt hatte.

»Mit wem hast du da eben telefoniert?« Tante Hedwig war die aufgekratzte Stimmung und das unruhige Hin-und-her-Gehen ihrer Nichte aufgefallen.
»Mit Hartmut«, lautete ihre Antwort. Sie setzte sich zu Tante Hedwig und erzählte in groben Zügen die ganze Geschichte.
»Carola, sei vorsichtig! Verrenn dich da nicht in etwas. Ich möchte nicht, dass du da eine Enttäuschung erlebst. Meine Erfahrung sagt mir, dass solche Verrücktheiten, wie du sie mir geschildert hast, meist kein gutes Ende nehmen.« Hedwig klang besorgt.
»Tante Hedwig, mach dir keine Gedanken. Wenn ich merke, dass ich ganz falsch liege, werde ich rechtzeitig den Rückzug antreten.« Carola drückte ihr einen Kuss auf die Nasenspitze. »Außerdem möchte ich den Aufenthalt in Salzburg gleich dazu nutzen, um mit dem jungen Künstler, dem Fotografen, diesem Franz Maier, in Verbindung zu treten, der uns mit seinen Verfremdungstechniken neulich ins Auge gefallen ist. Die Sache könnten wir übrigens sofort besprechen, ich wüsste gerne, wie du dazu stehst.«

Der Zug hielt pünktlich in Sankt Pölten. Carola war, nachdem sie sehr früh einen Zug nach Sankt Pölten genommen und sich in der für sie völlig unbekannten Stadt ein wenig umgesehen hatte, wieder rechtzeitig am Bahnhof eingelangt. Sie hatte ein wenig Proviant für sich und auch für Angelika besorgt und war dann zum Bahnsteig hinaufgefahren, wo sie eine steife Brise empfing. Dem Wagenstandsanzeiger zufolge musste ihr Waggon ziemlich weit vorne sein. Und richtig, als der Zug laut quietschend hielt, war der passende Einstieg direkt vor ihr. Es waren kaum Leute am Bahnhof, und der Zug schien zu drei Viertel leer zu sein. Schnell war das Abteil erreicht. Da saß sie.

Da saß sie und schlief. Tief und fest. So ein friedlicher Ausdruck. So ein hübsches Gesicht, es war noch schöner, als Carola es in Erinnerung hatte. Und die Figur dazu ... Carola stand noch immer vor der geschlossenen Abteiltür und starrte durchs Fenster. Angelikas Rock war ein wenig nach oben gerutscht und zeigte ihre mit wilden bunten Mustern bestrumpften Beine ein wenig mehr als vermutlich beabsichtigt. »Strumpffimmel ...«, hatte ihr Kollege Hartmut gemeint, als sie neulich nach der Oper mit ihm in dem kleinen Lokal gesessen war und er so ein wenig über sie erzählt hatte. *Ja, das könnte wohl sein,* dachte Carola, als sie leise die Tür öffnete und ins Abteil trat. Ebenso leise nahm sie gegenüber von Angelika Platz. *Wie kann man so fest schlafen?* Ein Lächeln umspielte bei diesem Gedanken ihre Lippen. Linz war schon bald erreicht, als die Sonne die Wolkendecke durchbrach und hell ins Abteil und vor allem in Angelikas Gesicht leuchtete.

Eine Unruhe erfasste Angelika. Langsam erwachte sie. Die Augen noch immer geschlossen, versuchte sie, die Müdigkeit aus ihren Knochen zu vertreiben und gegen das helle Sonnenlicht, das ihr ins Gesicht leuchtete, anzukommen. Der zarte Duft eines Parfums hing in der Luft. *Mhm, wie herrlich es hier riecht. Geweckt durch einen Wohlgeruch. Wunderbar.*

Der Zug nahm eine langgestreckte Kurve, die Sonne verschwand aus Angelikas Gesicht, und so öffnete sie doch endlich ihre Augen.

Wie gelähmt starrte sie auf ihr Gegenüber. *Das ist ja jetzt aber nicht wahr! Du träumst noch! Werde munter, Angelika!* Sie schloss kurz die Augen, öffnete sie dann nochmals ganz langsam. Und tauchte in ein zauberhaftes Lächeln ein. »Hallo«, kam es mit einem Krächzen aus ihr hervor, dann schwieg sie wieder.

Nach einer kleinen Ewigkeit, so schien es ihr, hörte sie dann ein helles klares »Hallo« und dann leise hinzugefügt: »Ich bin es wirklich.«

Angelika setzte sich nun auf. Plötzlich war es ihr ein wenig peinlich, dass sie offenbar beim Schlafen beobachtet worden war. Sie rückte ihren Rock zurecht und kontrollierte kurz den Sitz ihrer Bluse. Ein BH-Träger war auf ihren Oberarm gerutscht, aber das würde sie wohl jetzt nicht korrigieren können. Die ganze Aufmerksamkeit gehörte jedoch der Frau gegenüber, die sie jetzt nicht mehr lächelnd, sondern sehr ernst anblickte. Angelika konnte sich kaum von den dunklen Augen lösen, nur hin und wieder schweifte ihr Blick ab auf den Mund mit den geschwungenen Lippen und auf die dunkle Lockenpracht, die das Gesicht umspielte.

»Was tun Sie hier?!« Es war keine Frage, es war ein Aufschrei, der ihr entfuhr. Sie beugte sich vor und wiederholte leise: »Was machen Sie hier bei mir?«

Carola beugte sich ebenfalls vor, sah Angelika in die Augen und erwiderte leise und nun wieder mit einem Lächeln auf den Lippen: »Es ist kein Zufall, dass ich hier bin.«

»Sie sitzen auf dem Platz meines Kollegen Dr. Hellmar.«

»Von Hartmut habe ich die Platzkarte ...«

»Von Hartmut!? Hartmut, sagen Sie. Sie kennen einander also, und mir ist das nicht bekannt!« Angelika wusste nicht, ob sie lachen oder weinen sollte. »Ich weiß nicht, was ich dazu sagen soll. Ich habe mich so bemüht, Sie ausfindig zu machen. So bemüht! Nichts! Und jetzt sitzen Sie mir einfach gegenüber ...« Angelika war plötzlich wirklich zum Weinen, die Tränen stiegen in ihr hoch.

»Das war also keine gute Idee, die wir da hatten ...«

»Doch! Doch!« Angelika wischte sich eine Träne von der Wange. »Es ist das zweite Mal, dass ich Ihretwegen weine. Verzeihen Sie.«

»Sie sollten nie mehr meinetwegen weinen müssen.« Carola war das nun so herausgerutscht. »O Gott, was sage ich da?«

Carolas irgendwie zerknirschter Gesichtsausdruck brachte Angelika plötzlich zum Lachen. Und dieses Lachen ließ ihr einen Stein vom Herzen fallen. Eine unbändige Freude baute sich nun in ihr auf. »Es war eine wunderbare Idee, mich so zu überraschen. Das war wie Weihnachten und Ostern gleichzeitig. Es kam bloß so ... so überraschend.« Sie atmete kräftig durch. »Es ist so schön, dass Sie mir gegenübersitzen, Frau ...«

»Carola Persiani. Ich habe mich noch gar nicht vorgestellt. Carola Persiani ist mein Name. Wir haben einen ungewöhnlichen Weg gefunden, uns kennenzulernen, finden Sie nicht auch?«

»Sehr ungewöhnlich. Wie wäre es, wenn wir das ab nun auf gewöhnlichere Bahnen lenken könnten?«

»Ob wir das je schaffen?« Ein bezauberndes Lächeln erschien auf Carolas Gesicht.

»Na, ein wenig außergewöhnlich darf es schon bleiben. Oder?« Sie hatte das ausgesprochen, als sie merkte, dass nun wohl eine tiefe Röte über ihr Gesicht gezogen war.

Carola sagte nun einmal nichts. Sie betrachtete ganz offen das Gesicht ihres Gegenübers. Das Erröten war nicht zu übersehen gewesen. Es hatte sie sprachlos gemacht.

»Ich denke, mir ist heiß ...« Angelika schien nach Worten zu angeln.

»Ja, heiß.«

Schweigen breitete sich aus. Eben waren sie wieder langsam aus einem Bahnhof gerollt. Es war ihnen gar nicht aufgefallen, dass der Zug gehalten hatte. Immer noch waren sie völlig allein im Abteil. Und das sollte bis Salzburg so bleiben.

Nach einer Viertelstunde der Stille brach es aus Carola hervor: »Ich werde Sie zu Ihrem Kongress in Salzburg begleiten. Ihr Kollege Hartmut hat das alles möglich gemacht. Wenn Ihnen das aber nicht recht ist, so werde ich mich in Salzburg zurückziehen und Sie nicht weiter belästigen.«

»Weiter belästigen! Davon kann doch keine Rede sein! Wissen Sie, wie lange ich nach Ihnen gesucht habe?« Angelika setzte sich wieder auf und fuhr fort: »Ich kann Ihnen gar nicht sagen, wie sehr ich mich freue, Sie zu sehen. Es war Hartmuts Idee, dass Sie mich begleiten. Habe ich recht? Wo ist er eigentlich? Er sollte doch auch mitkommen.«

»Er ist zu Hause geblieben und hat mir sein Zimmer neben dem Ihren überlassen. Wir können in den nächsten Tagen also viel Zeit miteinander verbringen.«

»Ja, das werden wir tun. Ich möchte Sie ...«, sie machte eine kurze Pause, »darf ich Du sagen?«

»Natürlich! Ich bin Carola, nicht aus Italien, wie man es aus dem Namen heraushören könnte, sondern aus Niederösterreich, lebe zurzeit in Wien, möchte aber wieder raus aus der Stadt, und arbeite als Kunsthändlerin gemeinsam mit meiner Tante, die zwar schon ein älteres Semester ist, aber in Wirklichkeit noch immer die Fäden des Geschäfts fest in der Hand hat.«

»Na, jetzt weiß ich wenigstens, wen ich suchen muss, wenn du mir wieder einmal abhandenkommst. Ich bin Angelika.« Sie sah Carola verschmitzt an. »Vermutlich weißt du das ohnehin schon von Hartmut. Ich bin überhaupt neugierig, was du sonst bereits über mich weißt. Mit Hartmut werde ich übrigens später noch einmal ein Hühnchen zu rupfen haben.« Sie schüttelte belustigt den Kopf. »Dass er mir nicht einmal eine Andeutung gemacht hat. Starkes Stück.« Plötzlich beugte sich Angelika vor, nahm mutig Carolas Hände in die ihren und blickte tief in ihre Augen. »Warum hast du damals in der Oper meine Hand genommen?«

»Das kann doch wohl kein Zufall sein, dachte ich mir damals, als ich dich in der Loge wiedererkannt habe. Und wenn es einer ist, so kann man den Augenblick nicht einfach verstreichen lassen. Das waren meine Gedanken. In der Pause musste ich dann raus aus der Loge. Ich bin zu meiner Tante gelaufen, war ganz aus dem Häuschen und habe ihr atemlos ein paar Andeutungen von der Begegnung mit dir gemacht. Sie meinte nur, ich solle das Glück, wenn es denn eines gäbe, nicht sausen lassen oder so ähnlich.«

»Was sagst du da?«

»So war es, ehrlich. An mehr kann ich mich gar nicht erinnern. Und als ich nach der Pause so dicht neben dir saß, vielleicht auch überwältigt von der Musik Bellinis und dem wunderbaren Gesang, musste ich dich einfach spüren. Deine Reaktion, mich gewähren zu lassen, hätte mich dann fast um den Verstand und zum Weinen gebracht. Als die Vorstellung zu Ende war und ich meinte, wir müssten uns unbedingt wiedersehen, da plötzlich wurde mir klar, wie ich mich verhalten hatte, und ich hätte auf der Stelle im Erdboden versinken mögen, so peinlich war mir das.« Eine Pause trat ein, beide schwiegen, und Carola ließ ihren Blick zu Boden gleiten. »Ich hätte auch nach dir suchen sollen, mir fehlte aber ehrlicherweise der Mut dazu.«

Angelika sah sie mit einem warmen Lächeln an und fragte etwas zaghaft: »Wie soll es denn jetzt weitergehen?« Sie räusperte sich. »Ich hatte so eine Situation noch nie, ich komme mir vor wie eine Sechzehnjährige, die …«, sie brach ihren Satz abrupt ab. »Ja, was denn, in was gerieten wir da hinein? … Wie Sechzehnjährige, die noch keinerlei Erfahrungen im Leben gemacht haben«, fuhr sie fort.

Carola hatte ihren Kopf wieder gehoben und sah Angelika nun mit festem Blick an: »Ich schlage vor, wir lernen uns jetzt einfach einmal kennen und genießen die Tage in Salzburg, die wir vor uns haben. Ich hoffe, dein Kongress wird dich nicht so in Beschlag nehmen, dass wir keine Zeit mehr für uns haben«

»Keine Sorge! Das lässt sich arrangieren.«

»Ich will dich da aber von nichts abhalten«, beeilte sich Carola einzuwerfen, »mir wird nicht langweilig werden, da ich in der Stadt Salzburg ein paar Galerien besuchen möchte.«

»Ach ja? Vielleicht kannst du mich auch mitnehmen?«

»Ja, gerne!« Sie seufzte. »Vor wenigen Tagen noch hätte ich mir nicht vorstellen können, heute im Zug nach Salzburg zu sitzen ...«

Und Salzburg war auch schon erreicht. Die Zeit war im Flug vergangen.

Das Hotel lag außerhalb der Stadt am Abhang des Gaisbergs, eine knappe Viertelstunde vom Bahnhof entfernt. »Wir nehmen ein Taxi. Ich wüsste sonst nicht, wie wir ins Hotel gelangen könnten«, Carola war schon unterwegs zum Taxistand.

»Ja, ohne Taxi geht da nichts. Aber ich mag das Hotel gern, und gerade die Lage am Berg und beinahe im Wald mit der dort herrschenden Ruhe ist einfach wunderbar. Bis auf den Wellnessbereich, der schon etwas in die Jahre gekommen ist, ist alles tipptopp.«

»Der Wellnessbereich ist, was ich auf der Homepage des Hotels gelesen habe, erst heuer neu gestaltet worden.« Carola wandte sich zu ihr um. »Gehst du gerne in eine Thermenlandschaft? In die Sauna oder ins Dampfbad?«

»Ich liebe Sauna! Hartmut hat eine im Keller, und da bin ich regelmäßig eingeladen. Es ist einfach ein Genuss. Und du?«

»Lach mich nicht aus, aber ich war noch nie in der Sauna oder in einem Dampfbad. Du könntest mich da aber in die Geheimnisse einführen.«

»Weißt du was? Wir checken ein, lassen Saunakammern und Dampfbad, wenn nötig, einheizen und trinken in der Zwischenzeit gemütlich irgendetwas an der Bar. Zum Beispiel ein Bier.«

»Zum Beispiel ein Bier. Da hätte ich nun gar nichts dagegen.« Carola spürte einen ungemeinen Durst in sich hochsteigen.

»Weißt du übrigens, dass unsere Zimmer nebeneinander liegen? Hartmut und ich lassen uns bei Kongressen hier immer diese beiden reservieren, sie gefallen uns am besten ...« Sie schien kurz nachzudenken, schwieg dann aber.

»Ich bin informiert. Hartmut hat mir das erzählt. Ich klopfe später einfach bei dir an, wenn ich fertig für die Sauna bin, dann können wir gemeinsam gehen.«

»Gut, so machen wir's!«

Eine Stunde später klopfte es leise an Angelikas Tür. Sie war schon bereit und hatte auf Carola gewartet, eingehüllt in einen flauschigen Bademantel, der endlich einmal nicht zu klein war wie sonst oft in Hotels. So kam man sich nicht schon nackt vor, wenn man die Treppen zur Sauna in den Keller hinabstieg. Die beiden Frauen traten neugierig ein und waren sofort freudig überrascht. Der Umbau war gelungen. Hier eröffnete sich das Paradies.

»Ich glaube, da kann ich es aushalten«, meinte Carola, legte ihre Badetücher und ihren Bademantel auf eine Liege und verschwand schon in der Dusche.

Angelika folgte ihr auf dem Fuß, und so geschah es, dass sie sich zum ersten Mal nackt begegneten. Beiden schien das nicht einerlei zu sein, denn sie schwiegen und vermieden den Blickkontakt zueinander. Und schon gar nicht entblößte man sich voreinander.

Das ließ sich indes nicht ganz vermeiden, wenngleich die riesigen Frotteetücher meist als eine Art Zelt herhalten mussten. Langsam stieg in beiden Frauen die Neugier ein wenig hoch, und so konnten sie es doch nicht lassen, einander verstohlen zu mustern. *Meine Güte, Angelika, hast du noch nie eine nackte Frau gesehen?*, fuhr es ihr durch den Kopf, als sie schnell nach dem ersten Gang in das Dampfbad in die Brause gesprungen waren. Gerade jetzt trafen sich ihre Blicke. Ein warmer Ausdruck lag in Carolas Augen, ihre Mundwinkel zuckten jedoch ganz leicht, offenbar war auch sie unsicher.

»Angelika, du bist eine schöne Frau.« Es war mehr ein Seufzen als etwas anderes.

»Carola, du auch.« Angelika streckte ihre Hände aus und fasste langsam die von Carola. Wie angewurzelt standen sie da und ließen sich das warme Wasser über die Haut fließen.

»Komm, wir ruhen uns jetzt kurz aus, dann gehen wir in die Sauna, du möchtest doch lernen, wie man sauniert.«

Schweigend lagen sie eine halbe Stunde später in der Saunakammer, von deren Decke Lichter wie kleine Punkte leuchteten und immer wieder ihre Farbe wechselten. Carola lag auf der mittleren Stufe und betrachtete die Lichter an der Decke. Angelika lag eine Stufe über ihr und rekelte sich wohlig. Plötzlich setzte sie sich auf. »Wie geht es dir, Carola? Wir sollten langsam raus, es ist bald genug für den ersten Durchgang.«

»Können wir nicht noch ein paar Minuten bleiben?«

»Wenn es dir angenehm ist, natürlich«, Angelika ließ den Blick über die unter ihr liegende Carola schweifen, die noch immer fasziniert das Farbenspiel der Lichter an der Decke verfolgte. Sie hatte ein paar neckische Muttermale auf Brust, Bauch und Beinen und ... sie trug Piercings. Das war Angelika bis jetzt noch gar nicht aufgefallen. *Wie habe ich das übersehen können?* Da war erst einmal ein zartes Nabelpiercing, aber dann konnte sie zwei goldene Ringe im Intimbereich erkennen. »Carola, du bist gepierct. Du liebe Güte!«

»Stört es dich? Findest du es schlimm?« Carola setzte sich abrupt auf und sah Angelika etwas verunsichert an.

»Nein, nein! Ganz im Gegenteil, ich möchte mir selbst schon lange ein Nabelpiercing stechen lassen, aber ehrlich, ich war bis jetzt immer zu feige dazu, und außerdem hätte ich nicht gewusst, wohin ich da gehen soll. Ich habe noch nicht mal Löcher für Ohrringe.«

»Ich habe das alles schon seit Jahren. Jugendsünde, wenn du willst. Ich mach kein Aufheben darum, aber mir gefällt es immer noch.« Carola hatte sich wieder hingelegt, wie um Angelika besseren Einblick auf ihre geschmückte Mitte gewähren zu lassen. »Am Anfang war es nur Neugier und das prickelnde Gefühl, ständig ein kleines intimes Geheimnis herumzutragen«, sprach Carola weiter. »Jetzt bin ich es so gewohnt, wie eben die meisten Frauen ihre Ohrringe. Bei mir ist das beim Nabel und im Intimbereich heute nicht mehr anders. Und ehrlich, ich liebe vor allem meine Ohrringe. Da habe ich ein riesiges Sortiment.«

»Hat das nicht furchtbar wehgetan und dich anfangs nicht sehr gestört, wenn du damit irgendwo hängengeblieben bist?« Angelikas Neugier war geweckt.

»Nur bei den Ohren, Angelika, nur bei den Ohren!« Carola lachte laut auf. »Puh, ist es heiß hier drin. Ich muss jetzt mal raus, ich erzähle dir aber gerne noch mehr darüber nach einer kräftigen Abkühlung. Außerdem habe ich einen Mordsdurst.«

»Ja, raus mit uns an die frische Luft.« Angelika hatte sofort beim

Betreten des Saunabereichs bemerkt, dass es seit Neuestem auch eine Treppe ins Freie gab. Sie huschten also hinauf und fanden sich in einem gut abgeschlossenen gartenähnlichen Bereich mit ein paar Holzliegen und Stühlen wieder. Leichter Schneefall hatte eingesetzt, die zarten Flocken waren im Licht gut zu sehen. Bald fischten beide Frauen danach, fangen ließen sich die Kristalle jedoch nicht. Einmal in der Hand, am Finger, waren sie auch schon verschwunden. Nur an den Haaren blieben sie hängen, und auf Carolas Locken funkelte es bald hier, bald da.

»Uh, tut das gut«, rief Carola, »Sauna ist wirklich herrlich!«

»Wart ab, das wird noch besser, beim nächsten Mal mache ich dir einen Privataufguss.«

»Aber sanft, bitte.«

»Nein, quälen werde ich dich, dass du dann gut gekocht aus der Kammer fällst.«

»Das sind ja schöne Aussichten!«

Entspannt fischten sie weiter nach Schneeflocken.

Wann war das Leben das letzte Mal so schön?, schoss es Angelika durch den Kopf.

Wieder zurück in der Wärme, bereiteten sie sich an der kleinen, aber gepflegten Bar einen Kräutertee, den sie genussvoll schlürften.

Angelika packte die Müdigkeit, und sie ließ sich in einen Schlummer treiben. Ein sanftes Rütteln an der Schulter weckte sie wieder.

»Angelika, ich möchte wieder in die Saunakammer. Ich hab dich eine halbe Stunde schlafen lassen. Kommst du mit?«, fragte Carola mit sanfter Stimme. »Ich würde mich darüber freuen.«

»Ja, bin dabei. Ah, das war jetzt gut.« Schon war Angelika auf den Beinen, warf ihren Bademantel auf die Liege, und gemeinsam stolzierten sie nackt in die Hitze. Die Scheu vor der Nacktheit schien völlig verflogen zu sein.

»Jetzt erzähl schon, Carola! Berichte mir mehr von dir. Es ist ja unfair, dass du bereits so viel von mir weißt und ich beinahe gar nichts von dir.

»Du bist also neugierig.« Carola schüttelte kaum merkbar den Kopf. »Aber dir möchte ich ohnehin alles erzählen. Ich weiß gar nicht, warum das so ist, ich bin sonst nicht so. Von mir erfährt man nicht sofort alles.«

»Ist das so?« Angelika hatte Carola jetzt lächelnd fixiert. Zarte Schweißperlen hatten sich auf deren Oberlippe gesammelt.

»Ja, so ist's.« Sie blickte nun lange unbewegt und ganz ernst in Angelikas Gesicht. »Also, ist dir eigentlich klar, dass du dich in Gesellschaft einer Lesbe befindest? Einer homosexuellen Frau?«

Angelika musterte Carola nun von Kopf bis Fuß. »Ja ... ja, dessen bin ich mir bewusst.«

»Und? Stört dich das nicht?«

»Nein, das stört mich nicht. Ich denke, ich kann damit umgehen.«

»Das können nicht alle Frauen.«

»Ich schon.«

»Ich suche keine Freundin zum Pferdestehlen.«

»Und was soll das heißen? Ist das ein Antrag?«

»O Gott! Angelika!« Carola lachte laut auf. »Nein, kein Antrag. Wie kommst du auf die Idee. Ich wollte bloß wissen, in welche Richtung deine Neigungen gehen.«

»Was denkst du?«

»Ich habe Angst, dass ich in irgendwelchen Illusionen bade.«

»Netter Ausdruck. In Illusionen baden. Gefällt mir.«

»Bade ich in Illusionen?«

»Vermutlich von Zeit zu Zeit.« Angelikas Gesicht zerfloss in einem Lächeln. Sie schwieg einen kurzen Augenblick lang, ehe sie fortfuhr: »Diesmal ist es kein Bad, keine Illusion.«

»Und was heißt das nun?« Carola hatte plötzlich einen Kloß im Hals.

»Schade, dass das eben kein Antrag war.«

Carola atmete kräftig durch. »O Gott!«

»Das sagtest du bereits.« Angelika beugte sich ganz schnell zu Carola und streifte deren Wange mit einem flüchtigen Kuss.

Das Gespräch erstarb, die Hitze hatte es einfach unterbunden. Carola legte sich eine Stufe tiefer zu Angelikas Füßen. So verharrten sie eine Weile reglos. Überall waren sie mit Schweißperlen bedeckt, die nun ganz langsam wuchsen und sich bald in kleinen Rinnsalen auf das Saunatuch verabschiedeten.

Angelika sah auf die Sanduhr an der Wand und dann zu der unter ihr liegenden Aufgussnovizin. »Bereit für den ersten Aufguss?«

»Muss ich mich fürchten?«

»Hab ich dir doch schon gesagt.«

»Na dann los!«

Angelika holte den Wasserkübel und trat vor Carola hin: »Bitte setz dich jetzt aufrecht hin und entspann dich.«

»Jawohl, Frau Feldwebel.«

Angelika goss nun langsam kaltes Wasser auf die heißen Steine, es zischte und dampfte. Der Dampf brach über Carola herein, ließ sie wohlig stöhnen.

»Kannst du es aushalten?« Angelika lächelte ein wenig verschmitzt.

»Uh! Das tut gut. Schön, so verwöhnt zu werden ...« Ein Schwall Wasser war wieder auf den Steinen gelandet, das verschlug Carola schließlich kurz die Sprache. »Wow! Das bringt's!«, schrie sie, »dass ich mir das nicht schon früher gegeben habe.«

Eben waren sie aus der Kammer ins Freie gestürmt. Der Schneefall hatte aufgehört, und die Wolkendecke war stellenweise schon aufgerissen.

»Dass man die Kälte so gar nicht fühlt nach einem Aufguss, ist schon sonderbar.« Carola strich sich mit den Händen über die schweißnassen Brüste. Eine erotische Geste, wie Angelika fand.

»Du wirst sehen, plötzlich kriecht die Kälte wieder in die Haut, dann ist es Zeit für die Flucht in die Wärme.«

Wenig später lagen sie nebeneinander auf ihren bequemen Liegestühlen. Sie schwiegen, blickten einander bloß ab und zu an. *Wir können miteinander schweigen, wie herrlich!* Der Gedanke kam unvermittelt in Angelika hoch.

Eine gute Stunde später, es hatte alles doch ein wenig länger gedauert als vorweg geplant, klopfte Angelika an Carolas Tür. »Bist du so weit, Carola? Der Hunger nagt an mir.«

»Ich brauche noch fünf Minuten! Willst du reinkommen?« Carola öffnete die Tür, steckte den Kopf heraus, schaute nach links und rechts, ehe sie meinte: »Ich bin noch nicht ganz angezogen, aber das wird sich gleich ändern. Komm rein!« Offenbar hatte sie durch das gemeinsame Saunieren die Hemmungen abgelegt, sich nackt oder in diesem Augenblick fast nackt vor Angelika zu zeigen. »Würdest du mir mein Mieder schnüren?«

»Du bist völlig verrückt. Das ist ja Schwachsinn. Wozu brauchst du so etwas?« Angelika schüttelte den Kopf.

»Na, dann eben nicht.« Carola legte sich das weiße, seidig glänzende Teil um die Hüften und begann es mit den Haken zu verschließen.

»Kann ich dir helfen?«

Carola lachte laut auf. »Ich dachte, du findest es völlig verrückt …«

»Das ist es auch. Unglaublich dämlich! Was soll ich tun?«

»Du wirst mich nun schnüren, liebe Angelika. Ich sage dir, wie und wie fest. Und glaub mir, es mag zwar verrückt erscheinen, das Gefühl ein Korsett zu tragen, ist jedoch unbeschreiblich.«

»Unbeschreiblich bescheuert«, sagte Angelika mehr zu sich selbst, als sie zaghaft nach der Korsettschnur griff und damit begann, wie aufgetragen, daran zu ziehen. In zwei Minuten war alles erledigt. »Warte, bleib stehen!«, rief Angelika und hakte die Strümpfe, die sich Carola am Ende noch hochgerollt hatte, im Nu ein. Dann erhob sie sich und musterte sie von oben bis unten. »Ich gebe zu, es sieht wahnsinnig gut aus.« Mit einem Kopfschütteln fügte sie an: »Du bist einfach verrückt. Darf ich das sagen?«

»Wenn du meinst.« Ein warmes Lächeln erschien auf Carolas Gesicht. »Also, ein Korsett hast du noch nie geschnürt, aber mit Strumpfhaltern bist du auf Du und Du. Hab ich recht?« Carola hob die Augenbrauen.

»Ich habe einen Strumpffimmel«, lautete Angelikas kurze Antwort.

»Das muss so sein, sonst hätte nicht sogar Hartmut davon gesprochen.« Carola war schnell in ein Kleid und passende Schuhe geschlüpft und stand bereit vor Angelika. »Fertig. Hab ich einen Kohldampf!«

Das Abendessen verlief in angenehmer Atmosphäre, und der Koch des Hotels wurde wieder einmal seinem guten Ruf gerecht. Sie gönnten sich ein Glas Champagner als Aperitif. Zufrieden mit der Forelle als Hauptspeise und den Schokoladevariationen als Nachspeise, kehrten sie anschließend an der Bar zum Champagner zurück.

»Was ist das Thema deines Vortrages morgen?« Carola schnitt ein Thema an, das bis dahin völlig ausgeklammert worden war.

»Vakuumbiopsie der Mamma – Histopathologische Präparataufarbeitung und radiologisch-pathologische Korrelation der Untersuchungsergebnisse‹. Klingt kompliziert, was? Ist aber in Wirklichkeit nicht so schlimm.« Angelika begann zu erzählen, war plötzlich richtig in ihrem Element und führte Carola immer tiefer in die Materie ein. Diese wiederum hing an Angelikas Lippen und fragte nur zwischendurch nach, wenn es doch zu kompliziert wurde.

»Du hast eine Gabe, etwas zu erklären. Gibst du eigentlich Unterricht?«

»Nein, dafür bleibt leider keine Zeit ...« Sie hielt kurz inne. »Schlecht wäre es nicht, das würde mir große Freude bereiten«, fuhr sie dann fort.

»Wie hält man das aus, so eine spezialisierte und schwierige Aufgabe zu erfüllen und dann im Regelfall keinerlei Anerkennung von den Betroffenen zu erhalten?«, wunderte sich Carola.

»Das hat man als Pathologe wirklich zu lernen, das gehört zum Beruf, andererseits wird man von den Patienten auch nicht am Sonntag oder in der Nacht zur Schlafenszeit belästigt.«

»So muss man es wahrscheinlich sehen. Wie immer hat jeder Beruf mehrere Seiten. Und auch der Kunsthandel, in dem ich tätig bin, hat viele Facetten. Die sind auch nicht alle rosa, das kann ich dir sagen.« Sie blickte auf ihre Uhr. »Um Gottes willen, es ist schon bald ein Uhr. Wann musst du den morgen raus aus den Federn?«

»Keine Sorge, ich gebe da schon acht. Noch muss ich nicht ins Bett ...« Angelika musterte Carola ganz unverblümt. »Noch will ich nicht ins Bett«, flüsterte sie und versank ganz tief in Carolas Blick.

Später, nachdem sie das letzte Glas geleert hatten, machten sie sich auf den Weg ins Zimmer. Schwankend, also hakten sie sich ein, indes war es nicht nur das Schwanken, das sie dazu bewegte, es war bei beiden auch der Wunsch, die andere zu spüren.

Als Angelika später im Bett lag, wanderten ihre Hände bald über den eigenen Körper und fanden zielsicher die Mitte. Sie streichelte zart über ihre empfindsamen Stellen, schnell war sie erregt, und ihre Finger glitten sanft in warme und feuchte Regionen. Gleich erschien das Bild von Carolas Gesicht vor ihrem Auge, und unwillkürlich zog sie die Hand unter der Decke hervor. *Uh, das geht nicht!* Alsbald kam der vergangene Tag in ihrer Erinnerung hoch, ehe sie doch schnell in einen tiefen Schlaf fiel.

Carola lockerte ihr Mieder, fiel, bald nackt, gedankenverloren aufs Bett. *Nicht einmal einen Gutenachtkuss, bloß einen Händedruck hat es gegeben.* Sie hatten sich vor Carolas Tür wieder nur beide Hände gereicht, wie sie das nun schon ein paarmal getan hatten, und waren dann wortlos auseinandergegangen. Ohne zu denken, schaltete sie das Fernsehgerät ein, zappte noch kurz durch die Programme und schlief prompt ein. Um vier Uhr am Morgen weckte sie der Lärm einer Werbesendung. Ein Druck auf den Knopf der Fernbedienung, gleich schlief sie friedlich weiter.

Halb zehn war als Zeitpunkt für das gemeinsame Frühstück ausgemacht. Carola war drei Minuten zu spät dran, als sie im Frühstücksraum ankam. Sie sah sich um, konnte Angelika jedoch nicht gleich finden. *Bin ich also die Erste!*, waren ihre Gedanken, als sie Angelikas Stimme hinter sich hörte.

»Gut geschlafen, Frau Persiani?«

»Wunderbar! Und Sie, Frau Doktor?«

»Ebenfalls bestens, danke der Nachfrage. Ich sitze schon eine Zeitlang beim Frühstück und …«, sie zeigte auf ihren Teller, »… jetzt habe ich mir noch eine Weißwurst geholt, die ist hier wirklich zu empfehlen.«

»Das ist nichts für mich«, Carola machte ein leicht indigniertes Gesicht, »in der Früh bin ich eine Süße, da nehme ich mir lieber etwas anderes.«

»Na, süß bist du nicht nur in der Früh!«, entfuhr es Angelika. Sogleich schlug sie verschämt die Augen nieder und fuhr mit leiser Stimme fort: »Croissants, Kuchen, Marmeladen etc. findest du gleich hier um die Ecke.«

»Frische Croissants! Das ist es!« Schon war sie verschwunden und kam mit einem Korb voller Croissants und Brötchen zurück an den Tisch. Und auch sonst bog sich der Tisch vor Carola bald vor Köstlichkeiten.

»Da hast du ja einiges vor.«

»Wie gesagt, ich habe Hunger«, antwortete Carola mit vollem Mund.

»Leider kann ich jetzt nicht lange bleiben. Der Techniker unserer Veranstaltung hat mich gebeten, früher zu kommen, da es Computerprobleme gab oder gibt, so genau kann ich das nicht sagen.«

»Ich will dich nicht aufhalten, geh nur, wenn es notwendig ist.« Ein weiterer großer Bissen des Croissants war eben verschwunden. »Wir sehen uns später.«

Angelika trank noch in Ruhe ihren Tee, erhob sich dann aber schnell und ergriff flüchtig Carolas Hand: »Bis dann!«

Angelika hatte ihren Vortrag begonnen, wie immer bei solchen Anlässen mit voller Konzentration. Schlampigkeiten waren ihr da zutiefst zuwider. Der nicht allzu große Seminarraum war berstend voll, außer Angelikas Stimme war jedoch nichts zu vernehmen. Gerade als Angelika eines ihrer ersten Bilder erläuterte, öffnete sich die Tür im hinteren Teil des Raumes mit einem leisen Knarren, und Carola huschte leise herein. Kein Stuhl war frei, daher lehnte sie sich locker an eines der Fenster, geradewegs in Angelikas Blickrichtung. Das Knarren der Tür hatte Angelika aufblicken lassen, und so war ihr Carolas Eintreten nicht entgangen. Sie schluckte, verlor auch ganz kurz den Faden – eine innere Unruhe hatte sich ihrer für Sekunden bemächtigt –, ehe sie sich wieder gefangen hatte und hochkonzentriert fortsetzen konnte.

Carola lauschte gebannt. Sie verstand beinahe gar nichts von dem Thema, und dennoch: Es kam ihr so vor, als würde Angelika nur für sie diesen Vortrag halten und für niemanden sonst. Als würde sie Carola Einblick gewähren wollen in das Innerste ihres Denkens. Als würde sie sie mitnehmen wollen in eine andere Welt.

Mit stürmischem Applaus endete die kurze Diskussion am Anschluss der Präsentation. Angelika blickte sich suchend nach Carola um, doch die war bereits verschwunden. Enttäuschung machte sich in Angelika breit. Eine kurze gemeinsame Kaffeepause wäre so schön gewesen ...

Wie beinahe üblich bei solchen Veranstaltungen, wurde der Zeitplan bei Weitem nicht eingehalten, sodass sie erst knapp nach zwei Uhr in der Hotelbar auftauchte. Viel später als ursprünglich ausgemacht.

Dort wartete, in ein gemütliches Sofa hingegossen und in eine Zeitschrift vertieft, Carola bereits auf sie. Völlig entspannt, wie es schien. »Hat man dich endlich entlassen?« Sie hatte sich erhoben und Angelika an der Hand genommen, die sie nun fest drückte. »Wie ich mich freue, dass du da bist. Möchtest du noch etwas trinken, oder kann es losgehen?«

»Von mir aus kann es losgehen! Hast du schon ein Taxi bestellt?«

»Das benötigen wir gar nicht«, war Carolas Antwort, »ich habe ein

Mietauto für die restliche Zeit unseres Aufenthalts genommen. Das macht uns doch unabhängig. Findest du nicht auch?«

»Klingt gut. Bloß, hätten wir da nicht gleich mit dem Auto anreisen können?«

»Dann wäre wohl nichts aus der Überraschung geworden.« Sie lächelte Angelika zu. »Ich habe auch bereits einen Plan: Erst werde ich dich heute am Nachmittag an einen schönen See entführen, den ich schon seit meiner Kindheit liebe. Dort werden wir einen Spaziergang, na ja, eher schon eine kleine Wanderung in Angriff nehmen. Da kann ich dich dann auch ein wenig in meine Welt mitnehmen, so wie du das heute mit mir beim Vortrag getan hast. Das schöne Wetter ...«

Weiter kam Carola nicht. »Was wolltest du heute in meinem Vortrag? Wir hatten das so nicht ausgemacht.« Das klang nun scharf.

»Verzeih, Angelika.« Carola war der Ton nicht entgangen. »War dir das unangenehm? Ich hätte daran denken sollen. Es war sehr rücksichtslos von mir.«

»Ach Blödsinn!«, kam es von Angelika postwendend zurück, »das war doch nicht rücksichtslos von dir. Bloß überraschend. Immer tauchst du überraschend in meinem Leben auf.« Ein strahlendes Lächeln erhellte ihr Gesicht. »Du hast mich für Sekunden aus dem Konzept gebracht. Das hat seit Jahren niemand geschafft.« Ganz ernst und ein wenig nachdenklich setzte sie fort. »Überhaupt: Du hast es drauf, mich aus der Fassung zu bringen.«

»Ach ja ...«

»Ja, ja, ja!« Angelika schüttelte den Kopf. »Du bist ungewöhnlich und völlig verrückt. Völlig verrückt. Ich kenne niemanden, der so ist wie du.« Das Kopfschütteln hatte sich nochmals deutlich verstärkt. »Wer lässt sich denn sonst noch in ein Korsett schnüren.«

Carola lächelte breit. »Das bewegt dich, was?«

»Ja, es bewegt mich. Du bewegst mich.«

»Du mich auch.«

Ein Staunen erschien auf Angelikas Gesicht. »Ich bin völlig normal. Ich trage keine Korsetts ...«

»Darum geht es doch nicht.« Carola fiel ihr ins Wort. »Ob normal oder nicht, das ist es doch nicht. Für andere Menschen mag es nicht normal erscheinen, dass du Gefallen am eigenen Geschlecht findest.

Vergiss das nicht. Mich, liebe Angelika, bewegst du mit deiner offenen, wie mir scheint, oft aufbrausenden Art.«

»Bin ich aufbrausend?«

»Das diskutieren wir ein andermal. Jetzt geht es einmal in die freie Natur. Das Wetter, das wir heute haben, sollten wir ausnutzen. Für morgen und die kommenden Tage ist leider wieder einiges an Regen angesagt. Bist du mir böse, dass ich das so eigenmächtig entschieden habe?«

»Aber nein! Was soll ich anziehen?«

»Bequemes. Und gute Schuhe. Hast du welche dabei?«

Angelika musterte Carola, die bereits in Jeans und festen Schuhen dasaß. »Du trägst heute also Wanderschuhe zum Korsett.«

»Mir scheint, du bist ein wenig fixiert. Ich trage doch jetzt kein Mieder.«

»Ach, welch Überraschung! Gestern in der Sauna hast du dich dem ja auch bereits verweigert. Wie inkonsequent. Gibt es übrigens Saunakorsetts?«

»Komm, zieh dich um, sonst kommen wir nie hier weg, wenn du da so weiterphilosophierst.« Carola war lachend aufgestanden und zog Angelika, die es sich ihr gegenüber gemütlich gemacht hatte, hoch.

Ohne Hast waren sie am Mattsee angelangt, und Carola wusste bereits genau, wo sie ihren Spaziergang machen sollten. So schlenderten sie eine Zeitlang nebeneinander her und bestaunten die wunderbare Landschaft, die im Licht der Frühlingssonne erstrahlte, bis Angelika sanft Carolas Arm ertastete, woraufhin sie Hand in Hand weiterspazierten.

Von wegen Spaziergang, es wurde eine ausgiebige Wanderung. Beinahe vier Stunden waren sie unterwegs. Die Dunkelheit hatte sie auf den letzten Kilometern erfasst, doch da war der Weg bestens beleuchtet und Carola auch wirklich vertraut. Nicht einmal hatten sie einander länger als eine Minute losgelassen. Das Seltsamste an diesem Nachmittag war jedoch, dass niemand ein Wort sprach. Nichts. Gar nichts. Einmütig schlenderten sie dahin, genossen die wunderbare Aussicht, Carola deutete ein-, zweimal auf dies oder das, doch das war's dann schon gewesen.

»So hab ich das eigentlich nicht geplant gehabt«, brach Carola das

Schweigen, als sie, beim Auto angekommen, ihre Schuhbänder lockerte, »du bist ja gar nicht zu bremsen.«

»Ich wollte *dich* nicht bremsen.«

»Ah ja? Da hätte die Frau Doktor doch etwas sagen können.«

»Ich wollte die Stille nicht zerstören, die du so schön aufgebaut hast.«

»Wow! Wow! Da müssen wir aufpassen in der Zukunft. Wir haben beide eine eigenwillige Art, miteinander zu kommunizieren.«

Angelika lachte laut auf. »Miteinander kommunizieren. Zum Beispiel mit Korsetts herumwerfen …«

»Du bist bereits wieder beim Thema.«

»Das war ja der Beginn unserer Kommunikation, wenn man so will.«

Carolas Lachen im Gesicht, das sich immer mehr aufgebaut hatte, seit sie beim Wagen angekommen waren, erlosch. »Ja, da ist was Wahres dran. Ich kann dir gar nicht sagen, wie froh ich heute darüber bin, dich da getroffen zu haben.« Sie trat vor Angelika hin. »Ich habe die Wanderung so genossen. Mit dir könnte ich ewig wandern.«

»Das könnte ich auch.«

Beschwingt stiegen sie ins Auto, und ab ging es in Richtung Hotel.

»Carola, sollten wir den Wagen nicht wieder zurückgeben? Das wäre doch billiger.«

»Nein, den benötige ich noch morgen am Vormittag. Ich habe einen Termin mit einem jungen Künstler außerhalb der Stadt Salzburg. Es ist nicht weit, aber den Leihwagen kann ich da ganz gut gebrauchen.«

»Und wer ist das, den du da besuchen wirst?«

Carola begann von dem jungen Mann zu erzählen, und Angelika hing bald an ihren Lippen. Ausführlich berichtete Carola von dem Künstler, der eigentlich gelernter Fotograf war, in Insiderkreisen sogar international recht bekannt, der irgendwann begonnen hatte, Fotos mit unterschiedlichsten Techniken zu verfremden, Motive herauszustreichen und, in letzter Zeit, ganze Serien verschiedener Bearbeitungen eines Fotos herzustellen, von den Fotos sei da kaum mehr etwas zu erahnen.

»Morgen in der Früh bin ich dann bei ihm. Um sieben Uhr.« Sie sah Angelika kurz fragend an. »Was sagst du? Ist das nicht eine schreckliche Zeit für einen Termin?«

Angelika nickte nur ein wenig.

»Als er mir den Terminvorschlag gemacht hat«, fuhr Carola fort,

»dachte ich erst, er mache einen Witz. Aber nein, es war ihm ernst damit. Es heißt also, früh aufzustehen, damit die Audienz bei Herrn Franz Maier über die Bühne gehen kann.«

Angelika kam nur in den Sinn, dass sie das Frühstück alleine würde einnehmen müssen. »Wann wirst du denn morgen dann wieder im Hotel sein?«

»Früh, Angelika, ich freue mich nämlich schon heute auf die zweite Stunde meines Saunalehrgangs. Wirst du die Ausbildung fortsetzen können?«

»Aber das wird dann kein Honiglecken mehr für dich sein, das verspreche ich dir. Nach einer kurzen Wiederholung des bereits Gelernten wirst du aktiv deinen ersten Aufguss zelebrieren, und ich selbst werde mich höchstpersönlich von deinen Fähigkeiten überzeugen.«

»Dann muss ich mich heute Nacht noch im Internet schlaumachen und Saunatheorie büffeln.«

»Das kann ich nur gutheißen, Frau Persiani, aber bedenken Sie, dass abends doch erst der Hunger gestillt werden sollte.« Angelika hatte einen betont neckischen Ton angeschlagen.

Jetzt fiel es Carola erst auf, dass sie seit dem Frühstück überhaupt noch nichts gegessen hatte, das war nicht typisch für sie.

Pünktlich um halb acht verließen beide ihre Zimmer, um zum Abendessen zu gehen. So trafen sie sich im Korridor.

»Das nenne ich Timing.« Angelika ging auf Carola zu und nahm deren Hände in die ihren. So verharrten sie einen Augenblick. *Warum geben wir uns keinen Kuss auf die Wangen, wie gute Freundinnen das tun würden? Weil wir keine gewöhnlichen guten Freundinnen sind!* Der flüchtige Gedanke streifte Angelika und war bereits wieder im Unterbewusstsein verschwunden wie ein Komet in den Tiefen des Alls.

»Was ist? Können wir gehen?« Carola strahlte plötzlich übers ganze Gesicht.

Angelika ließ Carolas Hände los. »Ja, der Hunger nagt.« Schnell hakte sie sich unter, schon waren sie unterwegs. Schweigend erreichten sie das Restaurant.

Frau Elisabeth nahm sie in Empfang, hieß sie herzlich willkommen und wies ihnen den schönsten Tisch des Restaurants zu. Frau Elisabeth, niemand von den Gästen des Hauses kannte sie unter anderem

Namen, war eine Institution des Hotels und die eindeutige Nummer zwei nach Herrn Direktor Berger, dem unumschränkten Herrscher. Sie war eigentlich für alles zuständig, hatte das ganze Haus fest im Griff, und doch ließ sie es sich nicht nehmen, von Zeit zu Zeit am Abend einfach nur zu servieren und einen Teil der Gäste zu betreuen. Das war für sie eine Art Steckenpferd. Den Vierziger hatte sie bereits überschritten, daher in der Gastronomie und in der Hotellerie schon reichlich Erfahrung gesammelt, indes das eigentlich Besondere an ihr war das untrügliche Gespür für Gäste und deren Wünsche, Stimmungen und Bedürfnisse.

Carola und Angelika kannten das Hotel ja aus der Vergangenheit, waren daher bereits in den Genuss der Betreuung von Frau Elisabeth gekommen. Die Freude darüber war daher gut verständlich, als sie Platz genommen hatten und Frau Elisabeth mit einem freundlichen Lächeln auf die Bestellung des Aperitifs wartete.

»Wir haben großen Hunger, Frau Elisabeth. Schön, dass Sie uns heute persönlich betreuen.« Carola lehnte sich entspannt zurück.

»Und den schönsten Platz im Restaurant haben Sie für uns ausgesucht.« Angelika strich mit den Fingerspitzen über die Vase auf dem Tisch. Die drei roten Rosen vor ihr waren ihr nicht entgangen. »Und für so eine schöne Blumendekoration haben Sie gesorgt.«

Sie waren nicht die ersten Gäste an diesem Abend gewesen, die letzten jedoch beim Weitem. Carola hing noch lange an Angelikas Lippen, als alle anderen Leute die Gaststube bereits längst verlassen hatten. Frau Elisabeth hielt sich im Hintergrund, war allerdings stets am Sprung, wenn sie gebraucht wurde. Als es Zeit war, den Koch nach Hause zu schicken, fragte sie die tief ins Gespräch vertieften Frauen nach ihren letzten Wünschen – und wurde nicht mehr losgelassen.

»Frau Elisabeth, danke für die wunderbare Betreuung, die Sie uns haben zukommen lassen.« Angelika hatte Frau Elisabeth am Arm genommen. »Wir sind sehr zufrieden. Zurzeit brauchen wir nichts. Die Weinflasche ist noch halb voll, und vom Mineralwasser ist noch genug am Tisch.« Sie machte eine kurze Pause, ehe sie fortfuhr: »Wollen Sie sich nicht einen Augenblick lang zu uns setzen ...«

»Ja«, unterbrach sie Carola, »erzählen Sie uns doch ein wenig vom Hotel. Bitte.«

»Was möchten Sie denn wissen?« Frau Elisabeth wirkte ein wenig unsicher.
»Alles!« Carola lachte laut auf.
»Jeden Tratsch! Ja, einfach alles! Bitte!«
Carola war nun schnell zum Nebentisch gehuscht, hatte ein Rotweinglas geschnappt und es vor Frau Elisabeth gestellt. »So, nun werden wir Sie versorgen. Sie erzählen, wir schenken ein.«

Um halb drei Uhr in der Früh wankten drei Frauen in ihre Zimmer. Bestens gelaunt, offenbar nicht ganz nüchtern, jedoch weit davon entfernt, wirklich betrunken zu sein. Carola und Angelika wussten nun einiges über das »Biotop«, wie Frau Elisabeth das Hotel immer öfters nannte, je länger sie am Wort war. Keine großen Geheimnisse hatte sie preisgegeben, indes in einer witzigen Art, die ihr weder Angelika noch Carola je zugetraut hätte, den Alltag, die alltäglichen Sonderbarkeiten im Betrieb und die Schrullen einzelner Mitarbeiter.

Wieder zu zweit und vor ihren Zimmern angekommen, ergriffen Angelika und Carola in jetzt schon gewohnter Weise ihre Hände.
Carola lachte plötzlich los. »Schrullig, schrullig! Meine Güte, war das nett, wie Frau Elisabeth uns die Hotelgeschichte dargelegt hat.« Sie seufzte. »Gute Nacht, schlaf gut«, hauchte sie, »wir müssen ja bald wieder aus den Federn.«
»Träum was Schönes«, gab Angelika flüsternd zurück.
Angelika konnte nicht gleich schlafen, obwohl sie dringend Schlaf brauchte. Sie nahm ihr Buch zur Hand, das sie am Nachtkästchen liegen hatte. »Ich sollte schlafen. Morgen wird wieder ein langer Tag. Was für wunderbare Zeit! Und übermorgen ist sie wieder vorbei!« Sie hatte das laut ausgesprochen, als sie das Buch endgültig beiseitelegte.

Der Samstagvormittag zog sich für Angelika wie ein alter Kaugummi in die Länge. Nicht dass das Seminar langweilig gewesen wäre, ganz im Gegenteil, es wurden wunderbare Diskussionen geführt, und Angelika hatte zwei Kollegen aus dem Nordosten Deutschlands kennengelernt. Sie hatte sofort gespürt, dass die beiden ganz auf ihrer Wellenlänge lagen, was das Fachliche anbelangte. Schnell war beschlossen worden, dass sie in den nächsten Monaten zu einer Fortbildungsveranstaltung nach Neubrandenburg fahren würde, wenngleich sie nicht wirklich wusste, wo diese Stadt genau lag.

Nein, von der Veranstaltung her war alles in Ordnung, wenngleich sie übermüdet war. Nein, das war es nicht. In Wahrheit sehnte sie sich nach Carola, und sie konnte nicht mehr sagen, wie oft sie mit ihren Gedanken zu ihrer Begleiterin abdriftete.

Sie stand gerade vor dem Mittagsbuffet, das Bestandteil des Seminars war, um sich ein paar kleine Happen zu nehmen –, zum Frühstücken hatte sie keine Lust gehabt –, als sie Carola hinter sich hörte: »Guten Tag, wunderschöne Frau Dr. Nadherna.«

Angelika drehte sich erfreut um. »Hallo, liebe Carola ...«, schon war sie unterbrochen worden, da Carola bereits aufgeregt weitersprach:

»Können wir unseren Aufenthalt hier verlängern? Bis Montag? Oder besser bis Dienstag oder Mittwoch? Wir müssen gemeinsam zu diesem Franz Maier.«

»Guten Tag, Frau Persiani! Schön, Sie zu sehen!« *Was für eine Untertreibung*, kam Angelika sofort in den Sinn, und laut setzte sie fort: »Ich habe noch die ganze nächste Woche frei, aber ich denke, wir müssten uns um ein neues Quartier umsehen. Hier wird, was ich mitbekommen habe, gleich nach Ende unseres Seminars eine neue Veranstaltung beginnen. Und da wird das Hotel sicher voll sein.«

»Na, dann fragen wir eben einmal an der Rezeption nach!« Carola nahm Angelika den noch leeren Teller aus der Hand, stellte ihn auf den Tisch, packte sie an der Hand und zog sie mit sich hinaus in Richtung Rezeption.

Die wurde gerade von Frau Elisabeth bestellt, und dies ließ in Carola ein wenig die Hoffnung wachsen.

Frau Elisabeth schüttelte resigniert den Kopf. »Ich glaube, wir sind ausgebucht für die kommende Woche ...« Sie unterbrach sich plötzlich und schien nachzudenken. »Warten Sie, ich habe eben ein Telefonat so halb mitbekommen, das unser Herr Direktor geführt hat. Da ging es um die Stornierung eines Zimmers, nur, ob das eine Stornierung für die nächste Woche war oder für einen anderen Zeitraum, kann ich Ihnen nicht sagen, er hat noch nichts in den Computer eingetragen.« Sie schüttelte lächelnd den Kopf. »Ist übrigens typisch«, fügte sie flüsternd hinzu. Plötzlich deutete sie über die beiden Frauen hinweg nach hinten: »Da kommt er ja schon daher.«

Zehn Minuten später stand einem verlängerten Aufenthalt nichts mehr im Wege. Neuer Abreisetermin: Dienstag. Ohne Kompromiss war das zwar nicht möglich, denn Angelika und Carola mussten sich ein Zimmer teilen. Das von Carola konnten sie gemeinsam behalten. Hatte sich bei Angelika gleich einmal eine unbestimmte Freude darüber breitgemacht, mischte sich ebenso bald eine Unsicherheit dazu. *Wie soll das funktionieren? Uh! Diese Nähe!*

»Wäre es unverschämt, Sie zu bitten, eventuell heute schon das eine Zimmer zu räumen? Sie würden mir die Arbeit erleichtern, wir haben einen kleinen Engpass beim Personal.« Frau Elisabeths Blick wirkte ein wenig flehentlich. »Natürlich nur, wenn Sie das für möglich erachten«, fügte sie rasch hinzu.

»Angelika, was meinst du?« Carola wandte sich mit ernstem und etwas unsicherem Gesicht an sie. »Sollen wir das so machen? Kommt das für dich infrage?«

»Ja, Carola, von mir aus gerne.« Auch sie sah mit ernster Miene zu Carola hinüber und bemerkte deren Gesichtsausdruck. Eine Welle der Zuneigung und der Freude erfasste sie da, und plötzlich musste sie lachen: »Aber Beschwerden über zu lautes Schnarchen werden nicht entgegengenommen, und Knoblauch wird nur gemeinsam oder gar nicht gegessen! Ist das klar?«

»Alles klar!« Carolas ernster Ausdruck schmolz in ein breites Lächeln.

»Brauchen Sie Hilfe bei der Übersiedlung?«, erkundigte sich Frau Elisabeth noch.

Beide schüttelten den Kopf.

»Sehr, sehr schön!«, entfuhr es Frau Elisabeth. »Es freut mich sehr, Sie noch ein paar Tage länger als Gäste bei uns zu haben.«

»Wollen wir das Zimmer gleich räumen und danach erst essen?« Carola hatte sich bei Angelika eingehakt.

»Wird sofort erledigt. Dann haben wir es hinter uns. Hast du noch Platz in einem deiner *Kästen*, oder sind sie voller Korsetts?«

Das brachte Angelika einen Stoß in die Seite ein. »Ein Kasten ist ganz frei. Ich habe sicher nicht mehr als drei, vier Mieder dabei.«

»Ah, nicht mehr!« Ein helles Lachen entfuhr Angelika. »Für den

geplanten Kurzaufenthalt mussten drei Teile reichen. Oder sind es doch vier?« Sie sah fragend zu Carola hin, um doch gleich fortzusetzen: »Du bist diesbezüglich wirklich verrückt.«
»Und dich beschäftigt das wieder. Ist es nicht so?«
»Das ist doch naheliegend!« Kaum hatte sie es ausgesprochen, kam Angelika in den Sinn, dass von naheliegend nicht die Rede sein konnte. Und ebenso schnell wurde ihr bewusst, dass das Bild von Carola neulich, als sie geschnürt vor ihr stand, eine ungemeine Erotik ausgestrahlt hatte, der sie sich nicht mehr entziehen konnte. Insgeheim freute sie sich darauf, Carola wieder so sehen zu können, vielleicht sogar wieder beim Schnüren assistieren zu dürfen.
»Überhaupt nicht. Das ist nicht naheliegend.« Carola war stehengeblieben. Sie lächelte Angelika an. »Es gefällt dir. Habe ich recht?«
Angelika errötete. Sie konnte es fühlen. »Räumen wir das Zimmer, dann haben wir es hinter uns.«

In Angelikas Zimmer öffnete Carola einen Kasten und sah erstaunt auf Angelikas Wäsche. Wohlgeordnet lagen da wunderschöne Spitzendessous und Massen an Strümpfen. »Da kommen andere Frauen gut vierzehn Tage damit aus«, war ihr überraschter Kommentar, »und du findest es ungewöhnlich, dass ich drei Mieder dabeihabe.« Sie schüttelte den Kopf. »Aus dir muss man erst einmal schlau werden.«
»Gewiss liegt da noch ein Stück Arbeit vor dir«, gab Angelika schnippisch zurück. »Und nicht nur schauen! Arbeiten, Frau Persiani!« Angelika kam mit Waschzeug und Bademantel aus dem Bad. »Ich kann ja später eine Modenschau veranstalten, wenn es gewünscht wird.«
»Ich weiß nicht.« Carola war sich tatsächlich unsicher.
In ein paar Minuten war dann alles erledigt, und Angelika ließ sich auf ihr neues Bett fallen. »Warum mussten wir eigentlich so dringend verlängern?« Carola hatte es zwar erwähnt, aber Angelika war es in der Zwischenzeit wieder völlig entfallen.
»Wir fahren am Montag zu Franz Maier! Das ist ein Erlebnis, das lassen wir uns nicht entgehen.« Auch sie ließ sich jetzt auf das Bett fallen, ihr Rock rutschte hoch, zeigte viel Bein, ein neckischer Anblick, wie Angelika fand.
Sie berichtete ausführlich über ihren Besuch bei dem jungen Salz-

burger Künstler, schilderte, wie er lebte, und breitete sich am Ende über seinen renovierten und zum Teil völlig modern umgestalteten Bauernhof aus.

Angelika war ganz angetan von der Aussicht, in eine ihr fremde Welt eintauchen zu können. »Da freue ich mich nun aber wirklich. Gerne, Carola, bin ich dabei. Da sehe ich auch ein wenig von deiner Arbeit … Apropos Arbeit! Warum warst du eigentlich gestern in meinem Vortrag?«

»Nur so«, gab Carola ausweichend zurück und wechselte schnell das Thema. »Sollten wir nicht in die Sauna?«

»Kein Essen?«

»Der Hunger hält sich in Grenzen.«

»Zu fest geschnürt.«

Carola verdrehte die Augen. »O Gott!«

»Verzeih! Wenn ich das nochmals aufs Tapet bringe, darfst du mich dafür in ein Mieder einschnüren.« Angelika blickte tief in Carolas nun völlig erstauntes Gesicht. »Natürlich nur, wenn du das willst. Und übrigens: Ich habe auch keinen Hunger zurzeit.«

Als sie entspannt aus dem Wellnessbereich ins Zimmer zurückkehrten, stand mitten im Raum eine Vase mit zahllosen wunderschönen roten Rosen auf dem Tisch und auf den Nachtkästchen jeweils eine mit einer weißen Rose. Angelika war sprachlos, und Carola jauchzte vor Freude.

Später am Abend, als sie hungrig das Restaurant betraten, wurden sie wieder von Frau Elisabeth empfangen, die sie sogleich zu ihrem Tisch führte. Auch auf diesem stand eine Vase mit Rosen, diesmal mit zarten zartrosa Blüten.

Angelika sah sich um. Sonst waren nirgends Rosen zu erblicken. »Wem verdanken wir die wunderschönen Rosen, Frau Elisabeth?«

»Mir«, sie sah von einer Frau zur anderen und errötete leicht, »ich denke, sie sind angebracht.« Es herrschte kurz Stille, ehe Frau Elisabeth fortfuhr: »Wenn Sie mir gestatten, so möchte ich Ihnen im Auftrag des Herrn Direktor gemeinsam mit dem Team aus der Küche einen besonderen Abend bereiten. Ich hoffe, es war auch bisher alles zu Ihrer Zufriedenheit, doch heute haben wir vor, Sie mit einem speziellen Menü zu überraschen und zu verwöhnen. Natürlich nur, wenn Sie damit einverstanden sind.«

»Was meinst du, Carola? Sollen wir bei so einem Angebot Nein sagen?«

»Womit wir das verdient haben, weiß ich zwar nicht, aber es klingt verlockend!« Carola wandte sich an Frau Elisabeth: »Wir sind einverstanden.«

»Es ist bloß ein kleiner Dank für Ihr Verständnis und Ihre Mithilfe, was das Zimmer anbelangt ...« Sie wollte noch etwas sagen, behielt es letztlich jedoch für sich. »Dann bringe ich Ihnen jetzt den Aperitif.« Frau Elisabeth war schon verschwunden, und so streckte Angelika ihre Hände über den Tisch in Richtung Carola aus, die diese gleich ergriff. Schweigend sahen sie so einander an, bis eine Karaffe Wasser, ein Korb Brot, Schälchen mit Aufstrichen und allerlei Gewürze den Abend eröffneten.

Und der endete im Restaurant erst, als Angelika wieder nach Carolas Händen griff und diese sanft drückte. »Komm, wir gehen nach oben.« Sie erhob sich und reichte Carola die Hand.

Gemeinsam verließen sie den Raum. Angelika nickte Frau Elisabeth noch zu und hauchte ein »Danke«.

»Es war uns ein Vergnügen. Gute Nacht«, gab sie in leisem Ton zurück.

Carola hatte sich auf die Bettkante gesetzt und verharrte dort tief in Gedanken versunken.

»Willst du dich nicht ausziehen und zu Bett gehen?« Angelika hatte begonnen, sich zu entkleiden, und betrachtete Carola mit liebevollen Augen.

»Doch, doch. Ich dachte nur noch einmal an den schönen Abend.« Langsam öffnete sie ihre Bluse, um sogleich wieder in Gedanken zu versinken. Fühlte sie sich von Angelika bisher bloß durch eine für sie selbst gar nicht zu erklärende Faszination angezogen, so hatte sich beim Abendessen eine Zuneigung entwickelt, die sie sich für sich selbst nicht hatte vorstellen können. *Es hat mich erwischt. Voll erwischt.* Zaghaft sah sie zu Angelika hin und traf auf ein warmes Lächeln.

»Was ist mit dir, Carola? Du hast in fünf Minuten gerade mal drei Knöpfe geschafft.«

»Nichts! Ich weiß nicht! Keine Ahnung!«

Angelika, bereits im Nachthemd, trat nun an Carola heran, öffnete die verbliebenen Knöpfe der Bluse und streifte sie sanft über die Schultern ab. »Was weißt du nicht?«

»Nichts.«

Angelika lachte laut auf. »Na, wenn du nichts nicht weißt, dann weißt du ohnehin alles.«

Carola sah Angelika entgeistert an. *Ja, du hast recht. Ich weiß es. Ich weiß es ganz genau. Ich weiß genau, dass ich dich liebe. Ich liebe dich, du wundervolle Frau.* Wie eine Keule schlug das in ihr Bewusstsein ein. *Wie soll ich dir das bloß sagen?* Ebenso plötzlich waren Unsicherheit und Angst in ihr hochgekommen, dass ihre Zuneigung nicht in der Art erwidert werden könnte, wie sie sie selbst fühlte. Das Herz wurde ihr schwer. Traurigkeit stieg in ihr hoch. *Was ist mit dir? Sei doch nicht dumm! Du bist eine erwachsene Frau!* Mit diesem stillen Appell an sich selbst gab sie sich einen Ruck, drehte sich um und sah über die Schulter auf Angelika zurück. »Du darfst jetzt ausnahmsweise mein Korsett einmal lösen. Sieh das als Privileg an.«

Angelika fasste sie an den Schultern, um mit dem Gesicht ganz nahe an ihr Ohr zu kommen. »Das sehe ich wirklich so«, flüsterte sie, »was muss ich tun?«

»Die Schnur lockern und am Ende die Haken vorne öffnen. Das ist alles.« Ganz tonlos hatte Carola das gesagt. Und es war nicht alles gewesen, was sie sagen wollte.

Angelika tat, wie ihr geheißen, und als sie den ersten Haken an der Vorderseite knapp unter der Brust öffnete, zitterte sie ein wenig, was Carola nicht entging. »Nun, bist du zufrieden mit mir?« Ein schräges Lächeln stahl sich auf Angelikas Lippen, die auch ein wenig bebten.

»Sehr! Das hast du gut gemacht!« Carola entledigte sich jetzt im Nu vom Rest ihrer Bekleidung, war in ein knielanges Shirt geschlüpft und in ihr Bett gesprungen. »Wie wäre es mit Musik? Ich habe Lust auf Musik.« Ihre kurz verzagte Stimmung hatte sich in Euphorie verwandelt. Schnell huschte sie noch ins Bad, schon war sie wieder zurück, da hatte Angelika auch bereits für Musik gesorgt. Ihr iPod war mit der kleinen Stereoanlage des Zimmers verbunden. Der alte Leonard Cohen war aus den Lautsprechern zu hören: »Dance me to your beauty with a burning violin ... dance me to the end of love ... dance me very tenderly and dance me very long ... dance me to the end of love ...«

Nun fühlte Angelika ein tiefes Gefühl der Zuneigung in sich aufsteigen, als sie Carola betrachtete, die wieder auf ihr Bett gesprungen war und dort irgendwie hoffnungsvoll auf etwas zu warten schien.

»Tanz mit mir.« Es waren die letzten Worte für lange Zeit. Erst noch zögernd, dann immer sicherer nahmen sie sich in die Arme und ergaben sich der Musik. Stundenlang, wie es schien. Erst tief in der Nacht ließen sie voneinander ab. Angelika geleitete Carola zu ihrem Bett, in das sich diese völlig entspannt fallenließ. Still lag sie auf ihrem Rücken, atmete bloß ein wenig schwer. Und so tat es auch Angelika, die nun ebenso lang ausgestreckt in ihrem Bett lag.

»Wir sollten jetzt schlafen«, kam es nach einer halben Ewigkeit aus Carolas Bett.

»Ja, das sollten wir. Gute Nacht, liebe Carola.«

»Gute Nacht, liebe Angelika.« *Nicht einmal einen Gutenachtkuss gibt es. So schade ...* Bei dem letzten Gedanken war Carola auch schon eingeschlafen.

Die Fahrt zu Franz Maier hätte eigentlich nicht länger als eine Dreiviertelstunde dauern sollen, Carola und Angelika waren aber schon über eine Stunde unterwegs und noch nicht angekommen. Das trübe Wetter und ein ungewöhnlicher Lastwagenverkehr hatten dazu beigetragen. Da sie auch das Frühstück länger zelebriert hatten als geplant, waren sie nun schon ordentlich verspätet. Angelika betrachtete Carola von der Seite. Ihre Gesichtszüge waren völlig entspannt, und sie lenkte das Auto sicher durch den Verkehr.

»Ist es schlimm, dass wir so spät dran sind?«

»Ich komme nicht gerne zu spät.« Carola ließ ihre Hand vom Schaltknopf auf Angelikas Oberschenkel gleiten, was mit einem leichten Zucken quittiert wurde. »Ich mag es wirklich nicht, zu spät zu kommen. Ich bin eigentlich gerne pünktlich. Nicht überpünktlich. Wenn ich aber einmal zu spät dran bin wie heute, dann sehe ich auch keinen Grund mehr zu hetzen. Diese Hetzerei hat noch nie jemandem etwas gebracht. Es gibt Wichtigeres als Pünktlichkeit.« Sie warf Angelika ein kurzes Lächeln zu.

»Ja. Wichtigeres.«

Die Straße ähnelte jetzt mehr einem Feldweg, als sie zu einem wunderschönen Gehöft kamen, das, wie zu sehen war, in gutem Schuss war und vor dem gepflegte Maschinen offenbar nur mehr auf den Start ins neue Erntejahr warteten.

»Ist es das?«, wollte Angelika wissen.

»Nein, das ist der Hof seiner Nachbarin. Wir müssen noch einen Kilometer weiter.«

Kurz darauf hielten sie vor einem alten Haus, das Zentrum eines Hofes war, der gar nicht in die Gegend hier passte. Es war eigentlich ein Haufenhof, wie er in Kärnten oder in der Steiermark üblich war. Um das Wohnhaus herum waren scheinbar willkürlich verstreut einige kleine Nebengebäude angeordnet. Ein großes Stallgebäude fehlte aber. Genauer betrachtet war es nicht ganz klar, ob dieser Hof jemals eine Landwirtschaft beherbergt hatte. Jetzt auf alle Fälle war er ein Künstlerdomizil.

»Hier wohnt, was heißt wohnt, hier residiert und werkt Franz Maier.« Carola hatte einen feierlichen Ton angeschlagen. »Komm, lass dich überraschen.« Sie ging voraus und betätigte den großen schweren Türklopfer, der einen ohrenbetäubenden Lärm von sich gab.

Gleich ging die Tür auf, und ein Mann um die dreißig begrüßte sie freundlich und ein wenig scheu. Angelika hatte nicht den Eindruck, einem ungewöhnlichen Künstler gegenüberzustehen. Mit seinem dunklen, kurzen, leicht gewellten Haar, dem gegerbt erscheinenden Gesicht, einem blauen karierten Holzhackerhemd und verblichenen Jeans wirkte er eher wie der zweite Knecht am Hof als der Herr des Hauses. Doch Knecht gab es hier keinen. Franz Maier lebte und arbeitete hier ganz allein. Eine Haushaltshilfe nahm ihm zwar einiges an Arbeit ab, das meiste bewältigte er indes selbst.

Angelika war durch Carolas kurzen begeisterten Bericht neugierig geworden und konnte diese Begeisterung bald nachvollziehen. Franz Maier führte sie in einen großen Raum, es musste wohl die Wohnküche sein. Sie war gemütlich eingerichtet, das Mobiliar uralt, aber liebevoll restauriert und die Küche selbst zwar mit modernen Geräten ausgestattet, die aber auch mit viel Gespür in die Möbel integriert waren. Er bat sie, am großen schweren Holztisch Platz zu nehmen, schien jedoch gleich ein wenig unsicher zu sein, ob das für die beiden elegant gekleideten Frauen hier auch der richtige Platz sei. Diese blickten ihn erwartungsvoll an und lehnten ein weiteres spätes Frühstück, das er ihnen anbieten wollte, freundlich, indes strikt ab. So setzte er sich zu ihnen und erläuterte seinen Plan, wie er vorhatte, ihnen sein künstlerisches Werk näherzubringen.

»Wäre es Ihnen unangenehm, uns anschließend noch durch das Haus zu führen? Es scheint ja wunderbar zu sein«, Angelika lächelte ihn freundlich an.

Franz Maier schien kurz nachzudenken. »Das sollte kein Problem sein. Bitte erwarten Sie aber keine Schauräume. Ich lebe hier, und perfekt aufgeräumt ist es nicht. Wenn Sie das aber nicht stört, so können wir gerne eine Runde durch das Haus machen. Vielleicht so als Abschluss? Wäre das recht?« Er wandte sich kurz um zur Küche. »Ich wollte Sie dann auch noch zu einem kleinen Essen einladen. Haben Sie dafür Zeit?«

Carola und Angelika schauten sich an. Mit einem Lächeln und mit Zuneigung, die Franz Maier ein wenig irritierte. »Wir bleiben gerne. Wenn Sie uns bekochen wollen, sagen wir nicht Nein«, ließ sich Carola jetzt vernehmen.

»Na, dann auf ins Atelier.« Die Unsicherheit bei Franz Maier wurde nicht weniger.

Angelika verschlug es die Sprache, als sie das sogenannte Atelier betraten. Das Gebäude hatte also doch Stallungen beherbergt, die man bei der Ankunft am Hof von vorne nicht hatte ausmachen können. Übrig geblieben waren von den Stallungen aber nur große offene, kaum voneinander getrennte hallenartige Räume, in denen sich der Künstler breitgemacht hatte. Überall waren Kunstwerke verteilt, teils fertig, teils gerade erst im Werden. Was aber sofort zu erkennen war, war die Art und Weise zu arbeiten. Grundlage waren stets Fotografien. Franz Maier kam ja auch aus dem Bereich der Fotografie. Damit hatte er sich in den vergangenen Jahren vorwiegend in den Vereinigten Staaten das Geld verdient, mit dem er sich jetzt den Traum erfüllen konnte, aus Fotos etwas mehr zu machen als bloße Abbildungen. In verschiedensten Techniken wurden aus Fotos Aquarelle, Ölgemälde oder gar Skulpturen aus Stein und Holz. Und gerade diese Metamorphose von Foto zu Skulptur begeisterte Angelika ungemein. Auch wenn die Skulpturen vielfach eine fortgeschrittene Abstrahierung des abgebildeten Sujets darboten, so war der Zusammenhang immer derart deutlich, dass es einfach verblüffend war. Und wie Franz Maier offenbar mit all den Materialien umgehen konnte, war überhaupt erstaunlich. Vor allem mit Holz, das schien er im Blut zu haben.

Franz Maier erläuterte nun mit Enthusiasmus seine Werke, stellte Vergleiche zwischen den Arbeitsweisen an, ließ seine Skulpturen fühlen und erklärte, wie seine Motivauswahl vonstatten ging. Er konnte sich dabei des Eindrucks nicht erwehren, dass ihm die beiden Frauen zwar gut und interessiert zuhörten, aber dennoch eine Barriere zwischen ihm und den beiden lag, die er nicht fassen konnte. Es kam ihm so vor, als ob er bei seiner eigenen Präsentation nicht ganz dazugehören würde. Das war ihm in der Vergangenheit noch nie passiert. Immer wieder betrachteten die Frauen gemeinsam ein Werk, dann gab eine einen Kommentar ab, die andere strahlte sie zustimmend an. Und auch wenn er ihnen etwas erläuterte, blickten sie einander an und strahlten. Waren sie von seiner Kunst so begeistert, oder war da etwas anderes? Er konnte es sich nicht sicher erklären. Ungeduld oder Desinteresse waren bestimmt nicht zu erkennen.

Und so war schon der späte Nachmittag angebrochen, als sich die drei im letzten Winkel des Ateliers befanden. Dort hatte Franz Maier eine kleine Galerie für sich selbst geschaffen. Nur Kunstwerke, auf die er selbst besonderen Wert legte, hatten hier ihren Platz.

Auf eines der Werke sprang Angelika sofort an. »Schau, Carola, ist das nicht fantastisch!«

Die Angesprochene nickte bloß ein wenig, sie fand es offenbar nicht so aufregend. Schon war sie mit Franz Maier bei einem großen Ölbild gelandet, das sie mit Interesse betrachtete.

»Was kostet dieses Werk?«, rief Angelika den beiden nach.

»Unverkäuflich.« Der Künstler gab die Antwort, ohne vom Ölbild aufzublicken.

Stille kehrte ein. »Wo liegt die Grenze der Unverkäuflichkeit?« Nach ein paar Minuten hatte Angelika das Schweigen durchbrochen.

Etwas erstaunt von Angelikas Anfrage, kamen Franz Maier und Carola wieder zu dem Werk zurück, auf das Angelika immer noch fasziniert starrte.

»Gefällt dir das Kunstwerk denn so gut, dass du es kaufen willst?«

»Ich hätte sonst nicht nach dem Preis gefragt. Sieh es dir doch genauer an. So eine gelungene Komposition. Diese Mischung aus Collage und geschnitzter Skulptur ist mir noch nie untergekommen. Einmalig.«

»Jetzt, wo du es sagst ...« Gebannt blickte Carola auf das Werk. Sie schüttelte ein wenig den Kopf, als sie fortfuhr: »Das ist durch und durch gelungen. Ja, du hast recht. Das Werk hätte ich auch gerne zu Hause bei mir.«

»Wie heißt denn diese Skulptur, Bild möchte ich nicht sagen, hmh?«

Die Frage galt Franz Maier, der nahe an sie herangetreten war. Es hatte ihn mit großer Freude erfüllt, dass man auf das Werk aufmerksam geworden war. Für ihn selbst war es eines der ersten wirklich gelungenen Stücke, die er kreiert hatte. »›Wald Geleimt Geschnitzt‹, so heißt es«, sagte er stolz.

»So ein blöder Titel für so ein wunderbares Werk.«

»Wieso?« Franz Maier fühlte sich in die Defensive gedrängt. »So heißt das Werk, und basta.«

»Ja, ja, ist schon recht«, kam es ein wenig beschwichtigend von Angelika. »Wo liegt nun die Grenze der Unverkäuflichkeit?«

»Bei fünftausend Euro!« Der Künstler hatte die Zahl einfach ausgesprochen, um die Diskussion zu beenden.

»Dann zahle ich fünftausend und einen Euro.« Angelikas Antwort war kurz.

»Es ist unverkäuflich. Um zehntausend können Sie es haben!« Franz Maier schüttelte den Kopf. Er wusste, dass das Werk im Handel gerade mal so um die tausend Euro einbringen könnte – im besten Fall.

»Dann zahle ich zehntausend und einen Euro.« Angelika hatte das ganz locker ausgesprochen. »Ich will die Skulptur haben, merken Sie das nicht?«

»Mir gefällt das Werk auch, ich hätte es auch sehr, sehr gerne, wenn ich so nachdenke«, kam es von Carola, »aber ich sage dir, dass es wirklich keine zehntausend Euro wert ist, das musst du mir glauben. Ich weiß da Bescheid.«

»Sei mir nicht böse, das ist jetzt aber völlig unerheblich.«

Carola sah Angelika entgeistert an. Franz Maier fühlte sich irgendwie unwohl. »Wie meinst du das?«, fragte sie tonlos nach. Das Statement hatte scharf geklungen.

»Unerheblich ist nicht, was du dazu meinst, ganz im Gegenteil, ich lege größten Wert auf deine Meinung, nein, unerheblich ist der Preis. Ich kaufe die Skulptur um zehntausend Euro.«

Die Aussicht auf den völlig unerwarteten Geldsegen ließ Franz Maier sehr schnell von seinem Werk Abschied nehmen.

»Sie können es um den Preis haben.« Er schüttelte den Kopf. »Wenn es Ihnen das wert ist, sollen Sie es haben.«

»Du bist völlig verrückt, Angelika. Habe ich dir das schon gesagt?«

»Nein, das musste bisher immer nur ich zu dir sagen. Wissen Sie«, sie wandte sich an Franz Maier, der sprachlos neben den Frauen stand, »Frau Persiani ist völlig verrückt. Sie trägt nämlich beinahe täglich ein Korsett, geht geschnürt durch die Gegend. Völlig abgefahren. Wie gesagt, völlig verrückt.«

»Ah, da haben wir es! Wieder bringst du es aufs Tapet! Was haben wir ausgemacht? Wenn du wieder damit anfängst, so wirst *du* eingeschnürt. Warte nur, am Abend bist du dran. Es war so vereinbart!«

Angelika schwieg und schüttelte den Kopf.

»War es so ausgemacht, oder nicht?« Carola klang laut und siegesgewiss.

»Ja, es war so ausgemacht.« Angelika antwortete ganz leise. Dann wandte sie sich an Franz Maier. »Verzeihen Sie unseren Disput. Bitte geben Sie mir Ihre Kontonummer. Ich schreibe Ihnen meine Adresse auf. Lassen Sie das Werk sorgsam durch eine Spedition an mich liefern. Die Kosten dafür trage ich auch. Einverstanden?« Jetzt lächelte sie Franz Maier an, der immer noch nicht wusste, was er von den beiden Frauen wirklich halten sollte.

Wie auch. Angelika und Carola waren sich auch nicht sicher, wie es um sie, um die Beziehung zueinander stand. Dass sie sich unsterblich in die jeweils andere verliebt hatten, wusste jede Einzelne zwar für sich, doch hinsichtlich der Gefühle der anderen hatten beide keine rechte Vorstellung. Franz Maier führte die Damen wieder in die Wohnküche. Er fragte nach, ob sie wirklich noch bei ihm essen wollten, denn er war nun nicht mehr sicher, ob seine Idee mit dem Linseneintopf und den Semmelknödeln eine gute war oder nicht. Die beiden waren seines Dafürhaltens keine Linseneintopftypen, wie es ihm so durch den Kopf ging. Umso überraschter war er aber über die begeisterte Zustimmung. Die kam, nachdem sie sich wieder kurz, lächelnd, in die Augen geblickt hatten.

So schritt er zur Herstellung der Knödel, den Eintopf hatte er bereits vorbereitet, denn der schmeckte seiner Erfahrung nach aufgewärmt besser als ganz frisch. Angelika und Carola hatten sich zu ihm an den Herd gesellt und nippten ab und zu an ihrem Bier, das er ihnen aufgewartet hatte. Und die beiden waren es, die die Sprache wieder auf seine Kunstwerke und auch ganz speziell auf seine Erläuterungen und Anmerkungen brachten. *Sie haben mir also doch zugehört*, dachte er anerkennend. Diese Frau Dr. Nadherna, die nicht nur einmal betont hatte, dass sie ein Laie sei, der von Kunst nicht sehr viel bis gar nichts verstehe, erstaunte ihn immer wieder mit Sichtweisen, die er für interessant und nachdenkenswert hielt. Er hätte ihr das nicht zugetraut. War sie ihm am Anfang nicht irgendwie abgehoben vorgekommen?

Auch wenn das Essen sehr einfach war, es dauerte ewig, die Gespräche wurden durch die Mahlzeit nämlich nicht unterbrochen. Franz Maier fühlte sich immer wohler, obwohl er die beiden immer noch nicht richtig einschätzen konnte. Spontan bot er den Frauen das Du-Wort an, das gerne angenommen wurde. Auch das hatte ihn ein wenig erstaunt, dann umso mehr gefreut.

Als er den Kaffee servierte, äußerte Angelika gleich einen Wunsch dazu: »Können wir den Kaffee nicht in deinem Hightech-Multimediaraum, den du uns gezeigt hast, trinken und schöne Musik dabei hören? Das wäre doch sicher ein großer Genuss.«

»Da spricht heute gar nichts dagegen. Ich habe einige neue CDs, die noch originalverpackt sind. Wollen wir die gemeinsam das erste Mal genießen?«

Ein freudiges Nicken war die einzige Antwort.

Zum Kaffee reichte er Mandelgebäck. »Das ist selbst gemacht. Habe ich von einem Freund aus Italien gelernt«, fügte er stolz hinzu. Angelika und Carola hatten schon Platz genommen, Franz Maier hantierte noch kurz mit der Fernbedienung der Anlage, und schon ging es los.

»Wow, welch ein Luxus!«, entfuhr es Carola. »Da sitzt man ja wie auf Daunen gebettet, und die Tonqualität ist exzellent, einfach fantastisch.«

Alle drei versanken in der wunderbaren Musik, und doch entging es dem Künstler nicht, dass Angelika fest Carolas Hand hielt und mit dem Daumen über ihren Handrücken streichelte, dabei aber voll konzentriert der Musik lauschte. *Ah! Das ist es! Dass mir das nicht früher aufgefallen ist. Ein Liebespaar habe ich hier bei mir. Ist das schön!* Es fiel ihm wie Schuppen von den Augen. Er lächelte und spürte, wie die Sympathie den beiden gegenüber wuchs. Franz Maier hatte hingegen keine Ahnung davon, dass die Frauen selbst sich ihrer Liebesbeziehung so gar noch nicht im Klaren waren. Nichts war offen ausgesprochen worden, noch nicht einen Kuss hatten sie ausgetauscht.

Spät am Abend erst waren sie wieder ins Hotel zurückgekehrt. Für ein ausgedehntes Abendessen war es zu spät gewesen, einen kleinen Happen zauberte Frau Elisabeth, der gute Geist des Hotels, jedoch schnell herbei, und für ein Glas Rotwein war auch noch Zeit.

Die Abreise am folgenden Morgen würde gemütlich verlaufen. Das Packen sollte nicht länger als eine Viertelstunde dauern und ein ausgedehntes Frühstück den würdigen Abschluss des schönen Aufenthalts bilden. Darüber waren sie sich einig.

Ein paar Stunden hatten sie also noch gemeinsam. Angelika war jetzt froh, dass sie mit dem Mietwagen nach Hause fahren konnten. Carola würde ihn am Mittwoch in Wien abgeben. Alles Weitere war offen geblieben. Beide hatten es vermieden, darüber zu sprechen, wie es eigentlich weitergehen sollte. Das, was sie in den vergangenen Tagen so intensiv erlebt hatten, würde sich das irgendwie auf den Alltag übertragen lassen? Diese Frage hatte sich langsam und heimlich in Angelikas Kopf festgesetzt, und irgendwann würden sie sich wohl damit konfrontieren müssen.

Ein wenig schwermütig hatten Carola und Angelika das Hotel am Vormittag verlassen. Carola saß am Steuer, Angelika in Gedanken versunken schweigend neben ihr. Bei Thalgau fuhren sie auf die Westautobahn auf. Carola drückte aufs Gaspedal, und der Wagen beschleunigte mächtig. Angelika wurde fest in ihren Sitz gedrückt.

»Das Auto ist übermotorisiert«, entfuhr es Angelika. Eine Erwiderung darauf erhielt sie nicht und hatte eine solche auch nicht erwartet. Entspannt wandte sie ihren Blick auf die vorbeiflitzende Landschaft. Erst bekam sie es gar nicht mit, bloß als ein Wagen nach dem anderen sie mit hoher Geschwindigkeit überholte, bemerkte sie, dass Carola vom Gas gegangen war und immer langsamer dahinglitt, nun schon nur mehr mit siebzig, wie die Tachonadel anzeigte.

»Was ist?«

»Angelika, hättest du etwas dagegen, wenn wir beim Mondsee gleich wieder von der Autobahn abfahren und uns gemütlich über Bundesstraßen nach Hause begeben?« Carolas Stimme hatte einen flehentlichen Unterton angenommen.

Dann können wir noch viel länger beieinander bleiben, kam es Angelika sofort in den Sinn, sie behielt dies jedoch für sich. »Mhm, keine schlechte Idee. Die Sonne scheint vom Himmel, und es gibt so ein herrliches Licht heute.«

Carola hatte bereits den Blinker gesetzt und die Ausfahrt genommen. »Erst geht es am Mondsee und dann am Attersee entlang. Später sehen wir weiter.« Das war gerade eben ausgesprochen, da war der Mondsee bereits erreicht, als sie plötzlich hinzufügte: »Da! Schau!«, sie zeigte nach links, »das ist einer meiner Lieblingsgolfplätze. Sehr schön, aber nicht einfach zu spielen.«

»Ich weiß das. Mit diesem Platz habe ich noch ein Hühnchen zu rupfen. Es war das reinste Desaster, als ich hier vor einigen Monaten ein Turnier gespielt habe.«

Carola ließ einen kurzen, aber intensiven Blick seitlich auf Angelika gleiten. »Du spielst Golf?«

»Na, sei nicht so überrascht. Und schau bitte wieder nach vorne, du sitzt am Steuer. Und zu deiner Frage: Ja, ich spiele Golf. Seit vielen Jahren schon hat mich die Sucht danach gepackt. Um ehrlich zu sein, sobald es nur ein wenig wärmer wird, werde ich die kleine weiße Kugel wieder mit Freuden über den Platz treiben.«

»Ich spiele auch Golf.«

»Ich habe es mitbekommen.« Angelikas Mund umspielte ein Lächeln. *Gemeinsam Golf zu spielen, heißt, etwa fünf bis sechs Stunden miteinander unterwegs sein.* Dieser Gedanke drängte sich im Nu auf und ließ ihr Herz höher schlagen.

Das Schweigen, das bis dahin überwogen hatte, war nun von einem angeregten Gespräch hinweggefegt worden. Sie unterhielten sich über ihren Sport und überlegten sogleich, wie sie miteinander gemeinsam das erste Mal auf die Golfrunde gehen könnten. So waren sie bereits am Attersee unterwegs und näherten sich Weyregg.

»Eine kleine Pause gefällig?« Carola lächelte Angelika verschmitzt an.

»Ja! Nach so einer langen Reise braucht man schon etwas Ruhe.

Möchten gnädige Frau auch gleich hier übernachten?« Angelika hatte einen neckischen Ton angeschlagen.

»Zum Übernachten ist es vielleicht noch etwas früh, aber über einen Kaffee oder ein Eis könnten wir doch reden.«

»Eis! Eis ist das richtige Stichwort. Bei dem Wetter bekommt man richtig Lust darauf. Wir halten Rast.«

Weyregg war wie ausgestorben. Es fand sich aber schnell ein nettes Plätzchen zum Sitzen, und das angestrebte Eis konnten sie sich auch gönnen. Anschließend schlenderten sie noch ein wenig herum. Beide blieben an einem Schaufenster eines Ladens mit ungewöhnlichem Steinschmuck hängen. Kreationen waren da zu sehen, die nicht alltäglich waren, und das in erträglicher Preislage, wie Carola fand.

»Ich möchte dir etwas schenken.« Carola zog Angelika in das menschenleere Geschäft. Erst eine kleine Weile nach dem Erklingen der Glocke an der Eingangstür erschien eine Frau mit sympathischem, freundlichem Gesicht.

»Guten Tag. Was kann ich für Sie tun?«

»Diese Halskette hier«, Carola zeigte auf ein Stück, das es ihr angetan hatte, »dürfte ich sie etwas genauer ansehen?«

Die Dame holte die Kette aus der Vitrine, nahm aber aus einer Lade gleich einige wenige weitere mit, die sie alle auf einem mit Samt überzogenen Tablett ausbreitete. »Ähnliche Stücke, und doch jedes ein Unikat. So können Sie ein wenig vergleichen.«

»Fantastisch«, kommentierte Carola kurz.

»Ja, herrlich! Sind die nicht wunderschön?«, Angelika hatte eine davon an ihren Hals gelegt und sich zum Spiegel hin umgedreht. »So sieht sie ja noch viel besser aus.«

Die Verkäuferin erläuterte, welche Steine darin enthalten seien, erklärte die Farbzusammenstellung und worauf man achten müsse, wenn man sie ständig tragen wollte.

»Woher haben Sie diese ungewöhnlichen Halsketten?«, wollte Carola wissen.

»Die stammen aus eigener Produktion, und das Design ist von mir selbst. Es sind wie gesagt Unikate, und Sie werden kein Stück ein zweites Mal finden.« Die Antwort kam nicht ohne Stolz.

»Unglaublich«, entfuhr es Angelika. »Schau, Carola, die würde doch ausgezeichnet zu dir passen.«

Carola legte die Kette nun um ihren Hals und musterte sich lange im Spiegel. »Du hast recht, die Kette ist wundervoll.« Mit einem Seufzer legte sie das Schmuckstück wieder auf den Tresen.

Angelika nahm sie, hielt sie wieder an Carolas Dekolletee und nickte. »Ich schenke dir diese Kette ...«

»Dann schenke ich dir die, die du eben in der Hand hattest. Die ist auch so schön.« Sie sah Angelika tief in die Augen. »Sag nicht Nein, bitte.«

»Sag ich auch nicht. So ein schönes Erinnerungsstück an die wundervollen Tage, die wir eben verbracht haben, schlage ich nicht aus.«

»Sie nehmen also beide Ketten?«, fragte die Frau nach.

»So ist es. Und es sind Geschenke.«

»Soll ich sie einpacken? Wünschen Sie eine Geschenkverpackung?«

»Nein«, Carola wandte sich an Angelika, »wir werden sie gleich tragen.«

»Ist recht so«, meinte die Frau hinter dem Verkaufspult, stellte zwei Rechnungen aus und hatte ein breites Lächeln um die Lippen. »Viel Freude mit den Stücken!« Und eindringlich setzte sie nach: »Ich wünsche Ihnen beiden weiterhin alles Gute.« Mit Schwung ließ sie die alte eiserne Kasse zufallen.

Später wieder im Wagen strich Angelika gedankenverloren mit dem Daumen an der neuen Kette entlang. »Danke nochmals, Carola. Ich habe eine große Freude mit dem Schmuckstück. Wie hat die Verkäuferin das gemeint, als sie uns beinahe inbrünstig alles Gute gewünscht hat?«

»Keine Ahnung. Aber jetzt, wo du es sagst, kommt es mir auch ein wenig seltsam vor.« Sie klopfte gedankenverloren mit dem Finger aufs Lenkrad. »Vielleicht dachte sie, wir gehören zusammen.«

Der Satz traf Angelika wie ein Schlag. Carola hatte das so einfach dahingesagt, so locker, so frei von Emotionen. Sie fühlte es also offenbar nicht, was in Angelika bereits brodelte. Sie schwieg daher, und auch Carola ließ es mit dem letzten Satz bewenden.

Stunde um Stunde fuhren sie nun schon quer durch Ober- und Niederösterreich. Sie hatten mehrmals Pausen eingelegt und dabei mit Neugier und Freude kleine Ortschaften erkundet, die ihnen unbekannt waren. Sie waren beide erstaunt, welch schöne Flecken sich da auftaten. Nichts Spektakuläres, indes vieles schön Gewachsenes und Harmonisches. Je länger sie unterwegs waren, desto schweigsamer wurden sie, und als sie die Wachau hinter sich gelassen hatten, herrschte vollständige Stille. Bis zu dem Zeitpunkt, als Carola über die Rosenbrücke bei Tulln die Donau querte und Angelika ihr kurz erklärte, wie sie die letzten Kilometer zu fahren habe. Es war bereits dunkel, als sie Angelikas Haus erreichten.

»Willst du noch mit ins Haus kommen?«, fragte Angelika mit einem ein wenig sehnsüchtigen Ton.

»Nein, Angelika, ich werde gleich weiterfahren. Ich muss wieder nach Hause. Es gibt noch einiges zu tun für mich.«

»Wie du meinst. Dann eben ein anderes Mal. Es wird schon der passende Zeitpunkt kommen.« Sie umarmte Carola, und das erste Mal, vielleicht sogar versehentlich, gaben sie sich einen Hauch von Kuss auf die Lippen. Das allererste Mal.

Carola riss sich schnell aus der Umarmung los, hielt Angelika jedoch an den Oberarmen fest. »Es war so wunderbar.« Sie stieg ins Auto und startete den Motor.

Angelika hielt die Tür noch offen und sah auf Carola hinunter. »Wirst du mich bald anrufen?«, fragte sie etwas verzagt. Sie hatten kein weiteres Treffen vereinbart. Auch sonst nichts. Gar nichts.

»Ich ruf dich an.« Carola blickte nochmals zu Angelika auf, und ein unsicheres Lächeln erhellte ein wenig ihr Gesicht. Dann zog sie die Tür zu und war dahin.

Angelika verharrte regungslos vor ihrer Haustür und sah dem davonfahrenden Wagen nach. Erst langsam machte sie sich dann doch auf den Weg ins Haus. Außer dem Summen des Gefrierschranks im Abstellraum war nichts zu hören. Sie stellte ihren Koffer und die Tasche im Schlafzimmer ab. Alles war wie immer.

Eine kräftige Dusche! Ja, das ist es, was ich brauche. Eine kräftige Dusche gönne ich mir jetzt. Der Gedanke löste sie aus einer Lethargie, die sie beim Betreten des Hauses erfasst hatte.

Erfrischt holte sie nach der Dusche ihr langes samtenes Hauskleid hervor, das sie so liebte, schlüpfte hinein und machte sich auf ins Wohnzimmer. Sie schaltete das Fernsehgerät ein. Da sie etwas Hunger verspürte, erhob sie sich und ging zum Kühlschrank. Der war gut gefüllt, aber sie hatte auf nichts wirklich Appetit. So schloss sie ihn wieder und stellte Wasser für einen Tee auf die Herdplatte. Ein wunderbarer Darjeeling würde das Richtige sein, mit viel Milch und Zucker, so, wie sie es liebte.

Kaum hatte sie vor dem Fernsehgerät Platz genommen, läutete ihr Handy. Am Display erschien Carola in wunderbarem Profil. Angelika hatte sie bei Franz Maier heimlich ein paarmal mit dem Handy fotografiert und ein Foto Carolas Nummer zugeordnet. Sie hatte noch nie zuvor jemanden heimlich fotografiert. Bei Carola war es das erste Mal – und das mit ein wenig schlechtem Gewissen. Nun indes war sie froh, es getan zu haben. Zu schön war das Bild am Display.

Rasch hob sie ab. »Hallo, Carola, bist du schon zu Hause? Du musst ja geflogen sein ...«

»Angelika«, Carola unterbrach sie. Sie klang ein wenig verunsichert.

»Was ist denn, Carola, was hast du denn?«

»Angelika«, Carola seufzte fast unhörbar, »ich möchte so gerne bei dir sein.«

»Ja, das wäre schön, wenn wir jetzt zusammen sein könnten.«

»Ich ...« Carola setzte den Satz nicht fort. So entstand eine Zeit der Stille.

»Du wolltest etwas sagen«, brach Angelika das Schweigen. Und das mit dem warmherzigsten Ton, den sich Carola je hatte vorstellen können.

»Ich ... ich mag dich.«

Angelika schluckte. »Ja?«

»Nein«, kam es geflüstert zurück, »das ist der falsche Ausdruck. Ich bin verliebt in dich. Nein, auch nicht. Ich liebe dich. Das ist es. Ich liebe dich so sehr.« Sie räusperte sich. »So, jetzt habe ich es ausgesprochen.«

»O Gott! Warum hast du mir das nicht gesagt, ehe du gefahren bist? Mir geht es doch nicht anders als dir. Ich habe mich in den vergangenen Tagen so unsterblich in dich verliebt ... Ach, wäre es schön, dich in die Arme nehmen zu können.«

»Dann tu's doch.« Nun schluckte Carola hörbar. »Ich stehe vor deinem Haus.«

»Was!?« Angelika stürmte hinaus, riss die Haustür auf. Da stand Carola. Mit unsicherem Lächeln. Den Koffer neben sich abgestellt. Wie angewurzelt. »Komm doch rein, bitte komm doch rein«, Angelika fiel ihr um den Hals. »Bitte komm in mein Haus.«

Carola folgte Angelika ein wenig zögernd. Kaum war die Tür hinter ihnen wieder verschlossen, hatte das Zaudern ein Ende. Da nahm sie Angelika nun zärtlich in die Arme. »Ja, es stimmt. Ich liebe dich.« Langsam beugte sie sich vor, bis sich ihre Lippen trafen. Angelika zuckte ein wenig, doch als sich Carolas Lippen nun fordernd auf die ihren pressten, da öffnete sie sich zu einem innigen Kuss.

Eine halbe Stunde lang verharrten sie in der Diele. Küssten sich, bis ihnen der Atem versagte, flüsterten sich die heißesten Liebesschwüre zu, um gleich wieder in einem Kuss zu ertrinken.

»Komm ins Schlafzimmer. Ich will dich jetzt spüren, dir ganz nahe sein, dich einfach lieben mit Haut und Haar.« Angelika hatte dies Carola ins Ohr geflüstert, zog sie schon mit sich, um auf halbem Wege einen weiteren Kuss zu erhaschen.

»O mein Gott«, flüsterte Carola, »ein Traum wird wahr …« Da war sie bereits von Angelika auf das Bett gedrängt worden.

»Ich möchte dich jetzt entkleiden, ganz entkleiden. Bitte lass mich das tun.«

»Ich bin heute nicht geschnürt«, kam es von Carola ein wenig bedauernd.

»Es ist heute ganz einerlei, was du trägst, ich möchte dich einfach nur für mich entkleiden, deine Haut, deine schöne Haut befreien, damit ich sie küssen kann. Überall. Einfach überall.« Angelika war bereits behutsam am Werk, legte Carolas Körper langsam frei. Ganz behutsam und ganz langsam. Jede eroberte Zone wurde mit Küssen bedeckt. Carola ächzte unter den Liebkosungen, wand sich erregt unter den Händen ihrer Liebsten, die bereits die Brüste erobert hatten und auf dem Weg zu Carolas Mitte waren. Und als das letzte Kleidungsstück fiel, da kapitulierte Carola, öffnete sich, gab sich Angelika vollkommen hin …

Um halb neun am Morgen des kommenden Tages sandte Carola ihrer Tante eine Mitteilung via Mobiltelefon, dass sie erst am folgenden Tag wieder in der gemeinsam geführten Kunsthandlung erscheinen würde. Dringendes würde ein Kommen verhindern.

Bis zu diesem Zeitpunkt kannte Carola von Angelikas Haus gerade mal das Schlafzimmer und das Bad. Sonst nichts. Angelika hatte sie mit allem versorgt, was nötig war. Getränke, Knabbereien, Schokolade, all das war um Mitternacht schnell herbeigeschafft worden. Um halb zwei öffnete sie mit Knall eine Champagnerflasche. Noch immer stark atmend und völlig aus dem Häuschen, nachdem Carola ihr solche Lust bereitet hatte, die sie selbst für sich gar nicht für möglich erachtet hätte. Denn Carola entpuppte sich als eine Virtuosin, was das Spiel mit Angelika anbelangte. Und Angelika blieb ihr nichts schuldig. Gar nichts.

Schlangenlinien, Kreise, Spiralen zeichnete Carola sanft mit der Fingerkuppe auf Angelikas Haut, als sie das Mobiltelefon beiseitegelegt hatte. Ein scharfes Zischen entfuhr Angelika, als der Finger wie zufällig ihre Brustwarze streifte. Noch lag sie entspannt auf dem Rücken, öffnete jedoch bereits wieder einladend ihre Beine, was Carola nicht entging. So wanderten Spiralen, Kreise und Schlangenlinien nun langsam über den Nabel in heiße und feuchtere Zonen. Und waren willkommen ...
»Ja, streichle mich, berühre mich, tu alles mit mir ... Ah!« Ein Ächzen war zu vernehmen, als der eben noch so sanft kreisende Finger ganz forsch in Angelikas Mitte drang. Tief in ihr begann er wieder ein kreisendes Spiel, das Angelika bald beinahe den Atem nahm, ehe ein Schrei die Stille des Hauses zerriss und Angelika in Lust zerrann.

Um die Mittagszeit kam Carola nach einer kräftigen Dusche das erste Mal in das Wohnzimmer und in die Küche. Der Hunger hatte sie endgültig aus dem Bett getrieben.
»Wir können jederzeit wieder ins Schlafzimmer, wenn es sein muss«, hatte Angelika tatsächlich mit vollem Ernst gesagt.
Das hatte Carola auflachen lassen. »Ja, wenn es sein muss! Könnte ja sein.«
Eine Weile sah sie Angelika beim Kochen zu, war dabei ganz hingerissen, wie behände Angelika da werkte.
»Du darfst mir gerne helfen, Carola. Ich bräuchte eine Zwiebel aus dem Vorratsraum, und dann könntest du auch gleich den Tisch decken.«
»Finde ich die Zwiebel?«
Angelika richtete sich kurz auf, sah Carola mit strahlenden Augen an. »Ganz sicher. Mach dich doch auf eine Forschungsreise. Sieh dich um im ganzen Haus, wenn du magst.«

»Stört dich das nicht, wenn ich überall meine Nase reinstecke?«
»Gar nicht. Und jetzt los, ich brauche die Zwiebel.«
So machte sie sich auf den Weg. Die Zwiebel war im Nu gefunden und der Köchin überreicht, der Tisch in weniger als fünf Minuten gedeckt, somit blieb tatsächlich Zeit für einen Rundgang durchs Haus. Überrascht stellte Carola fest, dass das von außen eher unansehnliche Haus innen ganz anders wirkte. Gemütlichkeit, dennoch ein wenig Eleganz, das war der erste Eindruck, den sie gewann. »Schön hast du es hier«, meinte sie mit ein wenig Bewunderung, als sie mit einer Flasche Rotwein wieder zu Angelika in die Küche gekommen war und diese sorgsam entkorkte.
»Ja, das habe ich. Und du bekommst gleich ein Bild davon, wie es bei mir im Alltag aussieht, ich konnte nicht aufräumen für dich.«
»Scheint auch nicht nötig zu sein.«
»Es ist schön, dass du hier bist«, Angelika durchbrach die Stille, die kurz eingetreten war, nahm Carola an der Hand und streichelte ihren Handrücken mit dem Daumen, wie es Carola nun schon ein wenig lieben gelernt hatte. »Ich freue mich jetzt schon darauf, von dir einmal bei dir zu Hause bekocht zu werden.«
»Angelika, ich kann nicht wirklich kochen.«
»Du kannst nicht kochen? Was isst du denn dann so im Alltag?«
»Um ehrlich zu sein, Frau Gerti, die Haushälterin meiner Tante, verköstigt mich mit. Sie achtet immer darauf, dass ich etwas Gescheites zu essen habe und dass für Abwechslung gesorgt wird.«
»Dann wird es vielleicht Zeit, dass du etwas dazulernst. Komm, ich bin ja noch nicht ganz fertig, da zeige dir gleich, wie du mir helfen kannst. Du wirst sehen, wir zaubern etwas Köstliches auf den Tisch, ohne große Künstler sein zu müssen.«
Sie hatte Carola in den Arm genommen, ihre Lippen fanden sich, und sie küssten sich zärtlich und lange.
Eine halbe Stunde später saßen sie am Esstisch und machten sich über die Mahlzeit her. Es war alles ein wenig aufwändiger geworden als von Angelika ursprünglich geplant, doch die Aussicht, ihrer Liebsten ein wenig Kochunterricht erteilen zu können, hatte alle Vorhaben über den Haufen geworfen. Der Hunger war nun riesig. Die beiden Frauen hätten eigentlich alles mit Genuss verzehrt, doch so war der nun noch viel größer, und verantwortlich dafür war wohl das gemein-

sam Erlebte, seit Angelikas Mobiltelefon vor von nun bereits vielen Stunden geläutet hatte.

Als sie sich am nächsten Morgen vor dem Haus verabschiedeten, sich nochmals innig küssten und Carola ins Mietauto sprang, war es Angelika nicht mehr schwer ums Herz. Die Freude auf das nächste Wiedersehen hatte sich bereits eingestellt.

Frühling

Angelika und Carola fanden schnell einen Weg, den gemeinsamen Alltag gut zu bewältigen. Es herrschte eine große unausgesprochene Übereinstimmung in so vielen Dingen, und die Freude aufeinander ließ sie auch Zeiten mühelos überbrücken, die sie nicht in Zweisamkeit verbringen konnten.

Der Frühling hatte nun wirklich Einzug gehalten. Zartes Grün in vielfältigen Nuancen färbte die Natur von Tag zu Tag stärker, und die Tage wurden merklich länger. Frosttage waren bereits Vergangenheit, und so änderten sich mit dem Wandel der Jahreszeit auch wieder die Gewohnheiten der Menschen.

Alles drängte nach draußen. Aktivitäten im Freien waren angesagt. Da wurden Gärten gepflegt, Baustellen aktiviert, Fahrräder ausgemottet etc., ja, und der Winter immer mehr in das Hochgebirge verbannt, wo er noch eine Zeitlang erhalten blieb, eben wie jedes Jahr.

Angelika war mit Carola bereits einige Male am Golfplatz unterwegs gewesen. Das Golfspiel als gemeinsames Steckenpferd zu haben, stellte sich als ein Glückstreffer heraus. Viele Stunden verbrachten sie so gemeinsam beim Sport. Angelika hatte Carola nicht dazu überreden müssen, den Golfclub zu wechseln, diese war mit ihrem alten ohnehin nicht sonderlich zufrieden, sodass sie nun beide in ein und demselben Club ihre Mitgliedschaft und damit ihre sportliche Heimat unweit von Angelikas Haus hatten, wie auch Hartmut und seine ganze Familie.

Das Osterwochenende stand vor der Tür. Angelika, Carola, Hartmut und Karin hatten geplant, so oft wie möglich gemeinsam dem Golfspiel zu frönen. Der Wettergott sollte mitspielen, bloß die Temperaturen durch einen kräftigen Nordwind noch eher gedämpft bleiben.

Am Karsamstag ging es los. Mit sichtlichem Enthusiasmus waren alle bei der Sache, die Damen auch bereits gut in Form, lediglich Hartmut spielte grottenschlecht, sodass er bereits mit Trainerstunden liebäugelte.

Die Stimmung nach dem Spiel im Clubhaus war exzellent, und sogar Hartmut war gut drauf. Irgendwann stellte sich die Frage, ob man denn die amüsante Unterhaltung und das nette Beisammensein nicht irgendwo fortsetzen sollte. Karin kam bald auf die Idee mit der Sauna. Man könnte diese doch bei ihnen zu Hause schnell in Betrieb nehmen und so die Kühle des stürmischen Windes ein wenig aus den Gliedern bekommen. Lorenz und Max wären zu Hause und könnten gleich alles vorbereiten. Die beiden würden sicher auch gerne mitmachen.

Carola hatte erst Bedenken. Mit Lorenz war sie bereits einmal auf dem Golfplatz unterwegs gewesen, Max hingegen kannte sie überhaupt noch nicht, und auch mit Hartmut und Karin war sie noch nie in der Sauna gewesen. Angelikas beruhigender Einwand, sie gingen ja doch in Wien gleich neben Carolas Wohnung bereits hin und wieder in die öffentliche Sauna – da kenne man auch nur einige wenige Leute von Vorbesuchen her –, und Lorenz und Max seien zwei nette, offene und freundliche junge Männer, stimmte sie bald um. In Wahrheit verspürte sie eine große Lust auf Sauna. Angelika hatte da ganze Arbeit geleistet.

Max und Lorenz hatten ebenfalls ganze Arbeit geleistet. Die Saunakammer war nach dem telefonischen Auftrag, den Hartmut erteilt hatte, bei der Ankunft der drei aufgeheizt. Frische Badetücher und Handtücher waren für alle bereitgelegt. Vor der Saunakammer standen auf einem kleinen Tisch Wein- und Wassergläser, Karaffen mit Wasser, Flaschen mit Mineralwasser und Säften bereit. Die Stereoanlage war in Betrieb, und als Carola das erste Mal den Raum, in dem sich die Sauna befand, betrat, ertönte ABBA aus den Lautsprechern.

»Junge Männer! Und legen ABBA auf!«, rief sie verwundert aus. Was sie sah, erstaunte sie. Hatte sie sich enge Verhältnisse im niedrigen modrigen Keller erwartet, empfing sie ein heller großer Raum mit einer großen Saunakammer, in der gut acht Personen Platz finden konnten.

»Das sieht doch gut aus, oder? Gefällt es dir hier, Carola?« Lorenz klang ein wenig stolz. Er hatte es sich nicht nehmen lassen, Carola und Angelika nach unten zu führen, obwohl Angelika den Hausbrauch bereits bestens kannte und im Domizil der Hellmars schon heimisch war.

Lorenz wollte sie gerade in den Nachbarraum führen, um Carola zu zeigen, wo sie sich am besten entkleiden könnte, als sie jemanden mit Geklapper über die Treppe nach unten kommen hörten. Es war Max. Er winkte Angelika zu und ... erstarrte, als er Carola sah.

Fassungslos starrte er sie an. »Max«, er räusperte sich, wurde knallrot im Gesicht, »Max, ich bin der Max.«

»Freut mich«, Carola lächelte ihn an, ein wenig verunsichert aufgrund seines Auftritts, »ich bin Carola, Angelika hat mir schon viel von dir ... von Ihnen erzählt. Können wir Du zueinander sagen, so wie ich's auch mit Lorenz halte?«

»Klar können wir Du sagen. Ich bin Max.« Seine Röte hatte sich deutlich vertieft.

Angelika war das nicht entgangen. *Meine Güte, da ist ja jemand völlig aus dem Häuschen. Was steckt denn da dahinter?*, ging es ihr durch den Kopf. *Da hat der erste Eindruck aber schön eingeschlagen ...* Sie konnte es sehr, sehr gut verstehen, war es ihr selbst doch ähnlich ergangen. »Wenn sich jetzt alle bekannt gemacht haben, so könnten wir ja einmal in die Saunakammer schlüpfen.«

»Das meine ich auch«, Hartmut kam im Bademantel die Treppe herunter, »Max, hast du auch kontrolliert, ob Bier im Kühlschrank ist?«

»Ja«, Max starrte noch immer in Carolas Gesicht, »Bier, Wasser, Joghurt, Milch, Fleisch – alles ist hier unten im Kühlschrank.«

»Na, das Fleisch werden wir ja eben mal nicht benötigen«, er schüttelte den Kopf, »aber Bier, Wasser und vielleicht auch Joghurt sind jedenfalls nicht schlecht.« Er schaute etwas indigniert auf seinen Sohn. »Kommst du nicht rein in die Sauna, Max?«

»Wieso?«

»Na, weil du da wie angewachsen stehst, und ausgezogen bist du auch nicht.«

Max riss jetzt seinen Blick aus Carolas Gesicht. »Doch, doch, ich komme.« Er stürmte die Treppe hoch und war wieder verschwunden.

Angelika nahm Carola am Arm und führte sie in den Nebenraum. Sie schlüpfte aus Hose und Pullover, Polo und Unterwäsche waren auch gleich verstaut. Carola nestelte noch immer am Zippverschluss ihres Sweatshirts, und Angelika trat an sie heran, um ihr zu helfen. »Hast du das bemerkt?«, wollte sie wissen.

»Was bemerkt?« Carola zog jetzt Sweatshirt und Polo gleichzeitig über den Kopf.

Angelika umfasste Carolas Körper und öffnete deren BH, den sie sanft nach vorne zog und über die Arme abstreifte. »Wie wird es Max erst gehen, wenn er das sieht.«

»Was bemerkt? Angelika!«

»Entschuldige, Carola«, sie sah ihr ins Gesicht, »ich meine, hast du nicht gemerkt, wie Max dich angesehen hat?«

»Ja, ja, doch! Meinst du, es ist das Übliche? Junger Mann sieht das erste Mal eine Lesbe und weiß nicht, wie er sich verhalten soll?«

»Aber nein doch, niemals! Erstens bist du nicht die erste Lesbe, die er kennenlernt, das bin schon ich, und ich kann dir nur sagen, er hat kein Problem damit. Nein, es ist doch etwas ganz anderes. Ich denke, du gefällst Max gut. Sehr gut. Extrem gut. Wow, wie er dich angesehen hat!«

Carola starrte Angelika entgeistert an. »Wie kommst du auf so eine absurde Idee? Er weiß doch, dass wir zusammengehören, und außerdem bin ich um einige Jährchen älter als er.«

»Liebe Carola, was ist daran absurd, dass du ihm gefällst? Da spielen die Umstände oder der völlig unerhebliche Altersunterschied doch keine Rolle. Bitte mach deine Augen auf, dann wirst du es bemerken, dass du bald einen richtigen Verehrer haben wirst.« Angelika lachte. »Sicher, ganz sicher. Ich kann ihn übrigens verstehen, mir ging es ja ähnlich mit dir.«

»Jetzt hör schon auf!« Carola schüttelte den Kopf. »Wohin schweifen deine Fantasien? Das ist doch absurd. Du bildest dir da etwas ein.«

Angelika lachte. »Na vielleicht, aber ich denke nicht, dass ich da so falsch liege und dass das so absurd ist, wie du es schon zweimal ausgedrückt hast.« Sie umfasste Carola, drückte ihr einen Kuss auf die Wange und nahm sie mit sich fort. »So, komm, wir wollen in die Wärme.«

Der Saunanachmittag dehnte sich zum langen Saunaabend aus. Alle fühlten sich pudelwohl. Carola beobachtete von Anfang an, dem konnte sie sich nicht entziehen, ein wenig verstohlen Max. Und sie konnte nicht umhin, ihn bald ins Herz zu schließen. Abgesehen davon, dass er eine sportliche Figur hatte, offenbar gut trainiert war und wirklich gut aussah, verhielt er sich die ganze Zeit über einfach zauberhaft zu ihr und Angelika. Ja, auch zu seinen Eltern und zu seinem Bruder Lorenz, der sich an dem Tag jedoch bald verabschiedete, da er noch wegen Studienangelegenheiten nach Wien musste. Und Carola konnte nicht übersehen, dass er sie bei aller Liebenswürdigkeit den anderen gegenüber, wenn auch äußerst dezent, in allen Belangen bevorzugte, sie zurückhaltend hofierte und ihr jeden Wunsch von den Lippen ablas.

»Angelika, ich muss dir das jetzt sagen«, Max schüttelte den Kopf, als er nach einem Aufguss mit ihr zu zweit im Garten auf und ab ging, »also ich muss dir ganz offen sagen, dass du mit Carola eine wunderbare Frau an deiner Seite hast. Unglaublich.«

»Na, gefällt sie dir?« Angelika sah lächelnd in sein Gesicht.

»Was heißt gefallen! Carola ist eine Traumfrau. Schon wie sie aussieht …« Er sprach nicht weiter, schüttelte bloß wieder den Kopf.

»Ja?«

»Ja.« Er atmete kräftig durch. »So eine tolle Frau. Aber nicht nur wie sie aussieht, ist fantastisch. Du musst ihr nur einmal zuhören. Wie sie spricht, was sie sagt …«

Angelika lachte laut auf. »Ach Max!« Sie umfasste seine Hüfte. »Genau das ist mein Eindruck von meiner Carola. Darum liebe ich sie ja so.«

Max war stehengeblieben. Er sah Angelika fest ins Gesicht und runzelte die Stirn. »Entschuldige, dass ich das jetzt so gesagt habe. Die Emotionen sind mit mir durchgegangen. Pass auf Carola auf, lass sie nie sausen, sie ist wie gesagt eine Traumfrau. Wirklich.«

Dafür erntete er einen dicken Kuss auf die Wange. »Danke, Max, danke, dass du das so schön gesagt hast. Da gibt es nichts zu entschuldigen.«

Später am Abend, als Angelika und Carola zu Fuß zu Angelikas Haus unterwegs waren und sie fest eingehakt dahinschritten, schnitt Carola das Thema Max wieder an: »Ich glaub, du hast recht, Angelika. Max mag mich. Ich gefalle ihm.«

»Sag ich doch«, Angelika zog sie fester an sich.

»Und ich mag ihn, ich mag ihn sogar sehr.«

Angelika war stehengeblieben und sah Carola mit liebevollem Blick tief in die Augen. »Muss ich jetzt eifersüchtig sein?«

Carola blickte Angelika neckisch an. »Musst du nicht, wirklich nicht.« Sie schaute in das Licht der Straßenlaterne und setzte dann nachdenklich fort: »Weißt du, Angelika, im Gegensatz zu dir habe ich keine Erfahrungen mit Männern, und ich strebe auch nicht wirklich welche an. Aber auf so dezente und charmante Art ist mir noch kein Mann und noch dazu so ein junger Mann begegnet, das ist mir völlig neu.«

»Hat was?«

»Hat was!«

Die Osterfeiertage vergingen wie im Flug, und bald fanden sich Angelika und Carola wieder in der Arbeit. Angelika saß vor einem Stapel von Gewebeproben, die ihr von einer jungen Laborantin gerade geliefert worden waren, und begann mit dem ersten Fall. Es war ein sehr einfacher Routinefall, die Diagnose war mit wenigen Blicken ins Mikroskop gestellt. Sie hatte bereits das Diktiergerät in der Hand und zu sprechen begonnen, als es an der Tür klopfte und Edith, die Sekretärin, ihren Kopf hereinsteckte.

»Guten Tag, Frau Doktor, da wäre jemand, der Sie sprechen möchte. Haben Sie Zeit?«

Angelika, die sich nicht erinnern konnte, einen Termin ausgemacht zu haben, schaute auf den hohen Stapel mit Proben, erhob sich dann aber und ging auf Edith zu. »Sollte kein Problem sein, bitte!«

Ediths Kopf verschwand aus der Tür, und stattdessen erschien ein brauner Lockenkopf. »Haben Sie ein paar Minuten für mich, Frau Doktor?« Mit breitem sonnigen Lächeln stand Carola in der Tür.

Angelikas Herz machte einen Sprung. »Liebes, was machst du denn da? Komm rein in mein Reich!« Sie machte einen Sprung auf Carola zu, umarmte sie und drückte ihr einen zarten Kuss auf den Mund.

»Aha, so ist das also, so wird man als Pharmavertreterin von dir begrüßt.«

»Natürlich! Hast du das nicht gewusst? Wenn schon einmal jemand bei uns Pathologen vorbeikommt, was ja leider eher selten vorkommt, dann wird er oder sie schon gebührend in Empfang genommen.« Sie nahm Carola jetzt in den Arm und küsste sie innig und lang. Sie löste sich dann sanft und strich Carola über die Wange. »Es freut mich, dass du da bist. Soll ich dir das Institut ein wenig zeigen?«

»Na, ich weiß nicht. Der Seziersaal oder Ähnliches, ich glaube nicht, dass das das Richtige für mich ist.«

»Nein, Carola, das habe ich auch nicht vor. Ich dachte nur an einen kleinen Rundgang durch die Labors, und wir könnten auch bei Hartmut vorbeischauen.«

»Gute Idee, aber jetzt muss ich mir einmal dein Arbeitszimmer ansehen.« Sie ließ ihren Blick durch den Raum wandern. »Das habe ich mir ja ganz anders vorgestellt, ich bin überrascht.«

»Und was hast du dir vorgestellt?«

»Sterile Laborlandschaft, kalte Fliesen, grelles Licht, unangenehmer Geruch, Milchglasfenster, ich weiß nicht was, aber so, wie es aussieht, habe ich es mir sicher nicht vorgestellt.«

Das Zimmer war groß, hell und freundlich in Pastelltönen gehalten. Dominiert wurde es von einem großen Mikroskop, das fast zentral im Raum stand und das Mitschaueinrichtungen für vier weitere Personen bot. Auf der linken Seite stand ein langer Tisch an der Wand, auf dem ein Computer, ein Drucker und zahlreiche Aktenablagen gestapelt waren. Darüber hing ein riesiges Regal, gefüllt mit Fachbüchern und Fachjournalen. Auf der anderen Seite befand sich ein Kühlschrank, ein weiterer großer Tisch mit Espressomaschine, Mikrowellenofen und kleinem Backrohr. Ein riesiger Ficus Benjamin trennte diesen Tisch von einer älteren, etwas abgenutzt erscheinenden Sitzgarnitur. Auf dem kleinen Couchtisch türmten sich Programmhefte aus der Wiener Staatsoper. Die Möbel waren alle nicht mehr neu, das Holz strahlte aber eine Gemütlichkeit aus, die für ein Arbeitszimmer schon ein wenig seltsam anmutete.

»Bist du jetzt enttäuscht?«, wollte Angelika wissen.

»Aber nein! Ganz im Gegenteil, ich bin begeistert. Langsam begreife ich, was du meinst, wenn du sagst, alle Leute hätten eine völlig falsche Vorstellung von Pathologen. Dass du da in einer wohnzimmerartigen Umgebung arbeitest, finde ich fantastisch.« Sie blickte zur Kaffeemaschine. »Wenn du mir jetzt auch noch einen Espresso kredenzt, werde ich dich öfters besuchen.«

»Aber gerne, Liebes, wie möchtest du den Kaffee? Wie üblich?« Angelika wartete gar nicht auf Antwort, sie schaltete die Maschine ein und ließ den Kaffee in die Tasse rinnen. Stark, nicht zu kurz und mit einem Schuss Milch. Kein Zucker. So war »wie üblich«.

Sie setzten sich auf die Sitzgarnitur und nippten an ihrem Kaffee. Jetzt erst fand Angelika die Zeit, Carola zu betrachten. Sie sah umwerfend aus. Ein enges dunkles Kostüm, eine traumhaft schöne Bluse, zarte hellgraue Strümpfe und passende Schuhe. »Wie kommst du in unsere Gegend? Führt dich etwas Spezielles zu uns ins Spital?«

»Nicht zu euch, zu dir, Liebes. Ich hatte nicht weit von hier einen

Termin bei einem Kunden, der Bilder neu rahmen möchte, und da musste ich mit Rahmenmustern ins Haus kommen. Übrigens schöne Bilder, die wir da rahmen werden.« Sie nippte wieder am Kaffee. »Aber was ich mit dir kurz besprechen wollte, ist, dass Tante Hedwig dich jetzt endlich kennenlernen möchte und uns gemeinsam zu sich auf ein Abendessen einlädt.«

Angelika blickte Carola etwas erstaunt an. »Das hättest du mir aber auch am Telefon sagen können. Wann sollen wir denn auftauchen?«

»Das ist es ja, warum ich jetzt hier bin. Sie möchte uns unbedingt schon heute Abend bei sich sehen. Ich weiß, das schaut ein wenig überstürzt aus, und ich kann mir das alles auch nicht ganz erklären.« Sie sah an die Decke und atmete kräftig durch. »Immer wenn die Rede auf dich kommt, benimmt sie sich ein wenig seltsam. Einmal steht Ignorieren auf dem Plan, dann wieder will sie alles über dich wissen, um gleich darauf wieder abzublocken.«

»Also, Carola, von meiner Seite her spricht nichts dagegen, dass wir den Besuch gleich heute absolvieren. Vorausgesetzt, ich darf mich bei dir duschen und umziehen. Wäsche und Kleider hab ich ja in deiner Wohnung deponiert.« Sie sah Carola plötzlich mit einem sehnsüchtigen Blick an. »Und vorausgesetzt, ich darf dann bei dir übernachten und in deinen Armen einschlafen.«

»Übernachten: ja, einschlafen: weiß ich nicht.« Sie schmunzelte und warf Angelika ein Küsschen zu. Dann wurde sie wieder ernst. »Was ich dir noch sagen wollte, und darum bin ich auch selbst hier und bespreche das nicht mit dir am Telefon: Bitte leg nicht alles, was Tante Hedwig so sagt, auf die Goldwaage. Sie ist ein herzensguter Mensch, und wir kommen bestens miteinander aus. Seit Jahren. Nur manchmal verrennt sie sich in Standpunkte, die sie dann im Augenblick nicht mehr so einfach loslassen kann. Eine Stunde später oder spätestens am nächsten Tag schaut alles wieder anders aus.«

»Carola, wir schaffen das schon.« Angelika hatte einen beruhigenden Ton angeschlagen. »Wir müssen uns nicht vor ihr fürchten, sie ist ja keine Hexe.«

»Wirkt aber manchmal so, und darüber wollte ich kurz mit dir plaudern.« Sie wollte noch einen Schluck Kaffee nehmen, die Tasse war allerdings schon leer. »Hast du noch einen Espresso für mich? Ich halte dich dann auch nicht mehr länger von der Arbeit ab.«

Pünktlich um neunzehn Uhr standen Angelika und Carola vor Tante Hedwigs Wohnungstür, drei Stockwerke über Carolas Wohnung. Sie läuteten, und kurz darauf öffnete sich die Tür. Tante Hedwig stand kerzengerade und mit ernstem Gesicht da, als ihr Carola Angelika vorstellte.

»Tante Hedwig, darf ich dir meine Liebste, meine Freundin Dr. Angelika Nadherna, vorstellen.« Sie hielt einen Moment inne. »Angelika, das ist meine Tante Hedwig, Hedwig Wernherr.«

Angelika und Tante Hedwig reichten einander die Hände, Angelika mit einem freundlichen Lächeln, Tante Hedwig mit versteinerter Miene.

Es duftete herrlich in der Wohnung, offenbar hatte Tante Hedwig bereits ein Abendessen vorbereitet. Angelika folgte den Frauen in ein riesiges Wohnzimmer, das äußerst geschmackvoll eingerichtet war und an dessen Wänden ungewöhnliche Kunstwerke hingen. Durch eine breite Terrassentür fiel das Licht nach draußen auf eine große Terrasse, die offenbar so groß war, dass sie nicht einmal vom starken Wohnzimmerlicht ganz ausgeleuchtet wurde. Die Vorhänge waren alle offen, dennoch war sie sicher von der Nachbarschaft aus nicht einsehbar.

Um einen Kaminofen mit Glasfront, in dem ein paar Scheite Birkenholz brannten, waren Lehnstühle gruppiert. Daneben fand sich vom Kamin abgewandt eine große Sitzgarnitur mit einem Glastisch. Die Garnitur war in Richtung eines modernen Fernsehgeräts und einer ebenso modernen Stereoanlage gerichtet. Der Glastisch war abgesehen von einem Laptop leer. *Tante Hedwig ist zwar nicht mehr jung, altmodisch ist sie aber offensichtlich nicht.* Dieser Gedanke kam Angelika in den Sinn, während sie sich umsah. Jetzt bemerkte sie neben dem großen Esstisch, der den übrigen Teil des Wohnzimmers dominierte, eine Nische, offenbar die Küche. Sie war durch einen Tresen mit Barhockern vom übrigen Raum teilweise abgetrennt, und aus ihr strömte ein verführerischer Duft nach gebratenem Fleisch und Pilzen.

»Wollt ihr euch nicht noch ein wenig vor den Kamin setzen?« Tante Hedwig bemühte sich um ein Lächeln. »Ich bin gleich fertig in der Küche und komme dann auch zu euch.« Sie verschwand kurz, um gleich wieder mit zwei Gläsern Prosecco zu erscheinen. »Ein kleiner Aperitif zum Einstimmen.« Schon war sie wieder fort.

»Die Wohnung ist ja traumhaft!« Angelika war ganz entzückt. Der Gegensatz zu Carolas zwar nicht ungemütlicher, aber doch etwas nüchterner kleiner Wohnung zu dieser hier war riesig.

»Liebes, du hast noch nicht alles gesehen. Da gibt es eine wunderschöne Bibliothek, ein riesiges Schlafzimmer und ein noch viel größeres Luxusbad. Zwei Gästezimmer mit eigenem Bad zum Drüberstreuen finden sich auch noch. Und vielleicht hast du es schon bemerkt, die Terrasse ist riesig und von außen nicht einzusehen.«

Hedwig kam schnellen Schrittes aus der Küche. Jetzt hatte sie auch ein Glas Prosecco für sich in der Hand. Sie legte rasch zwei weitere Scheite Birkenholz ins Feuer und setzte sich dann gegenüber von Angelika in einen Lehnsessel. Sie musterte Angelika von oben bis unten und blieb in deren Augen hängen. »So, so, Sie sind also Pathologin.«

Das Verhör hat begonnen, dachte Angelika noch ein wenig belustigt. »Ja, ich bin Pathologin. Jetzt schon seit vielen Jahren. Es ist ein schöner Beruf, und ich mache meine Arbeit sehr gerne.«

»Das kann ich mir nicht wirklich vorstellen.« Die Antwort kam prompt. »Warum sind Sie nicht eine richtige Ärztin geworden, wenn Sie schon Medizin studiert haben. Sie haben doch Medizin studiert, oder?«

Angelika war leicht verunsichert. »Was meinen Sie mit richtiger Ärztin?«

»Na ja, eine Ärztin, die sich um Patienten kümmert und sich nicht nur im Labor versteckt.«

»So ist das doch nicht!« Carola mischte sich jetzt ein. »Pathologen haben eine wichtige Funktion im Krankenhaus. Sie stellen oft richtungweisende Diagnosen.«

»Aber sie kümmern sich um keine Patienten«, insistierte Tante Hedwig.

Angelika begann, um Beruhigung bemüht, mit freundlichem Ton zu erklären: »Sie haben schon recht, Frau Wernherr, ich arbeite nicht direkt mit Patienten oder am Krankenbett. Wir Ärzte im Krankenhaus bilden aber alle ein großes Team, und da muss dann jeder seinen Platz einnehmen.« Sie machte kurz eine Pause und fuhr sich durchs Haar. »Sehen Sie, ein Chirurg führt eine Operation durch. Das kann er aber nicht ohne Anästhesisten, der für die Narkose zuständig ist.«

»Sie sind aber weder Chirurgin noch Anästhesistin.«

»Das ist wahr.« Angelika brach das Thema ab. Was sollte sie denn da noch sagen.

Tante Hedwig erhob sich wieder und verschwand in der Küche. Angelika warf Carola einen leicht verunsicherten Blick zu, und die lächelte sanft zurück.

Tante Hedwig rief zu Tisch. Als Vorspeise servierte sie eine wunderbare Kürbiscremesuppe, und als Hauptspeise gab es Hühnerfilets in Zitronenbutter gebraten und gedünstet, buntes Nudelallerlei und eine herrliche Eierschwammerlsauce. Dazu hatte sie einen leichten Weißwein aus Niederösterreich kredenzt.

Verlief das Essen selbst nahezu ohne Konversation, begann Tante Hedwig nach dem Essen wieder ihr Fragespiel. »Was halten Sie von diesem Weißwein?«

»Er schmeckt mir ausgezeichnet, auch wenn ich zurzeit öfter Rotwein trinke.«

»Und welchen Rotwein bevorzugen Sie da?« Hedwig hatte schon die nächste Frage bereit.

»Was trinken wir denn so in letzter Zeit?« Angelikas Blick wanderte zu Carola, die sie aber nur verliebt ansah. »Also, wir haben jüngst ein paar gute Weine aus Australien getrunken.«

»Wieso aus Australien? Finden Sie die Roten aus Österreich nicht gut?«

»Doch, doch, da gibt es auch ein paar gute Weine, ebenso wie in Italien und Frankreich.« Angelika war um Ausgleich bemüht.

»Ich verstehe nicht, wie man diese Weine aus Chile, Kalifornien oder Australien trinken kann, man weiß ja gar nicht, wie die produziert werden.« Tante Hedwig legte noch nach.

»Das weiß man aber bei den bei uns produzierten Weinen auch nicht immer«, entfuhr es Angelika, sie hatte sich aber gleich wieder im Griff. »Dieser Weißwein hier«, sie schwenkte das Glas, »ist jedenfalls sehr gut.«

Tante Hedwig erhob sich mit verkniffenem Gesicht und wehrte ab, als Carola sich anbot, ihr beim Abräumen des Tisches zu helfen.

Sie brachte ein herrliches selbst gemachtes Tiramisu, das alle drei in Stille mit Genuss löffelten. Als Angelika ihr Besteck beiseitelegte, kam Tante Hedwigs nächste Frage. »Waren Sie schon in unserem Geschäft? Haben Sie unsere Kunsthandlung bereits gesehen?«

»Dazu hatte ich leider noch keine Gelegenheit«, Angelika lächelte Tante Hedwig wieder freundlich an, »aber ich freue mich schon darauf.«

»Wieso hatten Sie noch keine Gelegenheit? Interessieren Sie sich nicht für Kunst?«

»Ich wollte Angelika einmal in Ruhe durchs Geschäft führen und ihr alles zeigen. Und dazu hatten wir noch keine Gelegenheit.« Carola hatte sich mit scharfem Ton eingemischt.

»Ich interessiere mich schon für Kunst, wenngleich ich mich nicht besonders gut auskenne im Kunstbereich. Das ist halt nicht so mein Revier.« Sie machte eine Pause und sah zu Carola, die an ihrem Weinglas herumspielte. »Wissen Sie, Frau Wernherr, ich habe auch täglich mit Bildern zu tun. Es ist mein Beruf, Bilder im Mikroskop zu betrachten und zu interpretieren. Meine Kunst ist es, Muster in den Bildern zu erkennen und festzustellen, ob sie harmlosen oder bösen Veränderungen zuzuordnen sind. Das ist von großer Bedeutung und Wichtigkeit für unsere Patienten und Patientinnen.«

»Sie meinen also, dass das, was wir verkaufen und womit wir uns beschäftigen, unwichtig ist?«

Sie will mich missverstehen, sie will mich missverstehen! Angelika stöhnte fast unhörbar auf. »Nein, so ist es nicht, ich bewundere Künstler, Musiker wie Maler und so weiter ob ihrer Fähigkeiten. Leider fehlt mir das ganz. Ich kann leider weder gut singen noch malen. Aber ich kann gut als Pathologin arbeiten. Da habe ich Erfahrung, und das mache ich gerne.«

»Und doch sind Sie keine richtige Ärztin in meinen Augen.« Hedwig sprang wieder auf den alten Zug auf.

Angelika sah Tante Hedwig fest in die Augen. »Ich habe da schon so manchem Menschen einen wichtigen Dienst geleistet.«

»Sie sind also keine richtige Ärztin, und von Kunst haben Sie auch keinen Schimmer. So kann man das kurz zusammenfassen.« Hedwig hatte die Worte mit versteinerter Miene ganz offen ausgesprochen.

Carola war sprachlos. Angelika ebenso. Schweigen breitete sich aus, und Angelika wollte plötzlich nur mehr weg. *Ich hab ihr doch nichts getan. Warum ist sie so zu mir?* Bestimmt und laut beendete sie die Stille: »Ich möchte jetzt nach Hause. Ich habe einen langen Tag hinter mir. Der Dienst hat immerhin schon um sieben Uhr begonnen, und ich bin müde.« Letzteres stimmte nicht wirklich, es hatte sich lediglich eine unbestimmte Traurigkeit über sie gelegt. Seit sie Carola nun kannte, hatte es noch nie nur irgendetwas Negatives gegeben, was sich in ihrer Beziehung auftat. Das Tischgespräch nun eben war das erste Unerfreuliche, wenngleich Tante Hedwig nicht so wichtig war, zumindest nicht für Angelika. *Willkommen in der Realität!*

»Ich komm mit dir!« Carola war bereits auf den Beinen. Sie packte Angelika an der Hand und war mit ihr schon unterwegs in Richtung Wohnungstür. »Bis morgen, Tante Hedwig, danke fürs Abendessen.«

Tante Hedwig war den beiden ins Vorzimmer gefolgt und hielt Angelika die Hand entgegen.

Angelika nahm sie und schüttelte sie leicht. »Danke fürs Abendessen. Ich wünsche Ihnen eine gute Nacht.«

»Ja, gute Nacht«, kam zurück, sonst nichts.

Carola verzichtete auf den Lift und lief mit Angelika an der Hand die Treppe hinab. Ein Stockwerk tiefer blieb sie unvermittelt stehen. »Willst du wirklich nach Hause?«

»Ich weiß nicht.« Angelika schüttelte den Kopf. »Doch, ich denke, ich möchte nach Hause. Wirklich. Sei mir nicht böse, aber ich muss raus aus diesem Haus.« Sie sah Carola mit einem Lächeln an, das gründlich misslang.

»Geh nicht, bitte!« Carola umfasste Angelika sanft an den Schultern. »Bitte bleib.«

»Ich kann nicht.«

»Dann komm ich mit zu dir nach Hause.« Ein trauriger Schatten hatte sich über Carolas Gesicht gelegt. »Bitte.«

Angelika atmete kräftig durch. »Ich muss raus aus Wien. Ich will heim. Und du kommst mit.« Sie packte Carola am Arm und hakte sich sogleich fest unter. »Ich brauche dich jetzt ganz dringend.«

Später lagen sie beide in Angelikas Bett. Carola, die ja genau wusste, wo in diesem Haus die Vorräte gelagert waren, hatte von dort eine Flasche Rotwein geschnappt und ganz demonstrativ vor Angelika geöffnet. Es war ein Wein aus Australien.

»Ein Australier.« Angelika schüttelte den Kopf. »Wie konntest du einen Australier köpfen?«, fragte sie lächelnd, bevor sie sanft ihre Gläser gegeneinander klingen ließen.

»Ich denke, diese Flaschen gehören vernichtet. Und wir fangen gleich einmal damit an.«

Schweigsam lagen sie eine Zeitlang nebeneinander.

»Verstehst du jetzt, warum ich heute am Vormittag bei dir im Institut war?« Carola hatte ihr Glas abgestellt, Angelikas aus deren Hand genommen und neben ihres platziert. Sie streichelte Angelikas Wange und strich ihr dann mit dem Zeigefinger über den Hals auf ihre linke Brustwarze, die sie sanft umkreiste, ehe sie sie sanft mit Zeigefinger und Daumen fasste und ein wenig hin und her rollte.

Angelika genoss die Berührung und streichelte jetzt ihrerseits Carolas Gesicht. »Sympathisch bin ich deiner Tante nicht, fürchte ich. Ich weiß zwar nicht, was ich falsch gemacht habe …« Sie schwieg und gab sich der Berührung ihrer Brustwarze hin. »Was ich nicht verstehe«, ächzte sie nun, »was mir gar nicht eingehen will: Da kocht sie wirklich wunderbar auf und lässt mich dann so ihre Ablehnung spüren. Das ist doch mehr als seltsam. Findest du nicht auch?«

»Das finde ich auch.« Carola hatte sich aufgesetzt und reichte Angelika wieder das Weinglas. »Ich weiß auch nicht, was in sie gefahren ist. Sie hatte so etwas Verletzendes an sich. Das ist so gar nicht ihre Art.« Gedankenverloren sah sie eine Weile durch ihr Weinglas. »Ich will das nicht auf sich beruhen lassen.«

»Ach, Carola, mach kein Drama daraus. Ich habe ja keine weiteren Berührungspunkte mit deiner Tante Hedwig. Es tut mir bloß ein wenig leid für dich. Es wäre doch nett gewesen, wenn wir uns in Zukunft auch öfters völlig ungezwungen hätten treffen können. Auf einen Kaffee oder ein Essen. Oder auch einmal in eurem Kunstladen. Auf den bin ich ja wirklich schon neugierig.«

»Das können wir ja trotzdem alles machen, Angelika. Hedwig wird sich schon wieder von einer anderen Seite zeigen.«

Angelika atmete kräftig durch. »Ehrlich, das glaube ich nicht. Da müsste ich wahrscheinlich doch noch die Ausbildung zur Chirurgin machen, damit ich dann bei ihr als ›echte‹ Ärztin durchgehe und gnädig als Mensch angenommen werde.«

»Na ja, wenn ich jetzt an den Abend zurückdenke, ist dein Eindruck möglicherweise nicht ganz falsch.« Traurigkeit erfasste Carola. Hastig trank sie ihr Glas leer.

Frühsommer

Vorsichtig rollten sie von der Fähre. Carola fuhr äußerst konzentriert. »Welcome to Scotland!«, rief sie laut aus, als sie dann die letzte Rampe verlassen hatten und das Auto sich wieder auf festem Untergrund bewegte.

»Bitte, Liebes, nicht vergessen: links fahren.« Angelika hatte einen neckischen Ton angeschlagen.

»Ich denke augenblicklich an nichts anderes.« Carola steuerte den Wagen nun auf eine öffentliche Straße. »So, jetzt wird es spannend.«

»Und, wie ist es so?«, fragte Angelika neugierig.

»Liebe Angelika, ich hab erst hundert Yards hinter mir, was soll ich dir da schon berichten können. Aber wenn du das Navi in Betrieb nehmen könntest, wäre mir sehr geholfen, dann wüsste ich auch, wohin ich fahren muss.«

»Wird gemacht!« Angelika hatte schon alles auf der Fähre eingestellt und musste das Gerät nur mehr einschalten.

Nach Dairsie or Osnaburgh, so hieß der Ort, in dem sie in ein, zwei Stunden ihr Cottage beziehen sollten, war es nicht mehr wirklich weit.

Die Idee mit dem Urlaub in Schottland war ihnen gekommen, als sie im Internet nach Urlaubsdestinationen Ausschau hielten und sie schon einige Ferienwohnungen in südlichen Ländern, bevorzugt in Italien, virtuell besucht hatten. Die Aussicht auf große Hitze im Juni hatte sie immer wieder abgehalten zuzuschlagen. So war es geschehen, dass Carola mehr per Zufall auf Großbritannien als Urlaubsziel klickte und sich ein riesiges Angebot an Ferienwohnungen und Cottages auftat. Sie surften stundenlang durch das Angebot und kamen von Südengland immer weiter in den Norden der britischen Insel, bis sie in Schottland angelangt waren.

Und hier verhielt es sich so, dass ihnen Fotos eines Angebotes plötzlich ganz vertraut vorkamen. Angelika griff gleich zum Telefon, sie wusste, woher diese Vertrautheit rührte. Ähnliche Fotos hatte sie in

Hartmuts Computer gesehen, und Hartmut war es, den sie sogleich kontaktierte. Er hatte sie dann fast bestürmt, das Quartier zu nehmen und eine Reise nach Schottland zu unternehmen. Er sagte ihnen seine ganze Unterstützung zu, würde so manchen guten Tipp für sie haben, kurz und gut, ein Traumurlaub würde das werden, da wäre er sich ganz sicher.

Der Vorschlag, die Fähre von Belgien direkt nach Schottland und zwar in die Nähe von Edinburgh zu nehmen, war auch von Hartmut gekommen – und nicht schlecht gewesen. Sie waren jetzt ausgeruht angekommen, und der restliche Weg, hauptsächlich durch das Kingdom of Fife, wie es stolz auf den Straßenschildern zu lesen war, war keine Herausforderung mehr, abgesehen davon, dass Angelika und Carola jegliche Erfahrung mit dem hier üblichen Linksverkehr fehlte. Hartmut, der regelmäßig in Großbritannien mit dem Auto unterwegs war, hatte sie schon beruhigt. Eine halbe Stunde Gewöhnungsphase, und es würde laufen.

Und so war es auch. Bereits nach kurzer Zeit hatte sich Carola an die neue Situation gewöhnt. Am mühsamsten war am Anfang die Situation im Kreisverkehr: Im Uhrzeigersinn rein und beim Rausfahren wieder schön auf der linken Seite weiterfahren. Da hieß es, konzentriert zu bleiben, was sich beim Autofahren ja schon immer als vorteilhaft erwiesen hat.

Das Satellitennavigationssystem führte sie durch die Gegend, die so ganz anders aussah, als Angelika sich Schottland vorstellte. Eine leicht gewellte, hügelige Landschaft, auf der offenbar intensiv Landwirtschaft betrieben wurde. Kleine Dörfer wechselten sich mit alten Städtchen ab, einsame Landstriche fanden sich hier jedoch nirgends. Laut Navi sollten sie in einer knappen Viertelstunde an ihrem Ziel sein, und so mussten sie bald nach Cupar gelangen, dem nächstgelegenen größeren Ort. Dort war laut Hartmut alles zu bekommen, was man so im Urlaub brauchte. Der empfohlene Markt war auch gleich gefunden, und nach einer halben Stunde wurden die erworbenen Vorräte in den Wagen verfrachtet. Carola fragte sich insgeheim, wer das alles aufessen sollte, was da im Einkaufswagen gelandet war, doch die Vorstellung, damit für einige Tage nicht in einen Supermarkt zu müssen, war doch recht angenehm. Neben den üblichen Grundnahrungsmitteln hatten sie noch einige Dinge eingekauft, die irgendwie zum Probieren reizten. Fünf verschiedene Sorten Cheddar-Käse zum Beispiel mussten mit, und auch vier verschiedene Sorten an Orangenmarmelade. Letztere konnte man, wenn nötig, auch nach Hause mitnehmen – beide Frauen verbrauchten im ganzen Jahr nicht so viel Marmelade, wie sie eben eingekauft hatten. Und das war ihnen auch bewusst. Diverse Chutneys, Butter in mehreren Varianten, von denen Karin in den höchsten Tönen erzählt hatte, etc. Am Ende hatte noch eine Lokalzeitung Platz im Einkaufskorb gefunden. So ausgerüstet, kamen sie einige Minuten später in Dairsie an.

Das Cottage war Bestandteil eines alten Gehöfts, das viel malerischer war, als es sich Carola und Angelika nach dem Betrachten der Bilder auf Hartmuts Laptop ausgemalt hatten. Eine wunderbare Stimmung empfing sie. Die Nachmittagssonne setzte alles in ein mildes Licht. Niemand war zu sehen, und nur das Zwitschern einzelner Vögel durchbrach die Stille. Gleich hatten sie den Eingang zu ihrem Cottage gefunden. An der Tür steckte ein Schlüssel, der über eine Kette mit einem urtümlich wirkenden zweiten Schlüssel verbunden war, den man offenbar zusätzlich zum Öffnen der Eingangstür benötigte. In den Briefschlitz des Eingangs war ein Zettel geklemmt, auf dem sich ein Willkommensgruß von Mister Johnson, dem Hausmeister, fand und auf dem ein paar nützliche Direktiven festgehalten waren. Mister Johnson konnte ja nicht wissen, dass die neuen Gäste bereits bestens informiert angekommen waren.

Sie durchstreiften kurz das Haus. Alles war so, wie sie es erwartet hatten. Angelika zog Carola gleich einmal aufs Bett und küsste sie.

»Was für ein herrliches Schlafzimmer«, entfuhr es Carola ein wenig atemlos, als sie sich aus der Umarmung gelöst hatte.

»Ich denke, wir werden es hier gut aushalten in den nächsten vierzehn Tagen.« Sie lächelte schief, sprang auf und zog Carola mit sich fort. »Komm, ich habe Hunger, das Schlafzimmer läuft uns nicht davon.«

Sogleich beschlossen sie, das Abendessen auf der Terrasse einzunehmen, auf der, wie angekündigt, die ersten Blüten der dort in Hülle und Fülle vorhandenen Rosen aufgegangen waren und im Sonnenlicht leuchteten. Daneben fanden sich unzählige weitere Knospen, die in den kommenden Tagen wohl eine Blütenpracht hervorbringen würden.

»Glaubst du«, Angelika biss genussvoll in ihr Toastbrot, »wir werden viel von Schottland sehen, wenn wir so ein Schlafzimmer mit so einem herrlichen Bett haben?«

»Liebe Angelika, ich hoffe, dir ist bewusst, dass das eine Bildungsreise ist, verknüpft mit intensiver Golfsportausübung.« Carola hatte Angelikas Rock nach oben geschoben und war mit der Hand auf dem Oberschenkel gelandet. »Da bleibt keine Zeit für irgendetwas anderes«, hauchte sie ihr zart ins Ohr.

»Ah, ich merke, deine Hand ist bereits auf Bildungsreise.« Angelika kicherte und legte Carolas Hand auf den Tisch. »Jetzt wird tatsächlich einmal überlegt, wie es morgen losgeht mit den Ausflügen.«

Sie saßen noch lange auf der Terrasse, hatten sich erst eine und anschließend noch eine weitere Flasche italienischen Rotweins, die es in Cupar überraschenderweise zu einem Vorzugspreis gegeben hatte, langsam geleert. Die Sonne war immer noch nicht untergegangen und die Luft mild, sodass sie nichts ins Haus zog. Später im Verlauf ihres Aufenthaltes sollten sie von Einheimischen erfahren, dass ihr Urlaub in eine für Schottland ungewöhnliche Trocken- und Hitzeperiode gefallen war. Geregnet hatte es dann auch nur einmal kurz für eine knappe Stunde. Unter Hitzewelle aber hätten sie etwas anderes verstanden. Man fror zwar nicht, doch ohne Strümpfe und Jacke waren die beiden nie unterwegs gewesen, auch wenn die einheimischen Frauen in den dünnsten und kürzesten Kleidchen unterwegs waren und ihre meist kalkweißen und überwiegend ungewöhnlich festen, vielfach an Säulen erinnernden Beine in die Sonne hielten, die dann am Abend die Farbe oft von Weiß in ein tiefes Rot verändert hatten.

Der erste volle Urlaubstag sollte gleich auf einem der Golfplätze beginnen, die ihnen als Muss dargestellt worden waren. Crail Links, so hieß der Platz, war eine knappe Dreiviertelstunde vom Cottage entfernt am Meer gelegen. Mit wunderbarer Aussicht vom gesamten Platz aus. Angelika erfasste eine unbeschreibliche Freude, als sie vom Clubhaus aus auf das Meer hinausblickte, das in einem tiefen Blau mit nur einzelnen Schaumkrönchen vor ihnen lag. So wunderschön das Ambiente auch war, so schwer war der Platz dann aber zu spielen, und schließlich mussten Carola und Angelika demütig feststellen, dass das Golfspiel auf so einer altehrwürdigen schottischen Golfanlage doch noch eine Nuance schwieriger war als auf heimischem Boden.

Nach dem Spiel tranken sie nur noch etwas auf der Terrasse des Clubhauses und suchten dann die Garderoben für die Ladys, die gut versteckt am äußersten Ende des Gebäudes zu finden waren.

Und obgleich die beiden Urlauberinnen dort gar nicht allein waren – es herrschte reges Treiben in der Umkleide –, war es schnell einmal vorbei mit der Harmonie, die bis dahin geherrscht hatte.

»Wohin fahren wir nun?« Carola schlüpfte aus ihrer Sportbekleidung. »Hilfst mir beim Anziehen?«

»Gerne.« Angelika schaute schnell auf, sie stand selbst bereits in Unterwäsche da und rollte sich eben einen Strumpf hoch. »Wobei kann ich dir helfen?«

»Beim Schnüren des Korsetts.«

»Du wirst doch nicht …«

»O doch! Ich will. Du kennst mich.«

»Na gut, gib her.« Angelika schloss den Gürtel ihres Rocks und schlüpfte in ihre Schuhe. »Was hast du dir denn heute für ein Marterinstrument zurechtgelegt?«

»Das weiße, das bequeme. Und es ist kein Marterinstrument!« Sie holte es aus der Tasche und warf es Angelika zu. Zwei ältere Schottinnen, die sich eben ins Golfoutfit zwängten, machten große Augen und sahen sich dann erstaunt an. »Du hast dich übrigens noch immer davor gedrückt, dich einmal schnüren zu lassen. Da steht noch etwas aus. Von unserem ersten Aufenthalt in Salzburg.«

»Ich erinnere mich«, kam es von Angelika mit einem Lächeln. Sie hatte das Mieder um Carolas Taille gelegt, die Haken verschlossen und begann es mit der Schnur festzuzurren. Die beiden Schottinnen sahen mit offenem Mund zu. Das hatten sie wohl noch nie zu Gesicht bekommen. »Wo fahren wir nun hin? Ich möchte jedenfalls nach St. Andrews. Das ist ja von hier aus lediglich ein Katzensprung.«

»Dorthin können wir später fahren. Ich habe wenige Meilen von hier einen Wegweiser zu einer Gartenanlage gesehen. Dahin möchte ich vorher fahren. Das ist sicher traumhaft schön.«

»Ich will keinen Garten sehen. Mich interessieren die Tomaten, die Kartoffeln und der Kohl nicht. Gemüse kaufen wir im Laden, dem muss ich nicht beim Wachsen zusehen.« Mit Kraft zog Angelika an der Korsettschnur.

»Au! Nicht so wild! Dort gibt es keine Kartoffeln und kein Gemüse.

Dort gibt es Blumen und sonstige Ziergewächse in besonders schöner Anordnung.«

»Mir reicht die viele Natur, die wir hier um uns haben. Die kann ruhig unordentlich sein.« Nochmals zog sie etwas zu kräftig an.

»Nicht so wild, habe ich gesagt!«

Die Schottinnen warfen sich ein schiefes Lächeln zu.

»Ich will keinen Garten sehen!« Angelika war laut geworden. »Ich will nach St. Andrews.«

»Dorthin fahren wir anschließend. Herrgott, ist es zu viel verlangt, sich einmal etwas anzusehen, was einen nicht so reizt?« Auch Carola war laut geworden.

Alle zwölf Schottinnen in der Umkleide standen nun sprachlos da und starrten auf das Schauspiel, das die österreichischen Gäste boten.

»Passt das Korsett so?« Angelika klang scharf.

»Oben ist es zu fest, unten zu locker. Kannst du das nicht ein wenig gefühlvoller machen?« Die Worte klangen nicht weniger scharf.

»Dann mach ich es eben noch einmal.« Angelika lockerte die Schnur, zog ein paarmal herum und beendete alles mit einer schönen Schleife. »Dann fahren wir eben zu diesem scheiß Garten, wenn dir so viel daran liegt.« Das war beinahe geschrien. Sie ließ die Schnur los und betrachtete ihr Werk. Carola sah fantastisch aus in ihrem Mieder …

Der Applaus der Schottinnen, der aufbrandete, als Angelika mit der »Arbeit« fertig war, erschreckte Carola und Angelika erst einmal. Dann wurden sie sich schnell dessen bewusst, was sie da für eine Show abgegeben haben mussten. Und über den Inhalt des Disputs hatte sicher niemand etwas mitbekommen. Ganz sicher schoben die Schottinnen alles auf das Schnüren des Korsetts.

Drei Frauen kamen zudem tatsächlich zu Carola und wollten wissen, wie sich so ein Mieder tragen würde und ob es tatsächlich so schwierig sei, es zu schnüren, wie das hier eben den Anschein gehabt hätte. Angelika prustete kurz los, hielt jedoch gleich inne. Die Frauen waren dermaßen neugierig und offen, dass es einfach eine Freude war. Es entspann sich schnell eine nette Unterhaltung, die doch glatt mit einer Einladung zum Golfspiel am kommenden Vormittag endete. Eine gute Aussicht, wie Angelika fand, da hatte das Korsett wenigstens den ersten Kontakt zu den Einheimischen hergestellt.

Schließlich starteten sie ihren »kurzen Abstecher zu dem Garten«, wie es Carola beim Losfahren nochmals ausgedrückt hatte, um Angelika ein wenig milder zu stimmen. Aus dem kurzen Abstecher wurde dann der ganze restliche Tag, und Angelikas Einstellung zu Gärten war anschließend nicht mehr dieselbe wie zuvor.

Erst aber waren die Cargo Gardens gar nicht leicht zu finden. Die Wegweiser waren irreführend angebracht, sodass die beiden schnell bei einem verlassenen Gehöft anlangten, dessen Gebäude nicht eine intakte Scheibe in einem der vielen Fenster aufwiesen. Im zweiten Anlauf fanden sie allerdings ihr Ziel. Der Parkplatz war riesig und völlig verlassen, Carola befürchtete bereits, dass die Anlage geschlossen sein könnte, doch im Eingangsbereich waren Pflanzen, Töpfe und Souvenirs zu kaufen, und einige Leute werkten emsig herum. In der Ecke befand sich eine Kasse, bei der man Tickets für die Gärten lösen konnte. Ein kleiner Durchgang führte Carola und Angelika wieder ins Freie, und dort begann dann das Paradies, wenngleich sie sich erst im Vorzimmer des Paradieses befanden, wie sie später bemerkten.

Hinter dem Haus kreuzten sich mehrere Fußwege, von denen einer in die eigentlichen Gärten führte, ein zweiter zu alten Stallungen und der dritte entlang eines kleinen Bächleins zum Meer. Wie schon bei ihrer Ankunft im Cottage umfing sie auch hier eine Stille, die nur durch das Glucksen des Bachwassers und durch ein wenig Vogelgezwitscher durchbrochen wurde. Ohne lange zu überlegen, machten sie sich erst einmal auf den Weg zum Meer. Der Bach hatte offenbar über die Jahrhunderte ein kleines Tal geschürft, in dem der Weg sanft abfallend in Richtung Meer führte. Riesige alte Bäume ließen kaum einen Blick zum Himmel frei, dazwischen fand sich immer wieder dichtes Buschwerk, das teilweise blühte. Seltsame Blüten, die weder Angelika noch Carola kannte. Nach knapp zehn Minuten waren sie plötzlich an der Küste angekommen. Diese wurde in dem Bereich von einem wunderbaren Golfplatz gesäumt. In Schottland gab es keine so strikte Trennung von Golfplätzen und öffentlichen Spazierwegen wie anderswo. Hier war das anscheinend über eine lange Zeit hin einfach zusammengewachsen, und Golf gehörte zum alltäglichen Leben.

Angelika lief voraus zum Wasser, um ein paar flache Steine mit viel Geschick »platteln« zu lassen, wie sie es selbst nannte. Eine Gruppe von Golfern kam zum Abschlag, der gleich in der Nähe war. Einheimische, wie man unschwer erkennen konnte. Die Spielbahn führte über eine kleine Bucht auf ein breites Fairway, und nicht allzu weit entfernt konnte man die Fahne auf dem Grün ausmachen. Eine einfache Angelegenheit, wie man meinen konnte. Einer der vier Spieler beherrschte das Spiel auch so, dass es wirklich leicht schien, die übrigen drei schlugen ihre Bälle ins Meer … Angelika und Carola schmunzelten.

»Aus der Heimat des Golfsports zu kommen, ist offenbar auch keine Garantie für ein gutes Spiel«, flüsterte Angelika.

»Da hast du wohl recht«, gab Carola zurück, »aber bitte denk dran, dass es Österreicher geben soll, die beim Skifahren gestürzt sind, obwohl man sich das auch nur schwer vorstellen kann.«

Sie kicherten leise und machten sich auf den Weg zurück zu den eigentlichen Gärten.

Schnellen Schrittes waren sie wieder zum Gehöft zurückgekehrt und suchten nun den eigentlichen Eingang. Ein einziges Schild mit der Aufschrift »Garden« wies ihnen den Weg. Alles war ein wenig hügelig, und so schlängelte sich der Weg einmal ein wenig bergauf, dann wieder bergab, bis sie vor einem niedrigen langgestreckten alten Haus anlangten, das, wie sie gleich merkten, Werkstatt, Lager, Büro und auch Verkaufsstelle für die Gärtner war. Angebaut waren zwei kleine Glashäuser, vermutlich zum Ziehen der Pflanzen. In einem der Glashäuser arbeiteten zwei junge Frauen mit herben, indes eleganten Gesichtszügen und ernstem Gesicht, wie es aussah Schwestern oder gar Zwillinge. Sonst war da niemand. Das Haus war in der Mitte teilweise von einem großen Tor durchbrochen, und durch das kam man … ja, wohin kam man da?

Angelika hatte Carola bereits beim Durchschreiten des Tores an der Hand genommen und streichelte ganz unterbewusst mit dem Daumen ihren Handrücken, wie es Carola so liebte. »Carola! Das ist ja das Paradies.«

Sie blieben erst einmal wie angewurzelt stehen. Ein riesiges, sanft hügeliges Areal breitete sich vor ihnen aus, durchzogen von einem Netz verzweigter und ganz unregelmäßig angelegter Wege. Und eine unglaubliche Blütenpracht zeigte sich ihnen, wie sie sie noch niemals zuvor gesehen hatten. Angelika zog Carola nun von einem Beet zum anderen, kommentierte Formen und Farben von Pflanzen und Blüten. Lobte die gewagten Zusammenstellungen, erspähte kleinste, zwischen imposanten Sträuchern platzierte Stauden mit zarten, fast unscheinbaren Blüten und ging völlig im Erkunden des Gartens auf.

Carola lächelte still vor sich hin und spürte das Gefühl der Zuneigung und der Liebe wie eine Welle über sich hereinbrechen. *Wer wollte denn da erst nicht herfahren?*, dachte sie bei sich. Sie würde das aber nie mehr erwähnen, denn vieles kann sich eben ändern, und oft reicht dazu das Durchschreiten eines Tores.

Der Garten war vermutlich eben durchgearbeitet worden. An wenigen Stellen waren Haufen mit abgebrochenen und abgeschnittenen Ästen, welken Blüten und dürrem Laub bereitgelegt, die nur mehr auf den Abtransport warteten. Auf einem der Haufen lag ein Ast einer Rose mit zwei noch wunderschön anmutenden orangegelben vollen Blüten. Carola holte ihn sich und merkte gleich, dass der Stamm vermutlich ganz frisch, vielleicht bei der Arbeit selbst geknickt worden war. Sie führte die Rosen zur Nase, und der süße Duft durchdrang sie wie eine Droge. »Liebes, riech das einmal.« Sie hielt Angelika die Blüten hin. »Man kann es ja kaum glauben, dass die Natur so etwas hervorbringen kann. Es ist wunderbar.«

»Mhm, das ist wirklich wunderbar.« Angelika sog den Duft tief ein. »Ein Gemisch aus so vielen Duftnoten, unglaublich.« Wieder steckte sie die Nase tief in die Blüte. »Ich kann nicht sicher sagen, was ich da herausrieche, aber es erinnert mich an etwas.«

Angelika hatte jetzt eine Nische am Rande des Gartens entdeckt, an dem die Wege eine wenig breiter und einige Bänke an ganz besonders schönen Plätzen aufgestellt waren. Umgeben war diese Nische an drei Seiten von einer alten, etwas verfallenen Ziegelmauer, und in dieser Nische fand sich ein Rosenstrauch nach dem anderen, vereinzelt aufgelockert durch andere Pflanzen, aber in Wahrheit ein Rosengärtlein. Und nahezu alle Rosen standen in voller Blüte. Angelika war jetzt überhaupt nicht mehr zu bremsen. Farben und Düfte wurden verglichen, das Laub analysiert, ob es matt oder glänzend war, mehr ins Gelbe oder mehr ins Blaue ging, die Begeisterung kannte keine Grenzen.

»Gefällt es dir hier?« Es war keine besonders gute Frage, sie war Carola einfach so herausgerutscht.

»Und wie! Warum hast du mir das nicht schon früher gezeigt?«

Carola war perplex. »Liebe Angelika, wann hätte ich das tun sollen? Es ist heute unser erster richtiger Urlaubstag. Und du hast dich übrigens auch noch dagegen gewehrt hierherzukommen. Natürlich bin ich jetzt froh, dass wir diesen Ort gefunden haben.«

»Du hättest mir das schon ein wenig deutlicher schmackhaft machen können. Sehr überzeugend warst du nicht, Carola.« Angelika zog Carola, die bloß schmunzelnd den Kopf schüttelte, wieder weiter durch den Garten, bis das letzte Beet erkundet war. So kamen sie wieder beim Tor an, durch das sie in den Garten gelangt waren. Im Glashaus waren noch immer die beiden Frauen zu sehen. Die eine arbeitete, die andere machte eben eine Pause und trank aus einer Flasche. Sie sah entspannt aus und musterte Carola und Angelika eindringlich, ehe sie sich wieder zu ihrer Schwester gesellte und weitermachte.

Angelika war stehengeblieben. »Carola, wann schließt denn der Garten eigentlich seine Pforten?«

Carola sah auf die Uhr. »So in zwei Stunden. Wieso willst du das wissen?«

»Können wir nicht noch bleiben? Setzen wir uns doch im Rosengärtlein auf eine Bank und genießen das, was so um uns ist.«

»Liebes, dafür bin ich gleich zu haben. Bloß … bloß ich hab so einen Durst, ich müsste uns beim Shop neben der Kasse eine Flasche Mineralwasser besorgen.«

Angelika zog den Zipp ihrer Handtasche auf und fischte eine volle Wasserflasche heraus. »Voilà! Da muss Frau Persiani gar nicht in die Ferne schweifen, ihre Liebste achtet schon darauf, dass sie nicht verdurstet.« Ein weiterer Griff in die Tasche beförderte eine Packung Kekse hervor. »Verhungern müssen wir auch nicht.«

Carola drückte ihr einen sanften Kuss auf die Lippen und zog sie wieder mit sich fort. »Komm, jetzt suchen wir unseren Platz zum Verweilen.«

Auf die Bänke hatten sie beim Erkunden des Gartens gar nicht so geachtet. Die Entscheidung fiel aber sofort. Die erkorene Bank stand im hintersten Winkel des Gartens in der Nische des Rosengärtleins, umrahmt von zwei uralten Kletterrosen, die sich an der Mauer hochrankten. Die Sonne leuchtete von der Seite her den Großteil der Rosen aus, und da der Platz auch wieder ein wenig erhöht war, hatten sie Aussicht auf die ganze Blütenpracht. Und hier war es auch das erste Mal wirklich warm, sogar für mitteleuropäische Verhältnisse. Carola hatte es sich in einem Eck der Bank gemütlich gemacht und sah in die Ferne. Angelika war aus ihrer Jacke geschlüpft, platzierte sie als

Unterlage auf die Bank und legte sich so hin, dass ihr Kopf in Carolas Schoß ruhte. Kurz hatte sie überlegt, auch die Strümpfe auszuziehen, dazu war sie aber dann einfach zu faul, und übertreiben musste man ja auch nicht. So zog sie einfach den Rock über ihre Knie nach oben, das reichte. Carola blickte noch immer gedankenverloren in die Ferne und streichelte sanft Angelikas Ohr. Angelikas Ohren waren äußerst sensible Punkte, und auch wenn es Carola ausnahmsweise einmal nicht auf etwas Spezielles abgesehen hatte, wurde Angelika von einer zunehmenden Erregung erfasst, der sie sich einfach hingab.

»Meine Mutter hatte auch einen schönen Garten. Ich habe ihn geliebt. War natürlich viel kleiner als dieser, aber auch wunderschön und so gepflegt.« Carola hatte es einfach so gesagt und wieder geschwiegen.

»Warum erzählst du mir nie etwas mehr von deiner Mutter, Carola?«

»Sie hat mich verlassen.«

»Wie, verlassen? Ich dachte, sie sei nach langem Leiden an einer Krebserkrankung gestorben. So hast du es mir doch erzählt.«

»Sie hat mich verlassen, und dabei hätte ich sie so dringend gebraucht. Sie fehlt mir heute noch, auch wenn Tante Hedwig immer versucht hat, eine Ersatzmutter für mich zu sein und mich bald nach dem Tod meiner Mutter zu sich genommen hat. Hedwig und meine Mutter waren Schwestern, wenn auch ungleiche. Meine Mutter hat so eine Wärme ausgestrahlt, man kann es sich gar nicht vorstellen.« Sie schwieg.

»Du kannst doch nicht sagen, dass sie dich verlassen hat, wenn sie so eine schwere Krankheit aus dem Leben gerissen hat und sie gar nichts dafür konnte.«

»Du hast schon recht. Trotz allem habe ich das immer so empfunden, und ich bekomme das noch immer nicht aus dem Kopf. Auch wenn das Bild, das ich von meiner Mutter habe, mit den Jahren immer unschärfer wird, manches ist einfach präsent, und jetzt ist es gerade unser alter Garten zu Hause.«

»Hättest du gerne wieder einmal einen Garten?«

»Sicher! Ich werde auch wieder einmal einen besitzen. Das wird sich eines Tages ergeben. Wie sieht es bei dir aus?« Carola hatte einen Grashalm ausgezupft und fuhr damit sanft Angelikas Ohrmuschel entlang, was dieser zu einer wohligen Gänsehaut am ganzen Körper verhalf und Nässe in ihren Schoß schießen ließ.

»Ich ... ich habe einen Garten, das weißt du ja. Nur, wenn man diesen Garten hier auf einer Schönheitsskala an einem Ende hinstellt, befindet sich meiner genau auf der gegenüberliegenden Seite. Ich habe auch noch nie etwas gearbeitet darin, mir fehlt da vollkommen die Hand dafür. Na ja, so lange bin ich noch nicht in meinem Haus. Aber vielleicht ändert sich das nach dem Erlebnis von heute.«

Beide schwiegen, und Carola setzte ihr Spiel an Angelikas Ohrmuschel gedankenverloren fort, bis diese leicht stöhnte, die Knie anwinkelte und die Beine auseinanderfallen ließ.

»Angelika, was ist?« Carola hatte bemerkt, was sie mit ihrem Grashalm angerichtet hatte, und lächelte. Sie sah sich um. Noch immer war niemand im Garten aufgetaucht.

»Bitte berühr mich, berühr mich überall ... überall.«

»Doch nicht an so einem Ort. Es könnte ja jemand vorbeikommen.« Carola zierte sich und spielte weiter an Angelikas Ohr, kraulte aber nun mit der zweiten Hand Angelikas Nacken hinter dem Ohr. Diese hatte die Augen geschlossen und seufzte. »Zieh dein Höschen aus und mach die Bluse auf, sonst kann ich ja gar nichts tun für dich«, flüsterte Carola ihr ins Ohr.

Angelika hob das Becken, schob den Rock hoch und zog das Höschen über die Beine nach unten und reichte es Carola.

»Was soll ich damit, Liebes?«

»Weiß auch nicht, sieh zu, dass es nicht verloren geht.« Langsam öffnete sie Knopf für Knopf ihrer Bluse und ließ diese dann offen zur Seite fallen.

Carola ließ nun von Angelikas Ohr ab und strich mit der Spitze ihres Mittelfingers der Kontur von Angelikas BH entlang. Dann kniff sie, völlig unvermutet, sanft, aber doch bestimmt durch den BH in Angelikas Brustwarze, die sich ein wenig durch den zarten Spitzenstoff abgezeichnet hatte. Dann ging ihre Hand wieder auf Reisen, und es gab keine Stelle, die mit der Hand erreichbar war, die vernachlässigt worden wäre, und zwar vom Scheitel bis zum Oberschenkel. Lange ließ sie lediglich Angelikas sehnsüchtig wartende Mitte aus, und als die Fingerspitzen dann doch dort zu Besuch kamen, kam auch Angelika, und das so heftig und laut, dass man es möglicherweise bis ins entfernte Glashaus hatte hören können.

Carola hielt Angelika fest im Arm und streichelte ihr wieder sanft über die Wangen. »Ist das nicht ein wunderschöner Garten?«

Angelika nickte nur und ließ entspannt den Blick durch den Garten schweifen. »Ich möchte jetzt in unser Cottage. Heute Abend wirst du verwöhnt. Ich werde dich versorgen von A bis Z. Ich trage dich über die Schwelle, entkleide dich, bade dich, bekoche dich, und dann werde ich dich zu Bett bringen, ein Gutenachtlied für dich singen, und solltest du nicht gleich einschlafen können, fällt mir sicher noch etwas ein, was ich für dich tun kann.« Sie kicherte plötzlich. »Ja, da habe ich schon ein paar gute, sehr gute Ideen.«

Carola kicherte jetzt auch und hielt Angelika das Höschen vors Gesicht. »Brauchst du das heute noch?«

»Denke nicht, gib her.« Flink hatte sie es Carola aus der Hand genommen und in die Handtasche gestopft. »Wenn die Wasserflasche Platz gehabt hat, so muss das auch unterzubringen sein.«

Carola war aufgestanden und hatte Angelika gleich mit sich hochgezogen. »Komm her, lass mich das machen.« Sie zeigte auf die offene Bluse, die sie jetzt sorgsam wieder schloss. »Vergiss deine Jacke nicht.« Mit Angelika an der Hand eilte sie in Richtung Ausgang. »Ich möchte nicht riskieren, dass wir hier eingesperrt werden und mir der angekündigte Abend entgeht.«

Der Abend verlief so, wie Carola sich das in ihren kühnsten Träumen nicht hätte ausmalen können. Angelika verwöhnte sie nach Strich und Faden. Bloß auf das Essen hatten sie vergessen. Das war Carola um Mitternacht aufgefallen, als sie mit knurrendem Magen im Bett lag. Glücklich, indes mit einem Riesenhunger. Der wurde dann auch von Angelika gestillt. Ein liebevoll zubereiteter Snack, ergänzt mit einer Flasche Weißwein, ließ den ersten, so intensiven Tag ruhig ausklingen.

Der ganze Urlaub verlief in diesem Ton. Golf, Kultur, Liebe, Essen, Trinken und ständig auch Reibereien in all diesen Belangen, ausgenommen in Liebesbelangen, waren an der Tagesordnung.

Es wurde gestritten, dass die »Fetzen flogen«, so drückte es Carola mehrmals aus. Beinahe schien es so, und beide Frauen empfanden es auch insgeheim genau so, dass man diese Streitereien bewusst provozierte, sie mit Genuss auslebte und dann im Bett landete. Wenn das möglich war. Einmal musste eine Nische in einem Supermarkt dafür herhalten. Man erwischte sie dort in flagranti … Und bot ihnen Hilfe an, wenn sie welche benötigen würden. Angelika und Carola war das unglaublich peinlich gewesen. Die Filialleiterin, die die Szene über die versteckte Videoüberwachung in ihrem Büro mitbekam, hatte sich zu ihnen geschlichen.

»May I help you?« Das Grinsen der jungen Frau war noch Gesprächsthema beim Abendessen gewesen – der gesamte Vorfall sicher Thema im Freundes- und Verwandtenkreis der Supermarktleiterin. Ganz sicher.

Die Urlaubstage im Norden Großbritanniens vergingen auf diese Art wie im Flug. Nun war der vorletzte Tag der Reise angebrochen. So viel hatten sie erlebt und gesehen: die unnachahmliche Landschaft der Highlands, dazu passend die urigen Highland Games in Ceres – einem kleinen Ort in Fife –, die in ihrer Ursprünglichkeit und in ihrer Bierseligkeit unvergleichlich imposant gewesen waren. Dazu kamen die vielen wunderbaren Golfrunden auf Plätzen, die mit nichts zu vergleichen waren, was es in Österreich, überhaupt in Mitteleuropa, gab. Natürlich waren auch die vielen Ausflüge zu der einen oder anderen Sehenswürdigkeit nicht zu vergessen.

An diesem Tag nun fuhr Angelika im Schritttempo die Pier Road von Kinross entlang. Sie müssten ja bald am Ufer des Loch Leven ankommen. Und tatsächlich, schon tauchte eine kleine Hafenanlage mit einer einzelnen Mole auf. Ein adrettes Häuschen beherbergte die Kasse und einen kleinen Laden, in dem Souvenirs und Getränke verkauft wurden. Daneben am Ufer waren wuchtige Tische und Bänke aufgestellt. An zwei davon hielt eine Großfamilie offenbar ein Picknick. Mit viel Bier und viel Lärm. Angelika besorgte zwei Fährtickets zur Insel, auf der sich das Ziel des Ausflugs befand: das Leven Castle. Anschließend setzte sie sich zu Carola, die es sich an einem der wuchtigen Tische bequem gemacht hatte und im Reiseführer schmökerte. Sicher würde sie Angelika alles über die Geschichte der Insel und der Burgruine erzählen können. Vielleicht sogar mehr, als es Angelika wünschte, oft war Carola gar nicht mehr zu bremsen – unter anderem einer der Streitpunkte der vergangenen zwei Wochen. Die Insel, auf der die Ruine lag, war gut zu sehen und leuchtete in der Sonne. Ein wenig Ruhe finden, bis die Fähre kommen würde, das war jetzt gar nicht übel, waren sie doch bereits auf dem Rückweg von Stirling, genauer gesagt von Stirling Castle, das sie gleich am Morgen besucht hatten. Es war ein Tipp von einem Bekannten gewesen, Stirling auf gar keinen Fall auszulassen, wenn sie in Schottland sein sollten, und es hatte sich bewahrheitet. Nicht nur das Castle, auch die Stadt selbst hatte sich als sehr sehenswert herausgestellt. Daher waren sie jetzt erst am Nachmittag am Loch Leven angelangt, das auf halbem Rückweg zum Cottage in Dairsie lag.

Angelika hatte sich an Carola angelehnt, und langsam fielen ihr die Augen zu. Das Rufen eines Mannes auf der Mole weckte sie indes bald wieder. Er gestikulierte wild und deutete auf das eher kleine Motorboot, das schon seit ihrer Ankunft an der Mole dümpelte.

»Carola, unser *Fähre* ist schon da.« Angelika schüttelte Carola, die noch immer in den Reiseführer vertieft war, und deutete in Richtung Mole.

»Da hatte ich aber ein anderes Schiff vor Augen.«

»Ich auch. Aber schau doch, der Andrang hält sich in Grenzen.«

Sie waren die einzigen Passagiere geblieben. Der Bootsführer, ein älterer Mann mit Sommersprossen und gegerbter Haut, wies ihnen mit grimmigem Blick die Plätze zu. Widerrede schien er nicht zu dulden.

Die Insel war viel kleiner, als sie sich das vorgestellt hatten, und vom Castle war nur mehr wenig erhalten. Schnell hatten sie alles absolviert. Carola wusste über alles Bescheid, was es sonst noch zu sehen gab. Der Vortrag war diesmal jedoch genau nach dem Geschmack ihrer Zuhörerin, sodass sich keinerlei Disput darüber entspann. Offenbar hatte Carola gelernt, wie sie die Informationen für Angelika dosieren musste.

War das, was die Insel selbst bot, eher bescheiden, der Ausblick über Loch Leven auf die Umgebung war umso schöner. Bald ließen sich Angelika und Carola auf einer von der Sonne beschienenen Böschung nieder, die auch Sicht auf das wartende Fährboot gab, wollten sie die Rückfahrt doch auf keinen Fall versäumen. Der Fährmann unterhielt sich etwas abseits seines Bootes ganz leise mit dem Aufseher der Insel. Kein Ton war davon zu hören, und auch sonst herrschte völlige Stille. Wie es aussah, waren außer Carola und Angelika bloß die beiden Männer auf der Insel. Eine Zeitlang saßen die beiden Frauen schweigend nebeneinander.

»Muss furchtbar langweilig gewesen sein für Queen Mary. Findest du nicht auch?« Carola durchbrach das Schweigen.
»Was muss langweilig gewesen sein?«
»Hier gefangen zu sein. Schöner Ausblick. Aber sonst war da wohl nicht viel los.«
»Queen Mary war hier gefangen? Das wusste ich gar nicht.« Angelika legte sich auf den Rücken und schaute in den weiten Himmel, auf dem nur wenige kleine Wölkchen langsam dahinzogen. Plötzlich seufzte sie. »Ist keine gute Vorstellung, hier allein gefangen zu sein. Alleine könnte ich das nicht aushalten. Mit dir allerdings schon.«
Sie schwiegen wieder.
Auch Carola hatte sich auf den Rücken gelegt und Angelikas Hand genommen. »Mit mir schon?«
»Ja.«
»Ja?«
»Ja. Mit dir könnte ich es überall aushalten. Das ist mir in der letzten Zeit bewusst geworden, wenn wir den ganzen Tag zusammen sind und ich gar nicht genug von dir bekommen kann.«
»Ist das so?«
»Ist so.« Angelika hatte sich wieder aufgesetzt. »Weißt du, Carola, ich hatte vor der Abreise ein wenig Bedenken, ob das gutgehen würde, Tag für Tag zusammen zu sein, aneinander gekettet zu sein, könnte man sagen. Viele Paare haben die größten Probleme, die Nähe, die ein gemeinsamer Urlaub mit sich bringt, auszuhalten.«
»Und du kannst es mit mir aushalten?«
»Was heißt hier aushalten. Ich genieße jeden Augenblick.«
Carola lächelte. »Und was ist mit den handfesten Streitereien, die wir jeden Tag zelebriert haben? Ja genau, zelebriert, so möchte ich es ausdrücken.« Sie zog Angelika zu sich herab und küsste sie. »Ich kann es auch aushalten mit dir. Und ich kann auch gar nicht genug von dir bekommen.«
»Wir sollten das Beisammensein nach dem Urlaub fortsetzen. Was meinst du dazu? Ich will deine Verrücktheiten, deine Sturheit, deine Rechthaberei und all die schlechten Eigenschaften, die du mir zur Genüge dargeboten hast, einfach nicht mehr missen.«
Carola hatte sich aufgesetzt. »Jetzt geht es also schon wieder los: Verrückt, stur, rechthaberisch, beleidigt …«

»Von beleidigt war nicht die Rede …«

»Aber das hast du dir sicher dazugedacht …«

»Weil du schon wieder weißt, was ich denke.« Angelika stürzte sich auf Carola, riss sie mit sich, balgte über die Böschung nach unten, wo sie auf einem weichen, aber sehr feuchten Rasenstück zu liegen kamen. Uneingesehen vom Aufseher und vom Fährmann. Carola legte sich auf Angelika, umfasste sie, küsste sie stürmisch.

Angelika spürte die Nässe durch ihre Kleidung dringen. Doch das war ihr im Augenblick vollkommen egal. Sie zog ihre Liebste nur noch fester an sich, gab sich den Küssen vollkommen hin.

»Großer Gott, Angelika, ich möchte dich nie, nie mehr missen. Habe ich dir das bereits einmal gesagt?«

Angelika lachte laut auf. »In der Form noch nie, doch geahnt habe ich es bereits.«

Carola hatte sich erhoben, da sah sie es. Unübersehbar war es geworden: Angelikas Kleidung war am Rücken und an den Beinen völlig durchnässt. »Wieso sagst du nicht, dass du da im Wasser liegst? Und ich presse dich da noch rein. Du musst das doch gespürt haben.«

»Weil es mir im Augenblick so was von egal war, ich kann es dir gar nicht sagen.«

Carola schüttelte den Kopf. »Komm in die Sonne, die soll dich ein wenig wärmen.« Sie zog Angelika wieder mit sich fort auf die Böschung. »So, hier sehen wir unser Fährboot wieder, und du hast die Möglichkeit, ein wenig zu trocknen.«

»Kannst du dir ein Zusammenleben mit mir tatsächlich vorstellen?« Angelika war zum Thema zurückgekehrt. Sie sah Carola nun neugierig an.

»Darüber habe ich schon öfters nachgedacht, Liebes. Ich will das wie gesagt wirklich. Und ich habe sogar schon ganz konkrete Vorstellungen.«

»Und die wären?« Angelika hatte sich ein wenig überrascht aufgesetzt.

»Wir müssten beide nichts aufgeben. Dein Haus in Niederösterreich und meine Wohnung in Wien sind ja so grundverschieden, dass wir für beide Domizile gute Verwendungsmöglichkeiten hätten. Sie würden sich wohl sehr gut ergänzen. Hauptsächlich möchte ich aber schon zu dir ins Haus. Es ist größer, geräumiger. Ich mag es einfach sehr gerne. Und es ist am Land.«

Angelika blickte noch immer ein wenig erstaunt. »Es würde dich nicht stören, jeden Tag vierzig Minuten in das Geschäft und am Abend wieder vierzig Minuten nach Hause zu fahren?«

»Überhaupt nicht! Oft könnten wir auch gemeinsam unterwegs sein, das sollten wir doch hinbekommen. Andererseits, sollten wir zum Beispiel in die Oper gehen wollen, oder Frau Holle tobt sich aus und es gibt einmal einen halben Meter Schnee, na, dann bleiben wir in der Wiener Wohnung, und wenn es sein muss, sind wir mit der U-Bahn unterwegs. Zur Station sind es ja nur ein paar Minuten.«

»Klingt gut. So kann ich es mir auch recht gut vorstellen. Das hat was.« Angelika drückte Carola einen zarten Kuss auf die Nasenspitze. »Wann sollen wir diesen doppelten Umzug denn durchführen? Wenn du nämlich bei mir einziehst, so ziehe ich natürlich auch bei dir ein. Einverstanden?«

»Na klar!« Carola setzte sich auf. »Wir werden auf nichts warten, wenn wir zu Hause sind. Umgezogen wird am Tag nach der Rückkehr!« Carola war aufgesprungen, hatte Angelika hochgezogen und tanzte mit ihr die Böschung hinunter auf die Wiese vor dem Landungssteg, ließ sich dann fallen und zog Angelika auf sich. Sie küssten sich leidenschaftlich.

Der Bootsführer und der alte Inselwachmann, die jetzt an einem großen Tisch beim Bootssteg saßen, schüttelten kurz den Kopf, waren aber gleich wieder in ihr Gespräch vertieft.

Eine halbe Stunde später durchpflügte das Motorboot neuerlich das moorige Wasser des Loch Leven. Angelika und Carola hatten sich diesmal ihren Platz selbst ausgesucht und saßen eng umschlungen im milden Fahrtwind. Angelikas Kleidung war trocken, als sie das Boot verließen.

Angelika richtete ein letztes Mal das Frühstück auf der Terrasse her. Die Rosenstöcke standen in voller Blüte. Das tiefe Rot, das zarte Rosa und das kräftige Gelb, all die Farbenpracht, die da leuchtete, wirkten wie eine Verschwendung der Natur. Ein guter Kaffee und Butterbrote mit der herrlichen, grob geschnittenen Orangenmarmelade aus Dundee schlossen das Kapitel Cottage in Dairsie ab. Zwei Stunden später lenkte Carola den Wagen wieder vorsichtig auf die Fähre. Die Überfahrt würde wieder viele Stunden in Anspruch nehmen. Als das Schiff ablegte, erfasste beide Frauen Wehmut. Sie standen an Deck und blickten zurück.

»Wir sollten wieder hierherkommen.«

Angelika umarmte Carola. »Sicher. Das werden wir. Halten wir noch den letzten Eindruck fest.«

»Weil du das gerade sagst, Angelika: Wir haben im ganzen Urlaub nicht ein Foto geschossen. Den Fotoapparat habe ich umsonst mitgenommen.«

»Ich glaube, wir haben genug Bilder in uns gesammelt. Fotos werden wir da keine brauchen.«

Der Umzug erfolgte blitzartig. Wie in Schottland besprochen, zog Carola am Tag nach der Rückkehr bei Angelika ein. Beide füllten ihre Autos jeweils zweimal randvoll an, um Carolas Sachen nach Niederösterreich ins Haus zu führen, umgekehrt rüstete Angelika Carolas Wohnung noch mehr mit ihren Sachen aus, als sie es ohnehin schon vorher getan hatte. Sie waren jetzt nicht mehr zu Gast bei der jeweils anderen. Man war zusammengezogen und hatte zwei Wohnsitze.

Angelika war dabei auch das Formale wichtig, sie wusste es selbst nicht so genau, warum. Sie meldete Carola offiziell bei sich an, informierte Herrn Brunner, den Eigentümer des Hauses, über die Veränderung und drängte Carola auch dazu, ihr Auto umzumelden. Das lehnte diese jedoch mit dem Hinweis ab, sie wolle keinen Cent für ein Autokennzeichen ausgeben. Das leuchtete ein.

Angelika, die sich in den Monaten, seit sie selbst im Haus eingezogen war, überall ausgebreitet hatte, musste nun doch einiges an Terrain räumen. Es war ihr allerdings ein Vergnügen, Carolas Treiben zuzusehen. Diese stellte offen ihre Forderungen. Schnell nistete sie sich überall ein. Kasten für Kasten, Schrank für Schrank, Stellage für Stellage teilten sie sich. Zwei Tage später hätte man jedenfalls nicht mehr den Eindruck gewinnen können, irgendjemand wäre hier frisch eingezogen.

Es war Samstag, Angelikas erste Arbeitswoche nach dem Urlaub in Schottland war schon beinahe um. Sie musste bloß für ein paar Stunden ins Institut, Laborarbeit wartete dort auf sie. Sie hatte sich vorgenommen, so lautlos, wie es nur möglich war, aus dem Bett zu schlüpfen, Carola konnte ja ruhig weiterschlafen. Sie hatte einen freien Tag. Der einzige Termin des Tages betraf die Wiener Staatsoper. Verdis »La Forza Del Destino« stand auf dem Programm. Tante Hedwig hatte Carola dringend abgeraten, dorthin zu gehen, die Inszenierung sei schrecklich, es herrsche teilweise Jahrmarktstimmung mit bunten Girls in Cowboyausstattung. Völlig unpassend. Schade ums Geld.

Angelika hatte sich dadurch aber nicht abbringen lassen. Ganz im Gegenteil. Das, was Carola von ihrer Tante Hedwig weitererzählt hatte, ließ sie nur noch neugieriger werden. Und überhaupt: Sollte die Inszenierung tatsächlich so schlimm sein, Verdis Musik bliebe sicher noch immer übrig. Es war zudem die letzte Möglichkeit vor der Sommerpause, noch in die Staatsoper zu kommen. Vor allem freute sie sich darauf, mit Carola vom gemeinsamen Zuhause aus in die Oper zu fahren – und anschließend wieder ins gemeinsame Zuhause zurückzukehren. Sie wusste zwar, dass das eigentlich kindisch war, dennoch wollte sie es unbedingt.

Als Angelika nun am Morgen auf Zehenspitzen das Schlafzimmer verließ, warf sich Carola unruhig herum, aufgewacht schien sie jedoch nicht zu sein. Der Tag war wolkenverhangen und für die Jahreszeit eigentlich viel zu kalt. Nach dem Dienst beeilte sich Angelika nach Hause. Dort stürmte sie fröhlich ins Wohnzimmer. Carola lag auf der Couch mit ihrem langen Hauskleid und einem dicken Pullover darüber.

»Wie schaust denn du aus?«, entfuhr es Angelika.

»Ich weiß nicht, mir geht es nicht gut.« Carola war bleich, zitterte, kein Lächeln um den Mund war erkennbar.

»Was hast du denn, Liebes?«, Angelika war nun besorgt, »hast du Schmerzen? Ist dir schlecht?«

»Kopfschmerzen, ja, und es ist mir so furchtbar kalt.«

Angelika griff ihr kurz auf die Stirn, wandte sich um und kam eine Minute später mit dem Fieberthermometer zurück. »Du glühst! Du bist ja richtig krank!« Sie steckte Carola wie einem kleinen Kind den Fiebermesser unter die Achsel. »So, jetzt ruhig halten.« Dieser Befehlston forderte in Carola üblicherweise sofort eine »angemessene« Reaktion heraus.

Nicht so heute: »Ja«, gab sie kleinlaut zurück.

Ein paar Minuten später kam Angelika aus der Küche zurück, wo sie bereits das Teewasser aufgestellt hatte. Wortlos streckte sie den Arm aus. Carola reichte ihr den Fiebermesser. »Neununddreißig fünf! Das ist ja unglaublich! Da müssen wir etwas unternehmen.« Angelika ließ wie ein Uhrwerk ein Programm ablaufen, fragte Carola aus, sah in Mund und Rachen, tastete sie ab, horchte mit dem Stethoskop auf Lungen und Herz und schien anschließend zufrieden zu sein. Sie war nun mit einem Tablett an den Couchtisch herangetreten, stellte es ab und setzte sich neben Carola hin.

»Danke«, war Carola verzagt zu vernehmen.

»Gar nichts zu danken! Wir müssen etwas tun. Zuerst ein wenig dein Fieber senken. Neununddreißig fünf ist mir zu hoch. Fieber ist ja nichts Schlechtes an sich, aber was zu hoch ist, ist zu hoch.« Sie sah Carola plötzlich mit liebevollem Blick an. »Du nimmst jetzt diese Tablette, und dazu trinkst du Tee, reichlich Tee.« Sie goss den Tee in eine Tasse, gab ein Stück Zucker dazu und rührte um. »Zitronen habe ich zwar keine, aber ich werde dir zusätzlich eine Vitamin-C-Brausetablette bringen, das tut es dann auch.«

Carola trank den heißen Tee, er schmeckte gar nicht schlecht. Mit einem Seufzer ließ sie sich ins Kissen zurückfallen, das ihr Angelika in den Rücken gesteckt hatte. »Es tut mir so leid«, sie sah Angelika mit traurigem Blick an. »Es tut mir so leid.« Tränen liefen ihr nun über die Wangen.

»Kindskopf!« Angelika strich ihr mit einem Finger die Tränen von den Wangen. »Wir werden noch so oft in die Oper gehen, und wahrscheinlich wird wieder einmal etwas dazwischenkommen. So ist das nun mal. Wir machen kein Problem daraus.«

»Du hast ja recht, aber die Karten waren eben nicht gerade geschenkt.«

»Gut, dass du das erwähnst«, Angelika tippte sich an die Stirn, »ich werde Hartmut anrufen, vielleicht hat er Zeit, und einer seiner Söhne kann ihn begleiten. Dann bleiben die Plätze wenigstens nicht leer.« Sie war bereits unterwegs ins Vorzimmer, wo sie ihr Handy abgelegt hatte. Drei Minuten später war sie wieder zurück. »Hartmut geht mit Lorenz. Alles erledigt.«

»Sie haben also Zeit, das freut mich.« Carolas Miene erhellte sich ein wenig.

»Lorenz war anfänglich nicht so begeistert, wenn ich das richtig mitbekommen habe. Na ja, du weißt ja, wie das bei den Hellmars ist, wenn es um die Oper geht. Hartmut hat offenbar so eine Art Machtwort gesprochen. Er kann schon stur sein.«

»Ja, da steht er dir beinahe um nichts nach.« Ein kurzes Lächeln huschte über Carolas Gesicht.

»Und dir auch nicht«, kam die prompte Antwort in einem liebevollen Ton, unterstrichen durch ein zartes Küsschen auf die Stirn. Angelika ließ sich auf keine weitere Diskussion ein, verfrachtete Carola ins Bett, richtete alles um sie so her, dass es ihr an nichts fehlte. Dann ließ sie sie in Ruhe.

Carola lag schwitzend im Bett. Die Kälte war wenigstens gewichen, da war Schwitzen eindeutig die bessere Alternative. Plötzlich klopfte es an der Tür. Was war los? Geklopft wurde normalerweise nicht im Haus. Schon ging die Tür einen Spalt weit auf, und Angelika steckte den Kopf herein.

»Du hast Besuch.«

»Nein, keinen Besuch! So wie ich aussehe, völlig verschwitzt!«

Über Angelikas Kopf war jedoch bereits der von Max aufgetaucht. »Wie geht es denn unserer Carola?«

Carola ließ sich entspannt zurückfallen. »Komm rein, Max, ich bin zwar kein toller Anblick heute, es freut mich aber, dass du da bist.«

Raschen Schrittes war er an Carolas Bett gelangt. »Hallo, arme Patientin. Ich habe dir etwas mitgebracht.« Er schwenkte eine große Papiertasche.

»Arme Patientin? Was ist denn das für ein Ausdruck?«

»Der passende Ausdruck.« Er griff in die Tasche und holte Zitronen, Limonen, Grapefruits und Orangen heraus. »Ich habe den Supermarkt geplündert. Eigentlich überraschend, was die für ein Angebot an Zitrusfrüchten hatten, wenn man die Jahreszeit bedenkt.« Er hatte die Früchte feinsäuberlich auf der Kommode aufgereiht. »Das sollten genug Vitamine für das Wochenende sein. Angelika soll sie dir verabreichen, sie ist die Ärztin.«

»Danke, du bist ein Schatz. Leider kann ich dich heute nicht küssen, wer weiß, vermutlich bin ich infektiös.« Sie hatte das Wort »infektiös« besonders gedehnt gesagt und lächelte Max verschmitzt zu. »Stell dir vor, du wirst auch noch krank, und wir müssen dann vielleicht gemeinsam das Bett hüten.« Carola warf ihm ein paar Kusshände zu.

»Ach ja? Für einen Kuss von dir würde ich mich doch glatt zu dir ins

Bett legen für die nächsten Tage. Fragt sich nur, wo Angelika dann die Nächte verbringen soll.«

»Ja, das fragt sich Angelika tatsächlich!« Angelika stand kopfschüttelnd am Fußende des Betts. »Soll ich rausgehen, damit ihr ungestört seid beim Verteilen der Viren und Bakterien?« Sie hatte ein schräges Grinsen aufgesetzt. Na, so schlecht konnte es ihrer Liebsten doch nicht gehen, so wie sie Max empfangen hatte.

»Wir holen das bei nächster Gelegenheit alles nach, was meinst du, Carola? Wenn du wieder auf den Beinen bist, so werden wir uns zum Küssen treffen.« Er drehte sich zu Angelika. »Ich hoffe, dass das in deinem Sinn ist, Angelika.«

»Ganz sicher …« Carola konnte ein Lachen nicht unterdrücken.

»Na, Hauptsache, Carola ist dann wieder gesund. Da ist mir ja alles recht.« Angelika schüttelte den Kopf. »Ihr beide seid mir nicht einerlei mit euren Ideen.«

Max lächelte ein wenig verlegen. »So, ich bin wieder dahin. Oder kann ich den Damen noch irgendwie behilflich sein?«

Angelika dachte kurz nach. »Das kannst du tatsächlich, Max. Musst du am Montag noch zur Uni, oder hast du schon Ferien?«

»Studienjahr erfolgreich abgeschlossen! Was kann ich tun?«

»Am kommenden Montag auf die arme Patientin, so hattest du sie ja genannt, aufpassen und sie versorgen. Wäre das möglich? Ich kann zwar am Dienstag sicher schon zu Mittag weg, aber am Montag schaffe ich es frühestens um drei Uhr, wenn überhaupt nicht erst um vier.«

Ein Lächeln huschte über sein Gesicht, das einen fast zärtlichen Ausdruck annahm, den auch Carola nicht übersah. »Gerne. Gerne mache ich das. So, jetzt muss ich aber weiter, ich treffe mich noch mit Freunden und Kollegen.«

»Warte, Max«, Angelika folgte ihm, »du wirst einen Schlüssel vom Haus brauchen, damit du hereinkommen kannst, auch wenn Carola schläft.«

Der Abend und die folgende Nacht verliefen dann wenig aufregend. Carola wollte fast nichts essen, und Angelika musste darauf achten, dass sie ausreichend trank. In der Nacht fieberte Carola wieder stark an. Angelika war durch ihr Zittern wach geworden, hatte die Temperatur gemessen und ihr nochmals ein fiebersenkendes Medikament verabreicht. Am nächsten Morgen schien es ihr dann schon deutlich besser zu gehen, und sie konnten das Frühstück gemeinsam einnehmen.

Dann aber verfiel Carola zusehends. Das Fieber stieg wieder dramatisch an, und dazu gesellte sich eine unglaubliche Übelkeit. Mehrmals stürmte sie fluchtartig aus dem Bett, und beim ersten Mal schaffte sie es nicht rechtzeitig. Angelika musste Carola unter die Brause stellen und das Bett frisch beziehen. Und es blieb nicht bei dem einen Mal in der folgenden Nacht.

Angelika war alarmiert, untersuchte Carolas Bauch, der war aber weich, und über Druckschmerz klagte die Patientin auch nicht. Obwohl es ihr furchtbar ging, fühlte sie eine große Zuneigung in sich aufsteigen, als sie Angelika bei der konzentrierten Untersuchung ihres Bauches beobachtete. *Weit habe ich es gebracht. Eine Pathologin untersucht meinen Bauch.* Sie lächelte schwach.

»Ruhig liegen bleiben, sonst kann ich nichts tasten.« Angelika klang sehr streng. Sie war aber dann doch zufrieden. »Schaut alles eigentlich nicht so schlecht aus.«

Kurz nach drei Uhr kehrte Ruhe ein, und erst durch das Summen des Weckers um halb sechs wurde Angelika wieder geweckt. *Das wird ein Arbeitstag werden*, dachte sie sich, als das heiße Wasser in der Dusche auf sie herabprasselte.

Carola wachte nicht auf, als sich Angelika aus dem Haus schlich. Sie hatte zwar offenbar noch immer Fieber, indes sicher nicht mehr so hohes, wie es Angelika mit der bloßen Hand erfühlen konnte. Also hatte sie sie einfach schlafen lassen. Max würde schon vorbeischauen und auf sie aufpassen. Auf ihn war da sicher Verlass. Max würde Carola jeden Wunsch von den Augen ablesen.

Der öffnete um acht Uhr leise die Schlafzimmertür und schlich sich hinein. Carola schlief fest. Sie war ein wenig verschwitzt, und ihre Locken waren ziemlich durcheinander. Liebevoll betrachtete er sie. *Was bist du für eine schöne Frau, auch wenn du halb zerstört bist*, dachte er, machte kehrt und verließ den Raum unbemerkt.

Eine Stunde später wiederholte sich das Spektakel. Wieder schlich er ins Zimmer, betrachtete die Schlafende und machte wieder kehrt.

»Max.«

Es riss ihn förmlich aus den Socken. »Bist du also endlich wach.«
»Das bin ich schon länger. Seit du hereingekommen bist. Betrachtest du deine Patientinnen immer so wie mich eben?«
Das Zufallen des Haustors hatte sie aufgeweckt, das Aufgehen der Schlafzimmertür hatte sie hingegen nicht gleich bemerkt. Bemerkt hatte sie dann allerdings aus den Augenwinkeln, wie Max sie angesehen hatte.
»Wie betrachtet? Und welche Patientinnen?«
»Komm her ans Bett«, sie klopfte auf eine Stelle neben ihr, »setz dich hierher.«
Er tat wie geheißen. »Was meinst du mit ›so betrachtet‹? Ich verstehe nicht ganz.«
Carola fühlte sich plötzlich viel, viel besser. Vermutlich war das bereits so, als sie aufgewacht war, zu Bewusstsein kam ihr das jedoch erst in dem Augenblick, als der junge Student, der sie so unübersehbar mochte, neben ihr saß. Zwar war sie noch ein wenig gerädert, doch sie spürte die Lebensgeister zurückkehren. Sie lächelte Max an. »Du magst mich, stimmt's?«
»Ich mag dich sehr.« Er sah sie mit schiefem Grinsen an. »Das weißt du ja.« Er klang jetzt cool.
»Wie sehr?«
»Sehr.«
»Und was heißt das? Ich kann mir nichts darunter vorstellen.«
»Carola! Was wird das jetzt?« Er zog eine Braue hoch, während er sie musterte. »Was soll das?« Der Nachsatz war liebevoll angefügt. Er schaute ihr tief in die Augen, dann schmunzelte er ein wenig.
»Ich kann mir eben nichts darunter vorstellen. Bin ich bloß eine Lesbe, die du gerne umpolen würdest …«
»So ein Schwachsinn!« Er hatte sie schnell unterbrochen. »Ich sage dir das jetzt, wie es ist: Du bist eine Traumfrau. Wirklich. Ich habe noch nie so eine wundervolle Frau gesehen wie dich. Du siehst fantastisch aus, übrigens sogar jetzt, wenn du krank bist. Und …«, er machte eine Pause, »du bist auch sonst in deiner Art wunderbar. Wie du sprichst, wie du dich gibst. Das ist es. Jedenfalls habe ich Angelika das auch schon so gesagt, und ich habe ihr auch klargemacht, dass sie dich nie sausenlassen darf. Nie.« Er lächelte Carola offen an. »Nie.«
Carola war aus dem Häuschen. »Ich …«

»So, jetzt bereite ich dir ein Frühstück zu«, unterbrach sie Max. »Es muss leicht sein. Angelika hat mir von deinen Eskapaden in der Nacht am Telefon erzählt. Wie sieht es überhaupt aus? Hast du schon wieder Appetit? Ist die Übelkeit noch da?« Er hatte das Thema endgültig gewechselt.

»Die Übelkeit ist weg, die Lebensgeister sind wieder da.« Carola legte sich auf den Rücken, streckte sich aus und zog ein wenig die Decke nach unten. *Ich glaube, ich bin bald wieder gesund*, ging es ihr durch den Kopf. »Ich habe Hunger.«

»Das wundert mich nicht. Du sollst ja schon seit zwei Tagen fast nichts mehr zu dir genommen haben.« Max verschwand in der Küche, kam bald mit einem Tablett wieder zurück und sah von der Bettkante aus Carola beim Essen zu. Anschließend räumte er alles wieder hinaus, kam aber sofort mit dem Fieberthermometer zurück. »Das hätte ich fast vergessen: Fieber messen.« Er hielt ihr das Thermometer hin.

»Muss das sein?«

»Es muss sein! Ich habe strikte Direktiven.«

Carola hob jetzt ihren Arm. Er verstand sofort, schüttelte ein wenig den Kopf, hielt das Thermometer an ihre Haut. Schnell klemmte es Carola mit dem Arm ein. Geduldig wartete er einige Minuten, ehe er ihr die ausgestreckte Hand hinhielt. Sie aber drehte bloß die Schulter ein wenig in seine Richtung.

Max konnte das Thermometer nur mit Kraft befreien. Sie hielt es so fest, wie es ihr nur möglich war. »Du bist wie ein kleines Kind.« Er blickte auf das schlecht leserliche Display.

»Ich bin deine Patientin. Und?«

»Sechsunddreißig sechs. Das passt so.«

»Ist es jetzt vorbei mit der Betreuung?«

»Wir werden sehen, wie sich die Sache entwickelt«, sagte er gedehnt, »bis auf Weiteres wird an der Art der Betreuung nichts geändert.« Er legte den Kopf zur Seite. »Benötigst du noch etwas? Wenn nicht, gehe ich nämlich und komme dann später wieder.«

»Danke, Max. Du kannst ruhig gehen.«

»Bis später.« Er warf ihr einen Kuss zu und war schon verschwunden.

Carola legte sich auf den Rücken und schaute zur Decke. Eine kleine Spinne seilte sich gerade ab, bald würde sie im Bett sein. Max kam ihr wieder in den Sinn. Der junge Mann machte aus seiner Zuneigung kein Hehl. Unaufdringlich. Er wusste, dass sie eine Lesbe war. Schwer verliebt in Angelika. Konnte man so etwas ignorieren? Er konnte das offenbar. Nein, er ignorierte es nicht. Seine Zuneigung war einfach da. Vom ersten Augenblick an in Hartmuts Keller. Für ihn gab es nur keinen Grund, das zu verheimlichen oder zu unterdrücken. Das war Carola völlig neu.

Noch nie in ihrem Leben war ihr ein Mann mit so einer Art von Zuneigung entgegengekommen. Sie hatte oft mit netten Männern zu tun gehabt. Außer ihrem Vater hatte sie aber nie einer geliebt. Zumindest hatte sie es nie bemerkt. Oder sie hatte es abgeblockt, bevor sich etwas entwickeln konnte. Frauen hatten sie schon als Mädchen angezogen. Das Weibliche war unvergleichlich. Wenn sie als Jugendliche im Kino saß, so klebte ihr Blick an den Darstellerinnen, und ihr Sehnen galt den Traumfrauen des Films. Später, während ihrer Ausbildung zur Physiotherapeutin, hatte sie sich das erste Mal schwer verliebt. Ihre Gruppe in der Akademie war bunt gemischt, und eines Tages saß sie mit einer Kollegin im Café. Mit Antonia. Ach, wie schön der Name klang, wenn man nicht Toni sagte. Mit Antonia, mit der sie sonst kaum zu tun hatte. Das Gespräch war auf die »Gruftis« gekommen, drei ihrer Mitstudentinnen, die sich von allen abgrenzten. Die nur in Schwarz gekleidet daherkamen, immer neue Tattoos trugen und deren Zahl an Piercings von Tag zu Tag stieg. Beim Duschen nach dem Sport war Carola faszinierend ins Auge gestochen, dass die drei komplett epiliert waren. Haare trugen sie nur auf dem Kopf. Am Abend danach sah es bei Carola genauso aus. Ihr erster Weg aus der Akademie hatte sie in die Parfümerie geführt, und sie hatte die besten Utensilien erstanden, die dafür notwendig waren. Zu Hause war sie unter die Dusche gesprungen, hatte ihr Werk diesbezüglich vollführt und war dann nackt vor dem Spiegel gestanden. Erstaunt stellte sie fest, wie gut sie sich selbst gefiel. Bald hatten die »Gruftis« auch Piercings an den Schamlippen, etwas, das sie nicht zu verheimlichen suchten. Carola ging es wie bei den Haaren. Am Tag, als sich Bruni, eine der Gruftis, vor ihr abtrocknete und silberne Ringe zwischen ihren großen Schamlippen hervorlugten, war sie schon in einem Piercingstudio. Sie hatte keine Ahnung, wie das vonstatten gehen sollte, und sie genierte sich ein wenig, ihren Wunsch vorzubringen. Die Piercerin, eine freundliche junge Frau, überall im Gesicht mit Ringen und Steckern verziert, hatte ihr aber die letzten Bedenken genommen.

»Wenn Sie ein Intimpiercing wollen, dann lassen Sie sich die kleinen Schamlippen stechen. Das ist völlig problemlos. In vierzehn Tagen ist alles abgeheilt.«

»Okay! Ein Ring in die linke kleine Schamlippe.«

»Einer ist gar nichts. Das ist so wie ›ich will, aber kann nicht‹. Nehmen Sie zwei.«

»Gut, dann eben zwei.«

»Sollen sie nur zum Anschauen sein, oder wollen Sie was dranhängen?«

»Dranhängen?«

»Na ja, Gewichte oder so.«

»Nur zum Anschauen.«

»Gut, dann machen wir's weiter vorn. Das ist besser beim Sitzen, und man sieht sie viel besser. Sie wollen ja haben, dass man sie sieht? Ich meine, so im Bad, am Strand, in der Sauna oder in einer Umkleide?«

»Ja, schon.«

»Am Anfang sollten Sie Titanringe tragen, die sind inert. Das heißt, der Körper reagiert praktisch nicht drauf. Für später rate ich Ihnen zu Goldringen. Nehmen Sie dann größere und dickere. Solche habe ich selbst. Die sehen urgut aus und sind angenehm zu tragen. Aber sauteuer.«

»Wann ist später?«

»So in drei Monaten.«

»Können wir es gleich machen?«

»Gerne.«

Und so war es geschehen. Die Piercerin hatte ihr dann genauestens erklärt, was sie alles machen würde. Hatte ihr die Räumlichkeiten gezeigt, den Sterilisator, in den sie gleich die beiden ausgesuchten rosaroten Ringe legte. Das Einmalbesteck, das sterile, wurde vorbereitet. Bis die Ringe sterilisiert waren, hatte sie Carola auch noch einen Vortrag über die Nachbehandlung gehalten und sie davor gewarnt, selbst an sich herumzustechen oder irgendjemanden herumstechen zu lassen, der eine Ausrüstung hätte, die nicht ungefähr der ihren entsprach. Carola war langsam unruhig geworden. Schließlich erfolgte aber alles so schnell und fast schmerzlos, dass sie mit stolz erhobenem Haupt wieder auf die Straße trat. Jetzt hatte sie ihr Geheimnis, das sie doch immer wieder würde herzeigen können …

Da war sie nun mit Antonia im Café, und das Gespräch war auf die etwas ungewöhnlichen Kolleginnen mit den Tattoos und Piercings gekommen und was da so alles an Verzierungen im Gesicht getragen wurde.

»Du trägst ja auch Ringe. Das hab ich neulich nach dem Schwimmunterricht gesehen. Sie sind wunderschön.« Antonia hatte Carola tief in die Augen gesehen. »Zartrosa.« Eine leichte Röte überzog ihr Gesicht.

Carola war erstaunt. »Zartrosa. Das stimmt. Da hast du aber genau hingesehen.«

»Du bist eben ein schöner Anblick.«

»Findest du?«

»Das findest du doch selbst auch. Das merkt man doch, wenn du dich nackt bewegst in der Dusche und so. Immer mit dieser Selbstsicherheit.«

»Stimmt schon. Ich mag mich.« Sie lachte.

»Ich mag *dich*. Ich finde dich so nett. Glaubst du, ich sollte auch Ringe an den Schamlippen tragen?«

Carola atmete kräftig durch. »Das kann ich dir jetzt so nicht sagen. Dazu kenne ich doch zu wenig.« Antonia war ihr ab und zu schon aufgefallen. Sie war immer sehr zurückhaltend und doch liebenswert. Dazu stets äußerst gepflegt, sportlich und auf eine eigene Art elegant. Dennoch hatte Carola mit ihr eher wenig Kontakt gehabt im Vergleich mit vielen anderen ihrer Mitstudentinnen.

Am auffallendsten für Carola war wohl ihr Name: Antonia. Carola hatte in der letzten Zeit begonnen, sich für Oper zu interessieren. Ihre Tante, eine alte Opernliebhaberin, und sie hatten sich neulich gemeinsam eine Aufführung von Hoffmanns Erzählungen angesehen. Erst hatte sie gar nichts mit der Oper am Hut, aber die Aussicht auf einen guten Kuchen bewegte sie dann doch dazu, sich zu Tante Hedwig vor den Fernseher zu setzen.

Von Anfang an war sie von der Oper fasziniert gewesen. Beim Klein-Zack-Lied hatte sie den Kuchen bereits völlig vergessen. Und nichts ging über den Antonia-Akt der Oper …

Tante Hedwig war die Faszination ihrer Nichte nicht entgangen. Am nächsten Tag hatte sie ihr eine CD mit einer Gesamtaufnahme von Hoffmanns Erzählungen geschenkt. Seither verging kaum eine Woche, in der sich Carola nicht zumindest den Antonia-Akt anhörte.

Und jetzt hatte sie eine Antonia vor sich sitzen.

»Hast du schon einmal den Antonia-Akt von Hoffmanns Erzählungen gehört?«

»Hoffmanns Erzählungen? Kenn ich nicht. Operette?«

»Oper. Herrliche Oper. Solltest du dir anhören, zumindest den Antonia-Akt. Passt zu dir. Kannst mitkommen zu mir.«

»Wirklich?«

Am Abend lagen sie fasziniert nebeneinander auf der Couch in Carolas Wohnung und lauschten den Klängen. Beim Antonia-Akt hatte Carola dann Antonia in die Arme genommen und geküsst.

Die Beziehung hatte gehalten, bis Antonia beschloss, in die Schweiz zu gehen, um ein lukratives Stellenangebot anzunehmen. Carola war nicht mitgegangen. Sprünge in ihrer Verbindung waren nicht mehr zu übersehen gewesen, und für Carola war es zwischenzeitlich klargeworden, dass sie den erlernten Beruf nicht wirklich würde ausüben wollen.

Heutzutage störte es Carola nicht, wenn sie Melodien oder Arien aus Hoffmanns Erzählungen hörte. Sie besaß auch die CD noch, nur eingelegt hatte sie sie seit Jahren nicht mehr.

Carola lag noch immer auf dem Rücken, als all diese Erinnerungen in ihr hochkamen. Die Spinne hatte sich wieder zur Zimmerdecke zurückgezogen und war kaum zu erkennen.

Nach Antonia war nur Geplänkel gekommen oder gar nichts gewesen. Warum wollten Männer nichts von ihr? Spürten sie die Barriere? Ließ sie es spüren, dass da eine Schranke war?

Warum war für Max keine vorhanden? Viele Gedanken kamen in Carola hoch: *Ist das eine neue Generation, die hier heranwächst? Das ist es! Eine neue Generation kommt auf uns zu ... Natürlich sind nicht alle so ... Es bleiben noch immer genug Ignoranten, Besserwisser und Arschlöcher auch bei den jungen Leuten ... Doch es gibt offenbar welche, die alte Schablonen aufbrechen können. Lesbisch? Hetero? Max ist das offenbar egal ... Er sieht nur mich. So, wie ich bin. Gott, lass ihn auch seine große Liebe finden. Er hat es sich verdient.*

Die große Liebe. Carola hatte sich zum Fenster gedreht, und ihre Gedanken schweiften zu Angelika ab. Die schreckliche Nacht kam ihr in den Sinn. Angelika hatte sie in die Dusche stellen müssen. Das Erbrochene war überall gewesen. »Wie kann man überhaupt so viel erbrechen, wenn man nur so wenig gegessen hat?« Angelika hatte das so besorgt gesagt, sie dabei gewaschen, abgetrocknet, wieder angezogen und getröstet, ihr Mut zugesprochen. Jedes Mal war sie am Sprung gewesen, wenn sie gebraucht wurde. Kein Zeichen von Ungeduld oder von Ekel. Vor einem Jahr hatten sie nicht einmal voneinander gewusst, waren sich völlig fremd gewesen – und jetzt das. *Wie geht das?*

Etwa zur selben Zeit hatte sich Angelika im Institut für Pathologie auf ihrem Arbeitssessel, einem luxuriösen Bürostuhl, den sie selbst ins Institut mitgebracht hatte, ausgestreckt. Sie hatte von sieben Uhr bis zu diesem Zeitpunkt durchgearbeitet. Ständig hatte man ihr Präparate zur Untersuchung gebracht. Kleinere und größere, einfache und schwierige Fälle hatte sie fertig machen können. Eben hatte sie den letzten Befund diktiert und alles für das Sekretariat zurechtgelegt. Eine Laborantin schaute kurz herein, weil sie etwas suchte, und Angelika nutzte die Gelegenheit, ihr die Befundscheine, den Stapel mit Präparaten und die besprochenen Tonbänder fürs Sekretariat mitzugeben. Eine kurze Pause war nun dringend nötig. Sie sah zum Fenster hinaus auf den Baum mit den leuchtend grünen Blättern, und langsam fielen ihr die Augen zu. Es war zwecklos, sich wehren zu wollen. Sie fiel in einen tiefen Schlaf, der sie weit weg in einen Traum führte ... Angelika schreckte hoch, als Edith, die Sekretärin, plötzlich neben ihr stand.
»Entschuldigen Sie, Frau Doktor, ich wollte Sie nicht wecken. Geht es Ihnen gut?«
»Unterdurchschnittsmittelprächtig. Ich habe kaum geschlafen in der vergangenen Nacht.«
»Sind Sie krank?«
»Ich nicht, aber meine Carola. Hohes Fieber, mehrmals Erbrechen. Bettwäsche, Nachtwäsche wechseln. Einmal, zweimal, dreimal. Um drei Uhr ist Ruhe eingekehrt. Die Arme war richtig fertig. Hoffentlich ist sie bald wieder gesund.«
»Das ist eine kleine Epidemie. Schon von mehreren Leuten habe ich

gehört, dass es sie so erwischt hat. Es soll schlimm sein, dafür aber nach drei Tagen vorbei, wie weggeblasen.«

»Ihr Wort in Gottes Ohren.« Angelika konnte wieder lächeln.

»Frau Doktor, ich ziehe Ihre Arbeit heute einfach vor. Dann sind Sie bald auf dem Weg nach Hause. Ihre Kollegen und der Chef müssen eben in diesem Fall ein wenig warten.« Sie zwinkerte Angelika zu. »Die werden das aushalten. Was meinen Sie? Sollen wir das so handhaben?«

»Können wir das?«

»Na sicher!« Edith lachte und ließ die Tür hinter sich zufallen.

Angelika schaute auf die Uhr. Sie hatte nur zehn Minuten geschlafen, fühlte sich aber voll ausgeruht. »Die Arbeit kann kommen, ich bin bereit!«, rief sie ins leere Zimmer.

Die ließ nicht mehr lange auf sich warten. Es ging Angelika aber alles leicht von der Hand, und mithilfe von Ediths Spezialbehandlung hatte sie sicher eine Stunde gewonnen. So konnte sie um halb drei Uhr durch die Schranken beim Haupttor fahren. Ihre Gedanken schwenkten schnell auf zu Hause um: *Wie geht es dir denn, Liebes?*

Angelika rief Max an. Der musste ja Bescheid wissen.

»Ich war viermal bei ihr. Eine schreckliche Patientin. Unfolgsam. Aufmüpfig. Eine Plage.«

Angelika fiel ein Stein vom Herzen. Das hörte sich ja gut an. »Danke, Max! Ich schick dir ein Küsschen. Glaubst du, dass sie noch etwas braucht?«

»Dich! Und ein strenges Regiment, sonst nichts. Ich wünsche euch einen schönen Abend und natürlich eine bessere Nacht als die vergangene.«

Max hatte sich schnell verabschiedet. Angelika war nun drauf und dran, Carola anzurufen, verkniff es sich dann aber wieder.

Laute Musik war zu vernehmen, als Angelika ins Vorzimmer trat. Sie suchte Carola im Wohnzimmer und im Schlafzimmer, fündig wurde sie im Bad, wo sich Carola, frisch geduscht, ihre Locken föhnte. Als sie Angelika kommen sah, ließ sie den Föhn fallen, stürmte auf sie zu und nahm sie in die Arme. »Liebes! Du bist schon da!«

Später bereitete Angelika ein kleines Abendessen, das sie gleich am

Couchtisch zu sich nahmen. Anschließend sorgte sie für Ordnung in Küche und Schlafzimmer. Nach einer kräftigen Dusche zog sie sich ein frisches Nachthemd über und legte sich neben Carola auf die Couch, die aufmerksam eine Folge einer Fernsehserie verfolgte. Auf der Stelle war Angelika eingeschlafen. Carola strich sanft über ihr Haar, und ein tiefes Gefühl der Rührung trieb ihr Tränen in die Augen. *Ich habe meine große Liebe gefunden.*

Hochsommer

Die Sonne brannte vom Himmel, und es wehte ausnahmsweise kein Wind am Rand des Tullnerfeldes. Angelika lag neben Carola auf einer Decke in Hartmuts Garten. Die Vögel waren verstummt, bloß das Summen der Bienen, die die unzähligen Blüten der Katzenminze neben ihnen besuchten, war zu hören. Der Garten war nicht sehr groß, schön von Sträuchern umrahmt, von außen praktisch nicht einsehbar, ohne dabei wie ein Gefängnis zu wirken. Kurz gesagt, einfach einladend zum Verweilen. Und das gepflegte Schwimmbecken mit dem herrlich warmen Wasser war das Tüpfelchen auf dem i.

Als Hartmut sie gefragt hatte, ob sie in seinem Urlaub ein wenig auf den Garten aufpassen könnte und ihn nutzen wollte, hatte sie vorerst abgelehnt. Carola aber, der sie davon erzählt hatte, war sofort ganz Feuer und Flamme, und so hatte sie doch zugesagt. Hartmut war mit Karin in England, und seine Söhne Lorenz und Max waren bei ihrer Großmutter in der Steiermark, um dort in Hartmuts Wald Forstpflege zu betreiben.

Die längste Zeit über nahmen Angelika und Carola das Schwimmbad in Anspruch. Zuerst dümpelten sie einfach nur herum, ehe Carola Angelika plötzlich untertauchte, worauf sich eine wilde Rauferei entwickelte. Erschöpft warfen sie sich dann nackt auf die Decke und dösten vor sich hin. Carolas Hand war auf Wanderschaft und streichelte sanft Angelikas Bauch.

»Iii!!!«

Die beiden Frauen sprangen wie von der Tarantel gestochen auf und sahen sich erschrocken Lorenz gegenüber, hinter dem jetzt auch Max auftauchte. Sie kannten einander ja schon so gut, da gab es eigentlich nichts zu erschrecken, indes hatten sie die jungen Männer einfach nicht erwartet.

»Hi«, begrüßte sie jetzt auch Max, »Lorenz, ich glaube, du hast die beiden Damen erschreckt.«

»Hallo, ihr beiden, was macht ihr schon da? Solltet ihr nicht noch vierzehn Tage im Wald arbeiten, anstatt uns zu erschrecken?« Angelika sank langsam wieder auf die Decke zurück.

»Das werden wir Hartmut natürlich brühwarm erzählen, wenn er das nächste Mal anruft.« Carola machte eine übertrieben drohende Geste, ging auf die beiden jungen Männer zu und drückte ihnen einen Kuss auf die Wange. »Freut mich, euch zu sehen.«

Angelika rappelte sich jetzt auch wieder hoch. »Ich habe einen Mordsdurst, ich muss mir etwas zu trinken holen.« Sie drückte Lorenz und Max ebenfalls einen Schmatz auf die Wangen. »Na, ihr Angezogenen, wollt ihr nicht raus aus der Wäsche und rein ins Wasser?«

»Bleib, Angelika«, Max deutete auf die Decke, »ich bringe euch etwas zu trinken. Was hättet ihr gerne? Einen weißen Spritzer mit Aperol und Limone …«

»Limone haben wir keine«, unterbrach ihn Carola.

»Doch, die haben wir«, fuhr er fort, »haben wir gerade mitgebracht. Oder wollt ihr lieber ein Bier, das haben wir auch dabei, schön gekühlt übrigens. Die Bowle kann ich euch noch nicht anbieten, die muss ich erst ansetzen, die gibt es erst morgen. Also?«

»Ein Bier!«

»Für mich auch!«

Max brachte die zwei Flaschen, öffnete sie mit Gezische und drückte sie den beiden in die Hand. »Gläser?«

»Nein, wir trinken aus der Flasche.«

Max war bereits wieder verschwunden. Aus der Küche hörte man bald ein Rumoren. Das Schlagen der Kühlschranktür und der Küchenkästchen war nicht zu überhören. »Carola, Angelika, wollt ihr mit uns grillen?«, brüllte Lorenz aus der Küche. »Wir haben reichlich eingekauft, ich muss es nur wissen, weil ich sonst den Rest vom Fleisch einfriere.«

Sie sahen einander an. »Was hältst du davon?« Angelika strich sich über den Bauch. »Ich könnte schon etwas vertragen.«

»Verköstigt werden und dabei nichts arbeiten müssen«, flüsterte Carola, »das ist doch *die* optimale Situation.«

Angelika stieß sie an: »Sei nicht so, ein wenig können wir schon helfen.«

»Braucht ihr Hilfe?«, schrie Carola in Richtung Küche.

»Nein, das machen wir schon, bleibt im Garten. Nur ein großer Hunger ist gefragt«, war Max von drinnen zu vernehmen.

»Siehst du«, lächelnd beugte sich Carola über Angelika, »sie brauchen uns nicht.« Sie beugte sich noch tiefer, bis sich ihre Lippen zärtlich trafen.

»Ähm! Darf ich nochmals stören?«, Lorenz stand auf der Terrasse, »wann ist es den Ladys genehm zu speisen?«

Carola sah hoch. »Das ist uns egal, kann ruhig ein wenig später sein, dann ist es vielleicht nicht mehr so heiß.«

»Und die Terrasse liegt dann auch schon mehr im Schatten«, fügte Angelika hinzu.

»Ist recht! Dann können wir jetzt erst einmal ins Wasser. Puh! Wie mir das Schwimmbecken schon abgegangen ist. Ihr habt ja keine Vorstellung, wie verregnet es die ganze Zeit über in der Neumarkter Gegend war, und die Aussichten für die nächste Woche sind auch nicht die besten. Wenn du dir dann im Radio in jedem Wetterbericht anhören musst, dass östlich von Linz eine Hitzewelle herrscht und bei dieser auch kein Ende abzusehen ist, ist es schon hart. Heute in der Früh hat uns dann die Großmutter nach Hause geschickt. Und wir waren natürlich folgsam.« Lorenz hatte sich seiner Hose, des Shirts und der Boxershorts entledigt und war unter die Gartenbrause gestiegen. »Au! Das Wasser ist ja siedend heiß.«

»Wundert es dich, Brüderlein?« Max war jetzt auch aus dem Haus gekommen und schubste Lorenz einfach von der Brause weg, um sich das Wasser über den Kopf rinnen zu lassen. »Jetzt wird es schon langsam frisch.« Er schloss den Hahn, und beide sprangen mit Getöse ins Wasser.

»Das ist ja urwarm«, meinte Max und tauchte seinen älteren Bruder unter. Der schoss wie eine Rakete aus dem Wasser, um gleich wieder komplett zu verschwinden. Max holte den am Rand liegenden Ball und warf ihn Lorenz sanft auf den Kopf, als dieser wieder auftauchte. »Treffer.«

Lorenz hatte den Ball erwischt und hielt ihn unter seiner Brust. »Volleyballmatch gefällig?«

»Gute Idee!« Max schwamm an den Beckenrand, stützte sich auf und rief Carola und Angelika zu: »Habt ihr Lust mitzuspielen? Ein Volleyballmatch steht an.«

»Wir sind dabei! Aber nur in gemischten Teams. Gegen euch beide sind wir sonst ja chancenlos«, rief Angelika.

»Und die Verlierer müssen die Früchte für die Bowle schneiden«, fügte Carola hinzu. »Was gibt es überhaupt für Früchte?«, wollte sie dann noch wissen.

»Herrliche Pfirsiche, von denen essen wir schon seit Tagen, da haben wir heute noch ein paar Kilogramm davon mitgenommen.« Max hatte sich noch immer am Beckenrand aufgestützt, als die beiden Frauen Richtung Pool kamen. »Seid ihr beiden schön braun, das ist ja unglaublich ...«

»Und überhaupt ein Wahnsinnsanblick, wow!«, unterbrach ihn sein Bruder, der noch immer mit dem Volleyball an der Brust im Wasser planschte.

»Danke für die Komplimente«, Angelika machte einen übertriebenen Knicks vor den Burschen, schubste Carola ins Wasser und sprang hinterher.

Carola griff nach Angelikas Bein, zog es hoch und tauchte sie unter. Es entstand wieder eine Rangelei, bis Lorenz und Max einschritten, die »Streithennen« trennten, nochmals untertauchten und anschließend im Chor meinten: »So, jetzt wird Volleyball gespielt.«

»Ihr seid aber streng zu uns!«, lachte Carola und kniff den schlanken Max in die Rippen.

»Au! Du bist brutal, mit dir will ich nicht in einem Team spielen.«

»Dann ist die Teamaufteilung auch schon geklärt. Komm zu mir, Max, wir machen die beiden fertig, und dann schauen wir ihnen beim Pfirsichschneiden zu.«

Nachdem sie sich ein wenig eingespielt hatten, spannte Lorenz das Netz, und schon ging es los. Sie hatten sich auf vier gewonnene Sätze geeinigt, und lange sah es wirklich nach einer klaren Sache für Angelika und Max aus, aber die Gegner kamen immer besser in Schuss, sodass erst der heißumkämpfte siebte Satz knapp den Sieg für die beiden brachte.

Alle vier waren erschöpft, Lorenz und Max hatten das Becken bereits verlassen, um sich eine Decke und vor allem auch Badetücher zu besorgen.

Angelika stand eng umschlungen mit Carola in einem Eck des Pools.

»Du hast dich brav gewehrt«, sie fuhr Carola forsch mit einer Hand zwischen die Beine und drang mit einem Finger in sie ein, »aber es hat dir nichts genutzt, mein Liebling, wir waren einfach besser.«

»Nicht! Angelika!«, stöhnte Carola, »die jungen Männer werden gleich wieder da sein.«

»Sie werden doch nicht gleich wieder ins Wasser kommen.« Mit den Worten drang sie tiefer in Carola ein.

»Ich ... ich ... ich weiß nicht, ob ich leise bleiben kann!« Sie biss in Angelikas Hals, und ein mächtiger Orgasmus durchströmte sie. Sie zitterte am ganzen Leib und keuchte. »Du bist unmöglich, Angelika.«

»Siehst du, geht doch«, meinte diese mit neckischem Ton, küsste Carola sanft auf die Lippen und schwamm davon.

»Und dann flüchten!«, hörte sie Carola rufen, »aber warte, die Rache wird folgen.«

Angelika stürzte sich auf die Decke, Carola folgte ihr und ließ sich auf sie fallen. »Na warte!«

»Geht es dir gut, meine Süße?«, fragte Angelika lächelnd.

»Es ist mir kaum je besser gegangen«, Carola atmete kräftig durch, »von mir aus darf es ewig so bleiben, meine Allerliebste.« Sie umfasste Angelika, und beide blieben regungslos liegen. Lorenz und Max hatten inzwischen auch Badetücher ausgebreitet und ließen sich von der Sonne trocknen. So entstand eine Ruhe, in der wieder nur das Summen der Bienen zu hören war.

Angelika war eingenickt. Der Geruch frisch angezündeter Holzkohle weckte sie wieder. Sie sah sich um. Niemand war zu sehen. Auch Carola war verschwunden. Ein deutliches Knurren im Bauch war zu spüren. »Ich habe Hunger! Hunger!«, rief sie.

»Schau an, unsere Schlafmütze ist auch wieder einmal wach!« Carola war mit einer Schüssel voller Pfirsiche auf die Terrasse gekommen. Mit unglaublichem Geschick begann sie, die Pfirsiche in kleine Stücke zu schneiden.

»Schneide dir nicht die Finger weg, wir wollen kein Blut in der Bowle«, sagte Angelika, die ihr zusah.

»Ich will keine Kommentare hören, hilf mir lieber.«

»Wer hat das Volleyballmatch verloren?«, war von der Decke aus zu hören.

Angelika war jetzt aufgestanden, kam zum Tisch, holte sich aus der daneben stehenden Kühlbox ein weiteres Bier und setzte sich gegenüber von Carola auf den Stuhl. »Wie flink und geschickt du bist. Es macht Spaß, dir beim Arbeiten zuzusehen. Ich glaube, das sollte ich öfters tun.«

Lorenz brachte das Fleisch aus der Küche, und Max folgte mit Salat und frischem Weißbrot.

»Kommt noch wer?«, wollte Carola wissen, »das ist ja Fleisch für eine Kompanie.«

»Ich habe ja gesagt, Hunger ist gefragt«, antwortete Lorenz und legte die ersten Stücke auf den Grill. Sofort schwebte der unnachahmliche Geruch von angebratenem Fleisch in der Luft, und Angelikas Magen machte einen Sprung.

Carola räumte die restlichen Pfirsiche weg. »Ich schneide später weiter. Wenn sich dann jemand meiner erbarmt und mir hilft, sind wir in ein paar Minuten fertig.«

»Ich helfe dir nachher gerne«, antwortete Max auf ihre Bitte.

Der Terrassentisch stand jetzt zur Gänze im Schatten, die große Hitze war damit vorbei. Die hungrigen Leute konnten es sich schmecken lassen. Lorenz zauberte am Grill. Max versorgte alle mit Brot, Salat und auch mit Getränken.

Angelika und Carola genossen den unverhofften Grillnachmittag, und die vier unterhielten sich prächtig. Lorenz und Max erzählten von ihrer Arbeit im Wald in der Steiermark.

»Leider war es so kalt, dass wir nicht einmal Pilze gefunden haben«, merkte Lorenz abschließend an. »Wer möchte das letzte Stück Fleisch?«

»Wir haben das wirklich alles aufgegessen?!«, fragte Carola erstaunt.

»Ich bin nun wirklich satt, das Essen war ausgezeichnet«, meldete sich Angelika, »jetzt muss ich wieder ein wenig ruhen. Schade, dass heute ein Wochentag ist und ich morgen früh raus muss.« Sie machte eine kurze Pause. »Aber wenn ich morgen sehr früh unterwegs bin, schaffe ich es, bis Mittag wieder hier zu sein.« Sie hatte mehr zu sich als zu den anderen gesprochen.

»Seid ihr in den nächsten Tagen auch da, oder habt ihr etwas vor?«, wollte Max plötzlich wissen.

»Wieso? Stören wir, oder habt ihr etwas geplant, bei dem ältere Frauen nicht erwünscht sind?« Carola neigte sich fragend zu ihm.

»Nein, nein! Ganz im Gegenteil, ich freue mich, wenn ihr hier seid. Ihr habt so etwas Erfrischendes an euch.«

»Das musst du mir jetzt aber genauer erklären. Angelika, wir haben etwas Erfrischendes an uns. Max wird uns das gleich erläutern.«

»Max, lass dich nicht von Carola ärgern«, warf Angelika jetzt ein.

»Sie ärgert mich ja nicht. Etwas Erfrischendes eben. So ist das, für mich zumindest, da gibt es nichts weiter zu erklären.«

»Puh! Max, der Philosoph«, meldete sich nun auch Lorenz zu Wort. Er war dabei, den Tisch abzuräumen. »Max, hilf mir in der Küche!«

Beide verschwanden, und die beiden Frauen blieben alleine am Tisch zurück. Angelika schenkte Carola und sich noch ein Glas Weißwein ein.

»Wir haben etwas Erfrischendes an uns …«, Angelika nahm einen Schluck Wein, »wenn ich auch nicht genau weiß, wie das gemeint ist, so denke ich, dass es auf alle Fälle als Kompliment aufzufassen ist.«

»Die beiden werfen überhaupt mit Komplimenten um sich.«

»Na ja, Max hat, wie wir wissen, ohnehin ein Auge auf dich geworfen, Carola.«

»Ja, so ist das. Und das ist wirklich schön.« Sie lehnte sich weit in ihrem Stuhl zurück. »Er ist dabei so herzlich, so gar nicht aufdringlich.« Sie lächelte Angelika an. »Er ist so feinfühlig für einen jungen Mann um die zwanzig.« Sie machte eine Pause, ehe sie fortfuhr: »Wer weiß, wie sich mein Leben entwickelt hätte, wäre mir so ein Mann viel, viel früher begegnet …«

»Da bin ich aber froh, dass das nicht passiert ist«, Angelika nahm Carolas Hand und drückte ihr zärtlich einen Kuss auf die Fingerspitzen, »klingt ja, als wärest du auch ein wenig verliebt in ihn. Muss ich eifersüchtig sein?«

»Frau Doktor! *Ich* habe im Gegensatz zu *dir* keine Erfahrungen mit Männern. Das bist *du*, die dem männlichen Geschlecht so gar nicht abgetan ist. Aber zugegeben: Ich mag Max. Ich mag ihn sogar sehr. Sicher mehr als andere Männer.«

»Ja? Ist das so?« Angelika drückte weitere Küsse auf Carolas Fingerspitzen. »Das ist schön so. Ich mag die beiden jungen Männer auch sehr. Das sind doch Prachtstücke ihrer Art.«

»Es ist Zeit, nach Hause zu gehen.« Carola hatte sich erhoben. Mit Schwung zog sie Angelika hoch.

»Ich denke, wir sollten uns noch der Bowle widmen, ehe wir nach Hause marschieren«, Angelika streckte sich wohlig, »wir wollen ja morgen davon trinken.«

»Jetzt willst du also doch mithelfen?« Carola schlang ihren Arm um Angelikas Hüfte. »Ich glaube, wir sind zu spät dran.« Sie zeigte auf den mit Fruchtstücken gefüllten Behälter. »Können wir die Bowle da morgen überhaupt noch mit Prosecco aufgießen?«

»Und die Küche ist auch schon aufgeräumt. Wie hast du es vorhin ausgedrückt: eine optimale Situation. Komm, gehen wir nach Hause.«

Der nächste Nachmittag begann ähnlich wie der vergangene. Angelika konnte schon um zwei Uhr das Institut verlassen, und auch Carola hatte das Geschäft bereits um ein Uhr geschlossen, war aber später in Hartmuts und Karins Garten eingelangt, da sie durch ein langes Telefongespräch mit ihrer Tante über eine geplante Ausstellung eines jungen Künstlers aufgehalten wurde. Da gab es ein schwerwiegendes Problem: Die Kritiker hielten ihn für talentiert, aber Carola gefielen seine Werke einfach nicht. Sie einigten sich darauf, eher im Hintergrund zu bleiben, jedoch nicht ganz die Tore zu verschließen. Was wusste man schon, wie sich ein junger Künstler in der Zukunft entwickelte.

Als sie im Garten ankam, lag Angelika schon splitterfasernackt auf einem Liegestuhl im Halbschatten und schien tief und fest zu schlafen. Sie rührte sich nicht, ehe Carola sich zu ihr hinunterbeugte und ihr einen Kuss auf die Stirn drückte.

»Schön! Du bist auch schon da«, murmelte sie und streckte die Arme aus. Die Augen hatte sie noch immer geschlossen.

Carola sagte nichts, ließ sich in Angelikas Arme fallen und vergrub ihr Gesicht in deren Hals. Sie atmete tief den Duft der von der Sonne erhitzten Haut ein, und Angelika wühlte sanft mit ihren Händen durch Carolas braune Locken. »Es ist schön, dich zu spüren«, murmelte sie weiter.

»Hallo, meine Schlafmütze! Wie geht es dir denn?«

»Es ist ein wunderbarer Tag, die Sonne scheint, du bist bei mir … Es geht mir bestens. Und dir?«

Der Nachmittag verlief ruhig und beschaulich. Lorenz und Max waren noch nicht aufgetaucht. Die Hitze machte sie träge, und so schliefen sie eine Weile im Schatten, wechselten dann wieder in die Sonne und hüpften in den Pool.

»Ich habe Durst, Carola. Wir machen uns an die Bowle.«

»Mhm, gute Idee.«

Angelika verlieh der Bowle im Nu den letzten »Schliff«. Mit zwei großen, beinahe bis zum Rand gefüllten Gläsern erschien sie gleich wieder im Garten. Carola lag regungslos am Rücken. Angelika streifte mit dem kühlen Glas ihren Bauch.

»Ah, das tut gut …«

Angelika bewegte das Glas jetzt mit kreisenden Bewegungen nach oben und berührte sanft die Brustwarzen. »Tut das auch gut?«

Carola stöhnte leise und nickte nur ein wenig. »Das tut wirklich gut. Noch lieber aber würde ich die Bowle trinken.« Mit Schwung setzte sie sich auf und nahm Angelika das Glas ab. »Meinen Durst möchte ich damit löschen … Wow! Ist die gut! Was haben die denn da alles hineingetan? Das kann ja nicht alles die reine Natur sein?«

Angelika holte schnell Nachschub und schüttelte den Kopf, als sie wieder da war. »Wer soll denn diese Mengen an Bowle trinken?« Demonstrativ torkelte sie um Carola herum. »Wenn wir nicht aufpassen, werden wir ziemlich betrunken sein, das garantiere ich dir.«

Trotz der ausgesprochenen Warnung konnten sich die beiden nicht zurückhalten, und als Max und Lorenz auftauchten, waren sie schon beschwipst.

»Wollen wir wieder gemeinsam essen?«, fragte Max unverzüglich.

»Gerne! Was habt ihr heute anzubieten?« Angelika griff erneut nach ihrem Bowlenglas, das bereits wieder leer war. »Kannst du für Nachschub sorgen?«

Max nickte nur.

»Siehst du, Angelika, Max ist wirklich ein Gentleman. Da muss man nicht lange betteln, damit er einem einen Gefallen tut.« Carola kicherte.

»Habt ihr das alles allein vernichtet?«, wollte Max nun wissen, als er mit den gefüllten Gläsern wieder auftauchte.

»Ist das schlimm?« Carola war aufgestanden, hatte ihre Arme auf Max' Schultern gelegt und lächelte ihn an. »Wir wollten nur ergründen, was da alles drinnen ist in dem Zaubertrank.« Schnell drückte sie ihm einen Kuss auf den Mund. »Wir sind am Forschen.«

»Ah!« Max setzte ein schräges Grinsen auf. »Erst die Bowle, dann ich. Sind das eure Forschungsaufträge für heute?«

»Meine!«, lachte Carola, »ich glaube, Angelika hat schon zu tief ins Glas gesehen.«

»Gar nicht wahr. Ich bin beinahe nüchtern.«

»Beinahe.« Max lachte amüsiert. »Beinahe nüchtern. So wird es wohl sein.«

Lorenz, der das Gespräch belustigt verfolgt hatte, war eben ins Wasser gesprungen, und Max schloss sich ihm sogleich an. So plätscherte der Nachmittag dahin und wurde eigentlich nur durch den griechischen Bauernsalat unterbrochen, den Lorenz herbeigezaubert hatte und der für Abwechslung von der Bowle sorgte.

Anschließend lagen alle vier auf Decken im Gras. Die Laune war prächtig, nicht zuletzt aufgrund des reichlichen Genusses des äußerst süffigen Fruchtgetränks, und die Zungen schienen ziemlich gelockert. Es wurde geblödelt und gelacht.

Lorenz erzählte von einer skurrilen Hochzeit, bei der er vor wenigen Wochen eingeladen gewesen war. Bildhaft schilderte er die zarte kleine Braut und den riesigen Bräutigam, der gut als Basketballspieler durchgegangen wäre. »Er hätte sie im Knien auch noch überragt, und es hat alles ein wenig seltsam ausgesehen, doch die verliebten Blicke, die von oben nach unten und von unten nach oben gerichtet waren, machten gleich alles ein wenig stimmiger.«

»Es kann ja nicht jeder so ein schönes und harmonisches Paar abgeben wie unsere beiden Grazien hier.« Max sah erst Angelika und danach lange Carola mit sichtbarer Zuneigung an. »Wollt ihr eigentlich auch einmal heiraten?«

»Wer weiß …?« Angelika schaute schelmisch zu Carola.

»Wer weiß …?« Carola lächelte ein wenig verschmitzt.

Beide lachten los. Max und Lorenz stimmten ins Gelächter ein.

»Ich hoffe, wir werden rechtzeitig informiert, wenn es so weit ist«, Lorenz löffelte genüsslich die letzten Fruchtstücke aus seinem Glas, »wir werden dann eine riesige Bowle ansetzen.«

»Und wollt ihr auch einmal Kinder haben?« Max ließ nicht locker, war nun ganz ernst geworden und rührte versonnen in seinem halb vollen Bowlenglas, um sich ein besonders großes Pfirsichstück herauszufischen.

»Und wie soll das funktionieren, lieber Max?« Lorenz beugte sich über seinen Bruder, eine Braue demonstrativ hochgezogen.

Angelika, obwohl bereits mehr als angeheitert, war wie vom Blitz gerührt. *Und wollt ihr auch einmal Kinder haben?* In der Sekunde, in der sie ausgesprochen war, hatte sich die Frage in sie eingebrannt. *Dass ich selbst noch nie darüber nachgedacht habe in all den vergangenen Jahren!*

»Du bist so blöd, lieber Bruder«, hörte sie Max nun sprechen, »das weiß ich auch, dass das biologisch nicht möglich ist. Aber ich weiß auch, dass es andere Möglichkeiten gibt, Nachwuchs zu bekommen. Die beiden brauchen ja nur technisch gesehen einen Vater für ihre Kinder ...«

Angelika war wie gelähmt. *Technisch gesehen ... ihre Kinder ...* Max hatte mit seinen lockeren Ansagen – na, so locker waren die gar nicht – wie sie es nun in seinem Gesicht ablesen konnte, ein Feuerwerk an Gedanken in ihr losgelöst.

»... und ich würde die beiden auch dabei unterstützen.« Max trank einen riesigen Schluck von der Bowle.

Und ich würde die beiden auch dabei unterstützen. Die Hitze stieg in Angelika hoch. »Ich brauche Abkühlung«, sagte sie mit gespielter Ruhe, und mit ein paar flinken Sprüngen war sie schon im Pool gelandet. Sie tauchte ein paarmal unter, versuchte, sich zu beruhigen. *Was spricht der junge Mann da so gelassen aus? Wo führt denn das hin? Beruhige dich, Angelika, es ist nur der Alkohol, bloß der Alkohol!* Sie stieg aus dem Wasser, trocknete sich langsam ab und wandte sich wieder dem Gelächter zu, das von der Terrasse zu vernehmen war.

»Was zahlt euch Hartmut eigentlich für die Waldarbeiten in der Steiermark?«, hörte sie Carola fragen. Man hatte offenbar das Thema gewechselt.

Gott sei Dank, ein anderes Thema!

Langsam war der Abend hereingebrochen, und ebenso allmählich wurde Angelika von einer Schwere und Müdigkeit erfasst, die sie unwiderstehlich in Richtung Bett zog. »Carola, ich möchte langsam nach Hause, ich bin müde. Und vergiss nicht, wir müssen morgen früh raus. Wir haben um sechs Uhr ein Rendezvous am Golfplatz, das wollen wir nicht versäumen.«

»O Gott, nein! Ich darf gar nicht daran denken. Müssen wir das wirklich einhalten? Ich möchte noch bei den Männern hier bleiben.«

»Es ist fix ausgemacht. Zudem bin ich wahnsinnig müde.«

»Okay! Du hast recht. Wir sollten ein wenig früher ins Bett.« Dann wandte sie sich plötzlich Max zu und fuhr fort: »Oder sollten wir nicht besser gleich mit den Herrn hier feuchtfröhlich durchmachen und direkt von hier zum Golfplatz fahren?« Sie warf Max einen vieldeutigen Blick zu.

»Und wie sollen wir im Rausch auf den Golfplatz kommen? Und wie die weiße Kugel treffen?« Angelika war aufgestanden und hatte sich von hinten über Carola gebeugt. Sie umfasste ihre Schultern und drückte ihr einen Kuss auf den Lockenkopf.

Carola drehte sich um, sah ihr ins Gesicht und nickte. »Ja, du hast recht, Liebes, vielleicht gilt heute der Satz: Hör auf, wenn es am schönsten ist.«

»Ihr werdet doch jetzt nicht so einfach abhauen?«, war Lorenz zu vernehmen. »Der Abend beginnt doch gerade erst.«

»Ältere Frauen brauchen ihre Erholungszeiten«, meinte Carola achselzuckend, »da kann man leider nichts machen.«

»Von wegen ältere Frauen …«, Max sprach nicht weiter.

»Morgen um elf Uhr geht die Party weiter! Versprochen.« Angelika half Carola hoch. »Und wir gehen nicht, ohne beim Wegräumen zu helfen.«

Eine halbe Stunde später waren Angelika und Carola auf dem Weg nach Hause. Sie hatten einander an den Händen genommen. An diesem Abend war das nicht nur ein angenehmes Gefühl der Nähe, sondern auch eine willkommene Stütze.

Es war dann doch noch etwas später geworden, bis sie im Bett gelandet waren. Carola hatte endlich das Licht gelöscht. Nackt und reglos lagen sie auf den Laken. Die Hitze des Sommers war ins Haus gekrochen, Decken waren überflüssig geworden.

»Hast du gehört, was Max heute gesagt hat?«, durchbrach Angelika die Stille.

»Das habe ich«, war Carolas kurze Antwort.

»Und was sagst du dazu?«

Carola drehte sich zu Angelika um und fuhr ihr sanft durch ihre

Haare. »Er macht sich Gedanken über uns. Ich finde das süß.« Sie beugte sich langsam zu Angelika hinunter und küsste deren Schulter.

»Ich finde das auch süß«, Angelika hatte ihren Arm um Carolas Kopf gelegt und zog sie auf ihre Brust, »aber ehrlich gesagt, ich war zuerst wie vom Donner gerührt.« Sie machte eine Pause. »Weißt du, Carola, er hat in wenigen Minuten so viel angesprochen.« Sie schwieg kurz, ehe sie fortfuhr: »Wir leben zusammen, wir lieben einander, da ist es für mich nur selbstverständlich, dass wir heiraten werden.«

»Für mich auch«, hörte sie Carolas Flüstern auf ihrer Brust.

»Ist es das?!« Angelika wurde jetzt neugierig. »Hast du dir schon einmal Gedanken darüber gemacht?«

»Ehrlich gesagt ja.« Sie legte sich wieder auf den Rücken und streckte sich. »Manchmal denke ich darüber nach, bloß konkrete Pläne habe ich noch nie geschmiedet. Das würde ich nicht ohne dich tun. Und ich will dich auch nicht drängen.« Sie hatte die Worte mit Bedacht gewählt, und nach kurzem Schweigen fuhr sie fort: »Einen konkreten Wunsch habe ich aber schon.«

»Und der wäre?«

»Sollten wir heiraten, so möchte ich das in Salzburg tun. Mit vielen Gästen. Und die Feier soll in dem Hotel am Fuße des Gaisbergs stattfinden, in dem wir uns ja erst wirklich kennengelernt haben.«

Jetzt war es Angelika, die sich über Carola beugte. Sie senkte ihre Lippen auf Carolas Gesicht, verteilte zarte Küsse auf Stirn, Augen und Wangen, ehe sie Carolas Mund fand und sie in einem tiefen und innigen Kuss versanken. Als sie sich voneinander lösten, flüsterte Angelika nur: »Am Fuße des Gaisbergs, abgemacht.« Sie hielt Carolas Kopf fest, als sie dann zaghaft fragte: »Und Kinder? Möchtest du Kinder?«

Ein kurzes Schweigen trat ein. Angelika wusste nicht, welche Antwort sie erwartete. Bis jetzt hatte sie sich selbst noch nie mit Nachwuchs gesehen. Als Mutter, die einen Säugling stillt, die irgendwann zum Elternsprechtag in eine Schule pilgert, bei einer Maturafeier sitzt oder gar Enkelkinder hütet.

Und so durchfuhr es sie wie ein Stich, als sie Carola antworten hörte: »Mehrere. Ich möchte mehrere Kinder, und ich möchte, dass wir beide welche bekommen.«

»Carola!« Angelika hatte sich aufgesetzt und konnte ihre Liebste in der Dunkelheit nur schemenhaft ausmachen. »Was sagst du da? Hast du auch schon konkrete Vorstellungen?«

»Nein«, Carola schluckte ein wenig schwer, »ich habe darüber noch nie nachgedacht. Bevor Max das Thema angerissen hatte, hatte ich es ehrlicherweise noch nie in meinem Kopf.« Sie seufzte fast unhörbar. »Aber was ich dir eben gesagt habe, ist das, was ich fühle: Es sollen mehrere sein. Von dir und von mir.«

Angelika konnte nicht antworten, sie hatte einen dicken Kloß im Hals, ein paar Tränen sammelten sich in ihren Augen und bahnten sich ihren Weg auf die Wangen.

»Und wie ist es mit dir?«, flüsterte Carola. Sie strich Angelika mit dem Handrücken über die Wange. »Du weinst ja, Liebes.« Jetzt nahm sie sie in die Arme und ließ sich in die Kissen zurücksinken. »Ich liebe dich so sehr, ich kann es gar nicht mit Worten ausdrücken.«

Angelika schniefte ein wenig. Carola lächelte still vor sich hin. Sie war glücklich und sich dessen auch voll bewusst.

»Ich ... ich möchte ...«, Angelika stotterte ein wenig, »ich will das auch.« Sie seufzte tief, ehe sie kurz ganz leise lachte. Dabei hielt sie Carola eng umschlungen.

»Dann sind wir uns ja einig«, hauchte Carola Angelika ins Ohr, nachdem diese sich wieder beruhigt hatte. »Dann ist ja alles klar«, flüsterte sie. »Wir werden das schaffen. Wenn wir das wollen, und wenn wir gesund sind, werden wir das schaffen«, bekräftigte sie.

Angelika hatte sich nun langsam wieder gefasst. »Ja, das werden wir. Und ...«, sie unterbrach sich kurz, »wie hatte Max das ausgedrückt: Die technischen Probleme werden wir auch lösen.«

»Ja«, Carola gluckste jetzt leise, »technisch gesehen brauchen wir einen Vater.« Sie gluckste wieder. »Ich glaube, der Ausdruck ›technisch gesehen‹ wird mich mein weiteres Leben lang eng begleiten.«

»Und Max hat ja auch gleich die Lösung angeboten und sich selbst ins Spiel gebracht.« Angelika lachte leise. »Es hat mich fast umgehauen, als er sagte: ›Und ich würde die beiden dabei auch unterstützen‹ oder so ähnlich.«

»Genau so hat er das gesagt. Ich dachte auch, ich höre nicht richtig ... Er hat es schon drauf, manche Dinge gelassen auszusprechen. Hut ab vor dem jungen Kerl!« Sie küsste Angelika sanft. »Wir müssen das

jetzt nicht genauer überlegen, wir sollten jetzt schlafen, sonst kommen wir morgen nie so früh aus dem Bett, wie wir das vorhaben.«
Sie streckten sich beide wieder auf ihren Betten aus.
»Gute Nacht, Carola.«
»Gute Nacht, Liebes.« Das Letzte, was Carola noch mitbekam, war, dass Angelika ihre Hand nahm und sanft mit dem Daumen ihren Handrücken liebkoste.

Die Tage vergingen wie im Flug. Wenn nicht eben Wochenende war, hieß es früh aufstehen, bis um die späte Mittagszeit arbeiten und dann wieder in Karins und Hartmuts Garten an den Pool. Max und Lorenz waren wieder in die Steiermark gefahren, nachdem auch im Süden Österreichs Schönwetter eingekehrt war. Die Frauen genossen den Sommer, und sie konnten nicht genug voneinander bekommen.
Eine massive Kaltfront mit Gewitter und Sturm sorgte dann am Samstag für eine Unterbrechung des Sommers. Sie brachten am darauffolgenden Sonntag – der Spuk war rasch wieder vorbei – im Garten alles in Ordnung, reinigten das Schwimmbecken und ließen sich gerade wieder gemütlich auf der Terrasse nieder, als Karin und Hartmut ihr Fahrzeug in die Garage steuerten.

Für Angelika war der Hochsommer immer eine angenehme Jahreszeit, was die Arbeit betraf. Die Urlaubszeit war auch im Krankenhaus zu spüren, viele Abteilungen hatten ihren Betrieb eingeschränkt. Das schlug auf das Institut für Pathologie durch, in dem weit weniger Gewebeproben und Operationspräparate einlangten als in der übrigen Zeit des Jahres. Nur um Weihnachten herum war es ähnlich. Natürlich waren auch einige von Angelikas Kollegen im Urlaub, vor allem die, die schulpflichtige Kinder hatten, und da musste deren Fehlen ausgeglichen werden, in Summe war aber dennoch weniger zu tun.
In Carolas Geschäft sah es ähnlich aus. Tante Hedwig war den halben Juli und den gesamten August verreist. Sie verbrachte ihren gesamten Urlaub bei einer alten Freundin in Villach. Tante Hedwig und Carola hatten, wie bereits öfters, länger überlegt, den Laden über die Sommermonate gänzlich zu schließen, waren aber dann doch zu der Überzeugung gelangt, wenigstens von Montag bis Donnerstag am Vormittag für zwei Stunden zu öffnen. Es ging dabei nicht so sehr ums

große Geschäft, vielmehr stand die Betreuung ihrer Stammkunden im Vordergrund. Der eine oder andere hatte schon ab und zu etwas zum Reparieren, brauchte ein Geschenk oder wollte auch nur Freunde durch das Geschäft führen. Den vorwiegend jungen Künstlern, die sie im Repertoire hatten, war es ebenfalls durchaus angenehm, eine Anlaufstelle für Probleme oder auch nur einen Kummerkasten zu haben. Lediglich Laufkundschaft verirrte sich um diese Zeit niemals in das Geschäft.

Umso erstaunter war Carola an einem Donnerstag um die Mittagszeit – sie wollte das Geschäftslokal gerade schließen –, als die Türglocke klingelte. Ein ihr unbekannter Mann mittleren Alters stand vor ihr. Mit skeptischem Blick musterte er eine Weile die Bilder an den Wänden des vorderen Ladenteils.

»Guten Tag, kann ich Ihnen helfen, oder wollen Sie sich nur umsehen?« Carola schien es nicht so, einen potenziellen Großkunden vor sich zu haben, daher fuhr sie damit fort, das Geschäft dichtzumachen.

»Sind Sie Frau Persiani?« Der Mann war auf sie zugetreten.

»Ja, die bin ich, wieso möchten Sie das wissen?«

»Mein Name ist Brunner, Ferdinand Brunner, ich bin der Besitzer des Hauses, in dem Sie wohnen.«

»Ah! Schön. Freut mich, Sie kennenzulernen. Gibt es ein Problem mit dem Haus? Kann ich etwas für Sie tun? Ist irgendetwas nicht in Ordnung? Oder gibt es Beanstandungen?«

Er hob beschwichtigend die Hand. »Nein, nein, gar nicht. Es ist nur so …« Er machte eine Pause, sein Blick wanderte auf ein Bild. Dann räusperte er sich, schüttelte demonstrativ den Kopf und fuhr fort: »Frau Dr. Nadherna hat mich schon vor einigen Wochen benachrichtigt, dass Sie eingezogen sind. Das war sehr nett von ihr, wäre aber absolut nicht notwendig gewesen. Dabei hat sie erwähnt, dass Sie hier in der Kunsthandlung Ihrer Tante arbeiten.« Wieder machte er eine Pause und sah sich nochmals um. »Wissen Sie, ich wohne nun schon seit Jahren hier um die Ecke, mir gehört das große gelbe Haus links in der nächsten Quergasse, und ich bin sicher bereits tausendmal bei Ihnen vorbeigegangen, war aber noch nie hier im Laden. Ehrlich gesagt, ich finde das, was Sie da so verkaufen, zum größten Teil scheußlich, Ihre Schaufenstergestaltung ist himmelschreiend, also mein Geschmack ist das so ganz und gar nicht.«

Carola zuckte belustigt mit der Schulter. »Das tut mir leid. Aber mir ist schon klar, dass wir nicht jedermanns Geschmack treffen können. Nur, wenn am Haus nichts ist und Sie offenbar nicht an unseren Werken interessiert sind, was führt Sie dann wirklich zu mir? Doch nicht die bloße Neugier, wie die Geliebte von Frau Dr. Nadherna aussieht?« Carola hatte nun einen amüsierten Ton angeschlagen.

»Verzeihen Sie, ich möchte Sie nicht aufhalten.« Er hatte sie nun fest im Blick. »Eigentlich wollte ich Ihnen, oder besser gesagt, Frau Dr. Nadherna und Ihnen einen Vorschlag machen, das Haus in Niederösterreich betreffend.«

»Ja? Und der wäre?« Carola war neugierig geworden.

»Sie wissen ja, Frau Dr. Nadherna hat einen relativ kurzfristigen Mietvertrag. Da ist man verständlicherweise nicht besonders daran interessiert, etwas zu erneuern oder zu verbessern. Was hat man schon davon, wenn man die Aussicht hat, bald wieder ausziehen zu müssen.«

»Da ist was dran.«

»Genau. Ich wäre aber jetzt gerne bereit, diesen Vertrag zeitlich deutlich auszudehnen und sogar die Miete ein wenig zu reduzieren.«

»Wieso das?« Carola wurde stutzig.

»Es gab eine Veränderung in meiner Familie. Offen gesagt, mein Sohn ist definitiv mit seiner Gattin nach Vorarlberg gezogen.« Er schüttelte den Kopf und schnaubte. »So eine hirnverbrannte Idee …«

»Wenn es den beiden dort gefällt …«

»Dort wird man geboren, oder man fährt auf Urlaub dorthin, doch man zieht nicht hin!« Das kam jetzt sehr laut. Möglicherweise ein Nachgeschmack früherer Diskussionen innerhalb der Familie.

»Was soll ich dazu sagen?«

»Na ja …«, er hatte sich wieder beruhigt, »jedenfalls habe ich in den nächsten Jahren sicher keinen Eigenbedarf, was das Gebäude, in dem Sie wohnen, betrifft. Und da ist es mir wichtiger, das Haus ist in guten Händen und verlottert nicht.«

»Verstehe«, warf Carola kurz ein.

»Ich hätte nur eine Bedingung.«

»Die wäre?«

»Sie müssten den Obstgarten sanieren, der ist mir seit vielen Jahren ein Dorn im Auge. Nur ungenießbares Obst auf einem abschüssigen Hang. Furchtbar.«

»Wie? Wir dürften … wir müssten den Obstgarten sanieren? Wie stellen Sie sich denn das vor? Neue Bäume? Obsternte?« Carola sah ihn skeptisch an.

»Nein, nichts dergleichen. Raus mit den alten Bäumen, rein mit einem Bagger, die schiefe Ebene irgendwie in Terrassen umgewandelt, Pflanzungen nach Ihrem Geschmack …« Er hielt inne, um wieder an die Bilder an der Wand zu sehen. Er atmete kräftig aus und fuhr fort: »Also nach Ihrem Geschmack.«

Eine riesige Begeisterung wallte in Carola hoch. »Herr Brunner, das wäre ja fantastisch. Ich muss natürlich noch mit Angelika, ich meine, mit Frau Dr. Nadherna, darüber sprechen, eigentlich haben Sie aber schon das Okay. Danke. Vielen Dank, das ist eine schöne Überraschung.«

»Wissen Sie, Frau Persiani, wenn Sie sich in den Ortschaften im Tullnerfeld umsehen, so werden Sie bemerken, dass die meisten schönen Häuser auch schöne Gärten um sich haben. Diese Gärten machen oft einen wichtigen Eindruck, wenn man ein Objekt besichtigt. Vielleicht will ich das Haus in ferner Zukunft verkaufen, und dann erziele ich sicher einen besseren Preis, wenn das Haus selbst gut in Schuss ist, wie ich schon sagte, und wenn ein brauchbarer gut angewachsener Garten angelegt ist. Ich mache den Vorschlag also nicht aus purer Menschenfreundlichkeit.«

Carola lächelte Herrn Brunner offen an, und das erste Mal erschien auf seinem Gesicht auch so etwas wie ein Schmunzeln. »Ich kann Sie verstehen. Das bedeutet also, wir haben etwas davon, und Sie später vermutlich auch.«

»So ist es. Also machen Sie nur. Sie haben mit dem Garten freie Hand.« Seine Miene hatte sich jetzt gänzlich erhellt. »Nun will ich Sie aber wirklich nicht länger aufhalten. Schreiben Sie mir einfach eine E-Mail, wenn Sie alles mit Frau Dr. Nadherna besprochen haben. Das Weitere machen wir dann schriftlich.«

»Wir melden uns.« Carola hatte Herrn Brunner unmerklich zur Tür geschoben, ihm die Hand geschüttelt und dann zügig die Tür hinter ihm geschlossen.

Zwei Minuten später hatte sie Angelika am Apparat und verkündete die Neuigkeiten.

Als Angelika kurz nach zwei Uhr neben dem Haus einparkte, sah sie, wie Carola im Garten hin und her schritt. Gleich gesellte sie sich zu ihr – die Gartenplanung nahm ihren Anfang.

Allerdings kamen sie nicht weit. Mit Erdbewegungen, Aufschütten von Terrassen, Anlegen von Wegen und Treppen hatten sie noch nie zu tun gehabt. Sie konnten sich einfach nicht vorstellen, wie man aus dem grässlichen Obstgarten irgendetwas Schönes und vor allem Brauchbares machen könnte.

Noch immer ernüchtert von ihrer Ideenlosigkeit, trafen sie später am Nachmittag beim Einkaufen Bernhard, einen Freund aus dem Ort, mit dem sie von Zeit zu Zeit eine Golfrunde absolvierten. Man tratschte ein wenig über das Golfspiel, bis Angelika frustriert das Thema »Garten« anriss.

Bernhard war gleich interessiert und erzählte, dass er auch gerade dabei sei, ein Schwimmbecken im Garten zu betonieren und seinen Garten deswegen auch komplett neu zu gestalten. Er habe das anfallende Aushubmaterial zum Teil aufschütten lassen, einiges im alten Garten damit ein wenig eingeebnet, kurzum, alles hätte jetzt einen neuen Charakter, und es sei bis dato alles gut gelungen. Sämtliche Erdbewegungen seien in den bewährten Händen vom Maurer Heimo gelegen, den würden sie ja ohnehin kennen.

»Ich kenne keinen Maurer Heimo, du?« Angelika sah fragend zu Carola.

»Ich habe den Namen auch noch nie gehört.«

»Das gibt es ja nicht, den kennt doch hier jeder! Der hat den gesamten Aushub bei Hartmuts und Karins Haus durchgeführt, und noch vieles mehr. Immer wenn im Ort irgendwo ein Bagger in der Erde wühlt, sitzt mit großer Wahrscheinlichkeit der Maurer Heimo drauf.« Er griff zu seinem Handy. »Soll ich ihn anrufen? Er werkt auf der großen Tankstellenbaustelle hier am Ortsrand und kann sicher gleich jetzt am Abend bei euch vorbeischauen. Der kann euch sicher helfen.«

»Ruf ihn an!« Angelika hatte sich rasch entschieden. »Es entsteht ja kein Schaden, wenn er einmal einen Blick in unseren Obstgarten wirft.«

Um siebzehn Uhr wurden Carola und Angelika auf das Röhren eines Auspuffs aufmerksam. Vor dem Haus parkte Heimo Maurer seinen alten aufgemotzten Opel. Aus dem Auto stieg ein eher kleiner schmächtiger, aber offenbar zäher, braun gebrannter Mann in kurzer Hose und mit bis zum Nabel geöffnetem Hemd. Er trat seine Zigarette aus und läutete.

Carola öffnete die Tür. »Guten Abend.«

»Grüß Sie, Heimo Maurer mein Name, ich soll vorbeischauen wegen des Obstgartens. Eines sage ich Ihnen aber gleich: Ich säge keinen Baum um, das ist nur etwas für Spezialisten, da sollten Sie nicht sparen.«

»Äh, ja! Guten Abend. Freut mich, dass Sie kommen konnten, gehen wir gleich weiter nach hinten, meine Freundin kommt nach.« Sie schob Herrn Maurer vor sich her in den Garten.

Heimo Maurer ging wortlos auf und ab, stellte sich dann genau in die Mitte des Abhangs, drehte sich einmal ganz langsam um seine eigene Achse, ehe er zu Carola und Angelika blickte, die auf der kleinen Terrasse beim Haus standen. »Ein schöner Garten.« Heimo Maurer nickte mit dem Kopf. »Ein wirklich schöner Garten.«

Das hatte von diesem Garten noch nie jemand behauptet. Angelika kamen Zweifel, ob der Maurer Heimo der Richtige für sie sei. »Finden Sie?«

Er blieb stehen, wo er war, und begann weitschweifig durch den Garten zu zeigen. »Jetzt ist er furchtbar. Echt furchtbar. Das stimmt schon. Aber es ist ganz einfach, daraus etwas zu machen. Er ist ja viel weniger steil, als Bernhard mir das am Telefon geschildert hat. Da sind wir mit dem großen Bagger in drei Stunden fertig, und zwei Stunden brauchen wir für die Böschungssteine und das Aufbringen des Betonbruchs auf die Terrasse und auf den Weg. Wenn Sie pflastern wollen.«

»Sie brauchen für diesen Garten bloß fünf Stunden?« Angelika war skeptisch.

Breit lächelnd war Heimo Maurer zu ihnen gekommen. »Einen Samstagvormittag, junge Dame, dann ist das Gröbste vorbei. Die restliche Erde muss ich zwar mit dem Dreiachser entsorgen lassen, mit dem Fünfachser kann ich da nämlich nicht wenden.«

»Dreiachser? Fünfachser? Das Gröbste? Können Sie mit uns so sprechen, dass wir verstehen, was Sie meinen?«

Heimo Maurers Gesicht zerfloss im breitesten Grinsen. Dann hielt er einen Monolog mit gleichzeitiger Führung und Demonstration durch den Garten, den er erst eine knappe Stunde später beendete. »Mit der Rüttelmaschine müssen Sie aber selber fahren, dazu habe ich keine Zeit. Und«, er machte eine Kunstpause, »schwarz geht gar nichts. Ohne Rechnung kann ich es nicht machen. Nicht, weil ich Angst vor dem Finanzamt hätte. Nein! Meine Chefin erschlägt mich, wenn sie erfährt, dass ihre Maschinen hier arbeiten und es nicht über die Firma geht.« Er senkte die Stimme. »Der Preis wird aber trotzdem unschlagbar gut sein, das habe ich Bernhard am Telefon schon versprochen. Sie sparen sich die Zufahrtskosten, die Maschinen stehen ja auf der Baustelle im Ort, und mit den Stunden selbst werden wir das auch nicht so genau machen.« So endete sein Vortrag. Er steckte sich eine Zigarette an, zog einmal dran, setzte wieder sein breites Lächeln auf und fragte: »Na, was halten Sie davon?«

Angelika sah Carola fragend an. »Was meinst du dazu?«

»Es wird ein schöner Garten ... unser schöner Garten.«

»Einverstanden, Herr Maurer!«

Sie fixierten noch den Preis und legten als Termin den Samstag in einer Woche fest, bei ganz schlechtem Wetter würde das Ganze auf den Samstag in vierzehn Tagen verschoben werden. Ein angebotenes Bier schlug der Maurer Heimo aus. Er sei noch mit dem Auto unterwegs, da gäbe es keinen Alkohol, schon gar nicht für jemanden wie ihn, der berufsmäßig mit Fahrzeugen zu tun habe.

So blieb als einziges Problem der alte Obstbaumbestand übrig. Was sollte mit den teilweise morschen Bäumen geschehen? Da musste ihnen Hartmut behilflich sein, immerhin war der ja Waldbesitzer.

Von Hartmut erhielten sie am Abend eine Abfuhr, gepaart mit einer Standpauke. Er würde da nichts angreifen, und auch seine Söhne dürften nicht ran. Ob sie denn nicht wüssten, dass solche Arbeiten lebensgefährlich wären. Bäume wären beim Fällen unberechenbar, und jedes Jahr gäbe es zig Tote, weil irgendwelche Übereifrigen glaubten, es könne doch nicht so schwierig sein, die Motorsäge an den Baumstamm zu halten und zu warten, bis der Baum fiele. Die Bäume fielen zwar wirklich immer – dann aber oft auch auf die Baumfäller. Er verwendete eine drastische Ausdrucksweise, sodass Angelika dann etwas kleinlaut die Telefonnummer einer Holzschlägerei aus dem Nachbarort notierte, die Hartmut bereits herausgesucht hatte.

Frühherbst

Der Herbst war in diesem Jahr fast unmerklich eingezogen. Schönwetter dominierte seit Wochen, wurde nur gelegentlich durch einige Regentage unterbrochen. Diese brachten keine wesentliche Abkühlung, daher konnte man noch viel Zeit im Freien verbringen. Die Golfsaison war auf ihrem Höhepunkt angelangt. Seit den Clubmeisterschaften Ende August hatten Carola und Angelika jedoch nur mehr selten zu den Golfschlägern gegriffen. Eine andere Beschäftigung hatte sie in ihren Bann gezogen: der neue Garten.

Angelika und Carola hatten zugesehen, wie Heimo Maurer mit seinem Bagger in den Obstgarten gefahren war. Nach zwei Stunden dachten sie, das Inferno sei hereingebrochen, nach drei weiteren Stunden sah es dann aber genau so aus, wie er es ihnen vor Wochen geschildert hatte. Fast überall war blanke Erde zu sehen, die Wasserleitungsrohre, die er mit verlegt hatte, ragten fast zwei Meter empor. Nur auf der ebenen Fläche der großen Terrasse, die durch die Erdbewegungen entstanden war, und auf dem leicht im Bogen verlaufenden Weg hinauf hatte er Betonbruch ausgebreitet. Zum Schluss hievte er mit dem Kran das Rüttelgerät vom Lastwagen und setzte es in Gang. Ohrenbetäubender Lärm war zu vernehmen, als er den beiden Frauen erklärte, dass das zwar keine Arbeit für weibliche Wesen sei, sie es aber schon schaffen würden. Er gab einen kleinen Einführungskurs, zeigte ihnen, wie sie nachtanken mussten, und war auch schon dahin.

Das Arbeiten mit der Rüttelplatte war dann auch die ärgste Tätigkeit, die Carola und Angelika je in ihrem Leben verrichtet hatten. So lautete ihre einhellige Meinung, und ein paarmal waren sie drauf und dran, Max anzurufen, ob er ihnen diese Arbeit nicht abnehmen könnte. Lorenz war unterwegs auf Europatour und daher nicht greifbar. Der Stolz siegte indes, und so machten sie alles selbst fertig. Eigentlich bemühten sie sich ganz besonders, wollte doch der Maurer Heimo die

Rüttelplatte wieder abholen und sich die Sache nochmals ansehen. Da wollten sie sich keine Blöße geben.

Der Maurer Heimo war dann auch so begeistert von ihrer Arbeit, dass er allen Ernstes fragte, ob sie ihm nicht ab und zu mit der Rüttelplatte zur Hand gehen könnten, wenn er etwas zu befestigen hätte. Angelika hätte ihm für diesen Vorschlag am liebsten eine geknallt. Nie wieder würde sie diese Maschine angreifen. Allein beim Gedanken daran begannen ihre Arme zu vibrieren.

Nun, im Laufe des Septembers, hatten sie bereits eine Unsumme für Pflanzen ausgegeben. Sie hatten eine Gartenarchitektin von einer der zahlreichen riesigen Gärtnereien der Tullner Gegend kommen lassen. Frau Diplomingenieurin Irisch, wie sie hieß, war mit viel Ehrgeiz ans Werk gegangen und hatte Carola und Angelika immer stark in die Planung eingebunden. Sie waren lange in der Gärtnerei unterwegs, um sich Sträucher, Blütenstauden und vor allem Rosen anzusehen, denn eines war ihr vorgegeben: Rosen mussten den Garten dominieren, darauf hatten Carola und Angelika bestanden. Rosen waren ihre Pflanzen, dessen waren sie sich bereits zu Beginn der Gartenplanung bewusst geworden.

Wieder war ein Tag angebrochen, an dem sie mit Freude und Eifer im Garten werkten. Es war Samstag, Angelika und Carola mussten nicht zur Arbeit nach Wien fahren, somit hatten sie bereits nach dem Aufstehen und einem kurzen Frühstück ihr Gartengewand angelegt. Eine nicht so kleine Menge an Pflanzen, die sie am Vorabend noch erstanden hatten, wartete darauf, eingesetzt zu werden. Erst sollten einige Rosenstöcke ihren Platz finden, dann kamen zur Terrasse hin niedrige Vorpflanzungen. Die Sonne heizte nochmals ordentlich vom Himmel, und beide schwitzten ein wenig. Carola war aufgestanden, hatte sich die Handschuhe ausgezogen und war unterwegs ins Haus.

»Ich hole uns etwas zu trinken.«

»Gute Idee«, meinte Angelika ohne aufzusehen. Sie zog sich jetzt auch die Handschuhe aus, aber nicht, um sich etwas zu holen, sondern um mit den bloßen Händen in der Erde zu wühlen. Das hätte sie sich vor wenigen Monaten nicht vorstellen können, als Carola sie in die erste schottische Gartenanlage, die Cargo Gardens in der Nähe von Crail, gezerrt hatte und von der sie dann so fasziniert gewesen war. Unweigerlich kam ihr auch in Erinnerung, was Carola mit ihr in diesem Garten, in der wunderbaren Stille, auf der Bank in der Sonne aufgeführt hatte. Bei diesen Gedanken stöhnte sie leicht auf.

»Wer stöhnt denn da?« Carola war wieder zurück. Die Wasserkaraffe und die Gläser stellte sie auf den neuen Gartentisch. Sie trat hinter Angelika, die unbeirrt weiterarbeitete. »Und wer arbeitet da schon wieder ohne Handschuhe?« Nun hatte sie einen strengen Ton angeschlagen. »Ich hab dir doch gesagt, dass du das nicht tun sollst. Das ist schlecht für deine Haut.«

»Aber wo! Wird doch nicht so schlimm sein.«

»Doch, das ist es. Wir haben das jetzt schon mehrfach ausgebreitet. Du bist völlig unbelehrbar.« Ganz unpassend zum strengen Ton kniete sie sich jetzt neben Angelika, um ihr das lockere Shirt, das ihre untere Rückenpartie frei ließ, langsam hochzuschieben.

»Hör auf! Carola!« Angelika protestierte zwar, rührte sich aber nicht vom Fleck und arbeitete weiter.

Carola war mit den Händen jetzt bei Angelikas Brüsten angelangt. »Carola! Lass das sein!« Wieder hatte sie sich nicht gerührt und hatte einfach weitergearbeitet.

»Du kannst dich ohnehin nicht wehren mit deinen Erdhänden.« Carolas Linke hatte nun den Weg unter den elastischen Bund von Angelikas Arbeitshose gefunden. »Schön brav weiterarbeiten, liebe Angelika, schön brav weiterarbeiten«, flüsterte sie ihr jetzt ins Ohr, während ihre Fingerspitzen ihr Ziel erreicht hatten.

Angelika hatte den Wurzelballen der Katzenminze, die sie eben einpflanzen wollte, in der Hand und begann zu stöhnen. »Nicht, Carola, das kannst du nicht tun. Wir sind im Garten. Bei der Arbeit …«

»Ich sagte doch, du sollst weiterarbeiten, eine Pause gibt es erst später.« Carola knabberte an Angelikas Ohr. »Bitte, arbeite weiter.« Carola hing weiter flüsternd an ihrem Ohr. »Bitte!«

»Bitte!!!« Angelika kam mit einem lauten Schrei. Ermattet ließ sie sich schließlich zu Seite fallen und lag schwer atmend auf dem Rücken. »Was machst du mit mir, Liebes?« Sie schloss die Augen. »Wie kannst du mich nur so quälen?«

Carola hatte sich jetzt über Angelika gebeugt und ihren Kopf auf deren Brust gelegt. »Hab ich dich gequält? Das wollte ich doch gar nicht. Verzeih mir.« Sie fuhr jetzt mit dem Kopf hoch und sah Angelika in die Augen. Langsam senkte sie ihre Lippen auf die ihrer Liebsten, und ehe sie sich trafen, flüsterte sie: »Verzeih.« Dann versanken sie in einem schier unendlichen Kuss.

Mit viel Eifer hatten sie anschließend weitergearbeitet. Es machte so viel Spaß zu sehen, wie der Garten immer schöner wurde, wie ein nackter Fleck nach dem anderen bepflanzt wurde. Ursprünglich war es Angelika äußerst suspekt gewesen, im Herbst zu pflanzen, das kam ihr nicht natürlich vor, war doch das Frühjahr die Zeit, in der alles sprießte und gedieh. Sie hatte sogar im Internet nachgelesen, ob das auch stimmte, was ihr Carola und Frau Irisch zu erklären versuchten.

Da war aber noch viel mehr an der gemeinsamen Gartenarbeit, was beide so faszinierte und das sie auch schon offen ausgesprochen hatten. Das gemeinsame kreative Gestalten und das gemeinsame »Leben-Geben«, wie sie es selbst nannten, das war es, und davon konnten sie nicht genug bekommen.

Aufgehört hatten sie erst, nachdem die letzte Pflanze ihren Platz gefunden hatte. Überall waren sie voller Erde, vor allem Angelikas Kleidung war reif für die Waschmaschine, doch sie saßen in der Nachmittagssonne und genossen ihre Terrasse. Nicht zum ersten Mal taten sie dies. Die Freude über den gewonnenen Lebensraum war riesig.

Der große Picknickkorb, den sie bald gekauft hatten, um nicht immer wieder den doch nicht ganz so kurzen Weg ins Haus gehen zu müssen, stand gut gefüllt auf dem Tisch, der Wein war bereits eingeschenkt.

Angelika blickte sich zufrieden um und zeigte dann auf ein kleines Rosenbeet am Rand der Terrasse, wo sie heute drei Stöcke der Sorte »Marie Curie« eingepflanzt hatten. Die Stöcke hatten zwar schönes, glänzendes Laub, aber jeweils nur drei Blüten, und die sahen nicht mehr ganz taufrisch aus. »Ich kann mir schwer vorstellen, Carola, dass unsere Marie-Curie-Stöcke auch einmal so reich blühen sollen wie die von Karin.« Bei Karin und Hartmut hatten sie diese Sorte das erste Mal gesehen und waren gleich begeistert gewesen. Hunderte zartrosa- bis apricotfarbene volle Blüten mit betörendem Duft, dazu das wundervolle saftige und kräftig grüne Blattwerk, den Eindruck hatten sie mitgenommen. Und dieser Eindruck stand ein wenig im Gegensatz zu dem, den sie von ihren Stöcken gewinnen konnten.

»Wir müssen Geduld haben. Das hat doch auch Frau Irisch immer wieder betont. Du wirst sehen, in einem Jahr schaut alles schon ganz anders aus.«

»Sicher! Ich freue mich schon darauf.« Angelika blinzelte in die Sonne, die noch immer angenehm wärmte. »Carola, weißt du, mich begeistert schon immer dieser Zyklus der Jahreszeiten. Wie überhaupt Zyklen in der Natur für mich hochinteressant erscheinen. Lach mich nicht aus, aber ich finde es toll, dass ich als Frau in einem ständigen Zyklus lebe. Die Vorstellung, dass sich in mir regelmäßig etwas aufbaut, reift, verfällt und schließlich zugrunde geht und dann wieder aufbaut und so weiter, das fasziniert mich zutiefst. Vielleicht bin ich deswegen so gerne eine Frau. Aber das nur nebenbei.« Sie trank einen großen Schluck Wein, drehte dann das Glas vor ihren Augen und betrachtete die Schlieren, die kurz am Glas hängenblieben und dann wieder verschwanden. »Dieser Lauf der Jahreszeiten, das ist für mich etwas ganz Besonderes.«

Carola hatte die Augen geschlossen und schien vor sich hinzudösen. »Wie meinst du das mit den Jahreszeiten? Astronomisch ist das doch relativ einfach zu erklären. Was fasziniert dich dabei so sehr?«

»Es sind nicht die Jahreszeiten selbst, es ist die Reaktion der Natur auf die Jahreszeiten. Das ist es, was mich jedes Jahr aufs Neue zum Staunen bringt. Vor allem im Frühling wird das so stark sichtbar. Das Hervorbrechen der ersten Pflanzen aus der Erde, wenn Temperatur und Tageslänge wieder passen. Das schnelle Antreiben von Blüten. Es darf ja nichts versäumt werden. Im Sommer dann das Wachsen und schließlich das Reifen, das sich oft weit in den Herbst zieht, das aber unbedingt vor dem Winter abgeschlossen werden muss. Der Herbst selbst bringt dann diese gezielte und geplante Vorbereitung auf die Ruhe. Eine Ruhe in Sicherheit, die nicht leicht gestört werden kann. Und im Winter, den ich übrigens in unseren Breiten immer als viel zu lange empfinde, herrscht dann diese Ruhe. Keine Totenruhe, eine wartende Ruhe …« Sie unterbrach sich und lächelte Carola zu, die schon lange nicht mehr döste, sondern mit großer Zuneigung auf Angelika blickte. »Jedes Jahr, Carola, seit ich ein Kind bin, staune ich über diesen Zyklus, in dem auch wir mitlaufen und dem wir uns, so lange wir in unseren Breiten bleiben, auch nicht entziehen können.«

»Es stimmt, was du sagst. Der Lauf eines Jahres hat wirklich etwas

Wunderbares an sich. Das Kommen und Gehen in der Natur ... Die Jahreszeiten mit all ihren Abstufungen sind ein Mysterium. Und wir sind mittendrin. Ein Teil dieses Wunders.« Carola lachte laut auf. »Man sollte es nicht übersehen. So wie ich. Ich habe mir noch nie Gedanken darüber gemacht. Dafür habe ich dich gebraucht. Danke.«

Herbst

Leise Musik weckte Angelika aus einem traumlosen Schlaf. Sie hätte noch ein wenig länger schlafen können, doch heute war wieder einmal einer der seltenen Tage, an dem sie nicht alleine und möglichst leise aufstehen musste, um Carola nicht zu wecken. Ausnahmsweise hatte Carola auch einen frühen Termin. So hatten sie geplant, gemeinsam zu frühstücken – eine Rarität an einem Werktag. Angelika hörte Carolas gleichmäßigen Atem, sie war offenbar noch nicht wach. *Dann werde ich dich jetzt ganz sanft wecken,* dachte Angelika, hob Carolas Decke leicht an und schob ihren Arm langsam darunter. Eine wunderbare Wärme empfing sie hier. Gleich fand sie den Arm und danach den Bauch. Sanft streichelte sie darüber. Sie beugte sich zu Carolas Gesicht und hauchte ihr leise ins Ohr: »Guten Morgen, Liebes, langsam wach werden, wir müssen bald aufstehen.« Angelika hatte nicht aufgehört, Carolas Bauch zu streicheln.

»Mhm«, Carola rührte sich ein wenig, drückte sich dabei gegen die streichelnde Hand, »nicht aufhören …«

Angelika hatte das auch gar nicht im Sinn, sondern ließ ihre Hand zum Nabel wandern, ehe sie weiter oben eine Brust fand, die sie zärtlich liebkoste. Große und kleine Bogen zeichnete sie mit der Fingerspitze. Das sanfte Streicheln kam gut an, so wohlig, wie sich Carola räkelte. Dadurch angespornt, machte Angelika weiter, zeichnete immer größere Bogen … Ein heißer Schauer durchfuhr sie plötzlich.

»Was hast du da? Carola, was hast du da?« Sie fuhr jetzt an der Außenseite auf und ab. »Da ist etwas zu spüren, das sonst nicht da war!« Ihre Stimme klang schrill, und Carola war auf der Stelle richtig wach. Angelika drehte das Licht auf, warf Carolas Decke zurück und schaute mit verschrecktem Gesicht auf ihre Brust. Sie fuhr mit den Fingern wieder über die Stelle und fragte mit kehligem Ton: »Hast du das nicht bemerkt?«

»Was soll ich bemerkt haben?« Carola fuhr sich mit der Hand über die Brust. »Da ist nichts, das ist wie immer. Vielleicht ein wenig fester als sonst.«

»Ein wenig fester als sonst, ein wenig fester als sonst. Meine Güte, seit wann hast das da schon!?«, schrie Angelika, und es stieg ihr die Hitze im ganzen Körper auf. »Da ist etwas, was sonst nicht da ist. Ich kenne deine Brust auswendig, mir kannst du da nichts vormachen. Mir nicht!«

Carola musste lächeln, so in Panik hatte sie Angelika noch nie gesehen. »Ich will dir doch nichts vormachen. Wird schon nichts Schlimmes sein«, meinte sie in beruhigendem Ton.

»Wird schon nichts Schlimmes sein«, wiederholte Angelika gedehnt. »Wann warst du das letzte Mal bei der Mammografie?«

»Ich war überhaupt noch nie bei einer Mammografie«, Carola schaute Angelika erstaunt an, »ich bin doch erst dreißig.«

»Da hast du auch wieder recht«, Angelika wirkte wieder etwas gefasster. »Du wirst deinen Termin heute am Vormittag absagen und sofort mit mir ins Spital fahren.«

»Das kann ich nicht.«

»Du kannst und du wirst!«

Der schrille Befehlston ließ Carola die Haare zu Berge stehen. Einerseits, weil sie noch nie von Angelika derart angeschrien worden war, andererseits, weil sie spürte, wie sehr sich ihre Liebste um sie Sorgen machte. »Beruhige dich, Angelika. Das läuft doch nicht davon.« Sie fuhr sich mit den Fingern über die ominöse Stelle auf der Brust. »Ich kann es auch spüren.«

Das hätte sie vielleicht nicht sagen sollen. Angelika stürzte sich auf sie, packte sie an den Armen, schüttelte sie wie ein Kissen, während sie ihr im Staccato alle möglichen Varianten aufzählte, die da hinter dieser fühlbaren Veränderung in der Brust stehen konnten. »... und ich will nicht, ich will absolut nicht, dass da etwas Böses dahintersteckt. Nicht bei dir. Nicht bei dir. Das lass ich nicht zu!« So endete der Monolog, ehe Angelika in Tränen ausbrach.

Carola nahm sie jetzt in die Arme. »Nicht weinen, Angelika, nicht weinen. Schau, jetzt muss ich *dich* trösten, dabei habe *ich* vielleicht einen Tumor in der Brust. Hmh? Wir werden das schon schaffen. Ich werde doch nicht gleich sterben müssen. Was meinst du?«

Angelika hatte sich wieder gefasst. »Verzeih. Wie dumm ich doch reagiert habe. So unprofessionell ...«

»Ich will von dir nie ›professionell‹ behandelt werden«, unterbrach Carola sie.

»Ja, ja, natürlich. Natürlich nicht. O Gott, was sage ich da!? Ich verfalle in Panik. Das bin doch gar nicht ich.«

»Das stimmt. So kenne ich dich nicht.« Carola lachte Angelika an, umarmte sie und stahl sich einen Kuss. Einen intensiven Kuss.

Der brachte Angelika wieder auf die Reihe. »Gut. Wir gehen das nun ruhig und gezielt an. Man muss das abklären, das hast du vermutlich schon mitbekommen. Dazu brauchen wir meine Kolleginnen und Kollegen aus dem Brustteam in unserem Krankenhaus. Die werde ich gleich mal kontaktieren. Ja, und dann sehen wir weiter. Natürlich kannst du deinen Termin wahrnehmen. Versuche jedoch, immer gut per Telefon erreichbar zu sein.«

So gefiel Carola ihre Liebste gleich besser. »Ich bin dabei.«

Angelika schwang sich aus dem Bett, blickte auf die Uhr und sagte mehr zu sich selbst: »Heinz und Christiane sind sicher auch schon auf, ich ruf gleich an, leite alles in die Wege.«

»Und was leitest du in die Wege, Frau Dr. Nadherna?«

»Heinz, meinen ›Lieblingschirurgen‹, und Christiane, meine ›Lieblingsradiologin‹, kennst du ja bereits von dem Betriebsausflug, zu dem ich dich vor Wochen mitgenommen habe. Die werden dich unter ihre Fittiche nehmen und nachschauen, ob es wirklich nichts Schlimmes ist ... oder eben doch.«

»Jetzt machst du mir wirklich Angst«, Carola hatte sich nun aufgesetzt, »muss das sein?«

Angelika schaute Carola mit großen Augen an. »Ich dachte, das haben wir eben besprochen.«

»Na ja, wenn es so konkret wird, fühlt sich das doch ein wenig anders an. Doch wenn du es so sagst, akzeptiere ich es natürlich.«

»Womit beschäftige ich mich Jahr und Tag, liebe Frau Persiani? Mhm?« Angelika hatte sich an Carolas Bettkante gesetzt, kräftig durchgeatmet und ihre Hand genommen. »Ich hoffe auch, dass das nichts Böses ist, aber das gehört abgeklärt, und zwar sofort.« Sie gab ihr einen zarten Kuss auf den Mund und zog sie dann aus dem Bett.

Die Fahrt nach Wien begann wortlos, und das Schweigen hielt eine Zeitlang an. Dann meldete sich Carola mit sehr leiser Stimme: »Kannst du mir ein wenig erzählen, was jetzt mit mir passieren wird?«

»Entschuldige, ich bin noch immer ein wenig von der Rolle.« Angelika streichelte mit dem Daumen über Carolas Handrücken. »Die Termine sind fixiert. Du weißt Bescheid. Sieh zu, dass du rechtzeitig bei mir bist. Dann gehen wir gemeinsam in die Ambulanz. Dort wird Heinz dich zuerst einmal so anschauen und sich ein Bild machen. Er wird dich dann zur Mammografie, zur Ultraschalluntersuchung und zur Magnetresonanztomografie zuweisen. Du kommst überall gleich dran, Christiane hat mir das am Telefon versprochen.«

»Magnetresonanztomografie, was ist das?«, wollte Carola wissen.

Angelika erläuterte ruhig alles nochmals. Carola nickte bloß. Sie wusste nun wirklich ganz genau, was sie zu erwarten hatte. »Wenn alles vorbei ist, bin ich dann bei dir, und wir vier, also Heinz, Christiane, du und ich besprechen anschließend gemeinsam, was weiter zu tun ist.«

Angelika ließ Carola bei der ersten U-Bahn-Station aussteigen. Carola warf ihr noch eine Kusshand zu. Mit einem Gesichtsausdruck, der viel ernster war als sonst in ähnlichen Situationen.

Im Institut angekommen, war Angelika vor lauter Nervosität unfähig, irgendwelche koordinierten Tätigkeiten auszuführen. Sie setzte sich also vor ihren Computer und begann bei einer Tasse Kaffee, ihre E-Mails abzurufen. Gott sei Dank musste sie keine besonderen Dinge erledigen. Alles war reine Routine. Das machte es leichter.

Carola erschien pünktlich wie ausgemacht. Alles nahm seinen Lauf. Endlich ging der Anruf ein, dass alle Untersuchungen bald abgeschlossen seien und man sich in einer Viertelstunde im Besprechungsraum des Brustzentrums treffen könne.

Als Angelika eintrat, saßen bereits alle vor den großen Bildschirmen versammelt und schlürften genüsslich einen Espresso, den Christiane zubereitet hatte. *Wie können die jetzt einen Kaffee trinken?* Kaum war ihr der Gedanke durch den Kopf gegangen, rückte Christiane einen Stuhl für sie zurecht. »Nimm Platz, Angelika, möchtest du auch einen Kaffee? Wir haben für dich etwas übriggelassen.«

153

»Nein, danke, mir ist jetzt gar nicht danach«, sagte Angelika ehrlich, »wie sieht es aus?« Sie rückte ihren Stuhl an den von Carola und drückte ihr einen Kuss auf die Stirn. »Ach, Liebes!« Es war ein Flüstern und ein Seufzen zugleich.

Christiane legte ihre Stirn ein wenig in Falten. »Na ja, nicht so schlecht, aber auch wieder nicht ganz gut.«

»Das heißt?«

»Also«, fuhr Christiane fort, »das, was du getastet hast – ich bewundere übrigens deine ›Pathologenhände‹, ich habe selbst am Anfang nicht nachvollziehen können, was du da gespürt haben willst –, aber die Mammografie und der Ultraschall haben mich dann doch überzeugt, dass da etwas ist.« Sie beugte sich zum Computer und rief ein paar Bilder auf. »Hier in der Mammografie kannst du in beiden Untersuchungsebenen eine Verdichtungszone erkennen, die etwas unscharf begrenzt, aber auch nicht typisch für ein Karzinom ist. Die Ultraschalluntersuchung kommt eigentlich zu einem ähnlichen Ergebnis, und die Magnetresonanz zeigt fast gar nichts, zumindest nichts besonders Suspektes. Das finde ich eher beruhigend.«

»Was tun wir?«, setzte Angelika kurz angebunden fort.

»Eigentlich wäre das etwas für eine Stanzbiopsie«, mischte sich jetzt Heinz ins Gespräch ein, »aber ich kann die Veränderung gleich im Ganzen chirurgisch entfernen, wenn ihr das wollt. Das wird schön werden vom Ergebnis her, das kann ich versprechen.«

»Wie wäre es mit einer Vakuumbiopsie? Da bekommen wir Pathologen mehr Material zur Untersuchung, und der Eingriff ist auch nicht viel größer als die Gewebsstanze.« Angelika hatte ihren Blick jetzt konzentriert auf die Bildschirme geworfen. »Sonst ist ja nirgendwo etwas Auffälliges.«

Carola war die ganze Zeit schweigend neben den drei Spezialisten gesessen, sie blickte nun auf das angestrengt die Bilder betrachtende Gesicht Angelikas, und es schoss ihr eine Welle der Zuneigung ein. *Mein Gott, wie ich dich liebe, ich könnte dich stundenlang so ansehen, wenn du so konzentriert bist, das macht dich besonders schön.* Sie hing ihren Gedanken nach und erinnerte sich plötzlich an den Vortrag, den Angelika in Salzburg gehalten hatte, als sie sich gerade kennenlernten und den sie sich angehört hatte, weil sie Angelika eigentlich nur sehen wollte. Dass der Vortrag für sie zu so einem einschneidenden Erlebnis werden würde, hatte sie ja nicht wissen können. Sie hatte vom Inhalt zwar nahezu nichts verstanden, aber am Ende wusste sie, dass sie sich unsterblich verliebt hatte, und sie musste noch vor dem Ende den Raum verlassen, weil sie im Augenblick nicht wusste, wie sie damit umgehen sollte.

»Carola! Carola?« Heinz sprach sie schon das zweite Mal an. »Was meinst du selbst dazu?«

Carola war richtig aufgeschreckt, als sie so aus ihren Gedanken gerissen wurde. »Ich kann da nicht viel dazu beitragen. Ich möchte euch nur sagen, dass ich euch vertraue und dass ich bei allem mitmachen werde, was ihr mir vorschlagt.«

»Die Vakuumbiopsie ist natürlich eine Option«, Christiane wandte sich wieder mit nachdenklichem Gesicht den Bildschirmen zu, »aber du weißt schon, Angelika, dass das eigentlich nicht die übliche Vorgehensweise ist. Vor allem wenn sich hinter der Veränderung doch ein Karzinom verbirgt.«

»Wir machen damit aber auch nichts kaputt«, warf Heinz ein, »wenn es sein muss, so werden wir im Operationssaal weitermachen.«

»Na gut.« Christiane griff zum Telefonhörer. Schnell hatte sie eine Nummer eingetippt. »Christiane hier, ich brauche morgen einen Einschubtermin …«

Carola war von Lorenz am kommenden Tag nach dem komplikationslos verlaufenen Eingriff abgeholt worden. Angelika wollte nicht, dass sich Carola selbst ans Steuer ihres Wagens setzte. Für Lorenz war es eine Ehre, hier helfen zu können. Angelika hatte ihn und Max am Vortag darüber informiert und um Hilfe gebeten, sollte diese nötig sein. Hartmut war mit Karin für ein paar Tage in der Steiermark, um im Wald nach dem Rechten zu sehen, daher waren die beiden nicht greifbar. Hartmut sollte jedoch am nächsten Tag wieder im Institut erscheinen. Zumindest stand es so auf dem Dienstplan.

Als Angelika am spaten Nachmittag ins Wohnzimmer trat, konnte sie gleich die Musik von Bellinis »I Puritani« vernehmen. Carola saß auf der Couch, hatte ihren Hausanzug an und lächelte ihr entgegen. Juan Diego Florez war mit seiner unverwechselbaren Stimme zu hören. Angelika ließ sich ermattet neben Carola sinken. Carola zog ihre Liebste sanft zu sich und küsste sie erst zartlich, dann jedoch immer stürmischer.

»Ich liebe dich …«, entfuhr es beiden gleichzeitig. Sie lachten. Jede Anspannung war im Augenblick von ihnen abgefallen.

Endlich schaltete sich der Radiowecker ein. Die Nacht war kein reines Vergnügen gewesen. Carola schlief gleich ein. Als Angelika sie so ruhig atmen hörte, brach es aus ihr hervor. Sie weinte wie schon lange nicht mehr, und obwohl sie sich bemühte, Carola nicht zu wecken, war diese gleich wieder wach.

»Warum weinst du denn, mein Liebling?«

»Ich weiß auch nicht so genau, es hat mich einfach gepackt.« Kaum hatte sie das gesagt, flossen auch schon wieder die Tränen.

Wieder hatte Carola sie dann getröstet, und so waren sie Arm in Arm eingeschlafen. Die Musik war kaum zu vernehmen, dennoch verfiel Carola in einen unruhigen Schlaf. Hatte sie vielleicht doch Schmerzen? Nun stieg Angelika vorsichtig aus dem Bett, schaltete das Radio wieder aus und hörte nur noch ein leises Grummeln von Carola, als sie ins Bad verschwand.

Ein paar Stunden später saß Angelika vor ihrem Mikroskop. Sie war wie versteinert. Man hatte ihr Carolas Proben zur mikroskopischen Untersuchung gebracht, sie konnte sich aber nicht durchringen, sie anzusehen. Mit zitternden Händen saß sie da, den Blick in eine unbestimmte Ferne gerichtet, den Kopf vollkommen leer.

Da klopfte es leise an der Tür. Da niemand eintrat, öffnete sie diese. Max stand davor. Mit versteinertem Gesicht.

»Hast du schon Neuigkeiten von unserer Carola?«

»Max, ich dachte, du bist heute unabkömmlich von der Uni. Sagtest du nicht etwas von einer Pflichtveranstaltung?«

»Die können mich dort mal«, war seine lapidare Antwort. »Was ist also? Was habt ihr herausgefunden?«

Angelika atmete kräftig durch. »Noch nichts. Ich kann es mir nicht ansehen. Ich kann es nicht.«

»Wie … was?«

»Max, ich habe die Proben hier beim Mikroskop liegen. Ich kann sie mir aber nicht ansehen. Ich habe solche Angst, dass sich ein bösartiger Tumor hinter der Sache verbirgt. Ich bin wie gelähmt, wenn ich mich hinsetze und versuche, einen Befund zu erstellen.«

Max war auf sie zugetreten. »Das ist doch völlig normal. Wir machen uns eben riesige Sorgen, da kann man nicht cool bleiben. Das wäre doch völlig unangebracht ...«

Wieder klopfte es an der Tür. Diesmal wurde sie gleich mit Schwung aufgestoßen. Hartmut schwebte herein.

»Guten Morgen, schöne Frau Dr. Wunderschön«. Er hatte die Übersetzung des Namens Nadherna irgendwo gelesen und verwendete sie dann, wenn er besonders gut gelaunt war. Sein Lächeln wich einem Staunen. »Max, du hier? Und nicht bei mir?«

»Das hat Gründe«, gab sich Max trocken. Lorenz und er hatten niemandem etwas von Carolas Problemen erzählt. Auch ihren Eltern nicht. Das war Ehrensache, fanden sie.

Und dann fror Hartmuts Gesicht endgültig ein, als er Angelika sah. »Was ist? Bist du krank? Du solltest nach Haus, so wie du aussiehst!« Er setzte sich neben sie ans Mikroskop und merkte sofort, dass da etwas nicht stimmte. »Was ist denn los mit dir? Sag schon!«

Angelika deutete auf die Proben. »Das ist es.«

»Na, solche Proben werden dich doch nicht mehr umhauen, dafür bist du schon viel zu routiniert«, versuchte er beruhigend auf sie einzuwirken.

»Doch! Wenn sie von Carola stammen ...«

»Warum sagt mir keiner was davon!« Hartmut war wie vom Blitz gerührt. Ein kurzer zorniger Blick streifte Max, der bloß mit der Achsel zuckte. Gleich erweichten sich seine Züge wieder. »Aber Angelika! Warum erfahre ich das erst jetzt?«

»Ich dachte, deine Söhne hätten dir die Geschichte schon erzählt, sie wissen ja Bescheid. Lorenz hat uns gestern geholfen.«

»Den hab ich seit vierzehn Tagen nicht mehr gesehen. Und den da«, er deutete auf Max, »auch nicht. Aber du hättest mich jederzeit anrufen können. Du weißt, ich bin bei solchen Dingen immer für dich zu haben.« Er schüttelte den Kopf. »Und jetzt gib her, ich schau mir das mit kühlem Kopf an, und dann sag ich dir, was wir vor uns haben.« Er packte die Proben, war flink unterwegs zur Tür, als er sich noch einmal umdrehte. »Man macht keine Befunde von nahestehenden oder gar, wie in deinem Falle, geliebten Menschen, das überlässt man dann den Kollegen. Ich selbst habe den Brustkrebs meiner Schwester diagnostiziert. Schon vor Jahren. Das war ein Fehler, ein Riesenfehler, nicht die Diagnose, nein, der Fehler war, dass ich den Fall nicht in die Hand meiner Kollegen gegeben habe. Der Stress hat mich Wochen meines Lebens gekostet. Das tu ich nie wieder!« Er machte kehrt, warf die Tür hinter sich zu und war verschwunden.

Zehn Minuten später stand er mit strahlendem Gesicht im Zimmer: »Entwarnung! Bloß gutartige Veränderungen! Es ist viel zu sehen, doch nichts Böses. Es ist nur eine pseudoangiomatöse Stromahyperplasie.«

Angelika sprang auf, umarmte ihn spontan und brach in Tränen aus. Sie konnte es nicht fassen. »Gott sei Dank!«, schrie sie in Hartmuts Ohr, dass es ihn schmerzte.

Max, der immer noch da war und der in den vergangenen Minuten versucht hatte, Angelika zu beruhigen, sank auf einen Lehnstuhl nieder. »Was ist eine pseudoangiomatöse Strom... was auch immer?«

Angelika war nun wieder die Alte. Schnell erklärte sie Max, was es damit auf sich haben würde. Währenddessen hatte sie bereits ihr Mobiltelefon in der Hand und Carolas Nummer gewählt. »Carola! Entwarnung! PASH! Alles ist harmlos!« Angelika fing an, wie ein Wasserfall zu erläutern. Das sei eine Veränderung der Brust, die schon einmal mit einem Karzinom verwechselt werden könne. Manchmal sei sie auch tastbar und führe dann gar nicht so selten zu größeren Aufregungen. Man habe das ja erlebt ...

Das ist wahr, dachte Carola, *das führt zu Aufregungen*, wenn sie auch noch immer nicht ganz genau verstanden hatte, worum es ging. Doch das war ihr jetzt eigentlich ziemlich egal, und so lauschte sie nur der aufgekratzten Stimme ihrer Geliebten.

Als Angelika später als geplant nach dem Dienst nach Hause kam, war Carola ganz offensichtlich schon länger da. Sie hatte den Tisch festlich für zwei Personen gedeckt, Kerzen brannten, und ein Strauß zarter weißer Rosen stand in der Kristallvase, die Angelika neulich im Keller in einem alten Schrank gefunden und wieder auf Vordermann gebracht hatte. Es duftete herrlich in ihrer Wohnküche, und Angelika lief das Wasser im Mund zusammen.

Sie hatte bis zu diesem Zeitpunkt noch nichts gegessen. Erst hatte sie vor Aufregung nicht essen können. Und als alles vorbei war und Entwarnung gegeben werden konnte, hatte Hartmut sie geholt und ihr offenbart, dass er einige Neuerungen im Institut durchziehen wolle.

Sie hatten dann gleich Nägel mit Köpfen gemacht, die nötigen Richtlinien für das Labor erarbeitet und mit der Stationsassistentin besprochen. So war nicht ein Augenblick für eine Mahlzeit übriggeblieben.

Angelika sah Carola nun in der Küche stehen, sie schnitt eben Tomaten. »Hallo, mein Liebling«, sie näherte sich von hinten, umfasste ihre Taille und drückte ihr einen Kuss in den Nacken.

Carola ließ jetzt das Messer sinken, drehte sich um und legte ihre beiden Arme auf Angelikas Schultern, wie sie das so gerne machte. »Hallo, Liebes, ich freue mich, dass du zu Hause bist.« Sie sah tief in Angelikas braune Augen. »Danke.« Sie machte eine Pause und blickte weiter unverwandt in Angelikas Augen, die eine unbeschreibliche Wärme ausstrahlten. »Danke, dass du all das für mich getan hast.«

Angelika neigte ihren Kopf zur Seite. »Aber, Liebes, das ist doch das Selbstverständlichste auf der ganzen Welt. Für dich …« Sie brach ab. *Ja was? Was würde ich für dich tun? Alles würde ich für dich tun. Für dich würde ich mein Leben geben.* Sie erschrak über ihren eigenen Gedanken. »Ich liebe dich doch so sehr«, entfuhr es ihr. Noch immer blickte ihr Carola tief in die Augen.

»Und ich liebe dich.« Carola beugte sich vor, und ihre Lippen fanden sich. »Ich hab für dich gekocht.« Eine etwas überflüssige Erläuterung, wie es Carola gleich selbst in den Sinn kam, wurde der Duft um sie herum doch immer intensiver.

»Soll ich dir noch irgendwie dabei helfen?« Angelika blickte sich um. »Ich könnte eine Flasche Wein öffnen.«

»Gute Idee!« Carola hatte sich wieder den Tomaten zugewandt.

Die Frauen hatten mit Appetit gegessen, die abgefallene Last hatte Platz für Hunger geschaffen. Angelika war schon etwas mehr als satt. Eine angenehme Müdigkeit kam in ihr hoch. Sie schwenkte ihr Weinglas. Der Rotwein leuchtete im Kerzenschein in immer wechselnden Farben. »Ich möchte heute früh ins Bett.«

»Ich auch.« Carola begann den Tisch abzuräumen, Angelika half ihr dabei, und im Nu waren sie fertig. Carola schaltete die Stereoanlage ein, und Perla Batalla begann zu singen … baila con migo amor…, der wunderschöne alte Hit von Leonard Cohen in der spanischen Version erklang aus den Lautsprechern.

Die beiden setzten sich in ihre Lehnstühle und lauschten den Klängen der Musik. »Sie hat so eine wundervolle Stimme«, meinte Carola versonnen.

»Ich kann mir ihre Musik stundenlang anhören.« Angelika versank immer mehr in Gedanken. »Komm, Liebes, gehen wir zu Bett.« Sie nahm sie an der Hand, zog sie hoch und führte sie erst ins Bad und dann ins Schlafzimmer. Als Carola nackt vor ihr stand, fiel ihr Blick gleich auf den Verband an der Brust. »Tut es noch weh?«

»Gar nicht. Du weißt ja, ich bin nicht empfindlich. Du wirst sehen, in ein paar Tagen ist alles vorbei.«

Angelika sah ihr in die Augen, dann wieder auf die Brust. Der Bluterguss neben dem Verband würde wohl noch ein paar Wochen sichtbar bleiben. Langsam hob sie die rechte Hand, umkreiste den tief violetten Fleck. Er störte nicht. Nein, er konnte die Schönheit dieser Frau nicht beeinträchtigen. »Du bist meine Schöne und meine Liebe.« Sie strich nochmals versonnen über die Haut. »Ich möchte dich nie verlieren.«

»Und ich werde alles tun, dass das so ist.« Carola nahm Angelikas Hand von der Brust, hob sie zu ihren Lippen und küsste die Fingerspitzen.

Wenig später lagen sie eng umschlungen im Bett. Carola küsste sanft Angelikas Ohr. Und in diesem Augenblick, sie wusste selbst nicht, warum gerade in diesem, brach es nochmals aus Angelika hervor. Sie begann bitterlich zu weinen, die Tränen flossen in Strömen, und sie konnte sich nicht mehr beruhigen. »Ich hatte solche Angst … solche Angst.« Sie weinte hemmungslos weiter. »Noch niemals im Leben hatte ich solche Angst.«

Carola war zutiefst gerührt. »Aber Liebes, es ist doch jetzt alles gut.« Sie streichelte Angelika sanft über den Rücken, der wie wild bebte. »Nicht weinen, Angelika, nicht weinen.«

»Als … als ich vor dem Mikroskop saß«, die Tränen flossen weiter, »da war ich wie gelähmt. Ich hätte sterben können vor Angst.«

»Angelika, du hast mir doch selbst erklärt, dass es kein Todesurteil wäre, wenn ein bösartiger Tumor die Veränderung hervorgerufen hätte.« Sie drückte Angelika fester an sich. »Ich habe dir und deinen lieben Kollegen da voll vertraut. Wir hätten das bestimmt überstanden. Ich hätte bei allem mitgemacht und alles über mich ergehen lassen.« Sie machte eine kurze Pause. »Ich will ja auch noch lange mit dir mein Leben verbringen.«

»Du hast recht. Ich hab dich ja auch nicht angelogen. Ich weiß ja selbst, dass heutzutage die Chancen bei Brustkrebs gar nicht so schlecht stehen.« Sie hatte zu weinen aufgehört und schniefte nur mehr ein wenig. »In dem Moment aber hat sich alles ausgeschaltet in meinem Gehirn, was nur irgendetwas mit Vernunft zu tun hat.« Sie küsste Carolas Wange. »Hartmut hat mich dann gerettet. Er hat mir die Gewebeproben ohne viel Federlesens weggenommen, sie so rasch wie möglich angesehen und mir dann sofort die Diagnose mitgeteilt.« Sie seufzte tief. »Er ist ein Schatz.«

»Das ist er wirklich«, stimmte Carola zu.

»Später habe ich mir die Gewebeproben dann auch angesehen. Es ist tatsächlich so, wie wir es dir gesagt haben. Du brauchst also keine Angst zu haben.«

»Hab ich auch keine«, gab Carola zurück. »Ich werde mich in Zukunft regelmäßig kontrollieren lassen. Deine Kollegen werden mir da sicher etwas empfehlen.«

Angelika hatte sich wieder vollständig beruhigt. Sie löste sich aus der Umarmung und lag ausgestreckt auf dem Rücken. Beide schwiegen.

Jetzt rollte sich auch Carola auf den Rücken, starrte auf die Decke. »Glaubst du an Gott?«, fragte sie unvermittelt.

»Ja, glaube ich«, war Angelikas kurze Antwort.

Carola blickte erstaunt zu Angelika. »Du als Pathologin glaubst an Gott?« Ihre Stimme klang verwundert.

»Ja, wieso denn nicht? Nur weil ich täglich mit dem Teil des Lebens konfrontiert bin, der mit Krankhaftem, Bösem und Tödlichem zu tun hat, kann ich doch trotzdem an Gott glauben.« Sie machte eine kurze Pause, wie um weit auszuholen, und fuhr fort: »Gott ist für mich kein Mann mit Rauschebart und auch keine Frau.« Sie sah kurz zu Carola, lächelte sie an und drehte sich wieder auf den Rücken. »Ich habe auch mit Religionen im herkömmlichen Sinn wenig am Hut. Versteh mich aber nicht falsch, ich respektiere die Milliarden von einfachen Gläubigen in allen Religionen. Diese wirklich Gläubigen beneide ich sogar ein wenig, denn wer wirklich glaubt, hat Sicherheit im Leben, das ist meines Erachtens unbestreitbar. Leider sind gerade die Träger der meisten Religionen weit weg von den einfachen Gläubigen und erliegen nur allzu oft der Versuchung, ihre Religion als Machtinstrument oder politisch auszunutzen. Das ist eine tragische Erscheinung der Menschheitsgeschichte und sicher kein Problem der heutigen Zeit. Das war früher so, und das wird in Zukunft so sein.« Sie legte eine kurze Pause ein, ehe sie ihren Monolog fortsetzte. »Nein, kein Mann mit Rauschebart. Für mich ist Gott etwas Unergründliches.«

Carola hatte sich aufgesetzt und schaute Angelika interessiert an. »Ja? Sprich weiter.«

»Etwas wirklich Unergründliches«, wiederholte Angelika, »etwas, das wir Menschen nicht ergründen können, das wir aber von Zeit zu Zeit spüren können. Der eine mehr, der andere weniger.«

»Wie meinst du das?«, unterbrach sie Carola.

»Weißt du, Carola, das Besondere des Menschen, das kann ich dir als Pathologin schon sagen, liegt nicht an seinem Körper oder im Speziellen an seinem Gehirn. Der Unterschied zu anderen Lebewesen ist da in Wirklichkeit nur marginal. Nein, der Unterschied liegt daran, dass wir das Göttliche zu ergründen suchen.« Sie sah wieder zu Carola, die ihr mit aufgestütztem Kopf interessiert zuhörte. »Langweile ich dich?«

»Nein, nein!« Sie schüttelte den Kopf. »Sprich weiter, ich will wissen, was und wie du über solche Dinge des Lebens denkst.«

»Wo war ich stehen geblieben? Ach ja. Wir Menschen versuchen, das Göttliche zu ergründen. Und weißt du, wie weit wir dabei sind?« Sie setzte sich auf, umfasste ihre Beine mit den Armen. »Stell dir vor, das Göttliche oder Gott an sich, wie du das auch immer nennen willst, wäre ein Apfel. So ein Apfel mit allem Drum und Dran, so mit Schale, Fruchtfleisch, Kerngehäuse, Kernen und auch mit einem Stängel. Und dann tippe mit dem Finger einmal kurz an die Schale. So weit sind wir Menschen beim Ergründen des Göttlichen gekommen. Bildlich gesprochen können wir dann zwar erahnen, dass das ein Apfel sein könnte, den wir vor uns haben, über den Apfel selbst wissen wir indes gar nichts. Rein gar nichts.« Sie sah Carola tief in die Augen. »Kannst du das nachvollziehen?«

»Das kann ich!« Carola warf sich auf den Bauch. »Au, das war jetzt schmerzhaft.« Sie war mit ihrer Wunde an der Brust auf der Matratze gelandet. Vorsichtig drehte sie sich zur Seite. »Ich kann das gut nachvollziehen, was du da sagst. Ich denke ähnlich darüber. Zwar bin ich getauft, doch mit den religiösen Institutionen habe ich nicht viel am Hut. Ich lebe ja auch in Sünde, wenn ich es genau betrachte. Eine eheähnliche Liebesbeziehung zu einer Frau ist in meiner offiziellen Religion nämlich nicht erwünscht.«

»Du sagst es.« Angelika lächelte. »Damit werden wir wohl zurechtkommen müssen.«

»Wir schaffen das schon, doch andere Frauen ...« Sie sah in eine unbestimmte Ferne. »Ich sage dir, für die ist das vielleicht nicht so einfach.«

Schweigend lagen sie eine Zeit lang nebeneinander.

»Angelika?«, beendete Carola die Stille. »Angelika, nur eins noch: Wo oder wie siehst du das Göttliche?«

»In vielen Dingen! Aber ich kann dir ein ganz konkretes Beispiel geben. Und das betrifft dich.«

»Was, mich?« Carola hob ihre Augenbrauen. Etwas unsicher fragte sie nach: »Was ist denn Göttliches an mir?«

»Carola, versteh mich nicht falsch. Natürlich bist du durch und durch ein irdisches Wesen. Dich kann man greifen, fassen und von mir aus erforschen. Ich habe mir heute Zellen aus deinem Körper im Mikroskop angesehen. Das nur so nebenbei.« Sie fasste sich nochmals. »Das Göttliche bei dir liegt woanders. Das sehe ich bei dem, was wir füreinander empfinden. Niemand wird je meine Liebe zu dir im Mikroskop ergründen können, wie ich sie wohl auch nie rational fassen werde können.« Sie schüttelte den Kopf. »Ich möchte das auch gar nicht. Und wenn ich deine Liebe zu mir spüre, dann habe ich zumindest eine Ahnung davon, dass es etwas Göttliches gibt.«

Carolas Lächeln, das noch vor wenigen Augenblicken ihren Mund umspielt hatte, war verschwunden. Tränen traten aus den Augen und liefen über ihre Wangen.

»Hab ich etwas Falsches gesagt?« Angelika war leicht erschrocken, als sie Carolas Tränen sah.

»Nein, nein«, antwortete Carola tonlos, »es hat mir nur noch niemand im Leben so seine Liebe erklärt, noch dazu ohne die Absicht einer Liebeserklärung.«

Angelika umarmte Carola und drückte sie fest an sich. »Natürlich liebe ich dich, das weißt du ja.« Sie drückte ihr einen Kuss auf die Stirn. »Ich denke, es ist Zeit, dass wir unsere philosophischen Gespräche beenden. Auch wenn es schön ist, dass wir miteinander über diese Dinge sprechen können. Sie gehören zum Leben.«

»Ja, zum Leben. Zu unserem Leben.«

Angelika setzte sich auf und nahm eine seltsam steife und ernste Haltung ein. »Carola, willst du den Rest deines Lebens mit mir verbringen, mit mir eine Familie gründen und durch schöne und schwere Zeiten gehen?«

Carola fuhr wie von der Tarantel gestochen hoch. »Das will ich! Ich will mit dir leben, dich lieben, mit dir streiten, mich mit dir versöhnen, dich verwöhnen, mich von dir verwöhnen lassen. Und ich will dich heiraten, mit dir Kinder haben, ja, und mit dir uralt werden und Enkelkinder schaukeln.« Sie jauchzte und sprang im Bett herum wie ein kleines Kind. Die frische Wunde in der Brust schmerzte dabei sehr, das war ihr in dem Augenblick aber völlig egal.

Angelika ließ sich auf den Rücken fallen, lachte und sah ihrer Liebsten bei ihrem kindischen Treiben zu.

Zehn Minuten später waren sie bei konkreten Hochzeitsplänen angelangt. Über den Ort der Hochzeit waren sie sich ohnehin einig. Den Zeitpunkt hatten sie auch bald grob festgelegt, es sollte um den Jahrestag ihres Kennenlernens in Salzburg herum sein. Viele Gäste? Wenige Gäste? Identische Brautkleider? Ähnliche Brautkleider? Völlig verschiedene Brautkleider? Musik aus der Konserve? Livemusik? All das und einiges mehr wurde aufgeworfen, diskutiert, Beschlüsse wurden gefasst, Beschlüsse wurden verworfen. Letztendlich hatten sie sich nur darauf geeinigt, noch niemanden in ihren Plan einzuweihen, bis sie Ort und Zeitpunkt fixieren konnten. Zeit hatten sie ja noch ausreichend, bloß tatenlos verstreichen wollten sie sie nicht lassen.

Wenige Tage später, Angelika saß eben mit Hartmut bei einem Kaffee, läutete ihr Mobiltelefon. Sie schaute auf das Display: unbekannter Teilnehmer. Erst wollte sie auf den roten Knopf drücken und den Anruf auf die Mailbox umleiten, dann tippte sie aber doch auf die grüne Taste und nahm ihn an.

»Nadherna.«

»Hedwig Wernherr am Apparat.«

Ein kurzes Schweigen trat ein.

Woher hat sie meine Nummer? Von Carola wahrscheinlich. Was will sie denn? Wir haben doch seit dem Abendessen im Frühling kein

Wort miteinander gewechselt. Ist Carola etwas passiert??? Diese Gedanken durchzuckten Angelika in Bruchteilen einer Sekunde. »Ja, bitte?«

»Danke«, kam es tonlos aus Angelikas Hörer, »danke, dass Sie das alles für Carola getan haben.« Wieder trat eine Stille ein.

Angelika fasste sich: »Frau Wernherr, das war doch selbstverständlich, und es ist ja Gott sei Dank nichts Böses bei Ihrer Nichte. Alles ist wieder in Ordnung, und Carola braucht keine Angst zu haben für die Zukunft. Wir werden sie zwar regelmäßig kontrollieren lassen, aber es besteht wirklich kein Grund mehr zur Sorge.«

Tante Hedwig hatte offenbar die Luft angehalten und atmete jetzt mit einem pfeifenden Geräusch aus. »Carola hat mir erst heute von der Sache erzählt. Wie alles begonnen hat, wie es dann gelaufen ist und was dann schließlich das Ergebnis der Untersuchungen war.« Sie zog die Luft wieder mit einem Pfeifen ein. »Wissen Sie, eine alte Bekannte ist vor wenigen Wochen an Brustkrebs gestorben. Sie hatte sich immer geweigert, sich untersuchen zu lassen, auch dann noch, als der Knoten fast schon zu sehen war. Sie hatte es dann nicht leicht. Man hat zwar versucht, ihr noch zu helfen: Operation, Chemotherapie, Bestrahlung, Sie wissen das ja besser als ich. Das alles hat aber nicht viel genützt, zwei Jahre nach der Operation ist sie gestorben.«

»Tut mir leid«, antwortete Angelika, »doch bei Carola brauchen Sie sich da keine Sorgen zu machen. Ich werde auch weiter auf sie aufpassen.«

»Danke nochmals. Vielen Dank. Ich wünsche Ihnen noch einen schönen Tag. Auf Wiederhören.« Sie hatte aufgelegt.

Angelika, sah ein wenig erstaunt ihr Handy an.

»Ist was?«, wollte Hartmut wissen.

»Tante Hedwig. Es war Tante Hedwig«, brachte sie leise hervor.

»Ach so.« Hartmut interessierte sich nicht weiter dafür.

Spätherbst

»Unglaublich, wie viele Autos heute unterwegs waren.« Angelika schüttelte den Kopf. Sogar aus der kleinen Seitengasse knapp vor ihrem Haus war noch jemand herausgekommen, und sie war froh gewesen, so langsam dahingerollt zu sein, dass sie die Rechtsregel noch beachten und dem Wagen die Vorfahrt lassen konnte. *Immer gut aufpassen*, ging ihr durch den Kopf. Überrascht stellte sie fest, dass Carolas knallgelbes Auto vor der Tür stand. So eine unerwartete Freude!

Ihre Jacke hatte sie achtlos über einen Sessel geworfen, schon stürmte sie ins Wohnzimmer.

»Liebes, du bist schon zu Hause! Das ist ja wunderbar. Ich dachte, du hast einen langen Termin mit Franz Maier?« Es duftete verführerisch aus der Küche. *Das hätte es vor wenigen Monaten noch nicht gegeben*, kam es Angelika noch in den Sinn. Sie lächelte, als sie in die Küche trat.

Carola stand mit dem Rücken zu ihr. Langsam drehte sie sich um. »Hallo«, hauchte sie mit einem unsicheren Lächeln, das alsbald erstarb. Tränen traten in ihre Augen, und sie begann hemmungslos zu schluchzen.

»Was hast du? Was ist denn passiert?«

»Tante ... Tante Hedwig ... sie ... sie ...«, Carola weinte jetzt hemmungslos, »sie hat mir heute mitgeteilt, dass sie das Geschäft, die gesamte Kunsthandlung im kommenden Jahr verkaufen wird. Sie hat gesagt, ich habe ja doch kein Interesse mehr daran. Ich mache sowieso nur, was du sagst, und deinen Standpunkt zur Kunst kenne sie ja. Sie sei zwar froh, dass du auf mich achtgibst. Aber das sei nicht genug. ›So ein Geschäft muss man lieben und daran hängen. Ich möchte nicht zusehen, wie alles den Bach runtergeht, daher habe ich beschlossen, das Geschäft zu verkaufen.‹ So hat sie es mir gesagt. Interessenten werde sie schon genug finden, immerhin stünde zurzeit ja alles zum Besten.«

»Was erzählst du da! Das muss man doch miteinander besprechen!«
»Sie hat sich auf gar keine Diskussionen eingelassen. Dann hat sie mir noch gesagt, dass sie sich das schon seit dem Frühjahr durch den Kopf gehen habe lassen und dass ein Gespräch mit ihrem Anwalt gestern nur ihren Entschluss gefestigt habe. So sei es nun einmal.« Carola sah Angelika mit verweinten Augen an. »Was soll ich denn jetzt machen? Du weißt ja, dass ich das Geschäft liebe und dass mein Herz daran hängt. Ich erzähl dir doch dauernd davon.«

Angelika hatte Carola nun in die Arme geschlossen und fuhr ihr mit der Hand tröstend über den Rücken. »Carola, wir werden dafür schon eine Lösung finden. Vielleicht kannst du Tante Hedwig noch umstimmen, du verstehst dich doch gut mit ihr. Das hast du mir zumindest immer so gesagt, auch in der letzten Zeit. Das kann sich ohne besonderen Grund ja nicht so radikal verändert haben.«

»Na ja, sie hat schon immer wieder gemäkelt, dass ich ständig mit dir unterwegs bin, ich mit dir zusammenwohne, in der kleinen Wohnung nur mehr selten auftauche, und wenn, dann mit dir, und so weiter und so fort. Aber was das Geschäft angeht, so bin ich doch hundertprozentig bei der Sache. So viele Projekte haben wir in den letzten Monaten positiv über die Bühne gebracht. Es läuft doch alles bestens.« Sie begann wieder zu weinen.

»Carola«, Angelika hatte sie an der Hand genommen, zur Couch geführt und sich mit ihr hingesetzt, »es gibt ja auch noch andere Möglichkeiten für dich. Du hast ja jetzt auch bereits jahrelange Erfahrung im Umgang mit Kunst und vor allem mit Künstlern, da kannst du doch auch woanders beginnen oder vielleicht selbst einen Laden aufmachen.«

Carola sah sie mit verweintem Gesicht an. »So leicht ist das nicht. Da braucht man schon ein wenig Kapital, einen guten Standort und auch einen guten Namen. Das alles habe ich selber noch nicht. Es wäre riskant, so etwas anzugehen.«

»Für eine Kapitalspritze kann ich sorgen«, hielt Angelika entgegen, »ich habe in den letzten Jahren so viel gespart. Du weißt ja, Golfspielen, Oper und meine Sucht nach schönen Strümpfen sind so meine einzigen ins Geld gehenden Laster, und das alles betreibe ich auch nicht bis zum Ruin.« Sie nahm Carolas Hand und massierte den Handrücken mit dem Daumen. »Das Übrige wirst du selbst schaffen, da bin ich mir sicher.«

»Dein Angebot ist ganz lieb, Angelika«, sie hatte sich jetzt wieder beruhigt, »aber ich hänge halt speziell an unserem Laden. Da kenne ich mich aus, weiß, was wir haben, ja, und auch die meisten jungen Künstler, die wir so im Repertoire haben, sind mir fest ans Herz gewachsen. Ich hab dir ja erzählt, dass wir da ein wenig einzigartig sind mit unserem Angebot.«

»Dann, liebe Carola, wirst du dich wehren müssen. Lass dir das einfach nicht gefallen. Steig auf die Barrikaden.«

»Wie stellst du dir das vor? Das ist nicht so einfach. Tante Hedwig ist offiziell Alleininhaberin, da habe ich nicht viel zu melden.«

»Das wusste ich gar nicht. Ich dachte, du hast zumindest einen Minderheitsanteil. Schöne Scheiße!« Angelika dachte angestrengt nach. »Dennoch, du musst was unternehmen.«

»Ich wüsste nicht was.«

»Geh sie frontal an. Manche Menschen geben klein bei, wenn man sie offen mit etwas konfrontiert ...« Angelika machte eine Pause. »Oder du tust, was sie gerne hätte, machst es auf die subtile Art. Gehst wieder öfter mit ihr in die Oper, schläfst ab und zu in der Wohnung, besuchst sie dabei ...«

»Bist du völlig von Sinnen!« Carola war nun zornig. »Vielleicht verlangst du noch, dass wir unsere Beziehung einfrieren, damit sich Tantchen besser fühlt. Das ist ja irre. Und so eine Idee kommt von dir! Hirnverbrannt!«

»Ich versuche bloß, dir zu helfen ...«

»Aber doch nicht so! Ich gebe doch nicht unser Zusammenleben auf, so wie es jetzt ist, bloß wegen eines Kunsthandels, nicht einmal, wenn mir jemand den Louvre anbieten würde, könnte ich das annehmen.« Entsetzen war in Carolas Gesicht abzulesen.

Das brachte Angelika zum Schmunzeln. »Wir streichen, was ich gesagt habe. Das ist tatsächlich reiner Schwachsinn gewesen. Verzeih.«

Nun schmunzelte auch Carola. »Du würdest glatt unsere Beziehung drosseln wollen, bloß damit es mir besser geht?« Sie schüttelte den Kopf. »Komm nie wieder auf so eine Idee. Bitte.« Sie fiel Angelika um den Hals und küsste sie.

Zwei Tage später meldete sich Carola wieder bei Angelika am Telefon. Mit verzagter Stimme erklärte sie, dass sie nochmals versucht habe, mit Tante Hedwig das Thema »Geschäftsverkauf« anzusprechen. Sie habe dabei auf Granit gebissen. Wieder seien Vorhaltungen gekommen über ihre grundsätzlichen Einstellungen. Hedwig sei zurzeit überhaupt nicht unzufrieden mit ihr, aber sie sehe für die Zukunft einfach schwarz …

Angelika konnte darauf nicht viel erwidern, und so fasste sie eine Weile nach dem Telefonat einen Entschluss und rief im Sekretariat an: »Edith, ich gehe in einer halben Stunde außer Haus und komme heute nicht mehr zurück. Ich habe alle Fälle, die ich heute abschließen konnte, fertiggestellt, und alles andere ist für morgen vorbereitet. Wenn es etwas Wichtiges gibt, so bin ich am Handy erreichbar.« Sie legte auf, sperrte die Tür ihres Zimmers ab und ließ das Arbeitskleid zu Boden fallen. Sie machte sich schnell frisch. Während sie in ihren Rock schlüpfte, bemerkte sie die Laufmasche an ihrem linken Bein. Das war kein Problem, denn an Reservestrümpfen mangelte es nicht in ihrem Kasten. Mit einem neuen Paar war sie in die Schuhe geschlüpft – sie konnte mit ihrem Vorhaben beginnen.

Bevor sie das Geschäftslokal betrat, sah sie kurz durch das Schaufenster hinein. Niemand war zu sehen. Die Auslage war schon wieder umgestaltet worden, seit sie das letzte Mal hier war. Sie kam ja nur vorbei, wenn sie wusste, dass Tante Hedwig nicht hier war. Bis zu diesem Zeitpunkt wollte sie einer Begegnung oder Konfrontation auf diesem Boden einfach aus dem Weg gehen. Es wäre ihr unangenehm und auch zuwider gewesen. Mit Carola allein war sie indes gerne hier. Carola wusste über jedes Kunstwerk Bescheid, kannte jede Geschichte dazu, wenngleich Angelika das eine oder andere Mal gemeint hatte, dass das eher aus dem Bereich der Märchen stamme, was sich da so an Geschichten um einzelne Werke rankte. Sie hörte Carola gerne zu, denn es hatte auch etwas Erotisches an sich, wenn sie so voller Enthusiasmus erzählte. Umso mehr schmerzte es sie, dass Tante Hedwig das nicht erkannte oder trotz besseren Wissens ignorierte.

Angelika trat nun ein. Die Glocke an der Tür gab dabei ihr unverwechselbares Klingeln von sich. Ein wenig verunsichert sah sie sich um, denn nichts schien sich zu rühren. Nichts war zu hören. Kein Ton. Carola war nicht da, das wusste sie, doch wo war Tante Hedwig? Diese Stille war allerdings nur von kurzer Dauer. Schnell vernahm Angelika

Schritte aus dem hinteren Teil des Geschäfts, und schon stand Tante Hedwig vor ihr.

»Sie sind es!« Sie sah Angelika erstaunt an. »Was wünschen Sie? Sie wollen doch kein Kunstwerk erstehen, wie ich annehme?« Hedwig Wernherr hatte einen sarkastischen Ton angeschlagen.

»Guten Tag, Frau Wernherr, ich möchte mit Ihnen sprechen.«

»Worüber?«

»Über Ihre Pläne mit dem Geschäft.«

»Na, das geht Sie aber nicht sehr viel an.«

»Oh doch!« Das klang scharf.

»Doch sicher nicht!«, kam es ebenso scharf zurück, »das geht Sie persönlich gar nichts an …«

»Mich persönlich nicht, da haben Sie schon recht.« Angelika unterbrach Hedwig, ihr Ton war noch schärfer geworden. Sie trat einen Schritt auf Tante Hedwig zu. »Aber es betrifft Carola, die sehr an dem Geschäft hängt und doch eine große Stütze für Sie ist. Hab ich nicht recht?« Der Nachsatz klang nun milde.

»Hängt am Geschäft …«, Hedwig machte eine wegwerfende Geste, »dass ich nicht lache. Sie hängt doch nur mehr an Ihnen. Ich sehe sie ja außerhalb des Geschäfts fast nie, in die Oper geht sie mit mir nur in Ausnahmefällen, und gemeinsame Mahlzeiten gibt es so gut wie überhaupt nicht mehr.«

»Aber sie mag Sie sehr, hat Sie immer gemocht, und sie schätzt auch Ihre Art, das Geschäft zu führen, Ihre Kunstkenntnis und Ihr feines Gefühl für das Besondere. Das höre ich nahezu jeden Tag, wenn sie mir von der Arbeit erzählt, am Abend, wenn wir unseren Tag gemeinsam Revue passieren lassen.« Sie trat noch ein klein wenig näher an Tante Hedwig heran und blickte ihr tief und fest in die Augen. »Soll ich Ihnen ein paar Geschichten über Kunstwerke erzählen, die hier hängen?« Sie schaute sich um. »Ich kenne beinahe alle, und die meisten sind interessant, manche amüsant und einige wahrscheinlich Märchen. Glauben Sie, die würde ich kennen, wenn Carola sie mir nicht voller Enthusiasmus erzählt hätte?«

»Ist das so?« Hedwig ließ sich ganz leise vernehmen.

»Das ist so. Ich habe hier schon manchen Abend gemeinsam mit Carola verbracht, wenn ich sie nach der Arbeit abholen wollte und dann mit ihr hier hängengeblieben bin.« Sie machte eine kurze Pause.

»Bitte, Frau Wernherr, nehmen Sie Carola das nicht weg. Und wenn Sie schon etwas ändern wollen am Geschäft, so tun Sie es doch bitte gemeinsam mit ihr, sie hat es sich verdient.«

Tante Hedwig trat einen Schritt zurück. Sie blickte Angelika noch immer fest ins Gesicht, doch plötzlich änderte sich ihr Ausdruck. Die gerade noch harten Züge erschienen nun weich, und ein zartes Lächeln umspielte ihre Lippen. »Sie sind schön«, sagte sie unvermittelt, »Ihre Schönheit kommt von innen. Langsam verstehe ich, was Carola an Ihnen findet.«

Angelika war völlig perplex. Sie spürte, wie Röte sich vom Nacken über ihr Gesicht ausbreitete. Noch immer sah ihr Hedwig ins Gesicht. Ihr Ausdruck war jetzt völlig gelöst, sie wirkte nun mütterlich. Damit kam Angelika nun gar nicht zurecht. »Bitte, also … ähm …« Sie stotterte, räusperte sich, hatte sich endlich wieder gefasst. »Also bitte, Frau Wernherr, überlegen Sie sich das noch. Carola wird Ihnen sehr dankbar sein, wenn Sie eine andere Lösung fürs Geschäft finden.« Sie machte am Absatz kehrt und wollte schnurstracks den Laden verlassen, doch eine Hand hatte die ihre erfasst und hielt sie zurück.

»Frau Dr. Nadherna, Sie sind wirklich eine wunderschöne Frau. Es muss Ihnen nicht unangenehm sein, wenn ich das als ältere Frau sage, noch dazu als eine, die fünfunddreißig Jahre glücklich mit einem Mann verheiratet war. Sie mögen vielleicht kein Model sein, aber Sie strahlen Schönheit aus.« Sie hielt Angelika am Arm fest. »Bitte kommen Sie mit mir mit in den hinteren Teil des Ladens, Sie kennen ihn ja, dort können wir uns ein wenig hinsetzen, einen guten Kaffee trinken und uns vielleicht auch ein wenig näher kennenlernen.«

Als Angelika spät am Abend nach Hause kam, war Carola schon längst da. Sie hatte eine kalte Jause hergerichtet und den Tisch schön gedeckt.

»Liebes, ich habe dich den ganzen Nachmittag und Abend nicht am Handy erreichen können. Ich wusste daher nicht, wann du hier sein wirst, deshalb gibt es nur ein kaltes Abendessen. Ist dir das recht so?«

Angelika blickte über den liebevoll gedeckten Tisch und auf die herrlichen Dinge, die bereits aufgetragen waren. »Das ist mir sogar sehr recht. Schön hast du alles hergerichtet.«

»Es war mir ein Vergnügen. Ich hatte einen sehr angenehmen Nachmittag. Alles ist so schnell über die Bühne gegangen, dass ich mir schon überlegt habe, nochmals ins Geschäft zu fahren. Aber nach dem Auftritt vom Vormittag hatte ich keine Lust mehr, mit Tante Hedwig zusammenzutreffen.« Sie sah Angelika mit Zuneigung an. »Du hattest offenbar etwas Wichtiges zu tun, dass du erst jetzt nach Hause kommst.«

»Ja, etwas Wichtiges, sehr Wichtiges sogar. Davon erzähle ich dir übrigens später einmal.« Angelika hatte sich wirklich vorgenommen, ihr von diesem ungewöhnlichen Tag zu erzählen. Zum richtigen Zeitpunkt. *Gott sei Dank ist sie nicht aufgetaucht im Laden, während ich mit Hedwig gemütlich Kaffee getrunken und Kuchen gegessen habe. Da hätten wir etwas zu erklären gehabt.*

Drei Tage später rief Carola Angelika neuerlich im Dienst an. Diesmal völlig aufgekratzt: »Angelika, du wirst es nicht glauben, aber Tante Hedwig hat mich heute in der Früh beiseitegeholt und mir mitgeteilt, dass sie es sich doch anders überlegt hat. Sie hat nochmals ihren Anwalt kontaktiert und ihn gebeten, ein Konzept zu erstellen, wie sie mir in den nächsten Jahren Schritt für Schritt alles übergeben kann. Was sagst du dazu? Sind das nicht ganz unglaubliche Neuigkeiten? Ich bin so glücklich darüber, ich kann es gar nicht ausdrücken.«

»Doch, doch!« Angelika lachte. »Man kann sich sehr gut vorstellen, wie es dir geht, wenn man dich so hört.«

»Ich finde es einfach fantastisch. Ehrlich gesagt habe ich bei Tante Hedwig nicht mehr mit einem Sinneswandel gerechnet.«

»Aber Carola, Liebes, du hast mir doch selbst erklärt, dass bei Tante Hedwig so ein Sinneswandel schon einmal möglich ist. Pass nur auf, dass sie es sich nicht nochmals anders überlegt. Also schön brav sein in der nächsten Zeit.«

»Angelika«, Carola klang etwas unsicher, »Angelika, ich hab ihr von unseren schon fortgeschrittenen Hochzeitsplänen erzählt. Bist du mir böse? Wir hatten ja ausgemacht, erst dann damit herauszurücken, wenn Zeitpunkt und Quartier fix sind.«

»Das hast du schon richtig gemacht, es war ohnehin an der Zeit. In den nächsten Tagen wird sich das sicher alles regeln, und dann können wir die Karten ja aufdecken. Auf das, Liebes, freue ich mich bereits besonders.«

»Noch etwas, Angelika. Hedwig hat sich wirklich gefreut, als sie das von der Hochzeit erfahren hat. Sie hat gemeint, wir würden sicherlich ein glückliches Paar werden, wie sie das so sehe. Glaubst du, dass da vielleicht auch ein Sinneswandel dir gegenüber abzulesen ist?«

»Wenn sie so reagiert hat, dann könnte da schon was dran sein«, meinte Angelika ein wenig kurz angebunden. »Du, Liebes, die Arbeit ruft mich wieder, wir besprechen das am Abend bei einem Glas Wein und bei schöner Musik.« Sie legte auf, trat zum Fenster und blickte auf die Bäume davor, die schon fast alle Blätter verloren hatten. Hedwig hatte also nichts darüber gesagt, dass sie das mit den Heiratsplänen wusste. Damit war Angelika nämlich neulich bereits herausgerückt. Hedwig hatte sie in den Arm genommen und nur gesagt: »Mach sie glücklich, meine Carola, sie liebt dich von ganzem Herzen.« *Das werde ich meiner Lieben auch noch einmal erzählen, wenn der richtige Augenblick da ist.* Sie lächelte und wandte sich ihrer Arbeit zu, die ihr dann besonders leichtfiel.

Das Geheimnis um die Hochzeitspläne wurde am darauffolgenden Tag gelüftet. Angelika und Carola fiel damit ein Stein vom Herzen. Die Freude darüber war riesengroß. Endlich konnten sie sich unter Freunden mitteilen. Und die Reaktionen waren so herzlich, das hätten die Frauen nicht erwartet.

Das Quartier in Salzburg zum gewünschten Termin im Februar konnte Carola innerhalb einer Stunde organisieren. Mit Frau Elisabeth, dem guten Geist im Hotel am Fuße des Gaisbergs, war das ohne Schwierigkeiten über die Bühne gegangen. Die erste Hürde war überwunden. Jetzt drängte vorerst einmal gar nichts mehr.

»Puh! Ein gutes Gefühl ist das!«, wie Angelika fand.

Zwei Tage später waren alle Einladungen verschickt, unzählige Telefonate geführt, Arbeitslisten und Zeitpläne angelegt worden. Die Hauptlast trug dabei Carola, die jedoch von Tante Hedwig geschickt freigespielt worden war, sodass sie sich auch die Zeit dafür nehmen konnte.

Das Eingehen einer eingetragenen Partnerschaft gleichgeschlechtlicher Paare, wie das nun einmal in Österreich so hieß, denn Ehe durfte es laut Gesetz nicht heißen – da waren einige Politiker seinerzeit nicht in der Lage gewesen, über ihren Schatten zu springen –, war eigentlich nur ein kurzer Formalakt vor der Behörde. Letztlich entschieden aber die Paare selbst, wie sie diesen Festtag gestalten wollten. Er sollte ja *den* Hochzeitstag für ein Paar darstellen, ob gleichgeschlechtlich oder nicht.

Am Ende der Woche ließ Hartmut einen Champagnerkorken knallen. Die vollzählig anwesende Familie Hellmar stieß mit den »Verlobten«, so hatten es Lorenz und Max bei jeder Gelegenheit von sich gegeben, an. Allerlei Ideen wurden da dann gewälzt, was das Fest anbetraf.

Hartmut kam dabei auch auf den Gedanken, nicht nur das Fest, sondern auch den hochoffiziellen Akt im Hotel stattfinden zu lassen. Er kenne zufällig ein höheres Tier in Salzburg, einen alten Schulfreund, mit dem er vor nicht allzu langer Zeit bei einem Maturatreffen in Graz geplaudert hätte. Der hätte seine Zelte in Graz abgebrochen und einen lukrativen sowie ruhigen Posten in der Salzburger Administration übernommen, der sich genau mit den Agenden Heirat, Partnerschaften und so weiter beschäftigte. Nach Salzburg war er deshalb gekommen, da seine beiden Töchter mit ihren Familien und den nunmehr bereits fünf Enkelkindern in die Salzburger Gegend gezogen wären. Nach seiner Scheidung hätte er zudem »null Bock« auf Graz gehabt. Den Herrn Magister Schickert, so hieße er, sollten sie auf alle Fälle kontaktieren. Wenn sie wollten, würde er sie telefonisch schon einmal vorankündigen.

So war es ganz schnell ins Laufen gekommen, dass sie Zugtickets mit Sitzplatzreservierung für den darauffolgenden Samstag und Sonntag in der Tasche hatten. Sankt Pölten – Salzburg und Salzburg – Sankt Pölten. Das Programm war einigermaßen dicht gedrängt. Am Samstag zu Mittag waren sie mit Herrn Magister Schickert verabredet. Er hatte sich am Telefon als sehr freundlich erwiesen. Der Formalakt sei dermaßen einfach, im Wesentlichen drei Unterschriften: die der Partner und die des befugten Beamten. Er habe diese Befugnis, und der Rest würde sich dann schon ergeben. Trotzdem wäre es gut, wenn man sich vorher einmal sehen könnte. Das würde die Vorbereitungen sicher erleichtern.

Das hatte den Entschluss überhaupt erst reifen lassen, kurzfristig nach Salzburg zu fahren. Auf Angelikas telefonische Anfrage im Hotel hatte sich auch Frau Elisabeth erfreut gezeigt, einige Dinge im

Vorfeld mündlich besprechen und vor allem nochmals die Räumlichkeiten besichtigen zu können. Sie wollte unbedingt die vielfältigen Möglichkeiten der Raumgestaltung mit ihnen durchgehen. Vieles von den Varianten, die ihnen offenstünden, hätten sie sicher noch nicht gesehen. Von Tanzflächen, Bargestaltung, Ruhezonen etc. hatte sie gesprochen.

»Carola, das müssen wir uns ansehen. Wir wollen alles in einem Aufwaschen erledigen.« Angelika strotzte vor Enthusiasmus.

»Genau, sonst wird das nicht so, wie wir das wollen«, pflichtete ihr Carola bei. »Und mit Franz Maier, dem jungen Künstler, wollen wir uns auch treffen. Er hat mir mitgeteilt, dass er auch etwas zur Hochzeit beizutragen hätte.«

Diesmal stiegen sie zu zweit in Sankt Pölten in den Zug. Angelika und Carola hatten Sitzplätze in einem Abteil reserviert. Zwei Fensterplätze wie vor einigen Monaten. Nur diesmal hatten sie das Abteil nicht für sich allein.

Carola lächelte Angelika an, als sie sich gegenübersaßen. »Kannst du so tun, als würdest du schlafen?«

Angelika fragte nicht nach, sondern schloss einfach die Augen und legte den Kopf bequem gegen die Sitzlehne. Sie wartete einen Augenblick, bis sie den Atem und gleich darauf Carolas Lippen auf ihren spürte. Sie küssten sich. »Das war dir jetzt ein Bedürfnis, stimmt's?« Angelika hatte sie kurz umarmt, ehe sich Carola wieder bequem in ihren Sitz fallenließ.

»Das war es wirklich. Weißt du, das hätte ich ehrlich gesagt auch gerne getan, als ich dir das erste Mal im Zug begegnet bin, da ging das aber noch nicht. Jetzt habe ich es einfach nachgeholt.«

Zwei der übrigen Mitreisenden im Abteil, nicht mehr ganz jugendliche Damen, hatten die Aktion mitbekommen, sich fragend angesehen und dann indigniert den Kopf geschüttelt. Angelika war das nicht entgangen. Still lächelte sie in sich hinein. Heute war es ihr einfach völlig egal, was andere über sie dachten. Das war indes nicht jeden Tag so, und dessen war sie sich auch im Klaren.

In Linz stiegen die zwei älteren Frauen auch schon aus, und übrig im Abteil blieben Angelika, Carola sowie zwei jüngere Studenten, die, seit sie im Abteil waren, mit ihren Laptops werkten und sich bald über die freigewordenen Plätze ausgebreitet hatten. Angelika dachte erst, sie spielten irgendwelche Spiele, dem war aber nicht so, wie sie schnell merkte. Offenbar arbeiteten beide an komplexen mathematischen Problemen, so schien es zumindest Angelika, sie konnte nicht einmal mit den einzelnen Zeichen auf den vollgeschriebenen Seiten der aufgeschlagenen Hefte etwas anfangen. Ab und zu sprachen die beiden kurz miteinander, besser gesagt, es wurde etwas gemurmelt, dann auf etwas in einem Heft gedeutet und in Schweigen verfallen. So konzentriert sie wirkten, so rasch beendeten sie dann auch ihre Arbeit, klappten alles zu, verstauten die Utensilien und setzten sich anscheinend völlig entspannt auf ihre Plätze. Das war offenbar auch der Augenblick, in dem sie Angelika und Carola das erste Mal richtig wahrnahmen. Sie musterten die elegant gekleideten Frauen von oben bis unten, und Carola fühlte sich ein wenig mit den Augen ausgezogen.

»Geht's zum Shopping nach Salzburg?« Einer der beiden jungen Männer hatte unvermittelt das Wort an Carola gerichtet.

»Nein, es geht um Hochzeitsvorbereitungen.«

»Und wer von euch beiden heiratet?« Der Zweite war ohne Weiteres in ein freundliches »Euch« übergegangen.

»Wir beide.«

»Ah, Doppelhochzeit, das ist ja geil.«

»Keine Doppelhochzeit. Wir heiraten.«

Es brauchte keine halbe Sekunde, bis die Studenten verstanden hatten. »Das ist ja ururgeil«, kam es nun unisono von der anderen Seite des Abteils. »Bah! Florian, was meinst du? Zwei fesche Katzen, die geben schon ein schönes Paar ab, oder?«

Angelika und Carola schlief kurz das Gesicht ein, doch der angesprochene Florian richtete sofort wieder das Wort an sie: »Entschuldigung, wir wollten nicht deppert sein. Es ist nur so, wir haben in letzter Zeit so viel mit Freunden übers Heiraten gesprochen oder besser gesagt darüber diskutiert. Wissen Sie, da ging's meistens nur darum, wer mit wem das beste und schönste Paar abgibt und wie lange das halten könnte oder gleich auch darum, warum sich wer bald wieder trennen würde. Wir sind also beide ein bisserl belastet, vor allem weil unsere beiden Freundinnen auch dabei mitgemacht haben und wir zwei aber den Kopf momentan nur beim Studium haben. Das ist in dem Semester so kompliziert wie noch nie.« Er musste nach dem Satz tief Luft holen.

Sein Kumpan entschuldigte sich auch, begann aber dann doch nachzufragen: »Das heißt nicht Ehe, wenn zwei Frauen heiraten in Österreich, stimmt's?« Und er gab sich gleich selbst die Antwort. »Aber wie es offiziell heißt, ist eh wurscht.«

»Gibt's ein großes Fest?« Jetzt war wieder Florian dran mit seiner ungebändigten Neugier.

Diese irgendwie kindliche Neugier in den Gesichtern der jungen Studenten, die sich vor fünfzehn Minuten noch hochkonzentriert mathematischen Problemen gewidmet hatten, ließ Angelika und Carola gesprächig werden. Und die Neugier bei den Burschen wich echtem Interesse.

»Warum habt ihr euch für so ein großes Fest entschieden und nicht für einen ganz kleinen offiziellen Akt mit einer Handvoll Freunde? Wäre das nicht intimer und inniger?«

Jetzt waren die beiden Männer wieder in einer Diskussion übers Heiraten verstrickt. Angelika konnte es sich nicht mehr vorstellen, dass sie sich aus den Diskussionen mit ihren Freundinnen und Bekannten tatsächlich herausgehalten hatten. Genauso wurde ihr aber auch bewusst, dass Carola und sie Dinge vor den jungen fremden Typen aussprachen, über die sie selbst niemals miteinander laut gesprochen hatten. Die Entscheidungen, die sie getroffen hatten, waren aus einem Gleichklang der Gefühle und Bedürfnisse entstanden und waren nicht durch ewige Diskussionen oder sonstige Rituale der Entscheidungsfindung getroffen worden.

»… ich denke, wir sind zwar noch eher junge Frauen, aber doch ein wenig konservativ in unserer Einstellung zu vielen Dingen des Lebens, und daher rührt vielleicht auch der Wunsch in uns, diese Verbindung mit einem großen Fest gemeinsam mit Freunden und Verwandtschaft zu begehen«, hörte Angelika ihre Carola sagen.

»Na, von konservativ würde ich da nicht gerade sprechen, wenn zwei Frauen eine offizielle Verbindung als Paar eingehen«, meinte der eine.

»Warum sollten wir deswegen nicht konservativ sein? Ich liebe Angelika, und dazu stehe ich ganz offen. Und ich hoffe, dass das so bleiben wird. Wir haben jetzt die Möglichkeit, eine offizielle Verbindung einzugehen, können unsere Neigung offen aussprechen, wenn wir wollen, ohne in Gefahr zu geraten, deswegen verfolgt zu werden. In unseren Berufen zumindest ist es auch kein Problem, das ist aber schon nicht mehr überall so selbstverständlich. Wir zwei sind also keine progressiven Vorkämpferinnen, das muss ich zugeben. Wir sind eher gewöhnliche Menschen, Frauen eben, die sich lieben und die sich ihre Neigungen auch nicht am Markt ausgesucht haben.«

Das schien den beiden einzuleuchten, denn sie nickten stumm.

»Ihr wollt also mit dem Fest eure Freude mit Freunden und Verwandten teilen.« Florian brach das Schweigen wieder. »Freude und Festlichkeit, die kann man teilen, das stimmt. Und dieses Teilen macht das Ereignis oft erst besonders schön. Ich gehe ja nicht einmal gerne alleine ins Kino.«

»Ich auch nicht«, brummte sein Kollege.

Mit Krachen ging die Tür auf, und der Getränkeverkäufer steckte seinen Kopf ins Abteil. »Getränke, kleine Speisen! Haben die Herrschaften Wünsche?«

Angelika lud die beiden Studenten auf ein Getränk ein. Vier Bier. Sie stießen improvisiert mit den Flaschen an. Florian und sein Freund wünschten ein gutes Gelingen für das bevorstehende Ereignis. Das Gespräch war daraufhin eingeschlafen, und sowohl Angelika als auch Carola dösten, bis die baldige Ankunft in Salzburg über den Lautsprecher angekündigt wurde.

In einem Café in der Nähe des Bahnhofs warteten sie dann auf Herrn Magister Schickert. Hartmut hatte es sich nicht nehmen lassen, das Treffen zwischen ihnen und seinem ehemaligen Schulfreund zu arrangieren. Der kam zwar um einiges zu spät, da aber kein Grund zur Eile bestand und das Lokal einen sehr gemütlichen Eindruck erweckte, warteten Carola und Angelika ohne Murren. Ganz im Gegenteil, sie nutzten die Zeit, um zu rekapitulieren, was alles in Bezug auf die Vorbereitungen zum Fest bereits erledigt war.

Herr Schickert, ein graumelierter Herr, schlank und groß, entschuldigte sich dann vielmals für sein Zuspätkommen, begann aber sogleich, alles über die notwendigen formalen Dinge darzulegen, und erläuterte, wie er sich das alles vorstellen könnte. Dann jedoch glitt er ab in allgemeine Betrachtungen über die Ehe beziehungsweise die sogenannte eingetragene Partnerschaft, wie sie für Angelika und

Carola infrage kam. Er tat dies mit solcher Hingabe, ohne penetrant belehrend zu wirken, dass sich Angelika des Eindrucks nicht erwehren konnte, ein katholischer Eheunterricht könnte nicht effizienter verlaufen.

Carola war es offenbar nicht anders ergangen. »Danke für diese wirklich sehr schönen Worte. Wir haben das alles in unseren Köpfen, was Sie da gesagt haben.« Sie lächelte ihn und dann auch Angelika an. »Für uns ist das alles kein reiner Formalakt, und aus Jux und Tollerei gehen wir diese Verbindung natürlich nicht ein. Das ist uns schon ein großes inneres Bedürfnis.«

Nachdem sie gezahlt hatten, wollte Angelika ein Taxi rufen lassen, der Kellner wies aber gleich auf den Taxistandplatz vor dem Lokal hin, wo genug Taxis warten würden.

»Das kommt gar nicht infrage«, wehrte Herr Schickert den Versuch, ein Taxi zu ergattern, gleich ab. »Ich werde Sie mit meinem Auto ins Hotel fahren. Ich habe es in der Parkgarage abgestellt, wir müssen also nicht gar so weit laufen, um es zu erreichen. Wissen Sie, mir wäre es gar nicht unrecht, das Hotel auch vorher kurz einmal gesehen zu haben. Ich kenne es ja nicht, weiß nicht einmal, wo es sich genau befindet. Sie werden mich also lotsen müssen.«

Auch eher halbherzige Proteste von Carola und Angelika ließen ihn dann nicht von seinem Vorhaben abbringen, und so waren sie bald gemeinsam im Hotel eingelangt.

Magister Schickert war begeistert. Angelika merkte, dass ihm seine Aufgabe immer mehr Spaß zu machen schien. War es anfangs offenbar eher ein Gefallen, den er Hartmut, seinem alten Schulkollegen, erweisen wollte, so wuchs sein Interesse nun deutlich. »Sie haben sich ja ein wunderbares Ambiente ausgesucht. Schön, sehr schön!«

Frau Elisabeth, die Hausdame des Hotels, die bereits bei ihrem ersten Aufenthalt so nett für sie gesorgt hatte, nahm sie gleich in Beschlag, führte sie durch das Hotel und zeigte ihnen die Möglichkeiten auf, die zur Verfügung standen. Und obgleich Angelika und Carola das Hotel ja schon kannten, waren sie erstaunt, wie flexibel Räume vergrößert, verkleinert oder untergliedert werden konnten. Einfach ein- oder ausziehbare Wände machten das möglich. Innerhalb von Minuten veränderte sich das Aussehen der Räume komplett. Ein paar wenige Knöpfe waren zu drücken, und schon war es passiert. Herr Schickert hatte die beiden noch immer begleitet und beteiligte sich rege an den Überlegungen. Carola fand das gar nicht schlecht. Ein Außenstehender hatte doch manchmal eine andere Perspektive und konnte so manche Überlegung einbringen. Eine gute Stunde brauchten sie, um gemeinsam den Raumplan zu erstellen. Frau Elisabeth notierte sich alles und meinte dann nur, dass man im Notfall auch unmittelbar vor der Feier alles nochmals anders machen könnte …

Anschließend saßen Angelika, Carola und Herr Schickert noch in der Gaststube zusammen bei einem weiteren Kaffee, diesmal vervollständigt durch einen herrlichen frischen Kuchen. Angelika hatte ihn als Dankeschön dazu eingeladen.

»Haben Sie so etwas wie einen Zeremonienmeister oder eine Zeremonienmeisterin?«, wollte er plötzlich wissen.

»Braucht man so jemanden überhaupt?«, fragte Angelika unsicher.

»Nein, den haben wir eigentlich nicht. Es wird schon alles von alleine laufen, denke ich.« Carola machte ein nachdenkliches Gesicht. »Schlecht wäre es natürlich nicht. Die Gesellschaft wird doch mehr als fünfzig Leute umfassen, und so einen Haufen im Griff zu haben, ist vielleicht nicht ganz leicht.«

»Lassen Sie mich das machen. Ich habe ja als Amtsperson natürliche Autorität.« Er lachte laut auf, hatte sich aber gleich wieder im Griff. »Spaß beiseite, es würde mir Freude machen, über die von mir geforderte Unterschrift und die übrigen Kleinigkeiten hinaus noch etwas tun zu dürfen. Wenn es Ihnen recht ist?« Er schaute die beiden Damen fragend an. »Und außerdem würde es mir großen Spaß bereiten, meinen alten Freund Hartmut herumkommandieren zu dürfen.« Er hatte nun ein schelmisches Lächeln aufgesetzt.

»Und wie haben Sie sich das vorgestellt?«

»Sie sagen mir im Vorfeld, wie Sie sich den Ablauf wünschen, und ich spreche mich dann mit Frau Elisabeth vom Hotel noch wegen des Zeitplans ab. Es geht ja vor allem um die Küche, die muss schon zeitlich gut planen können, und auch sonst ist es für alle, natürlich vor allem für Sie, angenehmer, wenn ein Funken von Organisation zu spüren ist.«

»Sie würden das übernehmen? Das kann man ja eigentlich gar nicht verlangen.«

Er sah den beiden Frauen abwechselnd in die Augen. »Eigentlich mache ich so etwas sehr gerne. Sie bereiten da eher mir eine Freude, wenn ich mich so betätigen dürfte wie besprochen.« Er sah nachdenklich in die Ferne. »Es ist schon so lange her, dass ich ein derartiges Fest geleitet habe.« Nach einer längeren Pause setzte er fort: »Was sagen Sie also dazu?«

»Einverstanden!«, rief Angelika. »Der Gedanke, dass Sie das übernehmen, gefällt mir immer besser, je länger ich ihn im Kopf habe. Was meinst du, Liebes?«

»Ja, ich bin dabei! Herr Schickert, ich schlage vor, dass wir lose in Kontakt miteinander bleiben und dass wir so das Ganze langsam wachsen lassen.«

»So sollte es sein«, schloss Herr Schickert ab.

Frau Elisabeth war zu ihnen an den Tisch gekommen, nachdem Herr Schickert wieder den Weg nach Hause angetreten hatte. »Sie haben Ihr Zimmer noch nicht bezogen. Heute musste ich Ihnen leider ein anderes geben, Ihr gewohntes habe ich nicht freibekommen.«

Carola wandte sich mit einem freundlichen Lächeln an sie: »Frau Elisabeth, wir sind froh, dass wir überhaupt eines bekommen haben für die eine Nacht. Vielen Dank dafür.«

»Die Sauna ist übrigens schon eingeschaltet, wenn Sie ausspannen wollen. Sie sind heute zwar nicht ganz allein, ein jüngeres Pärchen ist eben in den Wellnessbereich gegangen, aber sonst wird nicht allzu viel los sein.«

»Eine sehr gute Idee! Was meinst du, Carola? Soll ich dir zeigen, wie ein guter Aufguss aussieht?«

»Na, ich bin ja bereits gut geschult, doch verwöhnen lasse ich mich natürlich immer gerne.«

Im Wellnessbereich gab es gleich eine nette Überraschung. Zu den bestehenden Einrichtungen gesellten sich nun auch ein schönes Dampfbad und eine Biosauna mit herrlichen Lichtspielen an der Decke. Angelika war erst nicht ganz klar, wie sich das alles hatte unterbringen lassen, doch offenbar war es möglich gewesen.

Das Pärchen, das sich sonst noch im Saunabereich aufhielt, stellte sich als sehr liebenswürdig heraus. Es entspann sich eine lockere Unterhaltung, die ganz zu diesem so schönen Tag passte.

Später im Zimmer holte Carola dann das Korsett aus dem Koffer, das sie an diesem Tag des ersten Zusammentreffens erstanden hatte. Sie hielt es Angelika hin. »Schau, Liebes, das ominöse Stück. Hätte ich dich damit nicht getroffen, wären wir heute wahrscheinlich nicht hier. Ich werde es heute am Abend mit großer Freude tragen.«

»Das Wurfgeschoss! O Gott, natürlich. Du trägst das sonst nie. Oder?«

»Es ist für seltene Gelegenheiten reserviert. Heute ist so eine.«

»Du mit deinen Korsetts.« Angelika schüttelte den Kopf und verdrehte die Augen. Doch dann veränderte sich plötzlich ihr Gesichtsausdruck. »Carola, erinnerst du dich an unseren ersten Aufenthalt hier? Ich habe damals so eine Art von Wette verloren, die mich verpflichtet hat, mich von dir schnüren zu lassen. Das haben wir niemals eingelöst.«

»Du meine Güte, das ist doch schon lange vergessen.«

Angelika blickte Carola ein wenig verlegen an. »Dürfte ich das Korsett heute tragen? Unsere Maße sind ja nicht so verschieden.« Sie machte eine kurze Pause. »Was meinst du?«

»Ich soll dich heute schnüren? Das haben wir noch nie getan.« Carola war erstaunt. »Andererseits, was spricht dagegen? Das Korsett müsste dir so gut passen wie mir.« Sie nahm Angelika bei den Schultern und sah sie verliebt an. »Da kann ich dich heute geschnürt sehen. Das wird einen sexy Anblick geben. Ich werde sehr vorsichtig mit dir umgehen. Das Korsett wird mit Bedacht geschnürt. Nicht zu fest, nein, so, dass es bequem ist. Was meinst du? Können wir das versuchen?«

Angelika schaute sie mit leuchtenden Augen an. »Warum denn nicht? Eigentlich bin ich schon ewig neugierig, wie sich so ein Teil trägt. Und ich frage mich, warum wir das nicht schon früher ausprobiert haben.« Sie wandte sich an Carola und umfasste fest deren Taille. »Und du? Gehst du heute einmal ohne Korsett zum Abendessen?« Sie war immer wieder erstaunt, wie konsequent Carola ihren Hang zum Korsett pflegte.

»Keine Sorge, Liebes, ich habe nicht nur eines mit.«

»Wir sind eine Nacht nicht in den eigenen vier Wänden, und du hast zwei Korsetts dabei? Was habe ich von jeher gesagt – du bist verrückt!« Angelika schaute nun ungläubig auf Carola und drückte mit den Händen auf deren Taille, wie ein Korsett sie umschließen würde.

»Drei.«
»Ah, drei! Damit kein Engpass entsteht, wenn sie einem vom Leib gerissen werden, wie?« Angelika grinste breit.
»So ähnlich. Dürfte ich mir übrigens heute schöne Strümpfe von dir ausleihen?«
»Natürlich. Du kannst dir aussuchen, was du willst.«
»Wie viele Paare hast du denn mit?«
»So sechs bis acht Paare werden es schon sein ...«
»Ah, sechs bis acht Paare! Damit kein Engpass entsteht, wenn sie dir von den Beinen gezogen werden, wie?«
Beide prusteten los, konnten sich vor Lachen beinahe nicht mehr halten.
»Wir sind wohl beide verrückt, stimmt's?«
Angelika nickte bloß.
Kurze Zeit später trafen sie an der Hotelbar das Pärchen, das sie in der Sauna kennengelernt hatten. Der junge Mann lud sie dazu ein, das Abendessen gemeinsam einzunehmen. So begann ein langer, indes sehr kurzweiliger Abend. Carola und Angelika fielen um knapp vor zwei Uhr todmüde ins Bett, schmiegten sich aneinander und schliefen eng umschlungen ein. Für ein Gespräch mit Frau Elisabeth war keine Zeit geblieben. Das hatten sie auf den nächsten Tag verschieben müssen.

Angelika und Carola schliefen bis in den Vormittag hinein. Als sie endlich aufwachten, waren sie beinahe ein wenig in Eile geraten, weil Franz Maier in wenigen Minuten bereits angesagt war.
Tatsächlich musste dieser eine Viertelstunde lang auf die Frauen warten. Er genoss währenddessen das Frühstück. Eile kannte er schon lange nicht mehr. Das war für ihn Vergangenheit.
Er freute sich auf die beiden so ungewöhnlichen Frauen. Einige Male hatten sie sich in den vergangenen Wochen in Wien getroffen. Immer war das für ihn eine Art Erlebnis gewesen. Immer hatten sie in seiner Anwesenheit auf Teufel komm raus gestritten. Immer ging es um Kunstwerke. Jedes Mal, wenn er leise anfragte, ob das der Stil ihres Zusammenlebens sei, verneinten sie und küssten sich. Das ließ sich wiederholen wie das Aufziehen einer Spieluhr.
Heute wollte er ihnen eine Demo-CD von den Musikern bringen,

die er als Band für die Hochzeitsfeier empfehlen wollte. Und kurz wollte er über die Hochzeitstorte mit ihnen sprechen. Das Ganze hätten sie auch ohne Treffen erledigen können. Franz Maier hatte den Musikern jedoch versprochen, sich die Örtlichkeiten anzusehen und, falls es erlaubt sein würde, auch ein paar Fotos zu schießen. Die Band trat ungern auf unbekanntem Terrain auf.

Franz Maier schenkte sich eben eine Tasse Tee ein, als Carola und Angelika endlich um die Ecke bogen. Sie umarmten ihn stürmisch, küssten ihn, dass ihm beinahe schwindlig wurde. Überschwang pur.

Na, wenigstens streiten sie nicht, dachte er bei sich. »Hallo, ihr verrückten Hennen«, rief er dann aber laut aus.

Nachdem das Frühstück beendet war, zog er einen CD-Player aus der Tasche und bot den Damen die Ohrhörer an. Die ließen sich auch nicht lange bitten und hörten sich abwechselnd die Kostproben an, die auf der CD zu hören waren. Angelika war gleich angetan von den tollen Stimmen, vor allem den Frauenstimmen, und als sie dann die Version von Leonard Cohens »Dance me to the end of love« hörte, war die Entscheidung gefallen.

»Franz, die spielen und singen ja ganz fantastisch. Sie sind gebucht. Punkt.«

»Gefällt es dir, was da zu hören ist? Du wirst sehen oder besser gesagt hören, sie sind live noch viel besser, als sie hier auf der CD rüberkommen.«

Carola mischte sich jetzt ein: »Darf ich auch noch etwas sagen? Ich bin auch dafür.«

Kurz wurde noch die Hochzeitstorte angesprochen. Franz Maier gab sich da ein wenig bedeckt. Aus welchem Grund, war nicht so klar, aber es war Angelika und Carola eigentlich auch egal, vor allem deswegen, da er versicherte, er werde für eine wunderbare und einzigartige Torte sorgen.

Nach dem sonnigen Wochenende in Salzburg waren sie wieder zu Hause angekommen. Graue Nebeltage hatten Wien und das Umland nun bereits seit Längerem im Griff. Für Carola und ihre Tante Hedwig begann langsam das Weihnachtsgeschäft. Carola schien, dass es in diesem Jahr besonders gut laufen würde. Sie war sich aber nicht ganz im Klaren, ob das an den steigenden Umsatzzahlen oder an ihrem wieder viel besseren und irgendwie auch neuen Verhältnis zu Tante Hedwig lag. Hedwig band sie nun in alles ein, was das Geschäft anging. Waren die beiden früher schon ein sehr gutes Team, was das Künstlerische anbelangte, so wurde Carola jetzt auch in alle wirtschaftlichen und rechtlichen Belange eingeführt. Für das Ende der Woche hatte Tante Hedwig eine Besprechung mit ihrem Anwalt vereinbart, es ging um den Mietvertrag für das Geschäftslokal, und so waren sie zu dritt zwei Stunden lang über Verträgen und Vertragsentwürfen gesessen und hatten ihre Strategie für die Verhandlungen mit dem Hausbesitzer, einer großen Immobiliengesellschaft, ausgebrütet. Carola kam deshalb erst spät nach Hause und war erstaunt, dass Angelika noch nicht da war. Insgeheim hatte sie gehofft, von ihr ein wenig verwöhnt zu werden. Mit einem netten Abendessen und vielleicht mit ein wenig mehr …

Sie versuchte, sie telefonisch zu erreichen, am Handy und im Institut, doch Angelika nahm nirgendwo das Gespräch an. Langsam begann sie sich Sorgen zu machen, als ihr Mobiltelefon plötzlich läutete und das vertraute Bild mit Angelikas Porträt am Display erschien.

»Hallo Liebes, ich hatte einen Unfall. Es sieht leider nicht gut aus, ich rufe später wieder an.« Angelika hatte bereits wieder aufgelegt.

»Sieht nicht gut aus! Was sieht nicht gut aus?« Carola drückte sofort auf die Rückruftaste, es läutete, Angelika hob nicht ab, die Mailbox schaltete sich ein. Das wiederholte sich ein paarmal, dann kam sie sofort auf die Mailbox. Panik erfasste sie. »Sieht nicht gut aus. Sieht nicht gut aus.« Sie lief im Zimmer auf und ab. »Was ist da los!? Hmh? So schlimm kann es nicht sein, sie hat mich ja angerufen. Aber warum erreiche ich dich dann nicht mehr?« Das Selbstgespräch machte sie immer nervöser. Hitze stieg in ihr auf, dann umfing sie eine eisige Kälte. Sie fror. »Ruf mich doch an! Bitte, ruf an. Bitte. Bitte.« Sie hatte das Handy fest in der Hand, starrte aufs Display. Stille. Zorn stieg in ihr auf. »Das kannst du doch nicht mit mir machen! Rufst mich an, lässt mich dann dumm sterben! Was soll denn das?« Sie wählte die Nummer das x-te Mal. Mailbox. Sie schrie aufs Band: »Verdammt, kannst du nicht abheben?« Zorn wallte in ihr auf, verebbte jedoch gleich in Angst und Panik. *Die Stimme war ja gut gewesen …* Das war der Strohhalm, an den sie sich klammerte.

Carola geriet nochmals kurz in Panik, als Angelika später das Haustor öffnete, wie wenn Einbrecher am Werk gewesen wären. Dann aber, als sie sie sah, offenbar völlig gesund, unversehrt, wallte der Zorn erneut in ihr auf. Wutschnaubend lief sie auf Angelika zu, packte sie, schüttelte sie und schrie sie an: »Mach das nie wieder mit mir! Nie wieder! Du bist so was von arg! O Gott! Mach das nie wieder!« Sie war Angelika jetzt um den Hals gefallen, ohne es selbst zu merken. Tränen flossen in Strömen. »Ich hatte solche Angst.«

Angelika war noch nicht einmal zu einem Hallo gekommen. Jetzt aber drückte sie Carola fest an sich. »Es ist mir nichts passiert, Liebes, auch sonst wurde niemand verletzt, verzeih mir den, wie soll ich sagen, unvollständigen Anruf. Ich war nur so beschäftigt mit dem Festhalten des Unfallgeschehens, dem Ausfüllen der Unfallberichte und so weiter. Das Handy ist mir unter den Beifahrersitz gerutscht. Ich habe daher das Läuten nicht gehört. Und als ich es wieder gefunden hatte, war der Akku leer. Blöd, nicht?«

»Das kann man wohl sagen.«

»Tut mir leid, aber ich war doch ein wenig geschockt.«

Angelika berichtete nun detailliert vom Unfall. Sie sei in einer eigentlich recht gemütlich dahinrollenden Kolonne unterwegs gewesen. Bereits die längste Zeit. Neben dem hell erleuchteten Parkplatz des Supermarktes an der Stadtgrenze sei die Kolonne vor einer Ampel dann zum Stehen gekommen. Sie selbst sei auch schon gestanden.

»Rums!!! Da hat es geknallt. Der hinter mir ist in mein Heck gekracht und hat mich in das vordere Auto geschoben.« Angelika atmete tief durch. »Und alles nur wegen dieses hübschen jungen Dings.«

»Welches junge Ding?«

»Na, die junge Frau, die da die Straße überqueren wollte. Sie war ja wirklich äußerst hübsch.«

»Du schaust auf andere Frauen?«

»Carola! Da stand ein junges hübsches Mädchen in tollen Klamotten neben der Straße, sodass man sie nicht wirklich übersehen konnte. Mir ist sie zumindest aufgefallen. Und dem älteren Herrn hinter mir auch, nur dass er vergessen hat, auf die Bremse zu steigen. Und jetzt gibt es ordentlichen Blechschaden an drei Autos. Aus. Das war die Kurzfassung.«

»Ich bin froh, dass du unverletzt bist.« Carola strich mit ihren Händen das Haar aus Angelikas Stirn.

»Ehrlich. Ich auch. Aber das mit dem Auto ist ein Desaster. Es fährt zwar noch, bloß der Schaden ist riesig.«

»Wieso, Angelika? Das ist doch eine Angelegenheit für die Versicherung.«

»Bei diesem Schaden und dem alten wertlosen Auto? Da wird sich eine Reparatur gar nicht mehr auszahlen. Die Versicherung zahlt ja nur für den Zeitwert. Ich muss mir ein neues Fahrzeug kaufen. Das hatte ich ja schon vor, aber der alte Wagen lief so problemlos, warum hätte ich ihn weggeben sollen?«

Carola dachte nach. »Ein zweites Auto werden wir natürlich brauchen, gerade hier draußen in der ländlichen Gegend. Doch du könntest ja einen Gebrauchtwagen kaufen oder so einen kleinen wie den meinen. Der reicht doch.«

»Der reicht nicht. So einer wie deiner ist einfach zu klein, und ein Gebrauchtwagen ist mir zu wenig sicher. Nein.« Sie sah Carola mit festem Blick an. »Ich werde mir, uns, einen neuen Family-Van kaufen. Das habe ich bereits auf der Heimfahrt beschlossen.«

»Und warum willst du dir einen Family-Van zulegen?«

Angelika stöhnte leise. »Liebes, nicht nur dafür, die Golftaschen und unsere Koffer zu transportieren.«

Carola sah sie mit großen Augen an. »Okay, ich habe verstanden: *Family*-Van.« Das Wort »Family« hatte sie gedehnt und mit einem Grinsen gesagt.

Frühwinter

Das erste Adventwochenende war im Anzug, und der Winter hatte im Osten Österreichs Einzug gehalten. Zwanzig Zentimeter Neuschnee hatten vor einigen Tagen den Verkehr in Wien wie jedes Jahr für einen Tag zum Erliegen gebracht. Der Schnee war nicht überraschend gekommen. Carola und Angelika hatten daher beschlossen, in dieser Woche zumindest bis zum Samstag ihre kleine Wohnung und die öffentlichen Verkehrsmittel zu nutzen. Die U-Bahn war ja gut zu erreichen, der kurze Weg in der Kälte leicht zu verschmerzen.

Angelika hatte bis jetzt immer nur sporadisch in der Wohnung übernachtet, mehrere Tage hintereinander war sie noch nie geblieben. Bald merkte sie, dass gerade bei so einem Wetter eine kleine, gut beheizte Wohnung auch ihre Vorteile hatte. Es war ihnen schnell gelungen, eine heimelige Atmosphäre zu schaffen. Der Geruch, den leerstehende oder wenig benutzte Wohnungen gern an sich haben, hatte sich in kürzester Zeit verzogen.

Tante Hedwig war besonders darüber erfreut, die beiden im Haus zu haben. Seit sie die offizielle Einladung zur geplanten Hochzeit im Februar in Salzburg in Händen hielt, war sie immer mehr dahingeschmolzen. Sie war so neugierig, dass sich Carola nur mehr wundern konnte. So kannte sie sie gar nicht. Sie wollte immer auf den neuesten Stand der Vorbereitungen gebracht werden, und wenn Carola gemeinsam mit Angelika bei ihr war, mussten beide ihre Version erzählen, ehe sie Ruhe gab. Sie mischte sich allerdings nicht ein, und dafür war ihr Carola sehr dankbar.

Dreimal in dieser einen Woche waren sie bereits bei Tante Hedwig zum Abendessen eingeladen gewesen. Zweimal hatte Frau Gerti aufgekocht, einmal war Tante Hedwig selbst am Herd gestanden. Carola und Angelika hatten sie bei Kleinigkeiten unterstützt, Zwiebeln geschnitten, Kartoffeln geschält. Dabei kam die Sprache aufs kommende Weihnachtsfest. Hedwig hatte beide eingeladen, mit ihr den

Heiligen Abend zu verbringen, und bekam spontan die Zusage dafür. Am Christtag wollte man dafür hinaus ins Haus, und Angelika hatte darauf bestanden, eine Weihnachtsgans zu braten. Auf Hedwigs skeptischen Blick hin beteuerte sie, dass sie das sehr gut könne, letztlich müsse man nur wissen, wie man es anfängt, und eilig dürfe man es nicht haben. Nachdem sie geschildert hatte, wie sie die Gans füllen wolle, mit Äpfeln und Maroni, wie sie sie bereits zwei Tage vorher mit Majoran und Thymian einreiben würde und zu guter Letzt dann gut vernäht erst eine Stunde lang auf der Brust liegend braten würde, war auch Hedwig überzeugt, dass das etwas werden könnte. Carola bestand darauf, auch einen Christbaum im Haus zu haben. Lorenz hatte sie schon gefragt, ob er auch für sie eine Tanne beim Christbaumbauern im Nachbarort organisieren sollte.

Die drei Frauen waren sich also bald einig und wirklich froh darüber. Die Weihnachtszeit konnte eine heikle Zeit sein, dessen waren sie sich bewusst. Man einigte sich auch darauf, auf Geschenke, die einen Wert von zwanzig Euro überstiegen, zu verzichten. Für die Weihnachtskekse wurde Frau Gerti eingeteilt, die erfuhr von ihrem »Glück« erst am nächsten Tag.

Weihnachten nahte mit Riesenschritten. Zwei Tage vor dem Heiligen Abend holte Lorenz den Hausschlüssel. Er wollte am nächsten Tag den Christbaum holen und im Wohnzimmer aufstellen. Er trank mit den beiden Damen einen heißen Zitronentee und war wieder dahin.

»Morgen wird ein anstrengender Tag«, begann Carola. »Im Geschäft wird es rundgehen. Es läuft sehr gut, Gott sei Dank.«

»Im Institut ist auch viel los, ich komme sicher erst um fünf Uhr raus.« Angelika überlegte. »Die Gans für den Christtag werde ich vorbereiten, und dann helfe ich dir beim Schmücken des Baumes. Wir werden mit dem Schmuck sparsam umgehen, dann sind wir bald fertig und kommen vielleicht doch schon früher ins Bett.«

Genauso wie vorausgesehen war der Tag auch verlaufen, als sie am nächsten Tag am Abend das Haustor aufsperrten und müde aus ihren Mänteln schlüpften. Angelika ging vor zum Wohnzimmer. Sie war neugierig, wie der Weihnachtsbaum wohl aussehen würde, den sie jetzt noch schmücken sollten.

Angewurzelt blieb sie in der Tür stehen. »Schau!«

Carola kam jetzt nach. Ein Gefühl der Freude durchfuhr sie. »Das gibt es ja gar nicht! Der ist ja wunderschön.«

Und wunderschön war der Baum wirklich. Eine Tanne, nicht zu groß, ebenmäßig, mit dichtem Geäst und wunderbar dunkelgrünen Nadeln. Aber das Schönste war – er war fertig geschmückt. Zwar eigenwillig, indes wunderschön. An den Ästen hingen eigentlich nur Angelikas Strohsterne, die sie selbst vor langer Zeit gebastelt und die sie am Vorabend schon bereitgelegt hatte, sowie unzählige Schokoladeherzen in Rot, Blau und Gelb. Wachskerzen waren befestigt, schön und regelmäßig verteilt. Sonst gab es nichts. Gar nichts.

Carola hatte bereits ihr Handy am Ohr. »Hallo Lorenz, danke! Vielen Dank. Der Baum ist wunderschön.«

»Nichts zu danken. Ich habe ihn so hingestellt wie ausgemacht und dann noch die Nadeln, die er beim Aufstellen verloren hat, zusammengekehrt. Der Speck ist im Gemüsefach des Kühlschranks. Max hat übrigens eure Hausschlüssel. Er wollte den Baum auch noch sehen. Ich denke, es stört euch nicht, dass ich ihm die Schlüssel gegeben habe? Das nächste Mal könnte er sich auch einmal ein wenig produktiv betätigen, der faule Sack. Meine Mutter und ich putzen gerade bei uns den Christbaum auf, und der Herr sitzt nur daneben und gibt wichtige Kommentare ab. Er kann keinen Christbaum schmücken, hat er behauptet. Carola? Bist du noch dran?«

»Ja, ja. Ich bin noch dran. Also nochmals vielen Dank. Wir sehen uns demnächst wieder. Frohe Weihnachten, Lorenz. Liebe Grüße zu Hause.«

»Er ist richtig hübsch, unser erster gemeinsamer Weihnachtsbaum.« Angelika war richtig entzückt.

»Max. Es war Max. Jetzt sitzt er zu Hause und behauptet, er könne keinen Weihnachtbaum schmücken.«

Angelika hatte Carola sanft von hinten umfasst. »Unser Max ist ein besonderer Schatz.«

Die Weihnachtsfeiertage waren wie im Flug vergangen. Am Heiligen Abend gab es für Angelika eine nette Überraschung. Als Hedwig, Carola und sie gemütlich im Kerzenschein des Christbaumes saßen, zauberte Hedwig eine Gitarre hervor und spielte. Sie spielte wunderbar. Ihr Repertoire an Weihnachtsmusik war ungewöhnlich. Als sie die Gitarre dann einmal kurz weglegte und Angelika sie etwas ungläubig und fragend ansah, meinte sie nur: »Acht Jahre Gitarre als Pflichtfach im Gymnasium. Sie haben uns gequält. Wirklich gequält. Aber es bleibt etwas hängen.« Sie nahm die Gitarre wieder zur Hand und spielte, als ob es für sie das Selbstverständlichste auf der Welt sei. Dann legte sie das Instrument wieder hin, setzte ein Lächeln auf und meinte: »Ich habe aber in den letzten Wochen brav geübt. Ohne Übung geht da gar nichts.«

Angelikas Gans am Christtag wurde ein voller Erfolg. Die Portionen waren riesig, sodass sie sich nach dem Essen aufmachten, einen »Osterspaziergang« zu machen. So hatte es Carola ausgedrückt. Schon am Heiligen Abend war stürmischer Westwind aufgekommen, hatte milde Luft mitgebracht und vor allem den Nebel und die Wolken verblasen, die in den letzten Wochen für eine graue Umgebung gesorgt hatten. So strahlte die Sonne am Christtag von einem tiefblauen Himmel, und sie waren beinahe drei Stunden unterwegs. Hedwig war neugierig gewesen, wie es in der Umgebung aussah, und jede Gasse im Ort musste erforscht werden.

Am Stephanitag war Saunieren mit Karin und Hartmut angesagt. Lorenz und Max waren bei Freunden in Wien, so hatten die »Alten« die Sauna einmal für sich allein. Erst spät am Abend wankten Carola und Angelika nach Hause, ein wenig zu viel vom herrlichen Weißwein hatten sie abbekommen.

Die Arbeitswoche hatte wieder begonnen, es war im Kunstladen und im Institut nicht viel los, sodass sie früh nach Hause konnten. Um fünf Uhr setzten sie sich auf die Couch. Es war schon wieder dunkel, Carola wollte gerade einen Tee aufgießen, als Angelika meinte, sie sollten doch die Christbaumkerzen anzünden, das hatten sie nämlich noch nicht getan. Schon war sie hinter dem Baum verschwunden und hatte eine Kerze angezündet. Dann hielt sie stutzig inne. Da war etwas, das sie zuerst zwischen den Ästen nicht genau ausmachen konnte. Sie fischte danach und hatte einen besonderen Baumschmuck in den Händen: zwei Schnuller, einer rosarot, einer hellblau, durch einen goldenen Faden miteinander und mit einem kleinen Glückwunschkärtchen verbunden. Sie öffnete das gefaltete Kärtchen, las kurz, löschte die Kerze wieder, ging wortlos zu Carola, reichte ihr den »Christbaumschmuck«

und hatte bereits das Telefon am Ohr. »Hallo Max, Angelika am Apparat ... bist du zu Hause ... gut ... kannst du bei uns vorbeikommen ... am besten gleich... Viertelstunde ist gut ... dann bis gleich.«

Zehn Minuten später läutete die Glocke, und Carola öffnete. Mit freundlichem Lächeln, die Hausschlüssel vor sich schwenkend, stakste Max ins Vorzimmer. Das Lächeln erlosch aber in dem Augenblick, als er sah, dass Angelika die beiden Schnuller vor sich an der Brust hielt. Erst jetzt merkte er, dass beide Frauen ernste Gesichter machten.

»Komm weiter«, waren Angelikas einzige Worte.

Umständlich schlüpfte er aus seiner Jacke, und bis er die Schuhbänder offen hatte, verging wieder einiges an Zeit. *Das ist wohl nicht gut angekommen.* Noch nie hatte er sich in der Anwesenheit der beiden so unwohl gefühlt. Er folgte Angelika, die auf die Couch zeigte.

»Setz dich.«

Carola war auch gefolgt und hatte gegenüber von Max Platz genommen. Sie hatte noch kein Wort gesagt. Ihr ungerührt erscheinender Blick war fest auf Max gerichtet.

Angelika las die paar gestochen schön geschriebenen Worte nun laut vor: »Vielleicht haben wir ja nächstes Jahr richtige Christkinder. Frohe Weihnachten! Max. Ihr wisst ja, wie ich dazu stehe – Ihr habt meine Unterstützung. Auf alle Fälle ...« Sie sah Max tief in die Augen. »Was hast du dir dabei gedacht?«

Nun herrschte Stille.

Max hätte im Boden versinken können. Die ernsten Gesichter der beiden Frauen, die er so sehr mochte, wirkten wie versteinert, die Blicke durchbohrten ihn. Langsam hielt er die Situation nicht mehr aus.

»Tut mir leid, tut mir wirklich leid.« Er stemmte sich langsam hoch. »Ich wollte euch ...« Er war schon beinahe aufgestanden, als Carola das erste Mal ihr Schweigen brach.

»Setz dich wieder hin!«

Er stöhnte leise, während er sich wieder auf die Couch zurückfallen ließ. »O Gott!«

Das war der Augenblick, als Carola und Angelika gleichzeitig loslachten.

»Na, haben Carola und ich dir jetzt einen Schrecken eingejagt? Das ist uns gelungen, was?« Angelika kicherte. Gleichzeitig baute sie sich vor Max auf und stemmte ihre Fäuste in die Hüften. »Ich sag dir eins, lieber Max: Du bist genauso verrückt wie deine verehrte Carola, meine zukünftige Angetraute. Du bist um keinen Deut besser.«

»Gott sei Dank bist du nicht verrückt«, gackerte Carola, die sich an Max geschmiegt hatte, »sind wir doch froh, dass wir dich haben, als unseren besonnenen Engel, liebe Angelika! Was meinst du, Max?«

Er runzelte die Stirn. »Ich sollte mich vielleicht ein wenig zurückhalten, denke ich.«

Angelika verschwand in der Küche, tauchte aber auch schon wieder mit einer Kanne Tee und drei Tassen auf. »Der Tee könnte ein wenig zu kühl sein, trinkbar sollte er jedoch sein. Kommt! Genießen wir ihn.« Sie warf einen Blick auf Carola. »Liebes, warst du nicht dabei, die Christbaumkerzen anzuzünden?«

Im heimeligen Kerzenschein warf Carola nochmals das Thema »zukünftige Familienplanung« auf. Ganz locker und unverbindlich plauderten die drei, wie denn so ein Szenario in der ferneren oder doch nicht so fernen Zukunft einmal aussehen könnte. Die Frauen nahmen Max dabei weit in ihre intime Welt mit. Er war stolz darauf und fühlte sich geehrt.

Das ließ ihn irgendwann auch damit herausrücken, dass er vor einigen Wochen eine Freundin gefunden habe, in die er sehr verknallt sei. Carola konnte das erst gar nicht glauben, und seltsamerweise spürte sie so etwas wie einen Funken von Eifersucht. Die Freude für Max war jedoch größer, und noch größer war gleich ihre Neugier. Die war beinahe so groß wie die von Angelika. Angelika öffnete eine Flasche Prosecco, und sie stießen auf das junge Paar an. Dann wurde Max von den Frauen mit Fragen gelöchert. Gerade mal die Blutgruppe seiner Freundin wollten sie nicht wissen, sonst aber alles. So schien es Max. Der gab sich jedoch bedeckt. Es würde sicher bald zu einem Zusammentreffen kommen, da sollten sich Angelika und vor allem Carola ein eigenes Bild machen.

Am nächsten Tag holte Angelika Carola von der Arbeit ab. Sie war um einiges zu früh dran, und das nutzte Tante Hedwig wieder einmal, um sie genauestens über die Hochzeitsvorbereitungen auszufragen. Angelika berichtete ausführlich. Die Einladungen waren alle ausgeschickt. Quartier, Verköstigung, Musik und vieles mehr war bereits erledigt. Ein paar Sachen waren noch offen, unter anderem war noch nicht völlig klar, wie die eigentliche kurze Zeremonie ablaufen sollte.

»Weißt du, Tante Hedwig, wir möchten es richtig feierlich. In die Kirche können wir ja schlecht gehen, und nur unterschreiben auf irgendeinem Amt, das ist uns zu wenig. So werden wir etwas erfinden müssen. In Österreich ist unsere Verbindung offiziell ja nicht einmal eine Ehe, aber wie meist im Leben hängt es ja von den Menschen ab, was eine Verbindung ausmacht.«

Hedwig nickte. »Das ist wohl wahr. Wie viele Ehen die Bezeichnung ›Ehe‹ gar nicht mehr verdienen, möchte ich nicht wissen. Auf der anderen Seite darf man allerdings die zahlreichen ›Musterehen‹ nicht vergessen, die niemals offiziell geschlossen wurden.« Sie verschwand kurz im Büro und war auch schon wieder mit einem Kuvert in der Hand zurück. »Zu Weihnachten musste ich mich ja mit Geschenken zurückhalten, doch jetzt nach Weihnachten gibt es keine Beschränkungen mehr.« Sie reichte den jungen Damen den Briefumschlag. »Das wäre als Weihnachtsgeschenk auch unpassend gewesen.«

Neugierig öffnete Carola das Kuvert. Darin befand sich eine Visitenkarte, sonst nichts: Schneiderei Stephanie Plank, Adresse und Telefonnummer.

Angelika schaltete sofort. Sie sah Tante Hedwig erfreut an. »Ich denke, ich weiß, was damit gemeint ist. Da geht es um unsere Hochzeitskleider. Habe ich recht?«

Carola hielt das Kärtchen hoch. »Daran habe ich noch gar nicht gedacht.«

»Liebe Carola, warum, glaubst du, bin ich auf diese Idee gekommen? Du erzählst mir andauernd Neuigkeiten von der Hochzeitsplanung, nur von euren Kleidern war noch nie die Rede.« Hedwig nahm Carola die Karte aus der Hand. »Ich habe mit Stephanie, also mit Frau Plank – sie ist übrigens eine alte Freundin von mir – alles bereits besprochen.«

»Soll das heißen, du hast unsere Kleider ausgesucht?«

»Aber nein! Carola, wie sollte ich denn das tun? Das wird eure Aufgabe sein. Nein, ausgemacht ist lediglich, dass ihr euch eure Kleider aussucht, sie beratend zur Verfügung steht, die Kleider näht und mir anschließend die Rechnung schickt. Ihr werdet also vermutlich niemals erfahren, ob ihr in billigen, teuren oder gar sauteuren Kleidern geheiratet habt.« Den letzten Satz hatte sie mit einem breiten Grinsen gesagt. Sie fand immer mehr Vergnügen an allem, was die Hochzeit betraf. Carola war ohnehin ihr Ein und Alles, doch Angelika wuchs ihr ebenfalls jeden Tag mehr ans Herz. Sie konnte gar nicht mehr nachvollziehen, warum sie sie zu Beginn abgelehnt hatte.

Winter

Am elften Januar telefonierte Angelika mit der Schneiderin. Frau Plank hatte den Anruf bereits erwartet. Sie habe sich für den übernächsten Tag einen Abendtermin freigehalten. Da wolle sie maßnehmen, habe ein paar Rohmodelle vorbereitet, mit denen man Schnitte probieren sollte, und eine ganze Reihe von Katalogen bereitgelegt, in denen man schmökern könne. Sie bräuchte jetzt nur schnell noch die übliche Kleidergröße der Damen. Ja, die Körpergröße wäre auch vonnutzen. Angelika gab ihr die Daten durch. Kurz fügte sie noch eine Beschreibung ihrer Figuren an. Carola fand das sehr amüsant, wie sie von Angelika auf die Schnelle charakterisiert wurde.

Ehe sich Frau Plank verabschiedete, meinte sie noch, dass es von Vorteil wäre, wenn die Damen mit Schuhen kommen könnten, die in der Höhe denen entsprechen würden, die sie bei der Hochzeit tragen wollten.

Zwei Tage später klopften sie pünktlich um siebzehn Uhr dreißig an die Tür der Schneiderei. Sie hatten sich das Haus etwas anders vorgestellt. Inmitten von Gebäuden in der für Wien üblichen Höhe stand wie eingeklemmt ein kleines, zweistöckiges Häuschen mit einem großen altmodischen, grün angestrichenen Tor.

Und altmodisch schien hier alles zu sein: Im Durchgang zum Hof wies eine an der Decke hängende uralte Tafel zu einer kleinen Tür an der linken Seite. Neben der Tür hing ein kleines Schild mit verschnörkelter Schrift: Stephanie Plank, Schneidermeisterin. Sonst nichts. Keine Glocke, gar nichts.

Nachdem niemand aufs Klopfen reagiert hatte, öffneten sie die Tür und traten ein. Eine Werkstatt wie in vergangenen Tagen tat sich da auf. Ein großer verwinkelter Raum mit Gewölbe, in verschiedenen warmen, pastellfarbenen Tönen ausgemalt. Die Wände vielfach mit Regalen verstellt, in denen sich unzählige Stoffballen türmten. Einmal da, einmal dort hingen an Puppen fast fertige Kleider und Jacken. An einem bestens ausgeleuchteten Platz standen zwei Nähmaschinen, im Gegensatz zum Rest der Werkstatt offenbar das Neueste vom Neuen. Angelika und Carola hatten gerade einmal Zeit, sich kurz umzusehen, als auch schon eine ältere Dame aus einer der versteckten Nischen des Raumes erschien. Stephanie Plank war eine stattliche Person. Größer gar als Angelika, nicht mehr ganz jung, jedoch mit einem für ihr Alter hübschen Gesicht und vor allem mit freundlichem Lächeln. Mit diesem Lächeln hatte sie Carola und Angelika auch schon für sich eingenommen.

Frau Plank hielt sich nicht lange mit Smalltalk auf, sondern kam gleich zur Sache. Neue und alte Kataloge mit zahlreichen Modellen lagen ausgebreitet auf einem großen Zuschneidetisch. Die sollten sich die zwei Frauen schnell einmal ansehen, damit man grob die Stilrichtung festlegen könnte.

»So, jetzt ist es Zeit, dass wir in den Probierraum marschieren«, beendete Frau Plank das erste Schmökern in den Katalogen. Sie führte Angelika und Carola in einen Nebenraum, der völlig anders wirkte als die Werkstatt. »Bitte ziehen Sie sich bis auf die Unterwäsche aus, damit ich Sie vermessen und genauer begutachten kann.«

Zwei Minuten später standen Carola und Angelika halbnackt vor der alten erfahrenen Schneiderin. Die sah sie kurz entgeistert an, ehe sie laut loslachte.

Nach Hause gekommen, waren sie bald ins Bett gefallen, und sofort kamen sie auf das Thema »Schneiderei«.

»Hahaha! So ist noch keine junge Frau zum Maßnehmen für ein Hochzeitskleid zu mir gekommen! So schön!« Das Lachen von Frau Plank war gleich einem Staunen gewichen. »Woher haben Sie diese schöne altmodisch und gleichzeitig modern wirkende Wäsche, Frau Dr. Nadherna? So einen bezaubernden Hüftgürtel habe ich noch nie gesehen. Und Sie können mir glauben, dass ich bereits viel gesehen habe. Und Sie, Frau Persiani, was haben Sie da für ein wunderbares Korsett? Einzigartig schön. Sie müssen wissen, ich bin gelernte Korsettmacherin, bloß davon kann ich nicht leben, aber meine Liebe hängt noch immer daran …« Frau Plank war aus dem Häuschen gewesen.

Lang und breit mussten Carola und Angelika von ihren Einkaufsquellen berichten.

Die Erinnerung an den Blick der Schneiderin, als sie beide in Unterwäsche vor ihr standen, brachte nun sie zum Schmunzeln. Der ganze Abend war ein Erlebnis gewesen. Wie verzaubert hatten sie sich von Frau Plank in das Reich einer Schneiderin ziehen lassen. Am Ende waren sie sich sicher, dass die Kleider wunderschön werden würden, obgleich an diesem Abend noch gar keine endgültigen Entscheidungen getroffen wurden. Die sollten ja getrennt erfolgen, ein Brautkleid war ja immerhin ein Geheimnis.

Plötzlich aber stand Carola auf, verschwand kurz, um gleich wieder mit einer Schatulle zurückzukommen. Angelika kannte diese nicht, hatte sie noch nie gesehen.

»Meine Schmuckschatulle.« Carola öffnete sie sorgsam.

Angelika machte große Augen. »Was sind denn da für Schätze drinnen? Das ist ja unglaublich.«

Carola trug abgesehen von goldenen Ohrringen, den Ringen in ihrer Mitte und dem Nabelstecker nur selten andere Schmuckstücke. Angelika kannte da bloß zwei dezente Goldringe mit kleinen Brillanten. Und natürlich die Steinkette, die ihr Angelika in Weyregg gekauft hatte. Doch jetzt holte sie eine traumhaft schöne, lange Perlenkette hervor. »Die habe ich von meiner Mutter. Es ist das einzige persönliche Stück, das ich von ihr habe.« Sie ließ die Perlen durch ihre Hände gleiten und sah Angelika tief in die Augen. »Ich möchte, dass du sie zur Hochzeit trägst.« Sie legte die Kette Angelika behutsam um den Hals. »Bitte.«

»Gerne, Carola, sehr gerne! Sie ist wunderschön. Warum trägst du sie denn nie? So ein Stück lässt man doch nicht in einem Schmuckkästchen verkommen.«

»Sie muss neu geknüpft werden. Ich vergesse immer darauf. Morgen gleich werde ich es veranlassen. Ist sie nicht schön?« Carola nestelte gedankenverloren an der Kette herum.

Langsam ließ sich Angelika auf den Rücken gleiten, und Carola, jetzt über ihr, drapierte die Kette immer wieder neu. Zuerst zwischen den Brüsten, bald umschloss sie die eine, dann die andere, führte die Perlen langsam über Angelikas Brustwarzen. Angelika zog scharf die Luft ein und öffnete einladend die Beine. Carola ignorierte dies einfach. Immer neue Varianten fanden sich, die Kette zu legen und sie in neue Formen zu bringen. Angelika keuchte, hatte längst ihre Hand in ihrer Mitte, streichelte sich sanft mit den Fingerspitzen und gab sich Carolas Spiel mit der Kette hin.

»Angelika, ich liebe dich.« Nur kurz hatte sie ihr Spiel unterbrochen, um es gleich wieder fortzusetzen. »Die Perlenkette kann ich dir nicht schenken. Ich glaube, du wirst das verstehen. Aber ich möchte, dass du sie auch nach unserer Hochzeit trägst, wann immer du willst.« Ihre Worte unterstrich sie mit einem zärtlichen Kuss.

Noch in derselben Woche war die Perlenkette bei der Reparatur. Der Juwelier riet Carola, eine Perle ersetzen zu lassen, und auch der Verschluss sollte erneuert werden.

Am Abend, als sie von der Arbeit nach Hause kam, waren die Fenster im Wohnzimmer hell erleuchtet, Angelika schon daheim. Sie lag auf der Couch, hatte sich einen Tee gekocht, den sie gedankenverloren schlürfte. Seltsamerweise herrschte Stille. Keine Musik. Eine Seltenheit bei Angelika. Carola verspürte sofort große Lust, sich an Angelika anzukuscheln. Sie gab ihr einen kleinen Kuss auf den Mund, der sofort erwidert wurde, doch Angelika wirkte irgendwie traurig.

»Was hast du denn, Angelika? Geht es dir nicht gut?«

Angelika seufzte. »Das war nicht wirklich mein Tag heute. Es hat bereits schlecht angefangen. Ich hatte heute in der Früh einen unangenehmen Dienst im Seziersaal. Da musste ich ein zweiundzwanzigjähriges Mädchen obduzieren. Weißt du, ein hübsches Ding, ein wenig mollig, sonst einfach nur jung. Sie hat wegen einer Kleinigkeit in einer Ambulanz auf eine kleine Wundnachbehandlung gewartet. Ja, und dort ist dann einfach gestorben. Ich habe nichts finden können. Ich weiß nicht, warum das passiert ist. Sie ist einfach tot. So etwas geht mir total an die Nieren. Auch noch nach so vielen Jahren. Kinder und junge Leute im Seziersaal, das ist schwer zu verkraften. Die hatte sicher noch viel vor in ihrem Leben, sicher noch viele Sehnsüchte zu stillen …« Sie räusperte sich und schaute Carola ernst an. »So ist das eben. Du kennst ja sonst meine Einstellung zum Sterben und zum Tod, aber das ist doch etwas anderes.«

»Ich kann dich verstehen. Hat man nicht versucht, sie wiederzubeleben?«

»Alles wurde versucht, die besten Leute waren innerhalb von Augenblicken bei ihr, aber nichts hat geholfen.«

»Das ist ja schlimm!« Carola atmete kräftig durch. Üblicherweise bekam sie keine Berichte aus der Prosektur. »Und dein restlicher Tag war auch nicht berauschend?«

»Na ja, es war ... also, im Dienst war es eigentlich ...«, druckste Angelika unbeholfen herum.

»Also quält dich etwas außerhalb des Dienstes? Betrifft es uns?« Carola war nun neugierig geworden.

»Weißt du, Carola, heute habe ich von meinem alten Pathologielehrer Antwort auf die Einladung zur Hochzeit bekommen. Von Professor Kaufmann, meinem ersten Chef. Bei dem ich die Facharztausbildung gemacht habe. Er war so ein Sir, ich habe ihn geliebt, und er hat mir die wichtigsten Dinge beigebracht, die ich für meinen Beruf benötige. Er freut sich sehr, dass wir ihn eingeladen haben, und möchte gerne kommen. Seine Frau kann leider nicht mitkommen. Sie ist operiert worden und noch nicht so weit, dass sie sich in den nächsten Wochen weit außer Haus wagen möchte. Er will daher seine achtzehnjährige Enkelin mitbringen und hätte gerne zwei Einzelzimmer.«

»Findest du das so schlimm? Das wird doch ein nettes Pärchen abgeben. Wenn ich mich nicht täusche, müsste er der älteste Gast und seine Enkelin vermutlich eine der jüngsten Teilnehmerinnen sein. Das ist doch süß. Oder?«

»Ja, Carola, da hast du sicher recht. An das habe ich noch gar nicht gedacht. Das könnte wirklich nett sein. Aber das ist es gar nicht, was mich bedrückt.« Sie brach in Tränen aus. »Alle haben geantwortet auf unsere Einladungen, die meisten können auch kommen. Und die, die abgesagt haben, haben auch wirklich triftige Gründe.« Sie schnäuzte sich. »Nur meine Schwester Lizzi hat keinen Ton von sich gegeben. Nicht einmal abgesagt. Nichts. Du weißt ja, sie ist meine einzige lebende Verwandte, die ich kenne. So wird von meiner Familie niemand am Fest teilnehmen, und das macht mich halt traurig.« Tränen flossen in Strömen über Angelikas Wangen.

»Liebes, es werden so viele Leute dabei sein, die dich schätzen, dich mögen, dich so nehmen, wie du bist. Ist das nicht mehr wert als Verwandtschaft? Und denk nach, wie das bei mir ist. Da gibt es auch nur Tante Hedwig als Blutsverwandte. In der Zwischenzeit ist sie ja auch ein wenig deine Tante geworden, nicht wahr? Da hat sich doch einiges getan. Außerdem, wie sagt doch Tante Hedwig des Öfteren: Freunde und Bekannte kann man sich aussuchen, Verwandte nicht.«

Angelika hatte sich beruhigt und eng an Carola geschmiegt. So blieben sie liegen, in völliger Stille. Bald schliefen sie ein. Erst weit nach Mitternacht schlüpften sie ins Bett.

In den nächsten Tagen war das Programm äußerst dicht für Carola und Angelika. Vor allem Angelika war unter Zeitdruck geraten. Sie musste mit Hartmut einen wissenschaftlichen Vortrag vollenden, dessen Rohversion bereits seit Monaten in der Schublade auf die Endbearbeitung wartete. Sie hatten das völlig vergessen. Fotos von Gewebeschnitten mussten angefertigt, dann noch aufbereitet und in die Präsentation eingefügt werden – eine heikle und zeitraubende Angelegenheit. Am Donnerstag hatte Carola ihre letzte Anprobe bei Frau Plank, der Schneiderin. Anschließend war ein Abendessen mit Carola in einem gemütlichen kleinen Restaurant angesagt, das sie beide gut kannten. Das lag lediglich fünf Gassen von der Schneiderei entfernt, daher bot sich ein schöner Abend dort einfach an.

So stapften sie dann an jenem Abend in Richtung dieses Restaurants. Ihre Mägen knurrten, doch in dem vielen Schnee, der bereits gefallen war und immer noch fiel, gab es nur schwer ein Weiterkommen. Es war zwar gar nicht wirklich kalt an diesem Abend, doch dicke Flocken fielen vom Himmel, und die frische Schneedecke hüllte Wien in Stille.

Angelika steckte ihre Zunge weit heraus und fing eine Schneeflocke. Carola tat es ihr nach. Sie bemerkten dabei nicht die beiden Pärchen, die Arm in Arm auf der anderen Straßenseite gingen. Sie bemerkten auch nicht, dass sich die beiden Männer aus den Armen ihrer Begleiterinnen lösten, jeweils von geparkten Autos Schnee sammelten und große Schneebälle formten.

Der erste traf Carolas Kapuze mit voller Wucht und der zweite Angelika knapp hinter dem Ohr, sodass der weiche Schnee gleich in ihren Hals rann.

»Was soll das??? Aufhören!«

»So eine Frechheit!!! Ah, ist das kalt!!!«

Wütend drehten sie sich zu den Männern um.

Die standen jetzt nebeneinander, zeigten auf den jeweils anderen und schrien: »Er war's! Er war's!« Dann brüllten sie vor Lachen. Den Begleiterinnen der Männer war das Gesicht hingegen vor Peinlichkeit eingefroren. Bis Carola ins Gelächter einstimmte: »Max und Lorenz! Wer kann sonst schon dafür infrage kommen? Na wartet, die Rache wird euch schon noch mal treffen. Genau dann, wenn ihr es nicht erwarten werdet.«

»Das hätte ich mir auch gleich denken können.« Angelika lachte nun mit, versuchte indes noch immer, den Schnee aus ihrem Kragen zu bringen.

Carola war auf die andere Straßenseite gewechselt, hatte Lorenz zwei Wangenküsse verabreicht und Max fest auf den Mund geküsst, was seiner Begleiterin offenbar nicht entgangen war. Auch Angelika begrüßte die beiden mit Küsschen. Dann sah sie auf die Begleiterinnen. »Wollt ihr uns nicht bekannt machen?«

Lorenz stellte seine nun schon langjährige Freundin Mira vor, die Anfang Januar nach einem Praktikumsjahr in Spanien wieder nach Wien zurückgekehrt war. Anschließend stellte Max ein wenig verlegen seine Freundin Agnes vor. Mira und Agnes waren wie Tag und Nacht. War Mira eher klein und zart, mit dunklem Teint, vielleicht noch verstärkt durch ihren Spanienaufenthalt, so war Agnes im Vergleich dazu riesig. Fast so groß wie Max und nicht gerade dünn. Und sie hatte, das konnte man trotz der Mütze, die sie trug, gut erkennen, wunderbare braune Locken. *Ah! Das ist es also! Meine Locken sind's. Auf die Idee wäre ich nie gekommen.* Der Gedanke huschte im Bruchteil einer Sekunde durch Carolas Kopf.

Die vier kamen gerade aus dem Kino und waren auf der »Suche nach etwas Fastfood«, wie sie meinten. Sie ließen sich aber von Angelika und Carola ganz schnell überreden, mit ins Restaurant zu gehen, vor allem auch deswegen, weil Angelika anbot, die Zeche für die »armen« Studenten zu übernehmen.

Es wurde ein entspannter Abend. Die am Anfang noch etwas steifen Begleiterinnen der jungen Hellmars tauten bald auf. Die sechs waren dann die letzten Gäste im Restaurant, man unterhielt sich nun einmal bestens. Carola beobachtete indes dennoch verstohlen die längste Zeit über Agnes. Sie gefiel ihr. Agnes' Lockenpracht stellte ihre eigene noch in den Schatten, dies musste sie sich selbst offen eingestehen. Sonst war Agnes die pure Weiblichkeit, mit wachem, intelligentem Gesicht und warmem Blick auf Max. Carola war sehr zufrieden.

Viel später am Abend, schon zu Hause im Badezimmer, nahm Angelika Carola kurz an den Schultern. »Hat sie bestanden bei dir?«

»Das hat sie.« Carola nickte versonnen. »Wenn sie sich ihm gegenüber nicht ordentlich verhält, reiß ich ihr den Arsch auf.«

»Carola!« Angelika gluckste vor sich hin, verschwand im Schlafzimmer und war bereits unter der Decke, als Carola zu ihr sprang und versuchte, auch darunter zu gelangen, was sie aber erst schaffte, als sich Angelika ergab. Angelika ergab sich ihr voll und ganz, und es wurde noch ein langer, langer Abend.

Am darauffolgenden Montag war dann im Institut der Höhepunkt der Belastung für Angelika erreicht. Die Laborantinnen schütteten sie mit Arbeit nur so zu. Zwischenzeitlich war Hartmut zu ihr gekommen, bloß um sich abzumelden, weil er solche Ohrenschmerzen hatte. Mitgebracht hatte er für Angelika jedoch noch eine weitere Ladung Arbeit ...

Als es dann zu Mittag wieder einmal klopfte, war sie bereits leicht genervt. Das freundliche Gesicht von Herrn Willem, dem Chef der Prosekturgehilfen, schob sich durch die Türpfosten.

»Frau Doktor, Ihre Post. Ich hatte leider keine Zeit, sie früher auszuteilen.«

»Macht nichts, Herr Willem, ist vermutlich ohnehin nur Werbematerial. Soll ich Ihnen zeigen, was ich damit mache?« Sie nahm ihm die Kuverts aus der Hand. Jeden Tag wurde sie mit Werbematerial bombardiert, das für sie und ihre Arbeit völlig unbrauchbar und irrelevant war. »So mache ich das!« Sie zerriss das erste Prospekt noch im ungeöffneten Kuvert. »Wenn die diese Sachen gleich selbst ins Altpapier werfen könnten, würden sie sich das Porto sparen.«

»Zu Hause bei mir sieht es nicht viel anders aus. Mehr als neunzig Prozent der Zusendungen sind schon ›Altpapier‹, wenn sie in meinen Briefkasten gelangen.« Er verabschiedete sich wieder, und Angelika wandte sich den restlichen Briefen zu, die sie noch schnell entsorgen wollte, damit ihr Schreibtisch nicht noch mehr überquoll.

Schon hatte sie den nächsten Brief in der Hand, ein Schreiben aus Deutschland. Das machte sie etwas stutzig. Die Adresse war mit der

Hand geschrieben. Blitzschnell drehte sie das Kuvert um, und da war er zu lesen, der Absender: Thomas und Werner Deckner. Die Söhne ihrer Schwester. Hitze stieg in ihr hoch. In Windeseile riss sie das Kuvert auf und begann aufgeregt zu lesen.

Liebe Tante Angelika,
Du kennst uns zwar nicht persönlich, sicher aber nach unseren Namen. Wir sind die Söhne Deiner älteren Schwester Lizzi. Unser Vater hat uns erzählt, dass Du im Februar in Salzburg heiraten wirst. Es hat deswegen in unserer Familie einen ordentlichen Krach gegeben, weil unser Vater gemeint hat, dass man auf so eine Einladung wenigstens antworten müsste. Man wäre ja nicht verpflichtet, sein Kommen zuzusagen. Unsere Mutter ist dann voll ausgerastet. Sie will einfach nichts mit Dir zu tun haben. Die Kommentare über die geplante Hochzeit waren auch nicht gerade galant. Das hat uns dann beide so genervt, dass wir beschlossen haben, Dich von uns aus zu kontaktieren, unter Umgehung unserer Eltern. Wir kennen leider Deine Privatadresse nicht, da aber unsere Mutter im Streit irgendwann hat fallenlassen, dass Du seit mehr als einem Jahr in einem Wiener Spital auf der Pathologie arbeitest – wir wissen nicht, woher sie das weiß –, war es für uns gar kein Problem mehr, über das Internet wenigstens Deine Adresse im Spital herauszubekommen.
So aber nun zum eigentlichen Thema des Briefes:
Zunächst wünschen wir Dir und Deiner zukünftigen Frau alles Gute für die Zukunft. Auch wenn wir uns bis jetzt gar noch nicht kennen.
Außerdem wäre es uns eine Freude, wenn wir beim Fest dabei sein dürften. Wir sollten es zwar möglichst vor unserer Mutter geheim halten, denn wir denken, sie würde es nicht gut aufnehmen. Das wäre indes kein großes Problem, da wir zu der Zeit ohnehin Uni-Ferien haben und da immer irgendwo bei Freunden untertauchen. Sollten wir aber ohnehin zu spät dran sein, weil die Planungen bereits zu weit fortgeschritten sind, so sind wir auch nicht traurig, denn in diesem Fall werden wir uns dennoch sicher bald kennenlernen. Das haben wir beide uns fest vorgenommen. Wir haben nämlich nur eine Tante, und die hat man uns zwanzig Jahre lang vorenthalten. Wir denken, das reicht.

Bitte melde Dich am besten per E-Mail bei uns (die Adresse findest Du unten gemeinsam mit der Telefonnummer angeführt).

Herzliche Grüße
Werner und Thomas

Angelika hatte schon ihren E-Mail-Account geöffnet, die Mail-Adresse eingegeben, und ihre Finger tanzten über die Tastatur. Weg war sie, die erste E-Mail.
    Die Antwort folgte innerhalb von fünf Minuten.
    Eine halbe Stunde später war alles erledigt, Carola benachrichtigt und das vorletzte Doppelzimmer im Hotel vergeben. Das letzte hatten sie noch in Reserve, auch wenn sie nicht wussten, wer es in Anspruch nehmen sollte.

Es waren nun noch vierzehn Tage bis zum Fest. Der Winter hatte Wien und seine Umgebung noch fest im Griff, und die vielen Wetterberichte, die Carola im Internet konsultierte, sagten für die nächste Zeit keinen Vorfrühling voraus. Angelika beruhigte sie dann immer mit der Aussage, dass das Wetter sicherlich nicht exakt genau so sein würde, wie man es jetzt für das bestimmte Wochenende voraussagte.
    So saßen sie eines Abends zusammen zu Hause und stellten fest, dass alles erledigt war. Sie konnten es gar nicht glauben. Zufrieden holte Angelika eine Flasche Weißwein aus dem Kühlschrank, und sie ließen die Gläser erklingen. Carola kramte in ihrer Handtasche und hielt dann Opernkarten in die Höhe.
    »Es ist zwar nicht genau der Jahrestag, an dem wir uns das erste Mal in der Oper getroffen habe, und es wird auch nicht ›I Puritani‹ gespielt, sondern ›La Sonnambula‹, aber wenigstens ist es Bellini. Wir sitzen auf denselben Plätzen wie damals, und ich will die ganze Vorstellung lang deine Hand halten. In der Pause werde ich dann aber nicht davonlaufen. Versprochen. Übrigens, ich heiße Carola Persiani, zur Sicherheit, falls du nach mir suchen musst.« Sie nahm Angelika nach dem Monolog in die Arme und küsste sie.

Vorfrühling

»Carola, wo sind die Autoschlüssel? Ich möchte beginnen, die Koffer und Taschen ins Auto zu schlichten«, rief Carola laut durchs Haus.

»Sie sind im Körbchen im Vorzimmer, wo sie hingehören«, tönte es ebenso laut aus dem Badezimmer zurück.

»Ah ja! Danke. Hab sie schon gefunden.«

Es war so weit. Sie hatten alles gepackt, was sie benötigen würden. In Wahrheit viel, viel mehr. Das hatte zu herzhaftem Gelächter bei der Auswahl von Wäsche, Kleidung und Accessoires geführt. Im Zweifelsfall wurde eben mehr mitgenommen. Im großen neuen Family-Van würde das alles verschwinden, und in ihrem Zimmer im Hotel waren die Schubfächer groß genug, um alles aufnehmen zu können. Die beiden Hochzeitskleider hatte die Schneiderin in spezielle feste Transporthüllen gepackt. Sie hingen in der Garderobe und sollten locker über die restlichen Gepäckstücke gelegt werden. Das war der strikte Auftrag von Frau Plank, der besagten Schneiderin.

Es war Freitag um sieben Uhr in der Früh, als Angelika den Wagen startete und in die kleine Gasse vor dem Haus bog. Carola war damit beschäftigt, das Satellitennavigationssystem in Gang zu setzen. Sie wussten zwar genau, wie sie zu fahren hatten, doch Geschwindigkeitsbegrenzungen, Radarkästen und vor allem eventuelle Staus wollten sie sich doch anzeigen lassen.

Das Wetter war furchtbar. Trüb. Böiger Wind. Leichter Nieselregen. Die Voraussage der meisten Wetterdienste für das kommende Wochenende sah exakt so aus. Für ganz Österreich, also auch für Salzburg. Lediglich ein einziger amerikanischer Wetterdienst prophezeite für Samstag und Sonntag bereits seit Tagen Sonne. Carola glaubte nur dieser Voraussage. Sie hatte so lange im Internet nach Wetterdiensten gesucht, die schönes Wetter vorhersagten, bis sie diesen gefunden hatte.

So kurvte Angelika vorsichtig und langsam über die Bundesstraßen in Richtung Westautobahn.

In St. Christophen war endlich der Kreisverkehr zur Autobahnauffahrt erreicht. Angelika nahm indes nicht diese Auffahrt, sondern fuhr die ganze Schleife aus und steuerte den Wagen wieder in die Richtung, aus der sie eben gekommen waren.

»Was machst du?« Carola war erstaunt. »Hast du es dir anders überlegt, Liebes? Ist die Hochzeit abgeblasen?«

»Abgeblasen ist die Hochzeit ohne Hochzeitskleider. Die hängen noch in der Garderobe.« Angelika lachte laut los. »Ist mir eben eingefallen, und ein Blick in den Rückspiegel hat mich bestätigt.«

Carola drehte sich nun auch um. »Wir sind vielleicht zwei Künstler! O Gott! Da packen wir so sorgsam ein, haben alles doppelt und dreifach dabei, und dann lassen wir die Kleider einfach hängen. Wenn dir das erst kurz vor dem Hotel aufgefallen wäre ...«

»Dann hätten wir jemanden organisieren müssen, der sie mitnimmt.«

»Und wie wäre derjenige oder diejenige ins Haus gekommen?« Carola streichelte Angelika über den Arm. »Noch mal Glück gehabt!«

Carola fuhr nach einer sehr mühsamen Fahrt bei Thalgau von der Autobahn ab, und bald hatten sie im hier nun strömenden Regen das Hotel erreicht.

Frau Elisabeth selbst, die heimliche Chefin des Hotels, hieß sie bei ihrer Ankunft willkommen. »Von null bis vierundzwanzig Uhr stehe ich Ihnen zur Verfügung. Zögern Sie nicht, Ihre Wünsche zu äußern. Das gesamte Team des Hauses wird sich bemühen, Ihnen ein wundervolles Fest zu bereiten.«

Angelika und Carola wussten, dass das nicht bloß so dahingesagt war, das war Frau Elisabeths ehrliche Meinung. Nach ein paar kurzen Erläuterungen fügte sie noch schnell an, dass alle nicht zur Hochzeit gehörenden Gäste das Hotel bereits verlassen hätten. »Wir sind also unter uns?«

»Richtig. Eine geschlossene Gesellschaft. So, wie Sie das gewünscht haben.« Sie machte eine kurze Pause. »Alle Vorbereitungen laufen bestens«, fügte sie noch hinzu, »ach ja, Herr Schickert möchte heute nochmals mit Ihnen sprechen. Er hat mich gebeten, ihn anzurufen ...«

»Das können wir doch selbst …«
»Nein, das mache ich schon.« Frau Elisabeth errötete.
Angelika entging das nicht. »Wenn Sie meinen.«
»Er ist so ein liebenswürdiger Mensch. Meine Güte, wie oft er in der letzten Zeit hier war, um mit mir alles bis ins Detail zu planen.« Sie wiegte ihren Kopf. »So, ich muss nun los. Ich rufe ihn an. Ist das recht?«
»Tun Sie das.« Carola war sich nicht sicher, ob sie noch gehört worden war. Mit einem Zwinkern wandte sie sich an Angelika. »Da frage ich mich schon, ob Herr Schickert ausschließlich wegen der Hochzeitsvorbereitungen hierhergekommen ist.«
»Na, auf die Nerven dürfte er der lieben Frau Elisabeth nicht gegangen sein.« Nun zwinkerte Angelika zurück.

Im Hotel herrschte eine seltsame Stille. Die Brautleute waren ja die ersten Gäste. Es wurden zwar in den nächsten Stunden viele andere erwartet, doch die waren noch nicht angekommen. Angelika spürte diese für dieses Hotel so ungewöhnliche Stille auch sogleich, und Carola stimmte ihr zu, als sie es kundtat. Zustimmung kam ebenfalls zum Vorschlag, etwas essen zu gehen. So waren sie in der Gaststube gelandet.

Die Stille und das trübe Wetter drückten auf die Stimmung.

»Irgendwie hat man den Eindruck, auf ein Begräbnis zu warten und nicht auf eine Hochzeit.«

Carola nickte nachdenklich. »Wenn man beim Fenster hinausschaut, kann man sich nicht vorstellen, dass ein erfreulicher, ein sehr erfreulicher Augenblick bevorsteht. Es ist so trist. Hoffentlich kommt irgendwie die Sonne raus.«

Die Sonne erschien schneller, als sich das die Frauen hätten vorstellen können. Zwar nicht in der erwarteten Form, aber um nichts weniger erfreulich.

Eine helle junge Stimme ließ sie aufblicken.

»Guten Tag. Sie müssen Frau Persiani und Frau Dr. Nadherna sein. Ich bin die Enkelin von Herrn Professor Kaufmann, mein Name ist Rosemarie Warnig, Sie können aber gerne Rosi zu mir sagen.« Die junge Dame mit ganz leichtem Kärntner Dialekt, die jetzt an ihrem Tisch stand, war hochgewachsen, schlank, hatte gewelltes rotes Haar und reichlich Sommersprossen in ihrem hübschen Gesicht. Hinter ihr war nun ein älterer weißhaariger, deutlich kleinerer Mann mit Rauschebart aufgetaucht und stürzte sich voller Freude auf Angelika. Sie war schon aufgestanden und auf ihn zugetreten. Sie umarmten sich stürmisch und Angelika machte ihn mit Carola bekannt.

Professor Kaufmann musterte Carola erst mit strengem Blick, dann erweichten sich seine Züge aber sogleich. Offenbar war sie ihm gleich sympathisch. Das war ihm selbst sehr wichtig, denn Angelika war eine seiner Lieblingsschülerinnen gewesen, mit ihrer offenen Art und oftmals mit ihrer Aufmüpfigkeit und Sturheit – Eigenschaften, die er so geschätzt hatte, wenngleich er es damals nicht immer zeigen durfte.

Angelika bat die beiden dann, bei ihnen am Tisch Platz zu nehmen. »Wollen Sie auch eine Kleinigkeit essen? Oder zumindest etwas trinken?«

»Eine Kleinigkeit essen, das wäre jetzt fein. Ich habe schon ein wenig Hunger. Opa hat mich so gehetzt vor der Abfahrt in Villach. Ich hatte gar keine Zeit für ein Frühstück.«

»Gehetzt habe ich dich? War es nicht ausgemacht, dass du fertig bist und alles hergerichtet ist, wenn ich dich abholen komme?« Er wandte sich an Carola und Angelika: »Die junge Dame war gerade in der Dusche und musste sich noch pflegen, als ich ankam, und dann musste der Koffer noch fertig gepackt werden, weil man sich auch nicht gleich entscheiden konnte, was man denn überhaupt mitnehmen sollte.« Er warf seiner Enkelin einen liebevollen Blick zu, der von dieser ebenso liebevoll erwidert wurde.

Die Getränke wurden serviert, und es entwickelte sich ein zwangloses Gespräch am Tisch. Angelika schien es doch, dass Professor Kaufmann während der Zeit, als er ihr Chef gewesen war, ihr niemals mit solcher Lockerheit gegenübergetreten war. Vermutlich war es das Alter oder einfach die nun völlig konträren Umstände zur damaligen Dienstsituation. Sie hatte immer gespürt, dass er sie mochte. Und er hatte es im Team auch oft offen gezeigt, was ihr wiederum nicht immer das Leben erleichtert hatte. Und seine Enkelin entpuppte sich immer mehr als ganz liebe junge Frau. Vor allem der Umgang mit ihrem Großvater war unglaublich herzlich. Angelika suchte nach Ähnlichkeiten im Gesicht. Lediglich die Nase, besser gesagt die Stupsnase waren sich sehr ähnlich. Der Rauschebart des Professors machte weitere Vergleiche unmöglich.

»Angelika? Möchtest du auch noch etwas trinken?« Carola hatte sie angesprochen, und sie hatte es erst gar nicht mitbekommen. Die junge Dame vom Service war wieder an den Tisch getreten und hatte bereits die Speisen aufgetragen.

»Entschuldige, Carola, ich war ein wenig abwesend.« Sie zeigte auf Opa und Enkelin. »Ich habe gerade Ähnlichkeiten in den Gesichtern gesucht.«

»Bei Ähnlichkeiten dürfen Sie nicht in unseren Gesichtern suchen, da müssen Sie unsere Sturheit und ein paar andere Charakterzüge betrachten«, führte Rosi mit Kopfschütteln an.

»Wer ist hier stur?« Professor Kaufmann sah Rosi halb erstaunt, halb amüsiert an.

»Sehen Sie! So ist er. Sie wissen ja, wovon ich spreche, Frau Dr. Nadherna. Oder?«

»Das weiß ich ganz genau.« Sie machte eine ganz kurze Pause. »Aber Rosi ... nenn mich bitte Angelika und nicht Dr. Nadherna. Ist das recht so?«

»Na, wenn wir gleich dabei sind«, Professor Kaufmann ergriff nun das Wort, »ich bin ja der Älteste, wie man unschwer erkennen kann, und da habe ich ja einige Freiheiten, die mir zustehen. Eine, die ich mir gleich einmal herausnehme, ist, dass wir vier nun das Du-Wort im Umgang miteinander pflegen werden. Ich bin der Heinz, und so will ich genannt werden.«

»Opa, das hast du aber wunderbar gesagt«, schmunzelte Rosi. Das Schmunzeln verschwand aber schlagartig aus ihrem Gesicht, und sie fixierte etwas hinter Angelika und Carola, was die beiden veranlasste, sich umzudrehen.

Da standen mit etwas unsicherem Blick und ein wenig jungenhaftem Gesicht zwei riesige junge Männer im Eingangsbereich und sahen zum Tisch mit den vier offenbar bestens gelaunten Leuten. Langsam traten sie näher, und der kleinere der beiden, da war nochmals ein halber Kopf Unterschied, ergriff nach einem lautstarken Räuspern das Wort.

»Guten Tag, Werner Deckner«, er zeigte nach oben zu seinem Begleiter, »und das ist mein kleiner, jüngerer Bruder Thomas.«

Rosi starrte in das Gesicht des jüngeren der beiden Brüder, der ihren Blick nun aufgefangen hatte und ein tiefes Rot in seinem Gesicht entwickelte. Er hatte noch kein Wort gesagt, als Angelika ihn bereits umarmte.

»Hallo Thomas, ich bin deine Tante Angelika. Ich freue mich so wahnsinnig, dass ich euch kennenlernen darf, und noch dazu bei diesem Anlass.«

Thomas hatte den Blick jetzt von Rosi gelöst, lächelte breit und begrüßte nun seine Tante ebenfalls überschwänglich.

Nachdem nun auch dieser Durchgang des sich Bekanntmachens absolviert war – es war nicht der letzte an diesem und am kommenden Tag –, nahmen auch die Brüder am Tisch Platz, wobei Rosi es ganz unauffällig schaffte, dass Thomas neben ihr Platz nehmen musste.

Eine Weile blieben sie zu sechst am Tisch sitzen, und Angelika und Carola erläuterten den jungen Herrn nun auch grob den Fahrplan für das kommende Wochenende. Langsam bekamen sie da jetzt schon ein wenig Routine.

Das gemütliche Beisammensein wurde durch das Erscheinen von Herrn Magister Schickert unterbrochen. Er kam im Schlepptau von Frau Elisabeth. Ein wenig außer Atem, wie es schien. So wie auch Frau Elisabeth einen etwas aufgekratzten Eindruck erweckte. Schnell ging er mit den Frauen den geplanten Ablauf der Zeremonie durch. Nichts Neues war da zu erfahren. Nach fünf Minuten rauschte er in Begleitung von Frau Elisabeth wieder ab.

Das gemeinsame Abendessen am Freitag sollte für die Gäste, die das Angebot nutzen konnten und wollten, die Möglichkeit bieten, sich zwanglos kennenzulernen oder alte Bekanntschaften wieder aufzufrischen. Bis dahin war Entspannen an der Bar oder im Wellnessbereich angesagt. Angelika und Carola hatten sich in Richtung Sauna verabschiedet. Werner und Thomas meinten ebenfalls, dass sie nach dem Beziehen ihres Zimmers in den Wellnessbereich gehen wollten. Als Thomas erläuterte, dass er Dampfbäder besonders liebe, erklärte Rosi ihrem Großvater in etwas übertrieben formulierten Sätzen, dass so ein Besuch im Dampfbad auch nicht schlecht für ihre Haut wäre. Professor Kaufmann quittierte das mit einem breiten Grinsen. Er hatte schneller verstanden als Rosi vielleicht selbst.

Als sie eine halbe Stunde später ihren Bademantel im Ruheraum der Sauna fallenließ, standen Angelika, Carola und Thomas gerade in der großen, weiten Duschlandschaft. Rasch gesellte sie sich zu den dreien. Ihre Haut war milchweiß, einfach wunderschön, ihre Figur makellos, insgesamt ein wunderbarer Anblick.

»Wow, bist du eine Schönheit!«, entfuhr es Carola.

»Wie eine klassische Skulptur«, ergänzte Angelika.

»Das kann man laut sagen«, murmelte Thomas leise, aber so, dass es Rosi gut hören konnte. Er sah sie unverwandt an und hatte beinahe vergessen, dass er sich eigentlich vor dem Gang ins Dampfbad in die Dusche stellen wollte.

Rosi war ganz verlegen geworden. Eine tiefe Röte überzog ihr Gesicht und ihren Hals. Das ließ ihre übrige Haut noch viel heller erscheinen. »Ihr seid doch auch alle hübsch und schön anzusehen«, antwortete sie mit neckischem Ton, und als sie Thomas ins Gesicht blickte, vertiefte sich ihre Röte noch mehr.

»Wir sollten jetzt ins Dampfbad gehen.« Angelika, der die ganze Situation nicht entgangen war, bemühte sich um Entspannung. Zumindest bei Rosi schien ihr das nötig zu sein.

Später, nach einem Saunagang, trafen Angelika und Carola im Ruheraum wieder auf Rosi und Thomas, die sich ganz offenbar viel zu erzählen hatten. Thomas berichtete gerade von seinem Bruder Werner und von dessen Freundin, mit der er nun seit etwa einem Monat beisammen war.

»Weißt du, Rosi, er war schon früher mit seinem Handy verheiratet, aber seit er seine Anna hat, gibt es nur mehr SMS, Telefonieren etc. Was glaubst du, weshalb er jetzt nicht bei uns ist? Nicht, dass er mir gerade sehr abgehen würde, nein, aber er muss sein Handy bewachen. Es könnte ja eine neue Nachricht eintrudeln.«

»Aber er ist schon auch ein netter Kerl, so wie ich das gesehen habe.« Rosi hatte einen bezaubernden Ton angeschlagen.

Ja, ja, so ist es, ging es Angelika durch den Kopf, die den Dialog mitbekommen hatte, *nein, nicht dass er mir sehr abgehen würde, nein. Und er ist schon auch ein netter Kerl, mit Betonung auf auch. Da haben sich zwei gefunden!* Gerade als ihr diese Gedanken durch den Kopf gingen, deutete Carola verstohlen auf die beiden und zwinkerte Angelika zu.

»Da haben sich aber zwei ganz schön schnell gefunden. Was meinst du?«, flüsterte Angelika ganz leise.

»Da können wir vielleicht noch einiges von einer aufkeimenden Liebe mitbekommen«, gab Carola ebenso leise flüsternd zurück.

Angelika hatte Carolas Hand umfasst und streichelte sanft ihren Handrücken. Dabei nickten sie entspannt ein.

Rosi hatte sie Gott sei Dank etwas später wieder aufgeweckt, möglicherweise hätten sie sonst den halben Abend verschlafen.

Auf dem Weg zum Zimmer kam ihnen Karin entgegen. Angelika nahm sie gleich in Beschlag, wollte sie doch ihr Brautkleid schon jetzt in Karins Zimmer frei, also ohne die schützende Transporthülle, aushängen lassen. Es war ausgemacht, dass sie sich am nächsten Tag bei Karin und Carola bei Tante Hedwig auf die Zeremonie vorbereiten würden. Den beiden fiel auch die Aufgabe zu, sie ein wenig zu stylen und die Frisur in Ordnung zu bringen. Auf eine professionelle Friseurin hatten sie verzichtet.

Carola hatte das ausgenutzt, um ihr Kleid und alle nötigen Accessoires auch gleich bei ihrer Tante unterzubringen. Die war dabei in ihrem Eifer wieder einmal nicht zu bremsen. Angelika kam daher ein paar Minuten früher als Carola in die Bar, die bereits dicht belagert war. Die Begrüßung war stürmisch, und genauso stürmisch wiederholte sie sich, als dann Carola erschien.

Schnell bemerkten Angelika und Carola, wie locker die Atmosphäre war. Ian, ihr verehrter Golflehrer aus England, der kaum der deutschen Sprache mächtig war, sich dieser aber hemmungslos bediente, wie er es brauchte, meinte nach einem Begrüßungsküsschen: »Ist heute schon super Stimmung, nix steif, gar nix steif, wie sonst Feiern in Österreich immer so steif.«

»Ja«, stimmte ihm Angelika zu, »sieht schon recht locker aus, ich hoffe, es bleibt so.«

»Warum nicht? Bin schon zwei Stunde da, kenne jetzt viele Leute, Namen aber nicht alle weiß so viele.«

»Ian, wir werden dich schon unterstützen, wenn du nicht weißt, wer wer ist.«

»Ist nicht so wichtig for mich, Hauptsache, du musst wissen, wer ist.«

»Das ist richtig.« Beide stimmten ihm zu. Das Glas Prosecco, das sie jeweils bestellt hatten, wurde serviert, und so prosteten sie sich zu.

Eine Stunde später tauchte Franz Maier auf, hinter ihm eine großgewachsene Frau, sogar etwas größer als Franz Maier selbst, die die ältere Schwester von Rosi hätte sein können. Sie war ihr aus dem Gesicht geschnitten. Auch sie hatte wunderschönes rotes Haar und reichlich Sommersprossen im Gesicht. Franz Maier stellte sie als seine Freundin und Nachbarin Nadja Hauer vor. Carola, die in den vergangenen Monaten sehr viel mit ihm zu tun hatte, war das vollkommen neu, dass er eine Partnerin, Freundin oder dergleichen hatte. Davon war nie die Rede gewesen, insgeheim freute sie sich aber für ihn. Er war doch ein schwieriger, wenn auch liebenswerter Mensch. Sie hatte sich schon manchmal überlegt, wie die passende Frau zu Franz Maier aussehen könnte. Sie war nie zu einem konkreten Bild gelangt, so aber, wie Nadja aussah, hätte sie sich die Frau an seiner Seite sicher nie vorgestellt.

Franz Maier blickte nach der Begrüßung gleich suchend in die Runde, und sein Gesicht erhellte sich, als vier eher unscheinbar wirkende junge Leute, ein Mann und drei Frauen, ebenfalls mit suchendem Blick den Raum betraten. »Ah! Sie sind schon da.«

»Wer ist schon da?«, wollte Carola wissen.

»Die Musiker. Ich bin ja heute eigentlich nur wegen der Musiker ins Hotel gekommen. Nadja und ich werden auch gleich wieder fahren, wir haben noch zu tun. Aber die Musiker muss ich euch persönlich vorstellen, das habe ich ihnen versprochen, und dann werde ich ihnen noch beim Ausladen und beim Aufbauen der Anlage behilflich sein. Das ist ein wenig kompliziert, da sie ja an zwei Orten im Hotel aufspielen müssen. Beim offiziellen Akt und dann später nach dem Essen beim Tanz im großen Saal.«

Die vier stellten sich als urige Bayern heraus, waren freundlich, wenn auch ein wenig scheu. Sie entschuldigten sich auch gleich wieder und verschwanden mit Franz Maier und auch mit seiner Freundin Nadja.

Die Letzten, die vor dem Abendessen eintrudelten, waren dann Max und seine Freundin Agnes. Die beiden kamen Hand in Hand von ihrem Zimmer in die Lobby. Sie hatten eben eingecheckt und waren offenbar bereit für den gemütlichen Teil des Tages. Carola, die sie gleich bemerkt hatte, stürmte sofort auf sie los. Agnes wurde mit Wangenküssen bedacht, Max, wie üblich, mit einem dicken Kuss auf den Mund. Agnes wusste immer noch nicht sicher mit der Intimität zwischen Carola und Max umzugehen, die sich nicht nur im Kuss, sondern auch im sonstigen Verhalten zueinander ausdrückte. Doch die ganz offensichtliche Sympathie, die ihr Carola entgegenbrachte, ließ dieses Geheimnis nicht als bedrohlich erscheinen. Ganz im Gegenteil, sie musste es sich eingestehen, dass es etwas Erotisches an sich hatte.

Lorenz holte ihn und Agnes gleich an seinen Tisch. Carola ließ hingegen noch ihren Blick durch den Raum schweifen. Im Innersten war sie froh, dass alles so seinen Lauf nahm.

Dennoch begann sich eine Spur von Nervosität in ihr breitzumachen. Sie war selbst erstaunt über sich. Gleich fielen ihr Hartmuts Worte wieder ein, der, als er von der geplanten Hochzeit erfahren hatte, von seinen eigenen Hochzeitserfahrungen geplaudert hatte. Er war es gewesen, der erzählt hatte, dass er furchtbar nervös gewesen sei, und das nach zwei Jahren des Zusammenlebens mit Karin.

An einem der Tische saß Angelika und unterhielt sich angeregt mit ihren Neffen. Die hatten ja einiges nachzuholen und sich sicher viel zu erzählen. Nicht verwundert war Carola darüber, dass auch ein bezauberndes rothaariges Mädchen bei ihnen saß und andächtig den Gesprächen lauschte. Rosi musste sich dabei ganz zufällig ein wenig an Thomas anlehnen.

Hartmut sprach mit Herrn Professor Kaufmann. Tante Hedwig saß bei ihnen und beteiligte sich rege an der Unterhaltung.

Carola wollte sich gerade etwas zu trinken holen, da tauchte auch schon Franz Maier auf, im Schlepptau die Musiker und seine Freundin. »Wir haben es schon geschafft.«

»In so kurzer Zeit?« Carola war erstaunt.

»Den Soundcheck gibt es am Abend. Nach dem Essen.« Toni, der Chef der Band, schaute sie erwartungsvoll an. »Wir könnten ein wenig aufspielen, wenn wir schon da sind. Was meinen Sie?«

»Ist Ihnen das nicht zu viel? Für uns wäre es natürlich ganz toll. Um Mitternacht muss aber Schluss sein, sonst sind die Leute morgen ganz erschlagen, und damit hätte ich ehrlich gesagt keine Freude.«

So lief der Vorabend zur Hochzeit dann auch ab. Völlig zwanglos, ausgelassen und fröhlich. Angelika und Carola gelang es bestens, die Leute, die sich noch nicht so gut kannten, zusammenzuführen. Dadurch entstanden keine kleinen Grüppchen, die sich absonderten, ganz im Gegenteil, es entwickelte sich eine große Gesellschaft. Die meisten waren ja bereits angekommen, und die übrigen Gäste würde man am kommenden Tag sicher auch noch gut integrieren können.

Das Essen war ausgezeichnet, da gab der Koch schon einmal eine Probe seines Könnens ab. Das Highlight aber war dann die Musik. Von scheuer Zurückhaltung war bei den jungen Bayern nichts mehr zu bemerken. Sie spielten auf, dass es Angelika und Carola warm ums Herz wurde. Vor allem streuten die Musiker immer wieder gekonnt Titel ein, die besondere Erinnerungen in den beiden wach werden ließen. Franz Maier hatte bei der Musikauswahl, offenbar sehr subtil, ganze Arbeit geleistet. Alte Hits von Leonard Cohen wurden so meisterlich dargebracht, dass es den alten Haudegen selbst gefreut hätte.

Die Band spielte fast ohne Pause, und es wurde getanzt. Da waren wahre Meister am Werk, wie zum Beispiel Thomas und Werner, die sich wie Profis bewegten. Oder wie der alte Professor Kaufmann, dem man sein Alter von mehr als siebzig nicht ansah. Und dann waren da wiederum Tänzer wie Hartmut, die mit Enthusiasmus tanzten, doch offenbar nicht die Verbindung zwischen Ohren und Beinen besaßen und so manches Mal den Rhythmus verloren. Da standen der Wille und die Freude fürs Werk. An den Fertigkeiten von Thomas konnten sich auch nur wenige ergötzen, wurde er doch fast den gesamten Abend von Rosi in Beschlag genommen.

Den Höhepunkt des Tanzabends bildete ein Tango. Nur zwei Paare befanden sich auf der Tanzfläche. Die aber zeigten den anderen, was ein wahrer Tango war. Thomas und Rosi waren das eine Paar und Professor Kaufmann und Tante Hedwig das andere. Carola hatte Tante Hedwig niemals in ihrem Leben tanzen sehen, doch mit reinem Naturtalent war das nicht zu erklären, wie sie mit Professor Kaufmann über das Parkett schwebte. Vom Stil her ganz anders und dem Alter entsprechend mit viel mehr Temperament tanzten die Jungen. Thomas schien dabei Rosi voll im Griff zu haben, diese brauchte da nicht mehr viel zu tun. Jedenfalls sprühten die Funken der Erotik, und Rosis verklärter Blick sprach mehr als tausend Worte. Die beiden Paare wurden mit großem Applaus bedacht. Als Thomas Rosi nach dem Tanz sanft auf den Mund küsste, verklang in ihren Ohren der Lärm, Stille breitete sich um die junge Frau herum aus, die Knie wurden weich, und hätte sie Thomas nicht beinahe getragen, wäre sie nur sehr schwer wieder an ihren Tisch gelangt.

Carola und Angelika hatten auch viel getanzt, sich aber, je später der Abend wurde, immer mehr zurückgehalten. Schließlich mussten sie mit ihren Kräften sparen. Um Mitternacht war das Hochzeitspaar in seinem Zimmer.

Angelika ließ sich zufrieden und glücklich aufs Bett fallen. »Carola, bitte zieh mich aus. Du kannst das so gut, Liebes.« Sie streckte ihre Arme nach ihrer Liebsten aus, die schon ihren Rock hatte fallenlassen und nun ihr Top über den Kopf zog.

Schmunzelnd versuchte Carola, Angelika zu entkleiden. Die half jedoch überhaupt nicht mit. Daher war das kein einfaches Unterfangen. »Wenn ich weitermachen soll, so wirst du dich aber ein wenig bewegen müssen«, flüsterte sie und hatte dabei einen neckischen Ton angeschlagen.

»Ich werde mich keinen Millimeter bewegen. Ich bin ganz überzeugt, dass du es auch so schaffst.« Angelika schloss einfach ihre Augen.

Carola stellte sich nun mit einem Lächeln auf den Lippen ihrer Aufgabe. Die war ihr ja nicht gerade unangenehm. Selbst noch in der Unterwäsche, öffnete sie vorsichtig den Rock und zog ihn nach unten. Angelika machte keine Anstalten, das Becken zu heben. Sie seufzte bloß ein wenig, als ihr Carola das Höschen entfernte und dabei wie zufällig mit der Hand über die Klitoris strich. Dann beugte sich Carola über Angelika und versuchte mit einem Griff auf den Rücken, den BH zu lösen. Es war schon schwer, den Verschluss zu erreichen, ihn zu öffnen umso schwerer, als Angelika einfach liegenblieb. Plötzlich umfasste diese jedoch Carola, öffnete deren BH und griff ihr unter die gelösten Körbchen. Da ließ sich Carola einfach auf Angelika fallen und küsste sie. Küsste sie von oben bis unten … Und siehe da, Angelikas »Starre« löste sich zusehends. Sie kicherten beide, und im Nu waren sie nackt. Eng umschlungen lagen sie beieinander. Genossen einfach die Nähe.

»Ich bin nervös«, sagte Carola unvermittelt.

»Ich auch«, kam es postwendend zurück.

»Wieso bist du nervös?«

»Mir geht's wie dir.«

»Stimmt. Das macht man nicht alle Tage, was wir morgen …«, sie machte eine kurze Pause, »was wir *heute* vorhaben. Es ist heute,

Angelika! Heute!« Sie umfasste Angelika noch fester und küsste sie. »Angelika, Liebes, ich bin so glücklich wie noch nie.«

Angelika kuschelte sich nun noch mehr an. »Und ich erst!« Sie atmete den Duft von Carolas Haut tief ein.

Der Wecker läutete um neun Uhr. Angelika lag bereits eine Weile wach und betrachtete ihre Braut – wie gut sich das anhörte. Carola schlief tief und fest, ihre Züge waren entspannt. Wie vertraut war sie ihr in den vergangenen Monaten geworden. Was hatten sie zusammen bereits alles erlebt.

Mit dem Läuten schlug Carola ihre Augen auf. »Guten Morgen, Liebes! Ah, hab ich gut geschlafen.«

»Das war nicht zu übersehen.«

»Wieso? Bist du schon länger wach? Alles in Ordnung?«

»Alles bestens. Ich war nur schon eine Zeitlang munter und hab dir beim Schlafen zugesehen.«

»Liebes! Warum hast du mich nicht geweckt?«

»Warum hätte ich das tun sollen? Es sah so friedlich aus. Du hast nicht einmal geschnarcht.«

»Ich schnarche nie.«

»Das sagst du. Ich weiß es aber besser.« Sie warf Carola ein Küsschen zu. »Wir sollten aufstehen.«

Carola streckte sich. »Müssen wir schon raus aus dem warmen Bett? Oder darf ich noch fünf Minuten in deinen Armen weiterschnarchen?« Sie hatte einen treuherzigen Blick aufgesetzt.

Angelika zog Carola an ihre Brust. »Ein paar Minuten, Carola, ein paar Minuten können wir gerne noch bleiben. Wir haben keine Eile. Heute, Liebes, lassen wir uns durch nichts hetzen.« Sie strich ihr wieder sanft durch die Locken. »Wir werden uns einfach unserem Schicksal ergeben. Was meinst du?«

Der Tag sollte mit einem verlängerten Frühstück beginnen. Alle Gäste, sowohl diejenigen, die schon am Vortag angekommen waren, als auch die wenigen, die erst jetzt am Samstag den Weg zum Fest gefunden hatten, sollten die Möglichkeit haben, sich zu stärken, sich gemütlich zusammenzusetzen und sich einfach nett auf die Feier einstimmen zu können. Auf alle Fälle sollten sich alle wohlfühlen.

Das Angebot wurde mit Freude angenommen. Wie am Vorabend war die Stimmung bereits ausgezeichnet, als Angelika und Carola in die Gaststube kamen.

Kaum waren sie dort angelangt, stürmte Frau Elisabeth auf sie zu. Bleich und mit zittriger Stimme legte sie los: »Ich habe leider schlechte Nachrichten für Sie. Eine Krankenschwester aus dem Unfallkrankenhaus hat eben angerufen. Herr Magister Schickert ist erkrankt, besser gesagt, er musste gestern in der Nacht operiert werden, weil er sich bei einem Sturz am Bein und am Kopf verletzt hat. Er kann daher nicht kommen.« Nun war die letzte Farbe aus Frau Elisabeths Gesicht gewichen.

»Er kann nicht kommen? Dann gibt es keine offizielle Zeremonie.« Carola ließ sich entsetzt auf den Sessel fallen, auf dem sie gerade Platz nehmen wollte.

»Wie sollen wir denn so rasch einen Ersatz für ihn finden? Am Wochenende und noch dazu außerhalb der dafür vorgesehenen Örtlichkeiten?«, stimmte Angelika ein.

»Wollen wir zur Rezeption gehen? Dort könnten wir im Computer nachsehen, ob wir irgendwie Ersatz für Herrn Schickert auftreiben können.«

An der Rezeption herrschte Ruhe. Die junge Frau, die dort die Stellung hielt, war mit Abrechnungen beschäftigt. Frau Elisabeth stürzte sich auf einen Computer. Schnell hatte sie die Homepage der Stadt aufgerufen. Sie suchte nach so einer Art Notdienst. Den gab es tatsächlich, doch ihr gleich telefonisch vorgebrachtes Anliegen konnte dort niemand positiv erledigen.

Während die Frauen fieberhaft eine Lösung suchten, trudelte als letzter Gast Franz Maier ein. Von seiner Begleiterin war nichts zu sehen. Carola begrüßte ihn herzlich, teilte ihm mit, dass mit ihm nun zwar alle vollständig versammelt seien, der offizielle Teil der Veranstaltung hingegen ins Wasser fallen würde. »Leider …«, wie sie mit traurigem Blick anfügte. Nebenbei erkundigte sie sich bei ihm auch nach der Hochzeitstorte.

»Welche Hochzeitstorte?« Er hatte die Miene eines Ahnungslosen aufgesetzt und blieb völlig ernst.

»Du hast doch gesagt, dass du sie mitbringst.«

»Carola, das muss jetzt ein Missverständnis sein.« Als er nun Carolas entsetztes Gesicht sah, konnte er aber das Lachen nicht mehr zurückhalten. »Sie ist gut angekommen. Sie wird von der Zuckerbäckerin noch in Form gebracht.«

»Du Schuft!«, entfuhr es Carola, und sie gab ihm einen Klaps auf den Oberarm. »Welche Zuckerbäckerin?« Jetzt war sie neugierig geworden.

»Na ja, meine Freundin. Sie hat die Torte doch kreiert. Hab ich euch das nicht gesagt?«

»Mit keinem Wort, lieber Herr Maier. Du hast bloß gesagt, dass du eine Nachbarin hast, die sich auf Hochzeitstorten und Ähnliches spezialisiert hat.«

»Ehrlich gesagt, damals war sie auch nicht meine Freundin, damals war sie nur meine Nachbarin. Ich kannte sie kaum vom Sehen. Und dann kam eure Torte.«

Jetzt konnte sich Carola ein Schmunzeln nicht mehr verkneifen. »Das ist jetzt aber nicht dein Ernst. Du verdankst unserer Torte die Bekanntschaft mit deiner Freundin? So werden im Salzburgerland also nachbarschaftliche Beziehungen aufgebaut.«

»Geplant war das so nun eigentlich nicht …«

»Franz, so etwas kann man ja auch nicht ›eigentlich planen‹. Das passiert einfach.« Sie hatte ihm die Arme auf die Schultern gelegt. »Weißt du, ich freue mich schon sehr darauf, die Zuckerbäckerin kennenzulernen.«

Die Plauderei wurde jäh durch Tante Hedwig unterbrochen. »Carola, was ist hier los?«

Carola schilderte schnell die Situation, in die sie der Unfall von Herrn Schickert gebracht hatte. »… und nun suchen wir fieberhaft Ersatz für ihn.«

»Im Notfall werden wir alles so laufen lassen wie geplant. Die paar Unterschriften können jederzeit nachgeholt werden. Euer Fest wird das nicht beeinträchtigen. Es bleibt dabei.« Sie nahm nun Carola in den Arm. »Letztlich ist alles hier, die gesamte Festlichkeit eine Angelegenheit des Herzens und nicht der Bürokratie.« Hedwig hatte das mit so viel Wärme ausgesprochen, dass es Carola und Angelika, die sich zu den beiden gesellt hatte, noch im selben Augenblick egal war, ob nun jemand aufzutreiben war oder nicht.

Und auch just in diesem Augenblick fiel der Blick der drei Frauen auf eine elegant gekleidete Dame, die am Tresen mit der jungen Rezeptionistin sprach.

»Bedaure, aber wenn Sie nicht zur Hochzeitsgesellschaft gehören, kann ich heute leider nichts für Sie tun.«

»Sie verstehen mich nicht. Ich will etwas für die Hochzeitsgesellschaft tun, nicht umgekehrt. Es wäre sehr freundlich, wenn Sie mich mit der Person zusammenbringen könnten, die hier alles in der Hand hat.«

»Das bin ich!«, rief Frau Elisabeth. »Guten Tag. Ich habe eben mitbekommen, dass Sie etwas für uns tun wollen. Was könnte das sein?«

»Guten Tag, mein Name ist Dr. Ursula Ryba. Ich bin eine Kollegin, von Herrn Schickert, besser gesagt, er ist mein Chef …«

»Sie schickt der Himmel! Wie kommen Sie hierher? War das sein Werk?« Tante Hedwig war ganz aufgekratzt.

Also war es doch nicht so einerlei, auf den offiziellen Teil verzichten zu müssen, dachte Carola und lächelte ihre Tante mit viel Zuneigung an.

»Nein, der Zufall bringt mich hierher. Ich hatte mein Mobiltelefon gestern im Büro vergessen. In dem Augenblick, als ich mir es holte, kam ein Fax vom Unfallkrankenhaus mit der Meldung an die Dienststelle über die Arbeitsunfähigkeit meines Chefs. Ich habe dort gleich angerufen.« Sie sah kurz in die Runde. »Es geht ihm gar nicht so schlecht. Ich konnte sogar ein paar Worte mit ihm wechseln. Ja, und da hat er mich gebeten, für ihn einzuspringen.« Wieder machte sie eine kurze Pause. »Und ich soll alle von ihm grüßen lassen. Ganz besonders Frau Elisabeth. Wenn Sie es ihr bitte ausrichten lassen könnten, ich kenne sie ja nicht.«

»Das bin ich«, meldete sich die Angesprochene. Die Röte, die ihr Gesicht überzog, war eines Teenagers würdig. »Ist es möglich, ihn bereits zu besuchen?«

»Was ich so mitbekommen habe, liegt er in einem Einzelzimmer. Besuch ist jederzeit möglich.«

Angelika, der Frau Elisabeths Reaktion nicht entgangen war, wandte sich an sie: »Wollen Sie zu ihm fahren? Wollen Sie nach dem Rechten sehen?«

»Ich kann doch jetzt nicht …«

»Doch! Fahren Sie. In zwei Stunden sind Sie wieder hier. Bis dahin bricht der Laden nicht zusammen.«

»Danke!« Die Erleichterung war greifbar. »Ich werde Frau Dr. Ryba alles mitteilen, was wir geplant haben. Und ich schlage gleich vor, Herrn Professor Kaufmann mit der Aufgabe des Zeremonienmeisters zu betrauen. Gleichsam als ›Alterspräsident‹, so könnte man es ausdrücken. Vielleicht unterstützt durch seine liebenswürdige Enkelin. Was sagen Sie dazu?«

»Frau Elisabeth, was sollen wir dazu sagen? Wie immer haben Sie alles im Griff.«

»Sagen Sie das nicht.« Wieder war sie bis über beide Ohren rot geworden.

»Ja dann! Sollten wir die Vorbereitungen nicht vorantreiben? Flott, flott!« Hedwig klatschte in die Hände. Tatsächlich setzten sich alle in Bewegung.

Angelika war schon mit Karin in deren Zimmer verschwunden. Sie hatte zwei verschiedene Unterwäschesets mitgenommen, und Karin sollte nun entscheiden, welches der beiden sie nehmen sollte.

Karin schüttelte den Kopf. »Liebe Angelika, das musst du selbst entscheiden. Wunderschön sind beide Sets, und passend zum Kleid sind sie auch. Nimm daher das bequemere der beiden.«

»Bequem sind beide. Soll ich das mit dem schmäleren oder mit dem breiteren BH nehmen?«

»Nimm das mit dem breiteren.«

»Ist da aber dann nicht der Hüfthalter zu breit?«

»O Gott, Angelika, ich kann dir da nicht wirklich zu etwas raten.« Sie sah Angelika an, die ein wenig unglücklich wirkte. Karin lachte laut auf. »So, liebe Angelika, ich habe verstanden. Du brauchst jetzt eine Entscheidung.« Sie legte das Set mit dem schmalen BH beiseite und zeigte aufs andere. »Das wirst du tragen.«

»Danke.«

»Ab mit dir in die Dusche. Dann mache ich dir die Haare, und du kannst dich schminken.«

Karin zauberte Angelika eine einfache, indes zauberhafte Frisur. Mit Angelikas Haaren war das auch nicht wirklich schwierig. Karin hatte dabei auch auf Haltbarkeit geachtet. Es sollte sich beim Tanzen später nicht alles auflösen. Bevor Angelika endlich in ihr Kleid schlüpfen konnte, rollte sie noch ihre Strümpfe über die Beine nach oben.

»Sind die elegant genug?« Sie sah Karin an, nachdem sie sie befestigt hatte.

»Angelika, solch feine tolle Strümpfe besitze ich überhaupt nicht. Die sind dem Anlass absolut angemessen.« Sie hatte nun das Kleid in der Hand. »So, nun rein ins Kleid. Aber Vorsicht mit dem Kopf. Wir wollen weder das Make-up noch das Kleid beleidigen.«

Karin war sprachlos, als Angelika nun vor ihr stand. Das Kleid war kunstvoll verarbeitet aus heller, cremefarbener Seide. Es brachte Angelikas Figur vorteilhaft zur Geltung. Der Schnitt war modern, aber dennoch zeitlos, man würde dieses Kleid ohne Probleme auch in zehn Jahren noch tragen können.

»Wie gefalle ich dir?« Angelika sah stolz in den Spiegel. Sie war sehr zufrieden. Carola würde Augen machen.

»Du siehst fantastisch aus! Gratulation. Jetzt bin ich aber auch schon auf deine Braut neugierig.« Sie war zum Haustelefon gegangen und hatte Lorenz in dessen Zimmer angerufen: »Lorenz, du kannst Angelika schon abholen. Du weißt, wohin du sie führen musst ...«

So nahm alles seinen Lauf. Fünf Minuten vor zwei Uhr hörte man plötzlich ein lautes Klopfen eines Stockes auf dem Boden des Saales, in dem die Zeremonie stattfinden sollte.

»Sehr geehrte Frau Dr. Ryba, liebe Festgäste. Wir wollen den Festakt beginnen, mit dem Frau Carola Persiani und Frau Dr. Angelika Nadherna ihren Bund fürs Leben schließen wollen.« Professor Kaufmann war laut und deutlich zu vernehmen. Es war völlige Stille eingetreten. Nach kurzer Pause fuhr er fort. »Ist hierzu alles bereit? Gibt es noch Einwände?« Wieder herrschte Stille, ehe er fortfuhr. »Gut. Dann, liebe Rosi, rufe bitte das Paar in den Saal.«

Jetzt erklang Rosis helle Stimme: »Ich bitte darum, das Paar hereinzuführen!«

Lorenz und Max waren nun an der Reihe. Sie schnappten sich die ihnen anvertrauten Damen, denen das Lachen aus dem Gesicht gewichen war. Die Feierlichkeit des Augenblicks ergriff sie, hielt sie fest in seinem Bann. Durch zwei gegenüberliegende Türen traten sie in den Saal und ... bekamen sich endlich zu Gesicht. Die Spannung fiel im Nu von ihnen ab. *Was für ein wunderbarer Anblick!* Beide hatten den gleichen Gedanken. So standen sie sich nun gegenüber und zwinkerten sich zu. Carola deutete den Hauch eines Kusses an. Und genauso gehaucht kam die Antwort. Wie ferngesteuert ließen sie sich zum Tisch führen, an dem Frau Dr. Ryba bereits wartete, um ihres Amtes zu walten ...

Alles ging so schnell, dass sich das Brautpaar später kaum an den Ablauf erinnern konnte. Dass das eine rein subjektive Sicht war, wurde ihnen zwar von allen Seiten mitgeteilt. Alle Gäste waren begeistert von der Feierlichkeit. In Wahrheit lief nichts schnell oder gar übereilt ab. Professor Kaufmann hatte einleitende Wort gesprochen. Frau Dr. Ryba, obgleich ja kurzfristig eingesprungen, übernahm dann das Kommando. Ihre warmherzigen Worte fanden wohlwollendes Gehör, ausgenommen bei den Brautläuten, die bekamen das irgendwie nicht mit ...

Am Ende brandete tosender Applaus auf. Die Gäste hatten sich nun wieder erhoben. Max und Lorenz geleiteten das junge Paar zum großen Eingang, wo alle Gäste an ihnen vorbei mussten und ihre Glückwünsche bekundeten. Erst jetzt fielen ihnen die wunderschönen Rosenbouquets auf, die den an sich schon sehr gepflegt und elegant wirkenden Raum zierten. Endlich konnten sie als Letzte den Raum verlassen und den Leuten in die Lobby folgen, wo bereits ein Sektempfang im Gange war. Davor jedoch nahmen sie sich noch ein paar Minuten für sich selbst. Sie fielen sich in die Arme. Beinahe hätten sie das Klopfen an der offenen Tür überhört.

Frau Dr. Ryba stand vor ihnen und wollte sich verabschieden.

»Frau Dr. Nadherna, Frau Persiani, ich muss mich von Ihnen verabschieden.«

»Wieso das?« Angelika war erstaunt.

»Ich werde bereits zu Hause erwartet. Wissen Sie«, sie stockte kurz, »meine Freundin wollte mich eigentlich heute am gemeinsamen freien Samstag gar nicht hierherkommen lassen. Unter der Woche sehen wir uns nämlich leider aus beruflichen Gründen nicht oft. Sie hat erst eingewilligt, als sie erfahren hatte, dass es sich beim Paar, also bei Ihnen, um zwei Frauen handelt.« Sie wirkte ein wenig verlegen.

»Ich kann Sie verstehen, Frau Dr. Ryba.« Carola lächelte sie freundlich an. »Danke. Danke nochmals, dass Sie die Aufgabe von Herrn Schickert übernommen haben. Dürfte ich Ihnen aber einen Vorschlag machen?«

Frau Dr. Ryba hob nun interessiert die Brauen. »Bitte?«

»Anschließend an den Champagnerempfang gibt es die Festtafel, und wiederum danach, ich denke, da gibt es keinen fixen Zeitplan mehr dafür, wird es Musik und Tanz geben. Es wäre sehr schön, Sie und Ihre Partnerin bei uns nochmals begrüßen zu dürfen.«
»Wäre Ihnen das wirklich recht?« Frau Dr. Ryba war unsicher. »Wissen Sie, wir haben es nicht immer leicht in der Öffentlichkeit. Zu zweit. Als Frauen.«
Angelika lachte laut auf. »Dann sind Sie aber hier heute ganz sicher am richtigen Ort. Da wird niemand mit dem Finger auf Sie zeigen.«
Jetzt schüttelte Frau Dr. Ryba selbst den Kopf. »Verzeihen Sie. Was erzähle ich Ihnen. Sie haben natürlich recht.« Sie dachte kurz nach. »Ich werde Doris gleich anrufen. Sie kann sich dann schon ein wenig vorbereiten, oder sie kann auch gleich absagen, wenn sie gar nicht will. Ich aber würde gerne kommen. Ich denke, wir könnten uns bald wiedersehen.« Frau Dr. Ryba hatte nun den Mantel der seriösen Beamtin fallengelassen, und zum Vorschein kam eine ein wenig aufgeregte Frau, die sich auf einen schönen Abend zu freuen schien.

Ein wenig verspätet kamen Angelika und Carola in die Lobby, wo der Empfang bereits seinen Lauf nahm. Applaus brandete auf, und sofort wurde den Damen ein Glas Champagner gereicht. Professor Kaufmann nahm erneut das Heft in die Hand. Er richtete nochmals kurze Worte an das frisch getraute Paar sowie an die Gäste und forderte zu einem fröhlichen, ausgelassenen Fest auf. Er übergab anschließend wieder an seine Enkelin Rosi, die auf einen großen Tisch zeigte, auf dem schon Geschenke aufgehäuft waren. Sie bat darum, alle weiteren Präsente auf diesem Tisch abzulegen. Am kommenden Vormittag sollte sie das Paar bei einem großen Frühstück öffnen.

Die Bitte im Vorfeld des Festes, auf Geschenke zu verzichten, war von den Gästen offenbar vollkommen ignoriert worden.

Der Empfang gab Carola und Angelika die Gelegenheit, sich wirklich auszuruhen und zu entspannen. Das Fest hatte zwar unleugbar etwas sehr Feierliches an sich, aber das Familiäre stand dennoch im Vordergrund. Es war zu spüren, dass alle Gäste mit Freude teilnahmen und nicht aus reiner Höflichkeit erschienen waren.

Der Champagner floss in rauen Mengen, sodass es dann für einige der Gäste nicht unangenehm war, sich zur Tafel setzen zu können.

Die Erstellung der Sitzordnung an der Tafel hatten Tante Hedwig und Franz Maier übernommen. Carola, die sich schon eine Zeitlang damit beschäftigt hatte, wurde da eines Tages einfach ausgebootet. Sie war froh darüber gewesen, denn die beiden hatten ein tolles Gespür dafür entwickelt, wen sie neben wen setzen sollten. Nur zwei kleine Änderungen waren kurzfristig notwendig geworden. Da war der freie Platz von Frau Dr. Ryba. Es waren nur ein paar Leute, die dadurch mehr ins Zentrum rückten. Und zwei Männer mussten ihre Plätze tauschen. Den Stuhl neben Rosi bekam jetzt kurzfristig Thomas, und der Herr, der ihn ursprünglich hätte einnehmen sollen, es war ihr Großvater, wurde neben Tante Hedwig gesetzt. Ihm war das gar nicht unrecht. Die Unterhaltung würde sicher nett und interessant werden, das behielt er aber für sich.

Jetzt war die Zeit des Kochs gekommen. Die Stille, die bereits bei den Vorspeisen eintrat, sprach für die Qualität des Essens. Am Ende wurde die Hochzeitstorte auf einem mit Rosen dekorierten Wagen hereingefahren.

Angelika und Carola schickten sich gleich an, die Torte anzuschneiden, auch wenn es ihnen ein wenig leid um sie tat, so schön, wie sie gestaltet war. Das dreistöckige Kunstwerk war liebevoll mit Marzipan bedeckt und ganz oben mit handgeformten Marzipanfiguren versehen, da hatte wohl Franz Maier seine Hände im Spiel gehabt.

Aus dem Anschneiden der Torte wurde aber vorerst einmal nichts. Professor Kaufmann hatte wieder das Wort ergriffen. Er ließ sein Glas erklingen, um damit erneut die Aufmerksamkeit der Gäste auf sich zu ziehen. »Liebe Gäste, bevor das Paar die Hochzeitstorte anschneidet, wende ich mich nun ein letztes Mal an Sie. Ich bitte alle Anwesenden, die das möchten, ob nun wohl vorbereitet oder spontan, ein paar Worte an das jungvermählte Paar zu richten. Es gibt dabei keine Redezeitbeschränkungen, Sie werden es selbst am besten wissen, wie kurz oder lang Sie sprechen wollen.«

Nach kurzem Schweigen brach Angelikas Neffe Werner den Bann. Er sprach nicht nur für sich, sondern auch für seinen Bruder. Kurz berichtete er in humorvollen Worten über die eigentlich gar nicht so humorvollen Umstände, wie sie zu der Hochzeit gelangt waren. Er betonte dann auch, dass es für ihn und seinen Bruder ein ganz besonderes und eigentlich doppeltes Vergnügen sei, hier zu sein. Die Gelegenheit, so eine liebe Tante – er warf ihr ein Küsschen zu – kennenzulernen und unter solch wunderschönen Umständen gleich auch die Bekanntschaft mit ihrer lieben Frau zu machen, sei schon etwas, das man im Leben nicht mehr vergessen würde. Der einzige Wermutstropfen bestünde darin, dass der geplante Sommerurlaub mit seinem Bruder nach Skandinavien nun offenbar ins Wasser fallen werde. Thomas habe ihm mitgeteilt, dass es ihn in den Sommerferien in den Süden, nach Kärnten, ziehen werde. Der angesprochene Bruder saß mit rotem Kopf neben der hübschen Kärntnerin, die offenbar der Grund für den Sinneswandel war und die ihn nun von der Seite her anhimmelte.

Als Nächste erhob Tante Hedwig das Wort. Sie erzählte von den Vorbereitungen des Festes und wie viel Freude ihr das Mithelfen bereitet hatte. Sie fügte einige Anekdoten ein, die gut bei der Hochzeitsgesellschaft ankamen. Angelika und Carola konnten sich jedes Mal gut an die Situation erinnern. Nun, als sie Tante Hedwig erzählen hörten, konnten sie sich das Lachen auch nicht mehr verkneifen. Am Ende allerdings griff Tante Hedwig etwas weiter in der Zeit zurück und gab offen zu, anfangs überhaupt nicht mit Angelika zurechtgekommen zu sein. Das habe sich aber unterdessen völlig verändert. Einschneidende Momente hätten dazu geführt, dass Angelika ihr nun so wie eine weitere Nichte ans Herz gewachsen sei. Und sie freue sich über das Wissen, dass die beiden füreinander geschaffen seien.

Hartmut schloss seine Rede an die von Tante Hedwig an. Er berichtete von der Opernvorstellung, bei der er versucht hatte, Carola nochmals zu treffen. Es sei Karins Idee gewesen. Blumig berichtete er darüber, wie er in der Pause vergeblich Ausschau gehalten und wie er die Damen, er wies auf Carola und Tante Hedwig, dann doch noch im Foyer beim Verlassen des Hauses angetroffen hätte. So hätte dann alles seinen Lauf genommen. Was dabei herausgekommen sei, könne man nun hier sehen.

Die meisten Gäste ließen es sich dann nicht nehmen, Glückwünsche auszusprechen, kurze Geschichten zu erzählen, wie auch Franz Maiers Freundin, die sich indirekt bei Carola und Angelika bedankte, dass sie über die Bestellung der Hochzeitstorte ihren Franz kennengelernt hätte. Noch nie hätte sie eine Torte mit so viel Freude hergestellt.

Irgendwann trat dann eine Pause ein, ein Augenblick des Schweigens. Durchbrochen wurde dieses von Lorenz. Er wandte sich nicht an das Hochzeitspaar, sondern an seinen Bruder: »Max, ich denke, es ist jetzt an der Zeit, dass du den Abschluss machst, damit wir dann endlich zur Torte kommen. Sie sieht so wunderbar aus. Wenn sie nur halb so gut schmeckt, wie sie aussieht, wird sie eine Wucht sein. Also bitte, halte deine Rede.«

»Ich habe aber nichts vorbereitet. Reden ist nicht so meine Sache. Ich studiere Physik und nicht Germanistik.«

»Lieber Bruder«, kam es postwendend zurück, »das ist uns bekannt. Dennoch glaube ich, dass du den Abschluss machen solltest. Es wird dir doch wohl etwas einfallen.«

Max saß nun mit rotem Kopf da, es war nicht das erste Mal, dass ihm die Röte ins Gesicht gestiegen war, und schwieg noch immer. Seine Mundwinkel zuckten. Erst als Agnes in anstieß und ihm etwas zuflüsterte, stand er auf und räusperte sich: »Äh! Also, wie gesagt bin ich nicht gerade der große Redner, aber natürlich möchte auch ich euch beiden, liebe Angelika und liebe Carola, gratulieren.« Er erhob sein Weinglas und prostete dem Brautpaar symbolisch zu. Dann aber hatte er sich ein wenig gefasst und fuhr fort: »Liebe Gäste, ich muss nun ein wenig ausholen. Ich denke, dass es zwischen den beiden Frauen und mir ein besonderes Band gibt, das sich nicht so einfach erklären lässt. Vielleicht rührt das daher, dass ich mich, bitte lachen Sie mich jetzt nicht aus, auf den ersten Blick in Carola verliebt habe. Seinerzeit im Vorraum zu unserer Sauna, als ich sie zum allerersten Mal gesehen habe.« Er wandte sich an seine Freundin: »Agnes, du kennst ja die Geschichte, niemand muss da eifersüchtig sein, und Angelika war das auch nie. Warum auch?« Er machte eine kurze Pause, sah in die Runde und fuhr wieder fort: »Also, ich habe aus meiner ... wie soll ich sagen, aus meiner Haltung zu Carola nie ein Hehl gemacht. Ehrlicherweise habe ich da auch nicht so viel darüber nachgedacht. Zurückgekommen ist dann aber auch ein besonderes Maß an Zuneigung, und nicht nur von Carola, sondern auch von Angelika, dem zweiten großen Schatz.« Er lächelte den beiden kurz zu. »Gerade weil sich das in den letzten Monaten so entwickelt hat, hatte ich die Gelegenheit, das Wachsen und Gedeihen, genau so möchte ich es ausdrücken, also das Wachsen und Gedeihen der Liebe der beiden zueinander aus nächster Nähe mitzubekommen. Wissen Sie, liebe Gäste, ich bin in einer Familie aufgewachsen, in der sich Vater und Mutter«, er zeigte jetzt auf Hartmut und Karin, »auch mit Respekt und Liebe begegnen, es ist für mich daher nichts ganz Neues. Und dennoch ist es wunderbar, miterleben zu dürfen, wie sich zwei Menschen, die ganz offensichtlich füreinander bestimmt sind, aufeinander zugehen, sich aufeinander einlassen und ihre Liebe zulassen und leben. Das spüre ich bei den beiden, und, liebe Carola und liebe Angelika, dafür seid ihr wirklich zu beneiden.« Er schwieg kurz und blickte nun auf seine Hände, die er vor sich ausgestreckt hatte, ehe er fortfuhr. »Wir wissen ja, im Alltag ist nicht immer alles eitel Wonne, doch schwierige Zeiten lassen sich mit gegenseitiger Liebe und mit Respekt voreinander viel besser meistern. Das habe ich bei euch auch schon mitbekommen. Bitte bleibt auch in Zukunft so, wie ihr seid und …«, er schmunzelte und sah ein wenig abwesend in die Ferne, »… und lasst mich weiterhin eure ganz besondere Zuneigung zu mir spüren.« Bei den letzten Worten hatte er wieder einen hochroten Kopf bekommen. Er räusperte sich nochmals. »So, also, wie gesagt, ich kann mich nicht so toll ausdrücken, äh … ja, das war es dann … Nochmals alles Gute für die Zukunft!«

Carola hatte schon lange Angelikas Hand genommen und diese fest gedrückt. Angelika wiederum hatte sanft mit ihrem Daumen Carolas Handrücken gestreichelt, und genau so erhoben sich beide. Sie waren gerührt und ergriffen von den lieben und wohlwollenden Worten der Gäste, und die kurzen Worte von Max hatten natürlich einen besonderen Stellenwert, den kannten aber nur sie und natürlich Max, hatten sie doch eine ganz spezielle Abmachung für die Zukunft getroffen …

Professor Kaufmann übernahm nun doch noch einmal kurz das Kommando, als er jetzt zum Anschneiden der Torte aufrief. Bald hatten alle Gäste ein Stück auf ihrem Teller, Kaffee wurde serviert. Da trat wieder eine Stille ein, die nur dann eintritt, wenn etwas so gut schmeckt, dass die Konversation dadurch zum Erliegen kommt. So wie es bereits bei der Vorspeise der Fall gewesen war.

Die Dämmerung war hereingebrochen, und der Regen, der unablässig, wenn auch nicht allzu intensiv, seit dem Vortag vom Himmel fiel, hatte aufgehört. Die Wolken waren aufgerissen, und man hätte endlich einmal auch aus dem Hotel hinausgehen können. Zum Fotografieren im Freien war es indes zu spät, sodass Franz Maier die Festgäste doch im Haus zum Gruppenfoto Aufstellung nehmen ließ und das unumgängliche Dokument erstellte. Der von Carola so favorisierte amerikanische Wetterdienst hatte zwar nicht ganz unrecht gehabt mit seiner Ankündigung, dass die Wolken aufreißen würden, das Timing allerdings war nicht ganz korrekt gewesen.

Rosi übernahm nun für den restlichen Abend die Agenden ihres Großvaters. Viel hatte sie dabei aber nicht mehr zu tun. Für etwa zwei Stunden war nun einmal eine Ruhepause angesagt.

»Mit dem Brautwalzer wird es weitergehen. Bitte nicht versäumen! Die Brautsträuße werden anschließend in die Menge geworfen. Jeder weiß ja, was das bedeutet. Das ist ja hinlänglich bekannt.«

Thomas war das überhaupt nicht bekannt. Gleich nahm er sich Rosi zur Seite. »Was bedeutet das? Ich habe keine Ahnung davon, Rosi.«

»Die Braut, in diesem Falle die Bräute, werfen ihren Brautstrauß in hohem Bogen über ihren Kopf nach hinten in die Menge der unverheirateten weiblichen Gäste, die sich da versammelt haben. Diejenige, die den Brautstrauß fängt, ist als Nächste mit der Hochzeit an der Reihe, so sagt es zumindest der Volksmund. Immer funktioniert es natürlich nicht.«

Die meisten nutzten die Zeit, sich auf ihren Zimmern zu erfrischen und auszuruhen. Angelika und Carola kamen erst etwas verspätet dazu. Als sie von der Treppe in den Gang zu ihrem Zimmer einbogen, sahen sie gerade noch, wie Rosi und Thomas kichernd in Rosis Zimmer verschwanden.

Carola lächelte. »Na, auf so einem Fest tut sich ja was. Was meinst du?«

»Das kann man wohl so behaupten. Hoffentlich bahnen sich da nicht neue Schwierigkeiten mit meiner Schwester an.« Angelika deutete auf Rosis Zimmertür.

»Nun, das denke ich nicht. Die jungen Leute sind vernünftiger, als wir es glauben. Ich hatte vorher zwei kurze Minuten mit Rosi fast allein. Da habe ich die Situation einfach angesprochen. Und weißt du, was sie mir gesagt hat? Safer Sex sei doch Pflicht heutzutage.«

Angelika atmete hörbar aus. »Dann ist's ja in Ordnung.«

Knappe eineinhalb Stunden später kamen sie wieder vergnügt bei ihren Gästen an, die bereits alle anwesend waren und sie, nicht zum ersten Mal am heutigen Tage, mit Applaus empfingen. Die Musiker hatten schon zu spielen begonnen, das Stück jedoch unterbrochen, als sie das Brautpaar bemerkten, und einen Tusch erklingen lassen.

Ehe sich Angelika und Carola noch zu ihrem Platz begeben konnten, war Frau Dr. Ryba zu ihnen geeilt. Mit ihr kam eine eher kleine, mollige Frau mit dunklen Haaren, großen dunklen Augen und hübschem Gesicht.

»Wir sind also doch gekommen«, begann sie freudestrahlend und auch ein wenig nervös, »darf ich Ihnen meine Freundin Simone, Dr. Simone Zajic, vorstellen.«

Sie machten einander bekannt, plauderten ein wenig, und Angelika wies nochmals darauf hin, dass sie nicht vergessen sollten, den Schlüssel für das einzige noch freie Zimmer an der Rezeption abzuholen. Den hatten sie aber längst in der Tasche, Rosi hatte bei ihrer Ankunft gleich alles in die Wege geleitet, und Frau Elisabeth hatte ihnen das Zimmer bereits gezeigt.

Rosi, nun offenbar schon routiniert, ergriff wieder das Wort und rief das Brautpaar zum ersten Walzer auf.

Angelika und Carola schritten Hand in Hand aufs Tanzparkett, es erklang eine leise Melodie, indes noch kein Walzer. Als sie sich nun gegenüberstanden, allein auf der großen Fläche, hörte die Musik auf, und Stille trat ein. Sie sahen einander in die Augen. Mit tiefer Liebe innerlich bewegt. Kein Laut war zu hören. Eine halbe Ewigkeit lang. Für Angelika und Carola hätte dieser Augenblick nie enden müssen.

Dann aber setzten leise die ersten Takte des Walzers ein. Sie traten aufeinander zu, nahmen sich in die Arme und glitten übers Parkett. Sie schwebten dahin, die Blicke noch immer verbunden, leichtfüßig, elegant. Eins geworden hielten sie sich fest und drehten sich rechts, dann wieder links, bis der Walzer leise verklang.

Und wieder gab es tosenden Applaus. Nun waren auch die Gäste dran für den zweiten Walzer. Schnell füllte sich die Tanzfläche, und Angelika und Carola waren schon getrennt worden. Oft sollten sie an diesem Abend nicht mehr miteinander tanzen können.

Fröhlich und ausgelassen hatte sich der Abend entwickelt. Einen der Brautsträuße hatte Frau Dr. Zajic gefangen, die ganz rot geworden war, als sie ihn in den Händen hielt. Den zweiten Strauß ergatterte, unter großem Beifall von allen, Tante Hedwig. Tante Hedwig dementierte gleich alle Absichten. Das habe sie schon hinter sich gebracht, meinte sie nur kurz. Als aber Professor Kaufmann meinte, dass das wohl kein gutes Argument sei, wurde auch Tante Hedwig rot im Gesicht. Das hatte Carola in ihrem ganzen Leben noch nicht gesehen, und sie stupste Angelika hocherfreut an.

Im Laufe des Abends unterbrachen ein paar kabarettistisch anmutende Einlagen den Tanz. Dabei wurde das Brautpaar gehörig persifliert. Das Zielschießen mit dem Korsett, das Agnes und Mira gemeinsam veranstalteten und bei dem jeder der Gäste die Möglichkeit hatte, eine lebensgroße Puppe zu treffen, die er oder sie dann heiraten dürfte, war überhaupt der Renner. Und als praktisch niemand die Puppe mit dem Korsett am richtigen Punkt treffen konnte, nämlich an einem auf dem Ohr aufgenähten Herzen, musste Carola vorführen, wie sie denn das mit Angelika seinerzeit geschafft hatte. Sie nahm das Korsett, erklärte, dass man nicht viel zielen dürfte, schaute nicht weiter zur Puppe hin, schleuderte das Korsett aus dem Handgelenk ... und traf tatsächlich. Das brachte ihr großen Beifall ein, es wurde sogar der Wunsch laut, an einem Korsettwurfkurs bei Carola teilnehmen zu dürfen ...

Knapp vor Mitternacht meldete sich Rosi ein allerletztes Mal zu Wort. Sie rief wieder zum Tanz auf, diesmal jedoch »Ladies only!«. Am Parkett erschienen natürlich sofort Angelika und Carola, sie hatten schon wieder einmal auf die Gelegenheit gewartet, miteinander tanzen zu können, und natürlich waren auch Frau Dr. Ryba und Frau Dr. Zajic gleich zugegen.

Nadja hatte jetzt Rosi aus Thomas' Umarmung gerissen und sie zum Tanz geführt. »Na, kleine Schwester, wie ist es, mit mir zu tanzen?« Die Ähnlichkeit der beiden war wirklich frappant, nicht nur die Haarfarbe war es, auch sonst waren sie sich in ihren Gesichtszügen und der Figur ähnlich, wenngleich Nadja die deutlich reifere Frau als Rosi war.

»Ja, große Schwester«, kicherte Rosi jetzt, »mir ist auch noch nie jemand untergekommen, der mir so ähnlich sieht. Ich werde einmal mit meinem Vater ein ernstes Wort sprechen müssen.«

»Oder ich mit meinem«, lachte Nadja laut auf, »der alte Griesgram bekommt was zu hören von mir.«

Das Musikstück war langsam und eher leise, sodass sich die drei Paare gut unterhalten konnten. Da die Musiker auch keinerlei Anstalten machten, das Stück zu beenden, wechselten die Paare mehrfach ihre Partner, bis jede Frau mit jeder anderen getanzt hatte.

»Das ist so ein schönes Fest«, stellte Frau Dr. Zajic fest, als sie mit Angelika tanzte.

»Ja, das ist es. Schade, dass Sie nicht von Anfang an dabei waren, Sie haben einiges versäumt.«

»Na ja, ich wusste ja nicht ... Also, wenn Uschi nach dem Unfall von Herrn Schickert nicht eingesprungen wäre, hätten wir von der Hochzeit hier nie etwas erfahren.«

»Stimmt auch wieder. Jetzt finde ich es aber schön, dass Sie hier sind.«

»Darf ich Sie fragen, wie lange Sie schon ein Paar sind, Frau Dr. Nadherna?«

»Natürlich dürfen Sie das. Ein Jahr. Ziemlich genau ein Jahr.«

»Und da haben Sie das schon gewagt?« Frau Dr. Zajic war erstaunt.

»Wir haben es gewagt. Wir sind uns irgendwann so sicher gewesen, dass wir zusammenbleiben wollen, dass wir füreinander bestimmt sind«, sie sah Frau Dr. Zajic an, »dass wir die große Liebe füreinander sind. Wissen Sie, das Jahr war so intensiv für uns. So abwechslungsreich.« Sie sah kurz an ihrer Tanzpartnerin vorbei in die Ferne. »So zauberhaft. Ja, es war ein wahrhaft wundervolles Jahr. Da gab es dann kein Zögern. Garantien gibt es in zwischenmenschlichen Beziehungen nie. Aber wenn man an sich arbeitet und gerne mit seiner Partnerin lebt, warum sollte es dann nicht funktionieren?«

»Wir, also Uschi und ich, sind schon drei Jahre zusammen. Wir haben uns aber bis jetzt immer gescheut, unsere Verbindung offiziell zu machen. In unserem Umfeld haben wir es als Lesben offenbar leider nicht so leicht wie Sie.«

»Das glaube ich Ihnen gerne. Es kommt so auf die persönlichen Umstände an und auf das ganze Umfeld, wie Sie es gesagt haben, ob es einem leicht oder schwer gemacht wird, als lesbisches Paar zu leben, und vor allem seine Liebe zu leben. Sie dürfen nicht glauben, dass wir nicht auch manchmal schief angesehen werden, wenn wir uns in der Öffentlichkeit küssen. Auch im Osten Österreichs ist das nicht ganz selbstverständlich. In unserem Beruf aber, im Freundes- und Bekanntenkreis, da sind wir zwei wirklich privilegiert. Da gibt es niemanden, der damit nicht zurechtkommen würde.« Sie machte eine kurze Pause. »Die große Ausnahme ist da meine Schwester. Sie empfindet es als persönlichen Affront, dass ich eine Frau liebe und mit ihr lebe. Verwandtschaft kann man sich halt nicht aussuchen.«

»Bei uns ist es umgekehrt. Die Verwandten sind alle verständnisvoll und wirklich sehr lieb im Umgang mit uns, aber im Beruf wäre es für mich in dem kleinen Ordensspital, in dem ich arbeite, unmöglich, unsere Verbindung ganz offiziell zu machen. Bei Uschi wäre es hingegen kein Problem.«

»Trotz allem«, Angelika sah ihr mitfühlend in die Augen, »wenn Sie meinen, es wirklich offiziell machen zu wollen, so lassen Sie sich nicht aufhalten. Ich denke, es ist es wert.«

Frau Dr. Ryba entführte ihre Freundin wieder, und Angelika fand sich in den Armen von Rosi. Die strahlte über das ganze Gesicht.

»Danke, Angelika, dass ich bei diesem Fest dabei sein durfte. Es ist so schön.«

»Das Fest oder das andere?«

»Beides. Er ist so lieb, du kannst dir das gar nicht vorstellen. Ich will mir gar nicht ausmalen, wie der Abschied morgen wird.«

»Ihr schafft das schon. Die neuen Kommunikationsmittel, wie man das heutzutage so schön sagt, werden euch helfen, immer gut in Kontakt zu bleiben. Und als Studenten könnt ihr ja schon einmal ein wenig Zeit für euch abzwacken. Ist es nicht so?«

»So haben wir es auch vor. Ehrlich, ich freue mich jetzt schon auf ein Wiedersehen.« Sie lächelte und sah an Angelika vorbei in die Ferne. Jetzt erst endete das Musikstück, ging nahtlos in einen Tango über. »Entschuldige, Angelika, den muss ich jetzt aber mit Thomas tanzen«, verabschiedete sich Rosi, und Angelika war froh, nun wieder zu ihrem Tisch zu gelangen, wo sich eben auch Carola, Frau Dr. Ryba und Frau Dr. Zajic einfanden.

»Ich habe Hunger. Wer sonst noch? Wir haben uns etwas verdient. Auf zum Buffet!« Carolas schien keine Widerrede zu dulden.

Beim Buffet herrschte zu vorgerückter Stunde lebhafter Betrieb. Die Torte war das Letzte, das Angelika und Carola gegessen hatten. Es war ihnen gar nicht aufgefallen. Hartmut, der trotz seiner eingeschränkten tänzerischen Fähigkeiten kurz nach ihnen leicht verschwitzt eintrudelte, holte sich auch einen Teller und verwickelte dann alle Anwesenden in eine ausgelassene Konversation, die später, als seine Söhne Max und Lorenz dazustießen, zusätzlich einen kabarettistischen Einschlag bekam, besonders als die Söhne begannen, auf liebenswerte, indes prägnante Art, ihren Vater nachzumachen. Vor allem Angelika, die ihn ja aus der Arbeit so gut kannte, konnte sich vor Lachen nicht mehr halten, wenn Lorenz spezielle Haltungen einnahm und dann für Hartmut so typische Redewendungen von sich gab.

Hartmut bekam das alles erst gar nicht mit, dann aber, als er es bemerkte, nahm er seinen ältesten Sohn in den Arm, stellte sich auf die Zehenspitzen und küsste ihn auf die Wange. »Ist ja schön, wenn man so intensiv wahrgenommen wird«, war sein Kommentar.

Anschließend waren alle wieder in den Saal zum Tanz zurückgekehrt. Das Parkett war gut besetzt, doch nicht mehr zum Bersten voll. Tante Hedwig und Professor Kaufmann schwangen wieder gemeinsam das Tanzbein. Sie hatten sich am früheren Abend zurückgehalten, jetzt aber, da die Tanzfläche nicht mehr so gefüllt war, konnten sie ihre Künste erproben. Und wenn sie auch die ältesten waren, so waren sie dennoch ziemlich die besten Tänzer des Abends.

Eine knappe Stunde tanzte und unterhielt sich das Brautpaar noch mit den Gästen, ehe es sich erhob.

Carola ließ mit einem Löffel ihr Weinglas erklingen, um sich noch einmal Gehör zu verschaffen. »Liebe Hochzeitsgäste! Angelika und ich bedanken uns nochmals herzlich für dieses so gut gelungene Fest. Es ist an der Zeit, dass wir uns zurückziehen. Das heißt jedoch nicht, dass für euch damit auch das Ende des Abends, besser gesagt der Nacht angebrochen ist. Viel Spaß und Freude noch!«

»Ja, das ist in meinem Sinne. Schönen Abend noch. Morgen beim Frühstück oder beim Mittagessen werden wir uns wiedersehen.« Angelika nahm Carola an der Hand und zog ihre Angetraute mit sich. »Komm, wir hauen jetzt ab.« Und schon waren sie dahin.

Sie verzichteten auf den Lift und stürmten die Treppe hoch. Vor dem Zimmer angekommen, fielen sie sich in die Arme. Sie küssten sich, hielten einander fest umschlungen.

»Carola, ich liebe dich. Danke für das wunderbare Fest.«
»Ich liebe dich, Angelika, und ich danke dir.«
Sie blieben eine Weile stehen und begannen sich dann, obgleich kein Ton zu hören war, in einem langsamen Rhythmus zu bewegen und zu tanzen. Langsam ging das durch den langen Gang, hin und her.
Und dann standen sie irgendwann wieder vor der Zimmertür.
»Ich möchte dich nun über die Schwelle tragen.« Carola hatte ein bezauberndes Lächeln im Gesicht.
»Das geht leider nicht, denn *ich* werde *dich* über die Schwelle tragen.«
»Wie kommst du darauf? Es war meine Idee.«
»Die Idee hatte ich bereits vor dir. Du hast sie bloß eher ausgesprochen.«
»Und genau das zählt.«
»Doch sicher nicht.« Angelika hatte den Zimmerschlüssel angesteckt und die Tür geöffnet. »Du bist richtig stur. Das ist ja so wie bei deinem Korsettfimmel.«
»Jetzt geht das schon wieder los.« Carola versuchte, Angelika hochzuheben.
»Ach, du glaubst, du kannst mich überraschen.« Nun versuchte es Angelika mit Gewalt …
Zehn Minuten lang rangelten und rauften sie. Dann saßen Angelika und Carola lachend nebeneinander. Die Brautkleider hatten es erstaunlicherweise gut überstanden.
»Wie wäre es mit einem ehelichen Kompromiss?«, meinte Angelika ein wenig außer Atem. »Erst trägst du mich hinein, dann ich dich.«
Carola hob ihre Braue. »Ja, mit diesem ehelichen Kompromiss kann ich leben.« Sie fiel Angelika um den Hals. »Ehrlicherweise habe ich nun noch etwas anderes mit dir vor. Doch eines sage ich dir jetzt bereits: Auf die nächste Rauferei mit dir freue ich mich jetzt schon …«
»Nicht bloß auf die Raufereien, meine Liebe, nicht nur auf die kannst du dich freuen. Es geht ja nun erst richtig los mit uns …«

Danksagung

Mit der Vollendung des Romans »Elf Jahreszeiten« ist die lose Tetralogie »Frauenmärchen« nun vollständig. Damit endet für mich ein schöner Abschnitt meines Lebens als Autor. Mit Freude und mit großer Dankbarkeit blicke ich auf die vergangenen zwei Jahre zurück.

Meine Familie hat mich mit viel Geduld und in der letzten Zeit zunehmend mit konstruktiver Kritik wunderbar unterstützt. Meine Lektorin Angela Braun hat in bewährter Art und Weise auch bei den »Elf Jahreszeiten« wieder für den letzten Schliff gesorgt. Und beim Team des Verlages rund um Alexander Strathern fühle ich mich weiterhin bestens aufgehoben. Dafür danke ich aus tiefem Herzen.

Erotische Frauenmärchen

Heli E. Hartleb

Katja

Roman

Zwei Frauen, Monika und Katja, die eine Architektin, die andere Callgirl. Zwei Schicksale, die auf ungewöhnliche Weise aufeinandertreffen. Zwei Herzen, die trotz aller widrigen Umstände zueinander finden. Zwei Seelen, verwoben für alle Zeit. Ein sinnliches Märchen über die Liebe zweier Frauen, über Grenzen, die man nur gemeinsam zu überschreiten vermag, über Lust und Leidenschaft und tiefe Gefühle …

Band 1, 284 S., 18.90 Euro, ISBN 978-3-86520-452-3

von Heli E. Hartleb

Wenn das Leben scheinbar zum Stillstand kommt, in der Seele bloß Leere zu fühlen ist, so kann eine einfache Begegnung diese Starre durchbrechen. So geschieht es mit Helene, einer Pathologin, die einer Einladung als Vortragende zu einer wissenschaftlichen Veranstaltung folgt. Friederike, die Leiterin des Seminars, nimmt sich ihrer dort an. Erst ist es ein rein berufliches Verhältnis, welches die beiden Frauen miteinander verbindet, das ändert sich allerdings bald. Eine zarte, hoch erotische Beziehung entwickelt sich. Doch werden die beiden Frauen die Gefühle annehmen und halten können, die in so kurzer Zeit herangereift sind? Märchenhaft, gefühlvoll, sinnlich und erotisch ist die Geschichte, die von zwei Frauen erzählt, deren Liebe auch eine Krise zu überwinden vermag.

Band 2, 248 S., 17.90 Euro, ISBN 978-3-86520-463-9

Sechsundzwanzig Jahre jung, das Studium soeben erfolgreich beendet, mit der Liebsten auf dem Weg in den verdienten Urlaub ... und plötzlich ein Unfall! Schwer traumatisiert, komatös, aufgegeben von Ärzten und Angehörigen – so gelangt Dr. Annette Weiß in einem Sterbezimmer in die Obhut einer jungen Krankenschwester. Wenige Tage gibt man ihr noch, dann wäre wohl alles überstanden. Doch Schwester Maria, eine selbstbewusste, freche Person mit dem Herz am rechten Fleck, will dies nicht akzeptieren, betreut sie mit Leib und Seele und entwickelt schließlich tiefe Gefühle für ihre hilflose Patientin. Doch wird Annette ihre schweren Verletzungen überleben? Und wird sie, sollte sie jemals wieder erwachen, Marias Gefühle erwidern?

Band 3, 236 S., 17.90 Euro, ISBN 978-3-86520-465-3